天健志

《天健志》编撰委员会
编著

SPM 南方出版传媒 广东人民出版社
·广州·

图书在版编目（CIP）数据

天健志 / 《天健志》编撰委员会编著. —广州：广东人民出版社，2021.1

ISBN 978-7-218-14835-9

Ⅰ. ①天… Ⅱ. ①天… Ⅲ. ①报告文学—中国—当代 Ⅳ. ①I25

中国版本图书馆CIP数据核字（2020）第252945号

TIAN JIAN ZHI

天健志

《天健志》编撰委员会 编著

出 版 人：肖风华

责任编辑：梁 茵 廖志芬

装帧设计：水玉银文化

责任技编：周星奎

出版发行：广东人民出版社

地 址：广州市海珠区新港西路 204 号 2 号楼（邮政编码：510300）

电 话：（020）85716809（总编室）

传 真：（020）85716872

网 址：http://www. gdpph. com

印 刷：恒美印务（广州）有限公司

开 本：787mm × 1092mm 1/16

印 张：21.25 插页：8 字数：340 千

版 次：2021 年 1 月第 1 版

印 次：2021 年 1 月第 1 次印刷

定 价：58.00 元

如发现印装质量问题，影响阅读，请与出版社（020-85716849）联系调换。

售书热线：（020）85716826

《天健志》顾问

王　勇　刘更申　汪家玉　陈德伦　邹志远

《天健志》编撰委员会

主　任　韩德宏

副主任　宋　扬　何云武　童庆火

委　员　王培先　林婵波　方东红　尹剑辉　张心亮　陈　强
陈惠劫　袁立群　张明哨　王　超　江　建　周志明

《天健志》编辑委员会

总 撰 稿　杨黎光

撰　　稿　万红金　林露露

参编人员　王克星　柴明华　潘伟安

广州空军工程兵第五团在湖南衡阳江东西山（现珠晖区）休整时的团部旧址

基建工程兵31支队位于湖北襄阳七里河的师部旧址

基建工程兵302团位于湖北荆门烟墩公社（现漳河镇）的团部旧址

1979年，302大队前往南宁吴圩机场修建的机窝

1980年10月，302团组织官兵赴约旦承接海外工程，图为官兵们在约旦工作的场景

1982年12月，基建工程兵乘坐军列南下深圳（周顺斌摄影）

1983年9月，302团团长田守臣在军旗下留影，告别军旅生涯

1982年底的猫颈田全景

1983年的台风过后302团的驻地场景

302团修建的深圳直升机场

1983年9月19日，基建工程兵集体转业深圳的改编大会（杨洪祥摄影）

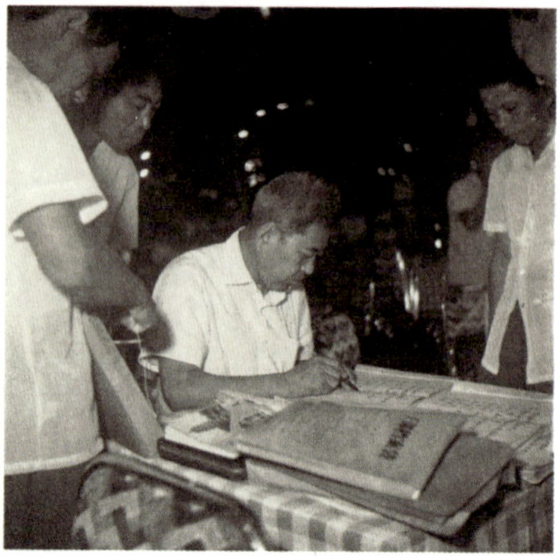

1983年，深圳市建委负责人王世伦在香蜜湖度假村代表深圳市政府签字接收两万基建工程兵（杨洪祥摄影）

1983年，市政工程公司首栋单身职工住宅楼施工

1984年，市政工程公司综合楼施工

早期的市政工程公司门诊部

1990年，市政工程公司领导班子

1990年9月，由市政工程公司垫资开发的景田综合片区“七通一平”工程

早期的天健工业区

1993年9月，天健公司召开首届股东大会

1997年8月，深圳市天健（集团）股份有限公司挂牌成立

1998年12月，由天健集团承建的深圳地铁水晶岛试验段动工

1999年7月，天健集团在深圳证券交易所上市

2000年3月，天健集团博士后工作站挂牌

2000年9月，天健集团承接邓小平铜像安装工程

2001年12月，天健集团承建的深圳公路主枢纽管理控制中心荣获鲁班奖

2002年，深圳市市政工程总公司荣获市政公用工程施工总承包特级资质

2008年5月，天健集团组织应急队伍赴汶川参加抢险救灾

2005年2月，天健集团代建的第一个政府投资项目——深盐二通道

2013年，天健集团承接的布吉污水处理厂主体及附属工程荣获鲁班奖、詹天佑奖及金杯奖

2014年4月，天健集团竞得广西南宁经开区金凯路地块

2018年11月，天健集团参与深圳市城市轨道交通3号线三期南延工程主体3131标段建设

2015年12月，天健集团参与光明滑坡紧急救援

2016年9月，天健集团收购粤通公司全部股权

从2016年起，天健集团承接被誉为中国棚改第一难的罗湖“二线插花地”棚户区改造项目

2018年8月，天健集团第一个别墅地产开发项目在苏州动工

2018年12月，天健集团承接的PPP项目——江苏省如东县“三河六岸”河道治理及景观绿化工程

2019年12月，深圳首家坝道工程医院在天健集团揭牌

2020年2月，天健集团参与了被誉为深圳版“小汤山”的深圳市第三人民医院第二期工程紧急援建任务

序

《天健志》编撰委员会主任　**韩德宏**

中国素有修史的传统，正如古人所言，国有史、方有志、家有谱，其义一也。人，家，国，都应该记录自己的沿革，以正衣冠，明是非，知兴替。盛世修志，以启未来。习近平同志曾指出，修志是一项很有意义的工作。

天健集团是一家有着辉煌历史与光荣传统的企业，她起源于革命战争年代，在70多年的风雨洗礼中，淬炼出一支工程铁军和一批改革尖兵。他们以不朽的业绩与非凡的奉献，为梦想而奋斗，为时代作注脚。

对于天健集团发展演进的历史，随着岁月的流逝，知其局部者多，知其全局者少，其主要原因是历史的发展沧海桑田，社会发生了巨变。而时过境迁，人事变化，许多史实细节鲜有记载，这就让编撰《天健志》不仅重要，也时不我待。

我们立志要把天健集团打造成“百年老店”，就必须要弄清楚三个问题：从何而来？身在何处？走向何方？

从这个意义上来讲，编撰《天健志》就是试图回答第一个问题，也是践行习近平总书记“不忘初心、牢记使命”的具体实践，去探寻天健人的“初心”。

客观上来讲，不是每个人都有机会被载入历史的，更不可能有机会参与创造历史。从某种意义上来讲，我们这支部队、这家企业是幸运的，能够在历史大变局和市场转轨的进程中，亲历其间，经受磨炼，特别是在深圳这个改革的“试验场”里，既是历史的“剧中人”，也是历史的“书写者”。

这本厚厚的《天健志》记载的是天健集团及其前身发展演进的过程，由于历史跨度长、覆盖面广，这个编撰是一项浩繁复杂、千头万绪的系统工程。

为了厘清历史的脉络，天健集团专门组织了编撰委员会，工作人员前往深圳图书馆、方志馆、公司档案室查阅了历年的原始资料与素材，并先后前往承德、荆门、襄阳、池州、南宁、新余等地实地寻访知情者，让他们作为亲历者回忆曾经的往事。在组织撰写文稿的过程中，广大老领导、老同事对文稿内容进行了认真核实，提出了许多很好的建议。

七十余载薪火相传，三十余年筚路蓝缕。

1983年，中国人民解放军基建工程兵302团就在深圳深耕易耨，以市政起家，后逐步拓展到房建、地产、商业、物业和投资等领域，留下了一批批令人称道的精品工程，在建设城市的进程中，企业自身也逐渐发展壮大。近几年以来，公司以“一体两翼”为发展战略，着力构建大建工、大管养、大棚改“三大平台”，以做强规模、做优利润、做大市值为重要任务。2018年，天健集团营业收入首次突破百亿，在2019年，更是达到了146.65亿元。当然，我们要树立更远大的理想，面向未来，拥抱未来。

如今，中共中央、国务院支持深圳建设先行示范区，这是中国特色社会主义又一伟大实践的重大时代的开启，是继兴办经济特区后深圳迎来的又一重大历史机遇，是深圳发展进程中具有划时代重要里程碑意义的大事。2019年底，深圳市批准组建特区建工集团，以此作为深圳市建工板块资源的集中整合平台，在“双区驱动”的大背景下发挥主体作用。作为深圳城市建设的“主力军”“攻坚兵”和“先锋队”，天健集团也迎来了新的发展机遇，相信在新组建的深圳市特区建工集团的平台下，天健人一定会赓续优良传统和“铁军”作风，一如既往，在新时代下绽放精彩、书写荣光，为建设国际一流湾区和世界级城市群添砖加瓦、贡献智慧。

是为序。

作者系深圳市特区建工集团有限公司、深圳市天健（集团）股份有限公司党委书记、董事长

目录

Contents

第一篇　军旅岁月（1945—1983）

第二篇　春天故事（1983—1992）

第一篇

军旅岁月（1945—1983）

他们发端于战争年代，见证了刀光剑影，也经历过枪林弹雨。在38年的时间里，从白山黑水到琼海之南，为新中国的解放浴血奋战，在一次次战役中留下了他们的名字。作为共和国第一批工程兵，他们兵强将勇，善谋善为，传承了野战部队的秉性，把“上善若水”的禀赋发挥到极致，先后修建了20多个机场与战备工程，为空军建设打下了良好的基础。落户于荆楚大地之后，他们是五十万基建工程兵大军中唯一一支开赴广西修建对越自卫反击战战备工程的队伍，也是唯一跨出国门承接海外项目的基建部队。他们的荣光，将永远镌刻于中国人民解放军的伟大历史丰碑之中。

第一章 起源于解放战争年代

第一节　向东北进发的承德自卫队

天健集团是一家有着悠久革命传统的企业，她最初起源于1945年8月，出发地为今天的河北承德。

1945年8月下旬的一天，盛夏燠热还未散去，从当时共产党领导的冀热辽抗日根据地，匆匆地走出了一支队伍——承德自卫队。

冀热辽抗日根据地是抗战时期中国共产党领导下的晋察冀抗日民主根据地的组成部分，是八路军在抗日战争时期所创建的一个重要解放区。这一根据地之所以叫“冀热辽”，是因为它所在的区域跨河北、热河、辽宁三省。而承德是当时热河省的省会。

承德自卫队，是一支地方自卫武装，身着老百姓的便服，自然不像正规部队那样训练有素，但也是有序地向我国东北挺进。

这支队伍，就是今天深圳市天健（集团）股份有限公司的前身——中国人民解放军基建工程兵302团的源头。

承德自卫队向东北挺进的1945年8月，是世界风云巨变的一个月。

欧洲战场上的法西斯德国已经投降，穷途末路的日军在亚洲和太平洋战场上连连失利，但当时的日本首相铃木贯太郎，仍然拒绝接受于7月26日发表的《中美英三国促令日本投降之波茨坦公告》（简称“《波茨坦公告》”），日本军国主义政府仍在负隅顽抗。

8月6日，美国在日本广岛投下了第一颗原子弹。8月8日，苏联外长莫洛托夫正式宣布对日宣战，加入《波茨坦公告》，并派出远东军进入中国东北战场。

当时在东北各地坚持游击战争的共产党领导的部队，积极配合苏军作战，打击日本关东军部队。

1945年8月15日，日本宣布无条件投降，抗日战争取得胜利。

日本宣布无条件投降后，东北地区出现短暂权力真空。东北抗日联军利用与苏军配合作战的有利条件，迅速占领了长春、哈尔滨、沈阳、吉林、佳木斯、齐齐哈尔等70余座城市和县镇，并在苏军的配合下，发动群众，摧毁敌伪势力，维护社会秩序，大力发展地方党组织，接应关内八路军、新四军部队挺进东北，建立巩固的东北根据地。

与此同时，蒋介石的国民党政府在美国的援助下向东北大举运兵，企图消灭中国共产党领导的人民革命力量，独占东北。为打破国民党的企图，中共中央依据“向北发展，向南防御”的战略方针，决定再从关内各解放区抽调一批部队和干部挺进东北，会同东北原有部队执行发展东北的战略任务。

在如此重大的历史背景下，为响应党中央的战略需要，我党领导的地方武装——承德自卫队，和其他关内我党所领导的武装力量一起，奉命前往东北。

承德自卫队，一路坎坷，最后到达吉林长春。

第二节　直属工兵连的成立

这时，东北形势发生了急剧变化，中国的国内战争局势由抗日战争转向了解放战争。

1945年10月31日，中国共产党分派部队进入东北，同当地的东北人民自卫军组成东北人民自治军，总兵力发展到了27万人。

这之后的半个月，即11月16日，国民党军攻占山海关，打开了通往东北的陆上通道，同年12月至1946年1月，又陆续增兵加紧进攻东北。

东北人民自治军便在这种状况下，同国民党军展开斗争，拉开了解放战争的序幕。1946年1月，东北人民自治军改称东北民主联军。后来，随着全国战场形势的发展需要，党中央又决定将东北民主联军改称东北人民解放军。

承德自卫队从热河一路行军，经过辽宁到达吉林，最后辗转到达长春。这其中究竟走了多长时间，队伍在路上经历过哪些事情？史料不详。承德自卫队到达长春后，被编为东北野战军第六纵队第18师直属工兵连（简称“直属工兵连”）。

工兵连是我军最早的工兵部队之一，直属工兵连所在的第六纵队第18师，前身为冀鲁边军区部队，之后同第17师合并为渤海军区部队。抗战胜利后，该部队被编为山东第七师，进军东北后与冀热辽根据地的一个旅合编为东北民主联军第七师，成立东北野战军后被编为第六纵队第18师。这支部队于解放战争时期，随大军征战东北各地，为东北的解放立下了汗马功劳。

第六纵队第18师直属工兵连自建立后，一直到1983年9月中国人民解放军基建工程兵302团在深圳集体转业，成立深圳市市政工程公司，几十年来经过多轮调整，从连发展到营，从营发展到团，其根脉始终没有间断。

为了考证承德自卫队编入东北野战军第六纵队第18师的史实，2019年6月8日，我们专程前往河北承德查找史料，在承德市委党史办公室没有找到关于承德自卫队的直接史料。对此，承德党史办负责同志解释说，当地党史不会具体记录到一支自卫队的情况。但从承德党史办编辑整理的党史资料中，查找到1945年8月的情景，证明抗战胜利后，八路军接管承德，其间有自卫队这个组织，而且当时确实接到党中央命令，调地方武装赶赴东北，印证了承德自卫队去东北的史实。

第三节　参加了三大著名战役

直属工兵连成立后，一直随东北野战军第六纵队第18师作战，参加了解放战争中的辽沈战役、平津战役和渡江战役三大著名战役，在战斗中负责修筑战场工事和掩体，以及前线指挥所等，为战斗的胜利提供支持。

浴血四平，为辽沈战役奠定坚实基础。直属工兵连参加的第一个大的战役是四平战役。

四战四平是东北解放战争期间，即1946年3月至1948年3月，中国共产党领导的人民军队同国民党军队在四平街（今吉林省四平市）的四次作战。第一次作战为四平解放战，是东北民主联军为了夺取战略要地四平，同驻守在四平的国民党军队展开的战斗。第二次作战为四平保卫战，是国民党新一军全面进攻四平，东北民主联军守城部队奋起还击，打响的四平城区保卫战。第三次作战为四平攻坚战，是东北民主联军与国民党军决战于四平外围的战斗。第四次作战为四平收复战，是东北人民解放军集中力量肃清四平国民党守军的战斗。

在四平四次作战中，国共双方累计投入兵力达94万余人次，总计作战时间长达63天。四平各次作战的得失都直接或间接地关系着国共在东北的全局性战略得失，因此，双方不惜投入精兵良将，鼎力相夺，攻守进退，互有胜负。四平几易其手。在四平之战中，中国共产党领导的人民军队以总计伤亡4万余人的代价共歼灭国民党军6.8万余人，最终掌控了战略要地——四平。

四平战役是一次规模较大的城市攻防战，对于过去以游击战为主的我军，在这次战斗中对城市攻防战有更深入的了解，对军事工程设施的重要性也有新的认识，对刚刚建立的工兵部队在战斗中的作用，有了更进一步的重视。

直属工兵连随着大部队参与了四平战役，其修筑的防御工事、部队前线指挥所等，为部队的战斗和防御以及战略撤退发挥了不可替代的作用。

直属工兵连所属的东北野战军第六纵队第18师，参加完四平战役后，稍事休整，又马不停蹄地参与了围困长春的战役，直接参与了辽沈战役。

经过东北三年作战，第六纵队受到了很大的锻炼，部队有了较大发展。直属工兵连一直跟随着第六纵队南征北战，配合部队进行攻坚战、阵地战，也得到了极大的锻炼，在随后入关的各大战役中，不断发挥工兵的作用。

1948年11月，东北野战军所属第一纵队至第十二纵队，按照中央军委的决定统一了序列，改称为中国人民解放军。第六纵队改为中国人民解放军第43军。直属工兵连归属的第18师改称第129师。

1948年11月，在白山黑水之间转战了三年的中国人民解放军第43军，奉总部往关内挺进的命令，集结于辽西黑山，兵分两路，向山海关进发。43军129师直属工兵连，随129师司令部，与由17师改称的128师一道走左路，以日进百里的强行军速度，经义县、羊山、建昌，由董家口越过长城，参加了平津战役。

平津战役胜利结束后，43军在通县以南徐官屯一带进行了短暂的战后休整。为了配合第二、三野战军渡江作战，奉四野首长命令，43军与40军（原三纵）统归第二野战军指挥，于1949年2月挥师南下，参加了渡江战役。

此后，直属工兵连跟着部队一路南下，一直打到海南岛，同15兵团副司令员韩先楚的部队一起解放海南。

第二章

成长于空军工程兵期间

第一节　从维修大队到工程兵营

1949年3月，中共中央从河北西柏坡迁入北平，国民党空军开始频繁突袭北平。5月4日，更是出动6架B-24轰炸机轰炸了南苑机场，炸伤C-46、B-25飞机各1架，炸毁机库1座，烧毁房屋196间，死伤24人，使刚刚解放不久的北平和即将召开的中国人民政治协商会议第一届全体会议受到严重空中威胁。

没有空防，就没有安全可言。来自空中的威胁，让毛泽东深刻地意识到，建设一支强大的人民空军刻不容缓。于是，1949年11月，中国人民解放军空军成立。1950年7月，经中央军委批准，成立了中南军区空军司令部。9月，以中南军区司令部航空处和陆军第51军军部为基础，组建中南军区空军，总部设在武汉。机关设司令部、政治部、后勤部、工程部和干部管理部。

1950年5月，海南岛解放战役胜利结束以后，直属工兵连回到武汉，参与修建王家墩机场。

在武汉，直属工兵连迎来了重大的转变，一是由修筑战场工事转而修建机场；二是随着形势的需要，直属工兵连升格为工兵营。这些为以后转入空军打下了基础。

王家墩机场始建于1935年，其后屡次扩建。该机场位于汉口中心地带，区位优势突出，交通便利，是城市各功能中心的连接处，是进入武汉市区的门户，被誉为“连接三镇的枢纽”，在抗日战争期间就发挥过重要作用。1938年武汉会战期间，2月18日中国空军就于此机场出发，与日军进行第一次交战。同年3月12日，中国飞行员汤卜生驾驶单翼普式侦察机，从王家墩机场出发，进入已经遭日军占领的南京上空。同年5月19日，由徐焕升领队的两架B-10轰炸机从该机场起飞，前往日本九州散发传单，成为二战开战之后首次飞入日本领空的外国军机。

1949年国民党兵败大撤退时，对机场进行了大肆破坏，再加上机场本身也年久失修，待解放军接管时，已经破烂不堪，无法正常使用。随着全国解放即将到来，中央正在筹备建设中南空军，急需将王家墩机场修复作为中南空军的重要基地，所以修复任务紧急。

1950年，空军接管王家墩机场。上级命令43军129师直属工兵连，迅速修复王家墩机场。由于修筑机场的工程任务紧急，工程量较大，靠一个直属工兵连无法完成任务，因此直属工兵连被扩编为维修大队，升格为营一级的单位。

刚由维修大队转为工兵营的是一支新队伍，在原工兵连的基础上进行了扩编，吸收了一批新战士，从东北来的老战士成为这支队伍的骨干，同时也在当地招收了不少民工。但是工兵营对修机场基本不在行，在部队招的工程技术人员和国民党投诚的原机场技术人员的指导下，工兵营官兵发扬吃苦耐劳的精神，边学边干，终于以最快的速度，修复了王家墩机场。

自那开始，王家墩机场经过不断的扩建升级，在我国国防建设中发挥了重要作用。1987年以前，该机场主要供空军歼击机使用，1987年后则改为主要供空军运输机使用。1993年，改称中国人民解放军空军汉口场站。后来，随着改革开放经济发展的需要，王家墩机场还一度成为军民两用机场。2006年年底，王家墩机场起降最后一架飞机。2007年12月25日，机场正式停止使用，至此，王家墩机场完成了它的历史使命。

新中国成立初期，空军建设处于起步阶段，百废待兴。空军的建设离不开机场、跑道等硬件设施，直属工兵营因此归入中南空军后勤部管理，被编为中南军区空军后勤部工兵营，主要负责机场跑道等军事工程修建工作，为空军的建设提供基建保障。1954年5月15日，中南军区空军司令部改称中南军区空军部，次年5月6日，又改称广州军区空军司令部，并移驻广州。

在这里，值得一提的是东北抗联的老战士卢连峰、孙宝祥等，他们一批人是跟随着部队从东北打到海南，再辗转到武汉的，他们是部队升格为营级单位的主要负责人。为了考证卢连峰的历史，我们费了很多周折，终于在2019年12月4日前往空军某部查阅到了卢连峰的历史档案。根据档案记载，1951年3月，卢连峰担任中南空军第32工程大队参谋长，负责维修王家墩机场。据1951年从广西柳城县入伍的张广业回忆，孙宝祥祖籍山东，小时候跟随长辈“闯关东”到东北，他担任过工程大队大队长，后来组建广州空军工程兵第五团之后，成为首任团长王勇工作调动之后的第二任团长。

43军129师直属工兵连改为中南空军第32工程大队的确切时间是什么时候？当时的工程大队还有哪些领导？这支工程大队的兵源与编制详情如何？我们本来希望就这些情况进行采访，遗憾的是，就在我们启动撰写整理天健集团历史前夕的2018年，卢连峰以90多岁的高龄在广州逝世，已经无法再采访到他本人了，这些历史的细节可能会成为永远的缺憾了。

工兵作为一个兵种进入新的发展时期。1950年12月，兵种领导机关成立。1951年3月，中国人民解放军工兵司令部成立。随后，逐步统一了全军工兵部队的编制，建立了各级院校和研究设计机构。1953年9月，全军工兵团按任务区分为工兵、舟桥、建筑三种性质的专业部队。

1955年，作为独立兵种，工兵改称工程兵。同年10月15日，工程兵根据部队发展情况，重新规定工兵团、舟桥团、建筑团的番号和序列，并按任务将部分工程兵部队划归大军区建制领导。

工兵营与工程兵营一字之差，其背后代表的是我国工兵发展的逐步完善。1957年5月20日，广州军区空军与广州军区防空军合并为广州军区空军。同年，工兵营部队也随之从中南军区空军后勤部工兵营，变更为广州军区空军工程兵营，属于独立工程兵，负责机场跑道等军事工程修建工作。

第二节 空军工程兵第五团的成立

1949年11月至1950年底，中国人民解放军空军开展了整修、扩建机场的活动。中华人民共和国建立前后，人民军队接收500多个旧机场。这些机场的跑道质量、规格等绝大部分不能适应新中国空军使用需要，新建机场又受到国家经济条件和时间限制，整修、扩建旧机场成为空军成立初期的重要任务之一。1949年11月，空军向中央军委提出整修机场的建议，经批准立即整修用于开办航空学校和华东地区担负解放沿海岛屿作战任务急需的机场。

为适应机场修建工程需要，1950年6月，从各军区抽调了7个工程连给空军，组成5个机场修建工程大队。于是在20世纪50年代中后期，空军进入全面发展建设时期。在大战备的背景下，大量机场、阵地、营房和指挥设施需要修建，空军工程兵部队不仅需要修缮国民党留下来的旧机场，还要根据战备需要，修筑新机场以及雷达站、油库等军用设施。而空军，除了国民党留下的一些旧机场和极少数缴获的旧飞机，以及部分投诚的国民党空军技术人员，一切都几乎是从零起步的。这些庞大的工程，仅仅依靠地方民工的力量是远远不够的，急需专业的工程兵骨干部队参与修建任务。

为此，在20世纪50年代末至60年代初，在空军、军区空军直属工程处（营）、机场工程兵营和营建大队等基础上，国家组建空军修建总队，后改称空军工程兵总队（师或团级），并在空军、军区空军和军区空军指挥所成立相应工程勘察设计机构，全面承担空军机场、洞库、阵地、指挥设施和营房的建设，保障空军的全面建设和发展。

1963年2月，遵照空参务字第1109号《关于工程修建部队整编问题的通知》和军区空军〔63〕司务令第14号《关于组建工程兵第五团的命令》，以广州空军后勤部机场工程兵营为基础，在广西柳州组建成立广州空军工程兵第五团，番号中国人民解放军3890部队，并授军旗一面，首任团长王勇，政委王道清，归广州空军后勤部领导。该团设立司令部、政治处、后勤处，下辖三个工程兵营，此外还有技术连、机械连、修理连、汽车连、卫生队等技术服务保障连队。

随着年代的更迭，部队的番号也几经更改，在广州空军工程兵第五团时期，番号从3890部队变更为空字365部队、87438部队。

至于部队名称，原广州军区空军工程兵营被升级为广州空军工程兵第五团，并非因为广州军区内有五个团，而是当时空军每一军区均下设一个工程兵团加一个总队，因此广州空军工程兵第五团其序列是由全国排的，其余各团由北至南分别是沈阳为空军工程兵第一团，北京为空军工程兵第二团，南京为空军工程兵第三团，福州为空军工程兵第四团。

广州空军工程兵第五团基本由山东过去中国人民解放军第四野战军的人出任领导班子。由于工程兵团是非战斗部队，主要负责军事工程修建等后勤服务工作，广州空军工程兵第五团是独立团，因而归属于广州军区空军后勤部管理。

空军工程兵是中国人民解放军空军编制内，担负工程建设和工程保障任务的兵种，是实施空军战场准备和战时工程抢修的突击力量。空军工程兵，战时修建野战机场，抢修被破坏的机场设施，平时新建和改扩建永备机场、防护工程、构筑阵地、修筑飞机掩蔽库和实施伪装，以及空军下达的其他工程保障任务。

作为空军工程兵的第五团，其实是居无定所，其团部驻地完全跟着工程走，哪里有工程需要便到哪里去，工程修建完毕后，又奔赴下一个地方。而且广州空军工程兵第五团还有一个特点，随着工程量的大小不同，部队并非统一作战，而是以营或连为单位，分片区工作，其施工活动范围遍布广东、广西与湖南，团部随工程需要而移动。

第三节 修建军用战备机场

新中国成立以来，部队自修复王家墩机场以后，于1951年参与建设了长沙大托铺机场，1953年修建南昌昌北机场，1955年修建了汕头机场，1957年修建佛山沙堤机场，1958年修建了梅州兴宁机场，1960年参与了惠州平潭机场的改扩建工程。此后，参与了广西吴圩机场的续建工程，该机场于1962年11月投入使用。此外，还在不同时期参与重修或新建了耒阳机场、邵阳机场、零陵机场、湛江机场、田阳机场及陵水机场。

1963年2月，广州空军工程兵第五团组建后，第一项重要工程就是修建广西宁明机场。1964年3月，广州空军工程兵第五团与广州空军第四工程总队、地方施工队一起完成修建任务，统一由第五团首任团长王勇任总指挥，第五团主要负责承担混凝土与部分土建施工。宁明多山多水，地形地貌复杂，这些作为自然景观固然使人赞叹，可涉及修筑工程层面，则叫人实在苦不堪言，工程难度极大。机场的地质都是石灰岩，上面又覆盖着一层风化岩，遇水即烂，战士们只能用人力一点点将岩石打掉，再铺上石头，用混凝土浇筑牢固。在施工现场，没有现代化的混凝土搅拌机，战士们唯一拥有的，便的是青年体内的无穷活力——体力、汗水、青春。尽管面临种种困难，广州空军工程兵第五团秉承军人对组织的无限忠诚、对纪律的绝对服从，表现出在困难面前毫不畏惧、顽强不息的拼搏精神。终于在1965年7月，将宁明机场建设完成。

在宁明机场完工同时，空五团为下一工程转入地下施工做技术准备，选派一支由工程、技术、修理、机械连队组成的精干队伍，赴河北遵化某陆军部队学习坑道施工技术，这些技术在桂林机场中得到了充分运用。

1965年5月起，广州空军工程兵第五团开始进场修建桂林机场，这是该团组建以后独立完成的第一个机场工程。工程规模浩大，包括配套的指挥所、发行台及备用跑道等。该工程是在国民党时期的一个土跑道机场的基础上修建的，地质复杂，属于喀斯特地貌，地下溶洞多，而施工机具落后。施工高峰时全团有1000余人，民兵5000人。该工程技术要求高，于1968年5月竣工。

1967年，广州空军工程兵第五团开始前往广东韶关修建韶关机场。工程任务包括指挥所、洞库、炮楼、雷达阵地，这是广州空军的第一个飞机隐蔽库。建造要求机库可防原子弹，能容纳160架飞机，飞机可在洞窟内直接起飞。1970年韶关机场修建完成。

1970年3月，广州空军工程兵第五团折返广西，开赴下一个战场——全州，修建全州国防战备油库。该油库现在仍在使用，为第五团时期承担的最大国防工程，油库总量达80万吨，竣工时中国人民解放军总参谋部、总政治部、总后勤部和广州空军首长都参加了典礼。工程参建人员达5000余人，其中第五团2000多人，民兵3000余人。

据1970年入伍的江西新余籍战士林少华当年的日记记载，当时空军3890部队在修建韶关机场和全州油库时生活非常艰苦。他们入伍的第一天就开赴韶关军用机场，在那里经过一个月的新兵训练，此后才分配到各基层连队及机关部门。部队在韶关、全州住的是“干打垒营房”，每人每天的伙食标准是0.45～0.51元之间。新兵入伍第一年每个月的津贴是6元，此后随着年限的增长，分别提高到每月7元、8元、10元、15元，在修建军用机场和油库期间，部队正在开展争当“五好战士”，创建“四好连队”的活动。

此外，广州空军工程兵第五团还参建了湖南邵东轰炸机机场、空军后勤部韶关水泥厂等国防工程。

除了参与军事工程之外，在民用工程中，广州空军工程兵第五团也作出了卓越贡献。1963年第五团组建之后，与广州空军第四工程修建总队1大队一起完成了广州白云国际机场的修建。该工程于1964年竣工，结束了广州不可起降大型飞机的历史。

第三章

基建工程兵302大队的诞生

第一节　组建基本建设工程兵

新中国的建设充满着艰辛，也不断地在调整。

“二五”计划后，国民经济出现失衡。为了使“三五”计划能在较好的起点上展开，国家决定将1963—1965年作为继续调整、整顿的过渡时期。

与此同时，中国面临的国际形势愈发严峻，强敌环伺。针对日益严峻的国家安全形势，中共中央、中央军委认为，在三五年内，中国面临局部战争的可能性较大，且局部战争有可能演变为大的战争。在这种情况下，中央军委遵照中共中央的指示，作出了一系列决策：进行备战整军，加强军队现代化建设，增加铁道兵和工程建设部队的数量；进行“三北”防护工程和沿海岛屿防御工程规划和建设；加紧进行战略后方基地和战役后方基地建设；加速发展国防科技工业，特别是原子弹、导弹等尖端武器的研制；加强全国民兵建设。

在加强战备、准备打仗的思想指导下，大规模“三线”建设如火如荼地展开。随着国家经济建设、国防科技工业、基地建设规模和战备工程的不断扩大，基本建设任务越来越繁重。仅仅依靠现有的部队、民兵和群众显然无法满足如此庞大的战略建设任务需求。

于是，基本建设相关施工队伍，进入快速扩张期，队伍规模越来越庞大，仅中国人民解放军序列中的铁道、工程部队便达到了80余万人，国务院各系统下属的施工队伍，更是达到了161.6万人，连同直属的各重要工矿企业人数达到300多万人。

施工人员的数量虽然有着显著提高，但随之而来的问题也越来越多。1965年，国家建委主任谷牧等领导在总结新中国成立以来基本建设施工队伍建设经验时指出：施工队伍越来越庞大，基建队伍职工来一个包一个，职工平均年龄越来越高，老弱病残越来越多，家属拖累越来越重，跨区远距离调动很困难。队伍的更新越来越不好解决，无法适应基本建设施工队伍流动性大、突击性强和工作条件艰苦的特点，必须寻找新的出路。

1966年2月，中央书记处召开会议，周恩来总理和邓小平副总理在会上提议，把部分施工队伍整编为基本建设工程兵。毛泽东主席听了汇报后说，这个办法我赞成。

3月11日，国家建委党组根据中央书记处的指示，向中央写了《关于施工队伍整编为基本建设工程兵试点意见的报告》，报告对为什么要整编，如何搞好整编，部队的名称和建制，领导关系，士兵的来源和服役年限，干部问题和人员的比例，军事和技术训练，以及费用来源和供应标准等问题，作了明确的阐述和规定。

3月30日，中央批转了这个报告，指出："把施工队伍逐步整编为劳武结合、能工能战的基本建设工程兵，是实现队伍革命化，保证队伍不断更新，提高战斗力的根本性措施，最能适应边备战、边建设的需要。可以肯定，这是一个正确的方向，必须坚定不移地贯彻实现。"中央在批示中肯定了"工改兵"的方向，指出了整编的意义，规定了部队的性质和任务。

6月21日，国家建委向中央军委上报了《国家建委党组关于施工队伍整编为基本建设工程兵试点中几个问题的请示报告》。该报告就部队的编制序列和番号、征兵退伍、武器装备、军需用品和供应等问题作了具体规定。

7月27日，中央军委同意并转发了这个报告。国家建委的报告和中共中央、中央军委的批示，对施工队伍整编为“中国人民解放军基本建设工程兵”试点工作的有关问题，作出了具体规定。

中共中央和中央军委确定，基本建设队伍整编后，定名为“中国人民解放军基本建设工程兵”（简称“基建工程兵”），受国务院和中央军委双重领导，主要担负国家基本建设重点工程和国防工程施工任务。部队不使用国防经费，而是实行经济核算，自负盈亏。

基建工程兵按照解放军工程部队的编组原则，结合基本建设施工队伍的特点，按指挥部（相当于军）—支队（师）—大队（团）—区队（营）—中队（连）—排—班的序列进行编制。

在基建工程兵的人员组成中分为3类：第一类是“兵改兵”，这部分人分别来自野战军、国防工程兵、铁道兵和新疆建设兵团；第二类是“工改兵”，这部分人员大部分是技术骨干，部队改编的时候吸收了企业中一些年富力强、技术水平高、富有施工经验的技术骨干；第三类是“义务兵”，按照国家的征兵制度，每年招收的大量义务兵是这支部队的主体人员。

1973年，在国务院、中央军委领导下，基建工程兵对整编试点工作进行总结，提出了基建工程兵的建设方针：劳武结合、能工能战、以工为主。

到1979年底，基建工程兵共有10个军级或相当于军级建制的指挥部、32个师级或相当于师级建制的支队、5所技术学校、150多个大队或团，总人数约为50万人。

1966年8月1日，中国人民解放军基本建设工程兵正式成立。截至1985年1月1日最后5万部队转入武警部队序列，这个兵种仅仅存在了18年。基建工程兵组建的18年间，先后担负了国家大中型建设项目和单项工程132项，工业和民用建筑竣工面积1800万平方米。为国家经济建设、国防科技工业、基地建设和战备工程建设，立下了汗马功劳。

第二节 31支队与302大队的诞生

基建工程兵成立后，国家就进入了中国历史上的一个特殊时期，全面开展“文化大革命”。经过十年动乱，到1975年，部队也受到很大影响，具体表现在组织编制混乱，比例失调，机构臃肿，干部严重超编。

1975年1月5日，根据毛泽东主席的提议，中共中央任命邓小平为中央军委副主席兼总参谋长。在叶剑英、邓小平主持下，6月24日至7月16日，中央军委在北京召开扩大会议，集中讨论和重点解决压缩军队定额、调整编制体制等重大问题。会议通过了《关于压缩军队定额、调整编制体制和安排超编干部的报告》。军委扩大会议后，军队从调整体制编制入手，整顿工作全面展开。总参谋部制定了《压缩军队定额、调整编制体制的方案》，并经中共中央、中央军委批准执行。根据方案精神，将要缩减人民解放军工程建设部队，这就是被人们称为的“第五次大裁军”。

这时，属于广州空军工程兵的第五团情况怎么样呢？

“文化大革命”后，全国各行各业百废待兴，空军机场基本建设饱和，空军工程兵也因此被压缩。一方面由于地方政府陷入瘫痪，国家工业建设的一些项目无法正常开工。另一方面部分地区修筑一些大的项目确实困难大，地方缺乏专业工程队伍，难以自行施工。

考虑到随着国家工业的不断发展，今后的基建任务还很繁重，而军队缩减下来的工程部队，又正好有多年的施工经验。因此，为了保留一些工作骨干和技术骨干，进一步加强基本建设力量，经与有关部门协商研究，决定将担负工程建筑任务的工程兵1个师部、2个工区机关、14个团、3个独立营共4.9万余人，第二炮兵1个工区机关、4个团共1.41万余人，空军的2个团4240人，国防科委1个汽车团2000人，总后勤部1个汽车团1605人，新疆军区1个道路工程团4949人，总共1个师部、3个工区机关、23个团、3个独立营，共7.59万余人，改为基本建设工程兵，归国家建委建制，分别由国务院有关部门负责领导和管理。

1975年，国务院、中央军委下发文件，同意国家建委、总参谋部、总政治部、总后勤部《关于将部分建筑部队改为基本建设工程兵的请示》，并批准执行。广州空军工程兵第五团正式转入基建工程兵。

1975年10月24日，国务院、中央军委国发〔1975〕198号文，组建基建工程兵31支队成立，直属于第三机械工业部领导，承担航空工业基本建设任务，支队定额11000人，后增加至15000人，番号为建字870部队。1978年7月，部队番号改为00319部队。

1976年3月16日，中国人民解放军基本建设工程兵第三机械工业部办公室正式成立。第三机械工业部副部长张孔修、于辉先后兼任办公室主任。王工学、彭尚友、赵彦村任办公室副主任。下设参谋、政工、后勤组。

根据国务院、中央军委批示，自1976年4月起，第三机械工业部“兵办”从广州空军工程兵第五团改编了基建工程兵302大队，从第二炮兵部队接受了工程兵第129团改编的基建工程兵303大队，从南京军区空军接受了空军工程兵第三团改编的基建工程兵301大队，从第二炮兵部队接受了第174团改编的基建工程兵304大队。当年10月改编完毕。

31支队为师级单位，指挥部设在湖北襄樊黄集镇。31支队支队长为王进禄，政委为王忠民，副支队长为赵羡孔、裴青、时振山、王树林，副政委为宋济珍、孙忠政、刘更申。以下4个大队，均为团级单位。

根据国务院、中央军委1978年8月12日批复，基建工程兵31支队定员增加到1.5万人。1979年2月21日第三机械工业部、基建工程兵批复，同意将31支队修配厂纳入编内，编制500人，为团级单位。

由于基建工程兵自成立时部队的编制序列和番号按照指挥部—支队—大队等建立，在实际的工作中，外界并不清楚支队、大队、区队和中队是哪一级单位，由此给基建工程兵对外交往带来了诸多不便。1980年5月，国务院、中央军委发〔1980〕114号批复，同意自1980年8月1日起，基建工程兵大队、区队、中队番号改为团、营、连，但序列号不变。至此称为301团、302团、303团和304团。

31支队下属各大队的任务非常分散，301大队驻地江苏常州，大队长陈学勤；302大队移师湖北荆门，大队长赵羡孔；303大队驻地陕西汉中，大队长澹思敏；304大队驻地贵州安顺，大队长裴青。

其时，大多为小部队作业，任务范围铺遍全国。如大同、南宁、北京、张家口、襄阳、桂林、安顺、贵阳等地，都有31支队基建工程兵的身影，其为“文革”后的国内基础建设与国防事业作出了卓越贡献。

31支队四个大队，其中两个大队来自空军工程兵，两个大队来自第二炮兵部队工程兵，都属于野战部队，武器装备都按照标准步兵师配备，步枪、手枪、轻机枪、重机枪、冲锋枪、高射机枪都配备了。

广州空军工程兵第五团，1976年9月改为基建工程兵302大队后，番号为建字872部队，1978年4月，根据《基本建设工程兵关于授予五码部队代号的通知》，自1978年7月1日，部队代码更改为00312部队。

302大队在机关总部设立司令部、政治处、后勤处，司令部设工程股、技术股、训练股、军务股、管理股、合同预算股；政治处设组织股、干部股、宣传股、保卫股；后勤处设军需股、装备股、物资股、财务股等。编制以“四三四三”为主，即全团四个营，每营三个连，每连四个排，每排三个班；另有直属汽车连、修理连、卫生队；整个大队编制2500人左右。

历年兵源情况附表

序号	征兵年份	征兵地点
1	1963	广东化州
2	1964	河南巩县、广东罗定、湖南郴州、桂阳及嘉禾
3	1965	贵州遵义、开阳及息烽、安徽铜陵
4	1966	山东滕县（现滕州市）
5	1968	上海市区（150名）、上海市奉贤县（150名）、浙江临海（600名）

（续上表）

序号	征兵年份	征兵地点
6	1969	吉林敦化、乾安（283名）及广西合浦、浦北、江苏兴化
7	1970	江西新余、樟树
8	1971	沈阳市苏家屯区、湖南凤凰及广东连县、乐昌、新丰
9	1973	陕西安康、河南唐河、广东和平
10	1974	广东台山
11	1975	湖南保靖及凤凰、上海南汇、福建将乐及沙县
12	1976	广东化州、茂名信宜及广西灵山、钦州
13	1977	黑龙江齐齐哈尔、绥棱、庆安及富裕
14	1978	陕西西乡、湖南沅陵
15	1979	湖北襄阳、蕲春、浠水以及河南鲁山、云南祥云及宾川
16	1980	贵州铜仁
17	1981	北京密云、山东冠县及临清、浙江衢州及金华
18	1982	湖北荆门、钟祥

从1976年从广州空军第五团改编为基建工程兵302大队，到1983年部队接到转业深圳的七八年时间里，部队先后在广东、广西、黑龙江、陕西、湖南、湖北、河南、云南、贵州、北京、山东、浙江等省、自治区和直辖市招募兵源。

1976年3月，广州空军工程兵第五团从各地集结到湖南衡阳休整，后移防湖北荆门参加宏图机械厂的建设。宏图机械厂主要为研发水上轰炸机，是国家“三线”重点工程。

6月，部队机关总部也从湖南衡阳移驻湖北荆门的烟墩镇。

第三节　建设宏图机械厂

宏图机械厂位于湖北省荆门市的漳河水库边，是研发水上飞机的国防工业重点工程。水上飞机的研发属于航空工业，而航空工业在新中国成立初期，几乎是从零起步的，新中国成立以后，其发展也充满着艰辛和曲折。

从1951年1月起，在苏联援华的156个项目中，航空工业就占了13项，包括飞机制造厂、航空发动机制造厂和机载设备制造厂。这其中，就包括了水上轰炸机的研制。

20世纪50年代末期，中国和苏联的友好关系急转直下，到了1960年的时候彻底走向了破灭，苏联断绝了对中国的援助。几乎与此同时，我国经济建设离开了实事求是、稳步前进的轨道，一场全国性的“大跃进”运动开始了。受国际、国内整体局势影响，刚刚发展起来的航空工业遭到严重挫折。

十年“文化大革命”更是使中国航空工业雪上加霜，陷入了尴尬的停滞阶段，甚至因为部分厂房设施被破坏而有所倒退。

水上轰炸机是国之重器，不可不做，面对这种情况，中央决定自主研发，并在湖北省荆门组建宏图机械厂（国防航空工厂），负责总装与试飞水上轰炸机。

1971年4月1日，宏图机械厂在湖北荆门漳河水库边破土动工。

漳河水库是一座大型人工水库，是湖北省境内的最大水库，位于湖北省中部，距荆门市区18千米，于1958年7月动工，1966年竣工。水库大坝就在荆门市烟墩镇。而宏图机械厂的选址便是荆门市烟墩公社，后改为迎接镇，现名漳河镇。

宏图机械厂最初设计规模宏大，投资2亿元，可容纳10000名工人同时施工。因为国防工业后出于保密要求，宏图机械厂更名为国营322厂。

宏图机械厂上马建设后，工期要求紧，基建任务重，工程建设队伍不足。1973年，上级要求工厂建设要加足马力，大上快上。以前负责宏图机械厂施工任务的是湖北省第二建筑公司二处，共有200多名职工，这远远满足不了工厂建设的需要。于是，宏图机械厂向国家建委请示，要求增加322厂的施工力量。

1973年7月，国家建委以〔73〕建革字第409号文《关于第三工程局分期分批调迁湖北承担施工任务的通知》，确定调遣国家建委三局四公司于当年9月底进入宏图机械厂工地，承担基建施工任务。

1973年12月12日，国家建委、国务院“国防工办”和第三机械工业部批准宏图机械厂生产任务为生产水上轰炸机10架，备件生产能力按整机生产能力的25%计算。

12月15日，根据国家建委安排，宏图机械厂同第三工程局四公司签订《建厂协议书》。该协议书确定：建筑投资2324.16万元，建筑面积153009平方米。其中生产厂房88949平方米，生活区61986平方米，机场区2074平方米。1974年3月，第三工程局四公司二处500余人陆续进厂，省建二公司撤离宏图机械厂。

根据上述协议书确定第三工程局四公司二处进场员工应为1500人，而实际进场员工才三分之一，因此，工程进度仍然达不到要求。

1976年，广州空军工程兵第五团改为基建工程兵后，隶属于第三机械工业部管辖。而宏图机械厂即为该部管辖的建设项目，为了保证宏图机械厂的建设，国家建委和第三机械工业部基建工程兵办公室分别以〔76〕建发军字164号和〔76〕三兵参字第011号文，调基建工程兵302大队来湖北荆门，接替第三工程局四公司承担宏图机械厂建厂任务。

1976年6月，基建工程兵302大队所属五、六、安装、技术、汽车中队作为第一批人员从衡阳迁到，承担322厂和605所的施工及其他“三线”国防建设任务。

之所以选择302大队来承接建厂工作，一方面是因为302大队为广州空军出身，机场建设经验丰富，可以承担宏图机械厂内飞机试飞机场部分的建设工作。另一方面，其军人的身份使其灵活性强，工作效率高，对任务服从性强，不怕苦，不怕牺牲，适应国防工厂建设时间紧、任务重的特点。第三方面，是因宏图机械厂为军工企业，有着保密要求，302大队作为基建工程兵，虽然以工为主，但仍是部队。

为了让302大队尽早熟悉业务，双方更好磨合，提高他们的业务水平，宏图机械厂和302大队领导共同商定，于1979年6月，专门从宏图机械厂里抽调了十余名工程技术人员和管理干部，派到部队的连队、股、室临时任职，协助部队尽快熟悉情况。

按照宏图机械厂各施工单位的分工协作，基建工程兵302大队主要负责基础的厂房建设。同时，受当时“全民皆兵”“深挖洞、广积粮”口号影响，302大队也会派战士去厂内其他部门进行军训带队工作。

在建设宏图机械厂时，“文革”刚刚结束不久，一切都百废待兴。宏图机械厂的建设具有边建设、边施工、边安装、边生产，先生产后生活、先厂房后宿舍的特点。所以，当年宏图机械厂建设者和生产者，都是非常艰苦的。作为部队性质的基建工程兵302大队，同样如此。

302大队当年修建的机库到水上飞机的滑翔跑道，几十年过去了，至今还在使用之中。

1979年，国家对国民经济进行调整，许多大型工程项目面临停缓建，仅仅建设了原设计规模四分之一的宏图机械厂也在调整之列。

宏图机械厂不得不调整发展方向，走向“军品第一，民品为主，军民结合，以民养军”的“军转民”道路。因此，以宏图机械厂修建为主要任务的302大队，也面临着调整的局面。

宏图机械厂的停缓建，让效益本身不太好的302大队生活捉襟见肘，连填饱肚子都困难，更别提购买先进设备，学习先进技术，提高生产水平了。31支队的领导们见到了302大队的困境也十分担心，曾考虑过将302大队解散，将原302大队的设备和人员分摊到其他几个大队中。

面对如此困难，302大队并不甘心坐以待毙，他们决定拼命一搏。为了缓解内部经济困难，302大队从干部到基层士兵，统统积极“找米下锅”，主动寻找各类可以承包的工程，将部队拆分成许多小股施工队，在全国范围内进行分散作业。

由于302大队的前身3890部队是野战军编制，在全国各地施工，因而在地方基础不强，同地方领导接触也不多。加之转做基建工程兵后，业务主要以建筑为主，而302大队本身做机场工程起家，不像其他大队搞建筑出身，在一段时间内业务量相对比较少。面对这种情况，全大队上下铆足劲头，并不认输。到了荆门以后，大队部当时提出一个具体任务口号："铁的队伍钢的班，确保完成四百万"。四百万元，是整个大队一年的完成任务量，也是一个大队当年的经济收入指标。

在荆门期间，除了承接宏图机械厂工程任务之外，302大队还承接了大量民用工程，如襄樊卷烟厂、襄樊电视塔及火车站职工住宅，武汉贸易信托大楼建筑工程、武汉油脂化工厂、电影机械制造厂、汉口大智路蛋厂、汉口自来水厂、汉口贸易大楼、武汉五十中教学楼等。

1977年夏，株洲火车站货车冲翻，302大队调遣3营官兵抢险三天三夜，挽救了几千吨民用物资。

1978年，基建工程兵302大队出色完成了株洲飞机发动机试运台的修建任务，此外，还有株洲331厂、跨河管线桥等，承建株洲第二分厂部分厂房。

第四节　参与上海大场机场建设

1978年，党的十一届三中全会召开，标志着我国社会主义建设进入了新的历史时期。随着经济建设发展和改革开放，华东地区民航机场建设，特别是上海国际机场建设日益紧迫。上海当时虽然有虹桥国际机场，但是每隔5分钟起降一架飞机的运营任务已经达到饱和程度。为了适应新形势的需要，国家决定在上海大厂机场基础上进行扩建，再造一个国际机场。

上海大场机场位于上海市北部宝山区大场镇，为国民党时代留下的老机场。中华人民共和国成立后，大场机场由中国人民解放军接管。1953年3月由海军航空兵部队管理，此后一直作为军事设施为军队服役的机场，不对外开放。

为研发“运十”飞机，1971年大场机场改扩建任务获得批准。1978年初，302大队接到上海大场机场试飞飞机的施工任务，工程任务为新建总装厂房和喷漆厂房，并按照大型客机试飞要求加长跑道1000多米，以及加宽加厚，拖机道和滑行跑道都要相应加长加宽。由于要求急，任务重，施工任务由上海建工局和基建工程兵31支队共同承担，31支队以302大队为主，301大队参加共同施工主跑道。

1978年，在接到第三机械工业部下达的大场机场改扩建任务后，302大队派出两个营前往上海，大队长赵羡孔更是亲自带队指挥。

大场机场扩建最难啃的硬骨头是，要扩建的跑道是在一条河和大大小小的水塘上，必须把河塘的水排干后，把淤泥掏出来，再往下挖到老土层。当年没有大型挖掘工具，主要是依靠人工。

进入夏季，干部战士冒着近40℃的高温投入施工，大队长赵羡孔就在现场指挥。大队干部下到营，营级干部下到连，连干部下到排，昼夜突击，轮番作业。然而，再恶劣的条件没有人叫苦叫累，大家只有一个信念：“‘运十’早日上天是完成毛主席和周总理的遗愿”。

该项目由于工程质量好、节约了大量成本，同时，还提前完成了工程施工任务。事后，受到了上海市领导和海军司令部领导的通令表扬。

大场机场的改扩建任务圆满完成。此后上海飞机制造厂于大场机场试飞成功中国自己研制的首架喷气式客机“运十”。302大队在大场机场的优良表现，不光赢得了上海市政府的称赞，也为日后深圳市市政工程公司赴上海开办分公司打下了基础。

第五节　赴约旦承接海外工程

1979年，全国许多大型项目停缓建，基建工程兵面临着国防工程被压缩、民用工程难找的窘境。

寻求工程任务成为了31支队及其上级主管单位第三机械工业部“兵办”的重要任务。当时除了在国内寻找工程任务之外，大家也把目光也瞄向了国外，这在当时还没有完全打开国门的环境下，算是很大胆的举措了。

1979年1月，国务院根据“改革开放，政企分离”的原则，批准第三机械工业部成立中国航空技术进出口公司，专门负责中国航空产品外贸工作业务。1980年7月，中国航空技术进出口公司与约旦王国曼果公司签订合同，分包斯瓦科改造中心续建工程劳务部分，只包工不包料。合同金额为513.5万美元，工期12个月。后经第三机械工业部、基建工程兵总部批准，由基建工程兵31支队承担该项任务。

根据工程的重要性，基建工程兵31支队决定在302团和304团中抽调300余人，脱下军装穿上工作服，组建了中国航空技术进出口公司第一建筑工程公司，远赴约旦承接工程项目。

首次踏出国门，问题比想象的要复杂很多，语言不通、法律不同、交通不便，生活习惯不一样，无一不困扰着先遣队。到了工地，经过一段时间的了解，大家发现斯瓦科改造中心是阿拉伯联盟负责提供资金，由约旦公共工程部负责组建。曼果公司利用其家族关系获得了该工程的总承包权，并转包给另一家公司进行施工。在施工期间因经济纠纷，合同半途而废，双方分道扬镳，变成了一个烂尾工程，他们实际上接了一个“烫手山芋”。

鉴于上述情况，约旦国家公共工程部终止了曼果公司主承包商资格，解除了中方与曼果公司的合同。承包工程以失败告终，虽然这完全是曼果公司造成的，但由于改革开放初期，我们面对打开国门后的世界，还不熟悉，不了解，不适应，我方前期工作不细，偏听偏信，创外汇心切，又急于求成，签约草率，也是造成工程失败的主要因素。

被迫停工后，工程款拿不到，又无后续工程，中方施工队伍面临着多方面的困难。第三机械工业部领导得知情况后，为了解决战士们没钱、没饭吃的问题，派了一位副部长特意带着2万美元飞往约旦。抵达当天，部领导就召集战士们开会，表示任何学习都要付学费的，当时国家也很困难，资金十分短缺，尤其是外汇，所以这2万美元只是给部队解燃眉之急，接下来就要部队设法自己“找米下锅”，自己挣钱承担回国机票。

摆脱困境，首先要解决吃饭问题。大家决定在内部加强思想教育，以安定人心，组织队伍承揽一些零散工作，如帮助当地采摘橄榄油果、搬钢筋、做木工、私人房子装修、包装蔬菜等，别人不愿干的活儿大家都干。

1981年5月，中国航空技术进出口公司第一建筑工程公司通过议标，拿到了约旦马安省皇家浮法玻璃厂的基础工程，合同金额为200多万美元。英国人承担钢结构，德国人承担设备安装，中方承包了全部主体土建工程，工期一年。

这项工程是约旦国家重点工程，中方的施工无论进度和质量，约旦方面都非常满意，约旦国王专门派他弟弟到工地视察，因此该工程结款非常顺利。

在这样的艰苦环境中，在保证工程质量的前提下，以11个月时间，提前一个月圆满完成任务。经验收质量优良，取得了50万美元的纯利润，为我国开拓国外承接工程项目积累了经验，打下了基础。

第四章
修建南宁机场紧急战备防护工程

第一节　紧急调回“老五团”

1978年前后，中越边境局势紧张，遵照中央军委命令，中国边防部队已经进入全面战备状态，中越边境的战争一触即发。中央军委于1978年12月7日召开会议，并于8日下达了对越自卫反击作战的决定和命令。1979年2月17日至3月16日，以广州军区部队和昆明军区部队，组成广西边防部队和云南边防部队，消灭边境的入侵越军。

于是对越自卫反击战拉开了帷幕。根据中央军委的命令，在对越自卫反击战的前夕，时任广州军区高炮19师师长的解生云即率领高炮55团、56团、57团，分三个队赴广西地区担负机场保卫任务，分别部署在南宁吴圩机场、宁明机场、田阳机场，负责掩护机场对空作战任务。

南宁吴圩机场防护工程，原由广州空军工程兵四总队部分部队和400多名民工队伍负责修建。原广州空军工程兵第五团改编为基建工程兵302大队后，由于原“老五团”在广东、广西执行修建国防工程时因品质优良而名声显赫，因此广州空军司令部依然保留五团番号，由广州空军工程兵四总队兼而代之。对越自卫反击战打响后，前线指挥部首长感到吴圩机场对保障我军制空权非常重要，要加快工程进度，以配合前方战事的需要。

在一次会议上，前线指挥部首长向广州空军后勤部提出：能否挑选一支素质过硬的施工部队，来承建吴圩机场防护工程？按照一般的惯例，修建机场施工队伍，最专业的是空军自己的队伍。但是广州空军后勤部部长孙兆溪提出，让原广州空军工程兵第五团上，虽然这支部队现在已经改编给基建工程兵了。孙部长的提议基于两个前提，一是这支部队曾经属于他的直接下属，他对这支部队非常了解；二是这支部队从修建王家墩机场、大托铺机场、昌北机场以来，已经前前后后修建了近20个机场及军事工程，能够打硬仗。

广州军区副司令员、前线指挥部副总指挥江燮元当即表态同意调整施工队伍，由302大队替换四总队来进行后期施工，并要求302大队快速进场，工程速度要快。

军令如山，当时驻扎在湖北荆门的302大队，接到上级命令后，于1979年2月，分别从当阳和武汉飞赴南宁接受任务，大队长赵羡孔到南宁后，根据广空部署，一边指派随同前往的管理员鄢大明到广州空军后勤部领取项目图纸，他则马不停蹄返回湖北荆门召开会议。

为了统一思想，尽快进入角色，302大队出发之前在湖北荆门召开动员誓师大会。在动员誓师大会上，大队长赵羡孔、政委刘德胜指出：此次赴南宁执行紧急战备工程任务，意义重大，任务艰巨，使命光荣，是广西前线指挥部对302大队的信任，大家要不辱使命，以最好的质量、最快的速度完成这一任务。各营、连代表在会上发言时纷纷表示：请求大队党委将最艰巨的任务，交给自己所在的营连。

第二节　302大队调集8个连队赶赴南宁

南宁机场紧急战备防护工程代号为“8795”“4733”。根据广西前线指挥部和广州空军后勤部的部署，两个代号工程都是由建设单位出任总指挥，施工单位出任副总指挥。“8795”工程是由原“空五团”的老团长、时任广州空军后勤部副部长王勇为总指挥，“4733”工程是空七军后勤部部长鲁增瑞为总指挥。302大队党委决定：由副大队长朱世国出任“8795”工程指挥部副总指挥，由三营营长张传亮出任“4733”工程指挥部副总指挥。302大队指挥部就设在距吴圩机场北约500米的丛林之中。

南宁吴圩机场扩建工程重点项目有五项，即地下指挥所、地下电站、地下军械所、地下飞机隐蔽库、地下油库。302大队根据广西前线指挥部的要求：计划于5月进驻5个连队1000人，7月进驻3个连队600人。前后将派出8个连队参与吴圩机场抢修工程。兵马未动，粮草先行，302大队决定派出精明强干的先遣人员前往南宁打前站，做好部队到达的一切准备。经过周密部署并提出严格要求后，前站人员分别于3月15、16日前往南宁。

先遣人员经过10天的紧张工作后，与先期到达的副大队长朱世国在吴圩机场召开了先遣人员筹备工作情况汇报和下一步工作部署会。先遣小组与广州空军四总队对在建工程项目、400多名民工队伍、5000多平方米临设营房的交接、物资渠道进行疏通后，秉承着广西前线指挥部副总指挥江燮元副司令“进场时间越快越好”的指示，尽快开展工作。

1979年4月，开赴南宁的第一批军列，分别从上海站、荆门漳河站出发，1000多名干部战士到达南宁，比原计划提前一个半月。部队到达吴圩机场后，立即发扬连续作战的精神，迅速将设备、军需物资运往前站人员安排好的临时营区。同时，经过基建工程兵总部和总参谋部批准，开通了302大队南宁军用电台与31支队师部电台和在湖北荆门302大队大队部的电台无线电报的联系。一个半月后，第二批队伍600人，按计划提前半月进场，号内号外工程全面铺开。1600名干部战士、400多名民工、60多人的生产队装卸队伍，通力合作，誓要在有限的时间内，发挥无限的努力，全力以赴出色地完成前线指挥部交付的任务。

吴圩机场战备工程，绝大部分是地下工程。时间紧迫，工程量巨大，加上坑道施工作业的不可预见性，302大队面临一场硬仗。

由三营七连、九连承担的军械库，便是三营遇到的第一块“硬骨头”。

想要修建军械库，首先要用有限的机械设备加传统的人工作业方式，在两个多月的时间内，将10万立方米土石搬出一道沟。10万立方米土石方是个什么概念？从体积上直观计算：把10万立方米土石放在一个标准的足球场上，可以让足球场抬高五层楼达14米高。任务不可谓不艰巨。战士们用手中的传统工具，配合汽车连一个排的4吨解放牌翻斗车搬运。全大队参加吴圩机场工程的初期，只有两个汽车排，将一半汽车调来军械库已是极大倾斜，但与计划时间还是有距离，战士们就用手推车加入搬运，两班倒昼夜不停。两个多月时间，硬是把这10万立方米土石方攻下来了。

军械库施工的第二道难关，是面对作业跨度38米、高度20米的库房结构，这个跨度和高度是确保导弹车能开进去而设计的。当时安装营唯一的一台最先进的10吨履带吊车，对20米高的屋顶预制大樑难以企及，只好让战士在军械库两边山坡的丛林中为吊机开出一条坡道，这才完成了大樑的吊装任务。

由八连承担的平顶山6000吨地下油库工程，实行坑道掘进施工作业，向花岗岩山体钻三个导洞，安装后每个能装2000吨油的地下油库，这是302大队的看家本领。但时间紧迫，八连严格执行指挥小组制定的施工方案，有效利用三个导洞交叉作业的空间和时间，将三个导洞掘进的兵力按比例部署，集中优势兵力完成1号洞掘进，为安装赢得了时间，使油库、输油管、铁路专线互不拖累，按时贯通了平顶山油库至机场12千米的动脉。这一施工设计方案，创造了坑道掘进和安装工程交叉作业的示范。

由于两个代号工程实行边设计、边施工的方法，有些图纸和施工方案开工前还在调整修改。将八个飞机隐蔽库建在机场滑行道北侧的平地上，这样的工程302大队还是第一次修建。工程人员在研究施工方案时提出，将两个机库形成一个球体，中间编筋隔断，整体支模，一次性浇灌混凝土。这一创造性的施工方案既增加了机库本身的整体性，又加快了工程进度，空七军领导对此方案尤为赞赏。

经过150多个日日夜夜的奋战，302大队发挥了特别能战斗、特别能吃苦的精神，提前完成了八个飞机隐蔽库以及一、二、三道沟地下军械、航材、指挥所和油库等一批战备工程，受到军区和军委的通令表扬。

承接南宁机场紧急战备防护工程，为基建工程兵302大队历史增添了浓墨重彩的一页。在中国人民解放军基建工程兵五十万部队中，302大队是唯一开赴广西，为对越自卫反击战修建战备任务的部队。

在修建南宁机场紧急战备防护工程中，302大队也付出了血的代价。在四连承担的地下指挥所和地下备用电站施工中，发生了一次严重的塌方，1978年3月入伍的湖南沅陵籍战士粟云金、1978年12月入伍的河南鲁山籍战士陈新献，献出了他们年轻的生命，后来都被追认为革命烈士。朱世国，这位302大队的功臣，因长期在工程的一线指挥，积劳成疾，得了肝病，无法继续承受繁重的工地作业，该工程完工后不久，转业回到了老家四川，几年后因肝病恶化，英年早逝。

第二篇

春天故事（1983—1992）

得益于改革开放，宝安，一个毫无知名度的边陲县城以一个崭新的名字徐徐走向世界舞台。告别了军旗，这支光荣的部队又一次走到了前行的十字路口。有过犹豫，也有过彷徨，年轻的深圳向他们伸出了“橄榄枝”。一座城，两万人，他们由此结缘。在前途未卜的经济特区，他们安营扎寨，步履维艰，经历了水与火的考验。在百舸争流的商海大潮里，他们见识了潮起潮落、云卷云舒。在不停地创新与试错中，慢慢形成了自己的生存法则。

第五章

深圳抛出“橄榄枝”

第一节　基建工程兵的撤销与改编

1982年，为适应国家经济体制改革和军队精简整编的需要，中国人民解放军进行了第七次大裁军。在此背景下，国务院、中央军委于1982年8月作出了《关于撤销基建工程兵的决定》。

新中国成立后，中国军队经历了多次较大规模的裁军，先后有数十个大军区和兵团级单位被撤销，近千所军队院校、医院等被裁撤、缩编或转隶，其中基建工程兵的裁军属于第六和第七次大裁军。

1980年3月12日，邓小平在中央军委常委扩大会议上讲话时指出，军队要“消肿”，应该尽可能地减少军费开支来加强国家建设，主要是减少不必要的非战斗人员、减少统率机构、指挥机构人员。

1980年8月15日，中央中共批转了中央军委《关于军队精简整编的方案》，该方案要求全军总员额压缩至450万，大力精简机关，改革不合理的体制编制，裁并重叠机构，压缩军队定额，减少保障部队和非战斗人员。要求工程建设部队、铁道兵部队和军办工厂等实行经济核算、自负盈亏，不占军队编制员额。

根据中央军委的统一部署，全军精简整编工作从1980年第四季度开始实施。基建工程兵部队根据国务院和中央军委的指示，已经在1979—1980年进行了调整精简，压缩编制定额。在撤并部分营以下单位的基础上，1981年和1982年继续进行了大幅度的精简整编。新编制要求减少层次，加强技术骨干力量，提高机械化水平，主要担负国家重点工程和机密性较强的任务。

1981年，在全军精简整编的形势下，为了贯彻中央提出的狠抓调整稳定经济的方针，和中央军委精简整编的指示精神，基建工程兵兵种经中央批准，撤销了5个支队部，即第8支队部、第44支队部、第53支队部、第62支队部、第81支队部，裁撤了19个工程兵团，撤销了基建工程兵三机部办公室、第31支队农场和基建工程兵政治部体工队等。

到1982年国务院、中央军委准备撤销基建工程兵前，基建工程兵已经经过数次裁撤，此时已经减员至34万余人，其中干部6万人，志愿兵4万人，“工改兵”和工人2万人，义务兵22万人。

在反复酝酿和准备的基础上，1982年8月19日，国务院、中央军委颁发了《关于撤销基建工程兵的决定》（国务院、中央军委〔1982〕23号文件），对基建工程兵撤销工作的一些重大原则问题作出规定。两个月后的10月19日，基建工程兵撤销工作领导小组向国务院、中央军委呈报了《关于撤销基建工程兵的实施方案》。国务院、中央军委于12月9日转批该实施方案（即国务院、中央军委〔1982〕36号文件）。

《关于撤销基建工程兵的实施方案》中提出了五条原则：一是基建工程兵所属部队，原则上按系统对口集体转业到国务院有关部和北京市；二是部队改编时要保持生产能力，配好领导班子，成建制地改为国营企业；三是部队的装备、资产，原则上随同部队移交；四是撤销改编采取先下后上、先部队后机关的顺序进行；五是撤销改编的步骤，要求1982年冬至1983年春，撤销改编三分之二的部队，共22.4万人，其余部队于1983年底前基本撤销完毕。

34万余人的基建工程兵，在撤销改编过程中有多条途径，一是有一部分部队交给军队有关部门；二是水电、交通、黄金部队列入中国人民武装警察部队序列；三是成立善后工作领导小组。此三种途径之外的24万基建工程兵是按照系统对口集体转业。

《关于撤销基建工程兵的实施方案》要求：国务院有关部、北京市和基建工程兵，要根据本实施方案的原则，结合实际情况分别制定各系统部队的具体实施方案，报国务院、中央军委批准后实行。此外，还明确了撤销改编中的涉及干部战士切身利益的相关政策，包括劳动指标和落户、集体转业人员的工资待遇、专业技术干部评定职称和干部调级、干部和职工离休退休问题以及对仍在工程技术学校学员的安排、因公伤病残人员和牺牲病故人员家属的安置、兵种和指挥部两级机关干部的安排、撤销后所属经费、财产的移交、善后工作等问题。

基建工程兵部队大部分按系统对口，集体转业到国务院各有关部委和其他省、市、自治区；水文地质部队转隶于有关军区；战备通信部队移交给总参谋部通信部；水电、交通、黄金地质部队划归武警部队。1984年1月1日，基建工程兵领导机构被撤销。

第二节　31支队转业深圳的机缘巧合

在没有收到中央关于基建工程兵撤销正式文件之前，远在湖北荆门宏图机械厂驻扎的302团官兵们已经听到风传。因为自1979年就开始基建工程兵的压缩，这是大家都知道的事情。可这一次不是压缩而是裁撤，这更是关系到每一个人未来工作生活的大事情，所以大家十分关注，议论纷纷，各种说法都有。这时，31支队要集体转业到广东省深圳市的小道消息，已经通过一些非正式渠道，在官兵中流传。

当时深圳刚刚建立经济特区不久，部队官兵对边境小镇深圳一无所知，连这个地名也感到十分陌生，许多人连“圳”这个字都不认识，大家嘴上说来说去的，都叫“深川”。有极少数年龄稍大一点的人知道深圳，那是因为看过老电影《羊城暗哨》，知道这部电影中的特务偷渡过香港接头的那个破旧村落，就是深圳。

那么当时为什么31支队会选择转业到深圳，参与特区建设呢？

现在有一种说法，来到深圳的基建工程兵是两个支队即两个整编师，共计两万人。其实这个说法是有误的。准确地说，来到深圳的只有一个整编师即31支队，后来中央军委将石化指挥部802团划归31支队建制，外加三个不满员的团：1支队的1团和2支队的16团和19团。后来又临时调来水文指挥部的912团，这个团也是不满员。1团、16团和19团是从基建工程兵1支队、2支队、3支队中抽调的各连队组成，但同属冶金指挥部。于是为便于这三个团的管理，批准成立了冶金指挥部深圳临时指挥所执行师级权限，这相当于师级，代号为00049部队。

中央关于撤销基建工程兵决定中明确规定，所属部队按系统对口集体转业到国务院有关部和所在省、市、自治区。基建工程兵实际都归口到国务院的各个工业部，按照中央的这个规定，基建工程兵无论怎样按系统对口集体转业都和深圳是扯不上边的。

31支队集体转业到深圳，从某种程度来讲，更多的是一种机缘巧合。由于种种原因，31支队同第三机械工业部的关系不太融洽，加上按照中央文件，明确将第三机械工业部“兵办”于1981年予以撤销，于是31支队成为基建工程兵兵种直属领导的支队。如此一来更加同第三机械工业部渐行渐远，当时他们的许多大项目都下马了，所以在部队撤销过程中，转到该部是不太现实的，只能自寻出路。

第三机械工业部和基建工程兵为部队撤销吵得很僵，这个事情闹到了王震、谷牧两位副总理案头，王震分管第三机械工业部，谷牧兼任基建工程兵政治委员，同时分管经济特区工作，至此，31支队到深圳的事情就算摆上议事日程。

为了进一步加深对深圳的了解，1982年上半年，基建工程兵办公室和31

支队组织工作组来深圳参观访问，深圳市的领导对部队代表的到来热情接待，介绍了深圳发展状况。工作组回去后写出了调查报告，介绍了此行深圳的相关情况。

当时大家对来不来深圳，观点不尽相同。为了进一步深入了解，做好去深圳的准备，31支队领导又派出了一个赴深圳考察的5人小组，经过半个月的考察，大家见到的是建立经济特区之初的深圳，那种百废待兴的落后状况，比当时部队在内地的其他城市基本条件差多了，大家都非常失望，因此首先考察组里的5位同志，都产生了不想去深圳的念头，这更加重了31支队机关干部的顾虑。

1979年，基建工程兵31支队师部从襄樊郊区黄集镇搬迁到了位于襄樊市区的七里河。支队下属的四个团，分别驻在常州、荆门、汉中和安顺，分属四个省。

去不去深圳？这在当时成为了部队的一个大问题。面对这个问题，不同职务、不同籍贯的人想法各异。许多战士，特别是来自于湖北、云南和河南等省的农村义务兵，他们表示支持和拥护，他们的真实想法是：跟着部队来到深圳，还能够有一份国营企业的正式工作，能够吃上国家正规的“商品粮”。如果不来深圳，他们复员到地方后也是回乡务农，就是万一来深圳发展不好，再回老家也没有什么损失。但来自较为富裕地区的江苏、浙江、上海等地的士兵，还有一些吃“商品粮”的城镇士兵，对国家的改革开放和经济特区发展还认识不深。他们想不到深圳后来会发展成一线城市，觉得那时的深圳那么偏远，就是一个小渔村，再怎么样也不一定比自己家乡好，还不如回自己的江浙上海老家。

首先的难题就出现在31支队机关，年龄越大的，越不太想去深圳。特别是年事已高已经接近离退休年龄的支队高层领导，更是不太想转业到基础建设还很差的深圳。支队“司政后”（司令部、政治部、后勤部）机关干部多数人也不想去深圳。

归纳起来他们主要有“四怕”：一怕深圳经济特区基础差，底子薄，经济搞不上去，自己就没有退路了。转业是人生有去无回的行动，思来想去还是转业回家乡好一些。二怕落户广东，语言不通，风俗各异，难以在异地工作和生活。子子孙孙都变成“老广”了，回不了家乡，老家的父母和亲属都不赞成。三怕工作生活艰难。到深圳面临无房无路无朋友，人生地不熟，还要自己找市场找任务。吃大苦、流大汗之后，还不知道落个什么结果。四怕自己在深圳老无所依，尤其是支队一级的领导更担心这一点。因为当时在部队的离退休待遇比地方高出一大截，年龄大些的同志觉得没几年好干了，还是提前在军队离退休保险些。

当时31支队共有9个师级干部，其中7个表示不想去深圳。他们年龄偏大，有的身体也不好，不想转业去深圳，确实有他们的实际困难。

1982年10月，国务院、中央军委〔1982〕30号文件决定基建工程兵31支队集体转业到深圳经济特区，文件传达后，去深圳的事情正式确定了，干部战士中的各种思想都产生了，像是炸开了锅。一时间，一些不想去深圳的干部转业申请、战士退伍报告成倍增加。

面对此种局面，基建工程兵总部决定调21支队副支队长王树林任31支队副支队长，调82支队副政委刘更申任31支队副政委，支队司令部副参谋长时振山提升为副支队长。决定由王树林、刘更申、时振山会同支队总工程师熊煦超共4名副师级干部，率31支队师机关和三个团集体转业到深圳。来深圳集体转业的还有支队司令部副参谋长谷金岭、后勤部政委刘德胜。

根据陈德伦当年的工作笔记记载，302团第一次前来深圳考察是1982年10月14日，由当时的副团长田守臣带队，政治处主任汪家玉、司令部副参谋长韦光杰、后勤处处长陈德伦，还有技术股股长、副总工程师邹志远，同31支队其他各团代表一起来深圳，这是302团的考察人员首次踏上深圳这块土地。

当时由于301团决定集体转业至所在地——江苏省常州市，故没有派人参加深圳考察组。田守臣本为副团长，但由于302团团长印象震准备退休，因而上级决定由田守臣代理团长工作。

302团考察组来深圳后，当时就住在人民桥旁边的自来水公司招待所（现罗湖区宝安南路振业大厦对面），当年的那个楼至今还在，现已显得十分残旧了，可当时在深圳宝安路的一些破旧的小平房中，它却是非常显眼的楼房。一进招待所的大厅就有一部彩色电视机，可以收看到香港电视节目，这是大家第一次看到香港电视节目，都觉得十分好奇。大家至今还记得，人民桥的河边有一排排非常简陋的棚子，棚子里有卖走私货的。

当时的深圳，没有一条柏油和混凝土的一、二级道路，老百姓煮饭烧的是柴火。大家首先好奇地跑去罗湖桥看香港，看到过香港的罗湖火车站也是一个平房，站台是用铁栏杆围起来的，站前竟然有一个大坑，出火车站是一条不平的土路。

这些就是大家对深圳的第一印象。

在将近半个月的时间里，302团考察组在深圳市政府听取了市领导及深圳市建委副主任王世伦的介绍，还前往蛇口工业区、西沥水库（1983年更名为西丽水库）、泮溪酒店、友谊商店、东湖宾馆、深圳水库、爱华大厦、小梅沙及笋岗车站考察。已经在深圳参与建设的一冶一公司、省建四公司和华泰公司领导，分别与考察组成员举行了座谈，介绍了深圳的发展情况。

当考察组前往考察的时候，日后赫赫有名的国贸大厦正在打地基，考察组成员从罗湖往上步区（1990年后改为福田区）方向走。当时从火车站至红岭路口的道路已建成，红岭路至上海宾馆道路正在铺毛石，从上海宾馆往西是通往蛇口工业区的临时便道，只有两三米宽。

在这一次的考察中，大家第一次近距离接触到了深圳市委、市政府领导，通过交流，大概明白深圳特区的由来、深圳特区是什么范围、办特区的战略目标是什么、特区的现状和初步显示出来的效果、办特区带来的一些问题和主要困难、特区未来发展的远景，对于深圳特区有了一个初步的概念与印象。

第三节　特区建立之初的深圳

当时，“深圳墟”比宝安县在外面的名气要响亮很多。“深圳墟”是一个乡间集市，1953年宝安县城从南头迁至这里，成为县级政治经济文化中心。虽然它已是县属边防小镇，但当时的老百姓还是习惯叫“深圳墟”。

把“深圳墟”称作“东门老街”，则是改革开放以后的事，为的是把它与“深圳市”区别开来。

清光绪三十二年（1906年），九（龙）广（州）铁路开筑，宣统三年（1911年）建成全线通车，深圳成为广州香港之间的重要门户。到了20世纪二三十年代，修筑了“深圳墟”通往罗湖桥火车站与侨社的和平路、建设路，通往南头的宝（安）太（平）路，通往龙华的晒布路、布吉路，通往龙岗的沙湾路，通往香港新界文锦渡的文锦渡路，通往盐田的沙头角路。铁路、公路及深圳码头的水路，使南来北往的物资与客流空前繁忙，不少行业也应运而生。

1979年1月，广东省决定将原宝安县改县建市，设立深圳市。1979年3月5日，经国务院批复同意，宝安县改设为深圳市，受广东省和惠阳地区双重领导。1979年7月，中央决定在深圳、珠海、汕头、厦门试办出口特区，不久后改为经济特区。1979年11月，广东省委决定将深圳市改为地级省辖市。1981年3月，深圳市升格为副省级城市。

深圳由于与香港一水之隔，属于边防地区。改革开放之前，在“极左”思想影响下，除了少数边民的过境耕作和港澳同胞回乡探亲，深圳与香港基本没有来往，经济发展十分落后。当时的深圳，还仅仅只是宝安县属下的一个镇。据查历史档案，建市之前的深圳镇内人口不到5000人，镇区面积仅有3平方千米，房屋建筑面积总共只有109万平方米，而且几乎全是低矮的平房、瓦房，即使当时最繁华的镇中心——东门老街，也被戏称为“一支烟路”，意思就是吸一支烟的功夫，就足以穿过整条老街。当时深圳最高的楼房，就是深圳戏院和它对面5层高的深圳旅店。

据中国统计出版社2017年11月出版的《深圳统计年鉴》P57记载，1979年整个宝安县有31.41万人口，城镇居民2万多，常住非户籍1500人，私营个体劳动者4100人。在岗职工年平均工资为769元，农民人均年收入为152元。

1979年的深圳，老旧的镇区外，要么就是荒山野岭，要么就是稻田水塘，那时候的深圳镇，只有一条200多米长的街道，稍大一点的货车都开不进去。有一家供本地2万人用水的小自来水厂；通讯方面只有区区几百门的小交换机，有的电话还是摇柄座机。当时，从罗湖火车站到深圳市委大院，只有一条泥土路，路的两边都是水田菜地。

当时的深圳经济严重落后，人民的收入很低。眼见隔岸的香港灯火辉煌、高楼林立，因此，为追求好一点的生活，多年来民众“逃港”不断。至1979年左右，到了愈演愈烈的程度，已经形成了“逃港潮”。当时有一首民谣流传：“宝安只有三件宝，蚊子苍蝇沙井蚝，十室九空人离去，村里只剩老和少。”

1978年12月召开中共十一届三中全会，做出了实行改革开放的重大决策，实现了中国历史的伟大转折，开启了改革开放的新时期建设。1980年8月26日，第五届全国人民代表大会常务委员会第十五次会议通过了由国务院提出的《广东省经济特区条例》，批准在深圳设置经济特区，这一天可以说是深圳的新生。

在一个一穷二白的边陲小县，大规模搞经济建设，一边是充满着希望，一边是困难重重。第一批“开荒牛”们，在这片热土上艰难地前行，每一步都落下了无数的汗水，每一个步都给中国历史和后人留下深深的脚印。

田守臣带领的302团考察组，就是在这个时候来到深圳的。

第四节　深圳急需专业的施工队伍

此时上级已经决定302团随31支队集体转业到深圳，所以田守臣他们到深圳考察的主要任务是为部队来深圳做前期准备，同时了解今后的生产和发展情况。

考察中他们发现，设立为经济特区又升格为副省级城市的深圳，从一个小县发展成一个城市，首先要搞基本建设，而当时市内只有来自省内的海陆丰地区的搭棚队和开平县的小建筑施工队。

整个深圳经济特区严重缺乏专业建筑队伍。1979年建市时，只有一家700多人的集体性质的建筑公司，一个10多人的建筑设计室，数个水泥厂、红砖厂、石灰厂，大型的建设项目根本没有能力承接，当年整个深圳建筑业产值仅为1704万元。

1980年，陆续有来自省内的海陆丰地区的搭棚队和开平县的建筑施工队进入深圳，就是这样从事建筑施工的人数也不到5000人。位于省城广州的专业施工队伍大都有自己的工程在身，不太愿意到深圳这个边陲小县来，因为当时的深圳不仅路况差，还缺水缺电。因此，能够承接大型工程的专业队伍，远远满足不了深圳大兴土木发展的需要。

正是面对这种形势，1982年7月9日，深圳市人民政府发函给广东省人民政府和时任广东省委书记（当时设有第一书记）、副省长的王全国，希望能接收两万名即将转业的基建工程兵，改编为深圳市市属专业基建队伍。

1982年8月16日，基建工程兵、广东省人民政府向国务院、中央军委请示。

实际上，在此之前的1979年11月至1980年5月，基建工程兵1支队5个中队和36支队2个中队共2000多人到达深圳，成立1支队深圳指挥部，他们承接了友谊商场、建设路、市政府办公大楼、电子大厦、泮溪酒家、火车站东广场等工程，还有清理污水沟等应急的脏活。这四年期间，这些部队共承接了大小工程160多项，竣工面积70000多平方米，完成建设投资4500万元。到1983年转业前的三四年时间里，他们承建了深圳特区早期的开发与建设任务，是最早参与深圳经济特区的基建工程兵。他们充分发挥部队的吃苦耐劳、敢打硬仗的精神，赢得了深圳市政府的高度评价。

1982年10月5日，国务院、中央军委批复，批复的主要内容如下：

为加强深圳市建筑施工力量，同意先调基建工程兵31支队率302团、303团、304团，二支队16团、19团，石化指挥部802团，共一个支队机关、六个团约一万二千人，到深圳市执行施工任务，以后根据基建工程兵撤改进展情况，陆续调齐到二万人左右。这些部队，从今年四季度起至1983年二季度分期分批调入。在1983年底前就地集体转业，改编为深圳市建筑施工企业。每批部队调入时，必须事先征得广东省人民政府同意，为避免对港澳产生影响，部队一律不准携带武器，改着便服进入。

各部队先后从上海、天津、唐山、沈阳、本溪、锦州、鞍山、汉中、西安、安顺、荆门、郑州、襄樊等地调往深圳。就这样，一支光荣的基建工程兵部队，进入了一座伟大的城市，书写了一段非凡的历史。

第五节　“转弯子”学习班

对于深圳方面来说，是不是有必要选调两万名基建工程兵进深圳，也有多种不同意见：一种意见是不太赞成，一种意见是对人数太多的担心。其实这些意见都考虑到了同一个问题，因为当时的深圳特区内人口不过才两万多人，如果一次性调进两万人，不知深圳是否有能力安置好他们，这么多的基建工程兵来了，以后是否能发挥作用，如果不能起到应有的作用，就会加重本已经困难重重深圳的负担。

后来经过多次讨论和反复沟通，最后决定，还是要大力引进基建工程兵，并制定了四条基本政策：一是市政府和有关部门对军官按照在军队的职务进行平级安排。对于干部安排，深圳市的原则是：从实际出发，从成建制考虑，平职使用；二是可以解决6000户家属的户口转入问题，并全力给予安排工作；三是对基建工程兵在深圳起步的前三年，政府将每年对其进行1000万元的补助，帮助部队共渡困难时期，同时给每个团划出5至10万平方米土地建房，解决居住问题；四是对基建工程兵队伍给予支持、保护，减轻市场经济对其冲击。对到深圳第一年的工程任务，政府施行分配制，免去自己到市场上找工程的环节。同时免除工程兵队伍前5年的所有税费。

深圳市派出了以市建委副主任王世伦为代表的工作组，对部队进行了考察，向部队领导介绍了深圳情况，转达了深圳市领导欢迎基建工程兵到深圳的具体政策，进一步加深了工程兵部队对深圳的了解。

为了统一指挥，做好统筹协调工作，1982年底，深圳市专门成立了基建工程兵调遣、改编工作领导小组，由时任深圳市委副书记、副市长周鼎任组长，基建工程兵副参谋长许馨来、深圳市副市长罗昌仁为副组长。

对于31支队来讲，来深圳集体转业是铁板钉钉的事情。为打消干部战士中的一些思想顾虑，使大家安心转业深圳，部队领导详细宣讲了中央36号文件的有关规定："实行鼓励集体转业的政策，政治上基本保持现有待遇，经济上不降低收入""干部战士和职工，一律保留现有工资待遇"。根据这个原则精神，国务院、中央军委又发了文件，对基建工程兵集体转业人员工资等待遇问题，作了具体明确规定。针对干部战士的思想疑虑，31支队党委采取先党内后党外、先干部后战士、先集体讲课后个别谈话的工作方法，大讲建设深圳经济特区的意义，大讲深圳经济特区"窗口"的重要性和特区优惠政策的好处。

在31支队做机关部队思想工作的同时，302团考察组已经回到湖北荆门驻地，团领导决定统一口径给大家介绍深圳情况。他们结合领导班子前往深圳考察的所见所闻以及未来发展情况，认真分析战士们的思想状况，如兵源地、家庭情况，从而对症下药。当时团内的兵主要有几种：一种是农村兵，家庭经济条件不太好，肯干能吃苦；一种是城市兵，思想比较活跃，想转业回家；还有部分北京兵和部队驻地襄樊本地兵等，家庭条件比较好，动员工作比较难做。

面对这种情况，团领导决定先讲大道理，告诉战士们，集体转业命令是国务院和中央军委下的，是“铜饭碗”，转业回家即使能安排上工作，也不过是“铁饭碗”。

此外，302团组织了为期三个月的“转弯子”学习班，由政委挂帅，政治处主任牵头，宣传股、组织股、干部股、保卫股制定学习宣传方案，并派出宣传工作组下到各营予以宣讲。结果效果不佳，战士们反映因为宣讲人员自身对深圳也不了解，宣讲的材料，讲的都是空话、大话、套话多，因此效果十分有限。

团领导决定，对少数干部战士经宣讲教育后，仍要求转业回原籍的，满足本人要求，办理了个别转业手续，这样走了部分干部战士。后来，部队到深圳后，看到了深圳当时极差的物质条件，许多人心理落差很大，感觉比自己家乡的条件差多了，担心没有发展前途，仍有100多人坚持要转业回乡，部队领导也都满足了他们的要求。这件事以后变成了一个历史问题，因为随着深圳的飞速发展和302团转业后的蒸蒸日上，当年转业回乡的人后来基本都后悔了，纷纷要求再回来。可后来的深圳已经不可同日而语了，再进深圳是一件很难的事情，因此除了个别特别需要的专业人才外，没有再接收他们回来。

当时，31支队下属的301团团部驻扎在江苏省常州市，该团主要以江浙籍士兵为主。1981年前后，302团三营九连一个建制连、八连的一个排归301团管辖，在浙江省杭州市执行任务。1982年12月，国务院、中央军委批准江苏省人民政府、基建工程兵《关于将基建工程兵301团改编为江苏省第二建筑公司的请示》，决定301团集体转业江苏省。这样，302团九连和八连的一个排跟随

301团集体转业到江苏省南京市六合县江苏省第二建筑工程公司，隶属于江苏省建筑工程局。在参加完广西国防建设任务之后，302团三营七连也划归301团，集体转业到苏州市。这三拨人员大约在两三百名。1987年12月，江苏省第二建筑工程公司按户籍所在地下放，分别改编为常州第四建筑工程公司、苏州第三建筑工程公司和苏扬建筑工程公司。

在302团南下深圳的队伍中，有极少数兵源与众不同，他们原本不是302团编制，因为一些个别原因，上级单位进行了微调，加入到了302团中。如1979年左右，从湖北宜昌调来的基建工程兵21支队的一个连队，编入302团十连，该连队在南宁机场紧急战备工程中，与二连一道完成机场机库任务。还有部分从其他基建工程兵部队调来的干部，划归了302团。

此外，基建工程兵802团（00812部队）此前并不在31支队序列，1982年底由团长张立凡、政委梁军、副团长辛长民带队，1700多名官兵从辽宁锦州出发，南下深圳。根据国务院、中央军委〔1982〕30号文件，802团调到深圳后，划归31支队建制。

两万基建工程兵的到来，极大地改变了深圳特区内的人口结构。到1982年底，深圳特区内也就是“二线关”内的人口只有9.8万人，其中农业人口3.9万人，部队来到深圳，外加部分家属和工人，极大地改变了当时特区内的人口结构，使得特区内原来遍地交流的粤语变成了带着五湖四海口音的普通话，由此奠定了深圳作为世界最大移民城市的开始。

第六章 302团变身市政工程公司

第一节 选址猫颈田

1982年10月，302团派田守臣、汪家玉、韦光杰、陈德伦、邹志远前来深圳考察，其中一个最重要的任务，就是为302团来深圳后的驻地选址。

当时，深圳市政府和深圳市基建工程兵调迁办公室、31支队领导给了302团三个建基地的地点，由他们选择：一个是罗湖区的罗芳路口；一个是北环大道梅林旁边的鹅地山塘；一个就是现在天健集团所在地的香蜜湖东侧的猫颈田。大家经过实地探察反复商量以后，最后选择了猫颈田。当时这里还是一片荒凉的山冈和部分村民的菜地农田，山间田头的小径上，人烟稀少。

为什么会选择猫颈田呢？因为当时考察组看到猫颈田虽然很偏僻，但毕竟旁边有个香蜜湖度假村已开工兴建。大家觉得这里未来的发展前景，肯定比另外两个地方要好，并且这里面山靠水，这一点和302团在湖北荆门漳河旁的团部相似。

为了把工作做得更细，考察组的同志专门从在罗湖住的招待所步行到实地考察。有一天从下午3点出发，走了将近两个小时，到达梅林的鹅地山塘，他们发现鹅地山塘真是地如其名，有一些比较大的水塘。当时邹志远就对田守臣说，如果选了鹅地山塘这块地，以后建基地要从别的地方挖大量的土来填坑，并且打桩和打地基都会比较麻烦。田守臣和其他同志都同意邹志远的看法。后来，深圳市人民政府于1986年在鹅地山塘建了深圳革命烈士陵园。

看完鹅地山塘后，大家又步行到猫颈田。当时听说这个地方叫狮岭山，是“狮子的头”，寓意也好。还有重要的一点，这里附近有井，有井就有水源，因为当时这一带是荒岗农村，没有自来水供应，大部队到达后吃水是一个重要问题。这样大家就有了倾向性的意见，没有再步行到罗芳路实地考察，因为从资料上了解到那边地形标高只有6～7米，而猫颈田地势高，标高有29～30米，雨季再涨水也淹不到狮岭山。综合这些情况，大家一致觉得选址在猫颈田好。

后来，同为基建工程兵转业的第一建筑公司的生活基地，选址在罗芳路口，生产基地设于鹅地山塘。

1983年11月，深圳市副市长罗昌仁在基建工作组主持召开专题会议，正式明确了302团转业后的市政工程公司设在猫颈田，并要求深圳市规划局对猫颈田地区作统一规划。

深圳市当时给来深圳转业的每个团的生活基地的面积数，是以每人平均25平方米来计算的，按照每个团3000人的编制，给每个团都划了7.5万平方米的规划用地。

第二节　53列军列南下

部队为开拔深圳做了细致的安排，大部队未动之前，302团的“司政后”及各营都分别安排了打前站的人员提前出发。他们的主要工作就是为后续大部队的到来解决吃、住、行的问题，最重要的是住，当时猫颈田是一片荒岗，没有供部队驻扎的营房，因此打前站的人员要在荒岗上搭棚子、打水井。

部队大规模调遣是从1982年12月14日开始的。当天早上，前往深圳的人员早早起床收拾好了行装，然后往机械车辆水箱里加开水，防止车辆结冰。早上

6点钟第一台车发动开出，紧接着所有车辆机械都发动了，一辆接一辆地往火车站军列上装车固定。重型机械推土机、铲运机、平地机、挖掘装载机、压路机、25吨汽车吊等，则用平板拖车一台又一台地往火车站拖运，然后装上军列的平板车进行固定。车辆机械装上火车固定好后，司机们就将发动机和水箱的水放掉一部分，因为当时夜间气温会到零度以下，司机们担心发动机和水箱会结冰冻坏。

上级明确要求，在转场过程中，要爱护物资装备，能带到深圳的全部带去深圳。当时随着军列南下深圳的，除了翻斗机、高边机、黄河牌汽车、锅碗瓢盆等，连还没有吃完的鸡鸭鱼肉、面粉、面条、皮蛋、大蒜、洋葱等全部打包运往深圳。火车正点发车了，大家挥舞着手势向车站送行的人员告别，也向生活和工作了七年的荆门宏图机械厂告别，这时大家才感到有些依依不舍，不少同志心里堵堵的，大家都不怎么说话。

火车开动以后，在一节一节的闷罐车厢里，大家整理好地铺，坐在棚车内休息，车厢里的同志们这才慢慢地开始天南海北地谈天说地。军列不紧不慢地经过武汉、咸宁、蒲圻、岳阳、长沙、株洲、衡阳、耒阳、韶关、清远，到达了广州的天河。这时已经途经了湖北、湖南、广东三个省，行驶了1000多千米的路程。天气也越走越暖和，气温竟相差十几度。军列上的重型机械发动机和水箱中未放完的水，在湖北、湖南时结了冰，进入广东开始融化。火车每到一个大站都停在军用专列线上，距离兵站都不会太远，便于军列上的官兵们下车到兵站用餐。

按照事先的规定，在广州天河车站，每个官兵都把军装脱下来收捡好，全部换上便衣，以减轻上万人的部队到达边境时造成的冲击，不让当时还没有回归的香港引起误会。

当时规定所有军列必须天黑才能进深圳，军列驶离广州天河站之后，下一站是樟木头，为了保证天黑到达深圳，在樟木头还停靠好几个小时。军列停靠的深圳火车站是一个很小的货运站，借着夜色下昏暗的灯光，大家看到露天站台大约几十米长，轨道两旁是成片黑乎乎的荒草地。大家乘坐的蒸汽机军列就像一条乌龙躺在黑暗的夜色中，火车头一阵一阵有节奏地喷出长长的蒸汽。战士们走到了站台之上，打着手电筒在黑暗中卸车。

302团并非所有的人员都是从湖北荆门前往深圳的，有部分官兵是直接从执行任务的城市前往深圳的。1982年大部队撤离广西南宁之后，一营四连留广空42师属地，承担地下指挥所施工任务。1983年7月，接到上级命令后，两个排加连部和后勤人员共70多人直接从南宁乘坐军列前往深圳。

据时任三营八连副连长林少华日记记载，接到部队南下深圳的命令之时，该连队正在武汉承接了两项民用工程，分别是位于小夹街附近的武汉贸易信托大楼建筑工程与汉口大智路蛋厂，两栋6层住宅楼已经完成收尾工程，部队与当地甲方进行交接之后，1982年12月30日连队全体人员直接从武汉到达深圳。

大规模的部队调迁是一项复杂而艰巨的工作，涉及大量的人员、物资和机械设备。尽管是基建工程兵调遣，但毕竟此时还是部队调动。深圳地处边境，紧靠港澳，基建工程兵转业到深圳，在当时并不能公开告示，因为担心让人以为大部队调往了边境，让香港产生不必要的恐慌，因而造成国际影响。

为了妥善处理好这些问题，1983年前后，基建工程兵总部专门下发通知，要求各单位把调迁工作当作一项重要的政治工作来抓，师、团都要有一名主要领导专管这件事情。部队调入前，要搞好思想教育，把工作做细。移防过程中，要有一名部门以上领导亲自带队。从班、排到连，都要明确具体负责人，加强领导，各负其责。认真组织好军运，从启运、行军、卸车、转运到安营，都要组织好，注意安全，防止违章操作盲目蛮干。部队到达深圳终点，要尽快组织好卸车，决不能压车。对新营区的防火、防台风、防雷击、防暑都要做好具体工作。

上级还要求提高警惕，严防各种事故发生。移防过程中，要发扬我军光荣传统，遵纪守法，服从命令，听从指挥，严格执行共同条例条令，部队着便装。严格遵守财务纪律和边防政策等各项规章制度，做到无泄密，无违纪，无掉队，物品无丢失损坏。要处处讲文明，有礼貌，注意协作配合，搞好军政、军民团结。

总部的各项要求都非常具体细致，检查督促工作也十分严格，因为这里毕竟是边境。

自1982年12月14日起，31支队机关和302团、303团、304团共调进深圳的军列总计53列，车皮1484节，运进8331人。其中干部1235人，战士7012人，职工84人，大部队进深圳到1983年9月15日基本结束。

大部分官兵到达深圳之后，31支队和各团还有少数人员留守。留守较多的是303团，共有190人，其中有150人在汉中啤酒厂施工。302团另有15人留守在湖北荆门。

除了运送以上人员之外，随军列运入深圳的还有起重机、挖掘机、铲运机及其他机械设备2061台，运输车辆666台。

1983年6月，基建工程兵指挥部发出《关于继续抓好调深圳部队移防工作的通知》，明确要求本着早进、早交、早改编的精神，对后续部队的移防通盘考虑，统筹安排。

按照深圳市人民政府与基建工程兵联席会议纪要精神，在调迁过程中，要确保政治上不发生问题，经济上不受损失，做到部队调改、生产两不误。对还没有完工的国家重点工程建设，一定要坚持到竣工收尾，并且保证质量第一，多创全优工程。

第三节　从竹棚到楼房

到1983年9月，302团基本上已经调迁完毕。大部队来到猫颈田时，这里还是几个小山坡，山坡上稀稀拉拉地长着一些瘦瘦的桉树，林间只有几条村民上山砍柴时踩出的羊肠小道，除了桉树，到处都是一丛丛一人多高的茅草。

山坡下周边是大片的荒地和一些水田。那时的猫颈田是三不通：路不通、水不通、电不通，非常荒凉，几乎和外界完全脱节。没有电，晚上部队照明点的是蜡烛；没有自来水，山下仅有的水井是村民用的，也不够供大部队如此多人饮用，部队需要自己另打水井；路不通，只有一条便道连接深南路（即现在的深南大道）。也没有报纸，没有电话。打前站的同志，几个月没有看上报纸，也没有通信。大家给家里写信，邮寄要步行到20多公里之外的罗湖和平路邮电局。

大部队到达之后，要对猫颈田生活基地进行红线测定。当时还有一个小插曲，按照市政府规划部门提供的坐标数据，302团技术人员将外业测量的坐标方位角完成后，内业计算闭合不了。技术人员怎么也没有怀疑市里给的坐标数据有误，一门心思自己找原因。内业、外业反复交叉测量、核查、计算，一个星期过去了，还是没有查到原因。团领导要求技术人员不吃不睡都要赶快搞出来，等着划全团的生活基地红线。

后来他们打听到802团的生活基地坐标测量闭合了，于是就与他们联系，要了他们的坐标点及坐标数据，从他们的坐标点一站一站地测，将坐标引到猫颈田基地，用该坐标一算，302团原来测的坐标方位闭合了，说明原先的测量没有问题。302团马上将此问题向市里有关部门反映，市里派人来核实，果然是他们提供的坐标有误。最后就按重新测设的坐标为准，按此坐标数据划出302团的生活基地红线。

为了让大家有个安身之处，根据团领导安排，由302团三营八连筹备猫颈田基地建设，猫颈田当时有3座山头，推平了2座，剩下1座就是现在的狮岭山。原来这里是一大片山地，在杂草和灌木丛中有70多个坟墓，为了尊重地方习俗，部队就在报纸上刊登消息，通知亲属3个月内搬迁，否则只能做无主坟处理。八连的第一项任务就是起坟，将起出的骸骨装入一个一个的坛子里。按墓碑写上名字，等其亲属来取走。后来还是有30多个没人认领，战士们就去捡骨头，用瓷坛一个个装起来，注明位置，然后集中埋好，以备后来有遗属来认领。

场地初步平整之后，就是要解决大部队到来后的居住，荒山野岭似的猫颈田除了树就是草，不仅没有一幢建筑，连个草棚都没有。大家发现聪明的广东人对解决临时住房有用毛竹搭竹棚的好办法。所谓的“竹棚”，说到底，就是门、窗、梁、柱、墙、屋顶均是竹子、竹片、竹席、竹叶。后来，战士们到来之后，给它起了一个形象的名字——“竹叶宾馆”。这种“竹叶宾馆”挡不住夏天的闷热，更隔不断稍大一点的风和雨。

当时深圳有一批来自陆丰的专业搭棚队承接此类活，他们技术娴熟，用不了多长时间就能搭起一栋竹棚房。于是大家先请陆丰的搭棚队搭起了第一批竹棚房，让刚下火车的部队有落脚的地方。后来精打细算的部队不再愿意花这笔钱，开始自己动手搭竹棚。对于专业的基建工程兵部队来说，很快就熟练地掌握了搭棚技术，为部队节省下了一笔资金。

于是，不出几日，在猫颈田驻地的旷野上，出现了一排一排的竹棚。住在这样的竹棚里，只能算是一个临时的落脚点。竹棚冬天漏风寒冷，夏天潮湿闷热。对付寒冷大家还可以加被子、压大衣，或者穿着秋衣秋裤睡觉，部队时期发的厚衣服全都用上了。而到了闷热的夏季，夜晚睡觉就难熬了。在亚热带的深圳，面朝南海，空气湿热，整夜整夜燠热散不去，大家躺在床上，不一会儿汗水就把身下的凉席湿透了。

居住在这样的竹棚里大家太辛苦了，尤其在湿热天气占全年气候大部分时间的深圳，因此也只能是短时间的权宜之计。部队领导和深圳市的领导，都在积极想办法解决居住的困难，准备要在猫颈田建设永久性的房子。

早在1983年1月，深圳市计划委员会就下达了解决基建工程兵居住及办公的工程计划，由市财政安排1000万元资金，计划建设住宅54500平方米。由于当时建筑物资紧张，重要的物资还是由国家计划调拨，因此计划安排由市政府补助钢材550吨、水泥6000吨、木材220立方米。这是下达给当时8个团的总额，其中下拨给302团猫颈田基地100万元，并要求当年完成6500平方米的家属住宅建设任务。

1983年3月18日，三营八连与302团部签订了猫颈田基地房建筑合同，这也是在猫颈田这个荒芜的土地上，第一次盖起永久性楼房。3月25日，八连一排、二排和三排与团部“司政后”派来的10多名干部，在猫颈田基地举行了302团基地建设动工典礼，为即将开挖基础的南栋、北栋住宅楼奠基，拉开了302团建设猫颈田的序幕。正是因为有这一批比较牢固的水泥建筑，才使得302团在随后到来的“九号”台风中还保存了一定的家产。

这里值得一提的是，以往团部指派营、连做工程，只需要下达命令即可，不需要上下级之间签订合同。这次签订合同也是内部改革的头一遭，是来到深圳之后的一个重要变化。这次的合同是两级合同，即团与连、连与排三级组织之间的两级合同。很多官兵对此不甚理解，连队与各排还开了多次会议传达合同的重要意义，让大家参与学习合同、研究合同、适应合同。

在猫颈田基地，真正的住宅楼及厂房开始成规模建设，是从1984年开始的。这时，302团已经集体转业为深圳市市政工程公司。1984年5月，市政工程公司将基地单身宿舍楼工程委托给第一工程队，建筑面积5183.5平方米，为六层混合结构，土木工程每平方米造价138元，总价715323元，其中包括机械进出场、基础土方、水电安装及临设费。1984年10月，生产基地2号厂房委托第三工程队，建筑面积2615平方米，总造价337335元。1984年10月，生产基地1号厂房委托第一施工队，建筑面积2615平方米，总造价376560元。10月12日，生产基地3号厂房委托第三施工队，建筑面积2456平方米，总造价353661元。1984年，市政工程公司投资480万元，竣工面积25470平方米，使141户家属住进了新楼。

1985年5月，为了解决市政工程公司员工的子弟入读托儿所、幼儿园及小学的困难，经深圳市社会经济发展委员会批准，在猫颈田兴建一所24个班级的小学和一所8个班的幼儿园。由政府拨款，市政工程公司自己筹建，并要求1985年9月开学。市政工程公司申请在猫颈田附近划地，小学占地面积为12000平方米，幼儿园为5000平方米。在香蜜湖东侧的荒郊野外，第一次响起了朗朗的读书声。这就是今天狮岭小学的由来，建设好之后逐步移交给了上步区（现福田区）教育局。

1988年，市政工程公司按照市政府的房改方案进行了多轮住房制度改革，50%的住户办理了购房手续，加速了资金的回笼，为盖新房积累了资金。猫颈田基地的建设逐渐有了一些规模，当年共投资了279.79万元，用于职工福利设施的建设。其中投资新打水井4.7万元，投资新建住房250.7万元，投资新购大客车，解决子弟上学的交通工具7.7万元，投资新购放映机一套1.53万元。投资5万多元在原职工饭堂的基础上装修一间会堂，平时用作职工舞厅，活跃职工的文化生活。公司还积极向市政府申请，兴修生活区和深南中路交通干道连接的公路，加强了生活基地的绿化工作，更进一步美化了环境。

除了生活基地建设之外，市政工程公司在1983年12月，向深圳市规划局提出申请用地51000平方米，用于土方机械队的职工住房建设；申请12000平方米土方机械场地用地，用于维修机械、铲运车、推土机、压路机和刮平机等大型机械的停放场地；申请10000平方米汽车运输停放场地，用于汽车运输队的住房、维修、车辆停放、调度室等的建设；申请10000平方米沥青搅拌站场地，用于化沥青、炒砂石、搅拌沥青、沥青堆放，砂、石、滑石粉等堆放场地。申请12000平方米预制构件生产场地，用于生产、人行道板、电缆、通讯等小型构件和砂石、水泥堆放场地、搅拌等设备用地；申请7000平方米安装设备用地，用于安装队住房及各种机床、安装设备的停放建房用地。

第四节　水与火的考验

302团来到深圳的时候，一开始最不适应的就是气候。

深圳地处广东中南沿海，珠江入海口的东岸，所处纬度较低，属于亚热带海洋性气候，长年受季风的影响。夏季因副热带高压的控制，高温多雨，气候炎热。同时，夏季也是深圳降水最为丰沛的季节，常出现局地性的洪涝灾害和短时雷雨大风天气。由于夏季雨量充足，空气湿度很高，使温度散热较慢。晚上入睡，会觉得被子里都是潮的。从北方来深圳的人，一开始会感到很不舒服。

而302团来到深圳的时候，正是深圳作为经济特区刚刚起步的阶段，存在着很多问题和困难，尤其是城市的基础建设如水、电、路，条件都非常差。驻地猫颈田后，在这个多雨的城市，竟然首先面临的困难是缺水。深圳依山临海，虽有大小河流160余条，分属东江、海湾和珠江口水系，但集雨面积和流量不大。深圳又属于丘陵地带，地势是中间高两边低，境内没有大江大河，一遇暴雨，水来得猛，去得也快。新中国成立后的1965年，宝安县在罗湖修建了深圳水库，从北面的东江取水，是当时宝安县居民用水的主要来源，但是更重要的是供应香港，分给本地的水资源并不很多。

深圳缺水，以前居民数量少时困难倒不算突出。但是当两万基建工程兵集中进入后，水就成了一个大问题。而302团到达深圳的时候，正处秋冬的少雨季节，水的供应就变得格外困难。为了应急，人们开始打井取水。深圳地下主要是岩石层，能够打井的地方并不多，而且一些地方取到的井水，水中含有有害物质，不能饮用。

能够打井取出水的地方算是好的，还有一些部队的驻地打不出井水，就只能用汽车到十几千米远的地方拉水。这样的水就更珍贵了，所以只能每天定点定时定量供应。据当年的老同志们回忆，那时洗脸水要留着洗衣服，冲凉时水不够，就用湿毛巾擦身凑合。来深圳之前住在荆门漳河边的302团战士，更是怀念荆门那清澈的漳河水，两地强烈的落差，使战士们的思想波动更大。

住在猫颈田的302团战士，因为缺水，有时还前往香蜜湖那边的桉树林用桉树水洗澡。这里的水塘是死水，加上气温高，搽了桉树水之后，一些同志皮肤过敏，瘙痒难忍。

深圳这种夏天潮热、冬天湿冷的气候特点，让刚到南方的同志们吃了不少苦。特别是刚到深圳的1982年冬季，一直阴雨连绵，天气变得出奇地阴冷。从1982年的年尾，一直下着冷雨，直到1983年春初，几乎天天阴雨，好像没停过。不仅工地一片泥泞，没有办法干活，也给大家的生活造成了很大的困难。竹棚挡不住连绵阴雨，四面透风的屋内，阴冷得跟睡在露天的感觉差不多。如果屋外下大雨，屋里就哗哗流水，屋外雨停了，屋里还滴答滴答漏个不停。下雨时间一长，棚屋里地上全是水和泥。在房间里走动都需要穿雨鞋。

最初的吃饭也是一个大问题，锅碗瓢盆是从荆门团部随列车托运过来的，但是猫颈田没有厨房，也没有燃料，只能在露天挖个地灶，早期甚至没有煤，只好组织战士们到附近去砍柴。直到1984年之后，才慢慢能买到蜂窝煤球，但是当时买煤也要有指标配额。

荒岗上更是蛇鼠乱窜，也闹得大家极不适应。战士们住的都是竹棚，各种各样的蛇最爱深夜前来造访。它们或吊在棚顶，盘在梁上，或爬上地铺，钻进被子里。于是便有了许多“鹊巢鸠占”的故事，有时候战士睡到半夜一翻身，发现脑袋上方吊着一条蛇；有时候深夜会被什么东西碰醒，冰凉的，睁眼一看，身旁多了一条光溜溜的青蛇。深圳的老鼠不但多，而且以大著称，大白天里也不怕人。走着走着，大家就会发现面前有一只大老鼠穿路而过。厨房、竹棚以及放食物的仓库，更是老鼠成堆。战士们曾经逮住过一只特大号老鼠，称了称，足足两公斤！

更让人烦恼不堪的是深圳的蚊子多，深圳潮湿的气温，加上荒岗四周死水沟多，极易滋生蚊虫。天气一炎热，蚊虫繁殖更快，因此蚊子成灾，甚至白天都会有蚊子在耳边嗡嗡不停，夜晚更是咬得无法入眠。有战士夸张地描绘道：两个蚊子一两重，三个蚊子一盘菜。一叮一个大紫包，十天半月好不了。深圳的蚊子攻击性特别强，由于气候温暖，甚至在冬季也总是围着人转来转去，咬上了就会奇痒无比。战士们最怕的是一种腿上有花纹的花脚蚊子。这种蚊子个头不大，但是毒性很强，让它咬上一口，皮肤不但奇痒还会起包，一挠就会发炎化脓，一个礼拜都好不了。当年如果没有蚊帐，几乎无法入睡。

竹棚和简易营房最怕的是火患，1983年的夏天，在炎炎烈日下，一场火灾吞没了竹子林基建工程兵驻地的23栋简易营房，火苗直窜到30多米的高空，共烧掉了70万元的财产。这场大火，让302团的干部战士们记忆犹新。

大火惊动了深圳市委书记兼市长梁湘，他专门组织开会，决定施工企业新建工棚不再用竹子，逐步用四周红砖屋顶油毡取代，这就是竹子林大火给施工企业带来的一个变革。

磨炼一个接着一个而来。大火过后没多久，另一场更大的自然灾害又降临了。1983年9月8日的深夜，一场百年不遇的特大台风“爱伦”（也称“九号”台风）夹着暴雨，以每小时20千米的速度正面袭击深圳，台风持续了12小时之久。这场台风给广东省八个县带来严重灾害，造成至少16人死亡，92人受伤。碗口粗的大树被连根拔起，电线杆被拦腰折断，甚至卡车都被掀翻了。302团官兵们刚搭起来的竹棚连同被子、锅盆、碗筷全被卷上了天。有同志为保护妻子和孩子，将她们绑在自己的身上，抵抗这个平生第一次遇上的超级台风。

台风到底给深圳造成了多大的损失？ 1983年9月20日的《深圳特区报》有这样一段记载：

> 这次台风强度为九级，阵风12级，先后持续了12个小时。深圳全市受到这次台风的袭击，在基建工地上，80%的工棚被毁坏，10万居民被淋。宝安县沿海的沙井、西乡、福永等公社受灾情况比较严重，1500多间民房受浸，3人失踪，3万多亩稻田受淹。全市23000多亩鱼塘被海水淹没。

这场超级台风无疑对北方来的官兵们的心理，造成了巨大的冲击，他们其中绝大部分人一生从未经历过这样的台风。

“九号”台风也给302团造成了巨大的损失。1983年11月，由302团集体转业组建才两个月的深圳市市政工程公司，就此次损失专门向上级作了汇报，具体如下：

据统计，蓆棚被吹飘62栋，其中完全损坏12栋，半永久房倒塌4栋，水泥库存放800吨水泥全部淋雨80%报废，直升机场工程的砂石料吹散流失损失30%。经计算，不包括停工和仓库的配件、工具、五金、药材等，共计损失金额426970.80元。

自1982年12月起，302团的干部战士陆续来到深圳。到了深圳之后，特别在部队改编之前，这一段时间非常难熬。除了生活的极度不适应外，来深圳之后接不到工程，近2000人的队伍，再加上家属子女，吃喝拉撒的开销也很大。

没有事做，部队更难管理。大家看到荒凉的山冈，一排排的竹棚，一条简便的道路通向远处的深南路，远不如在湖北荆门漳河边的营房。傍晚，许多战友坐在荒岗上，望着远处深圳河对面的香港，大家心里惶惶然不知所措。面对港澳资本主义的社会环境，很多干部战士的思想又开始波动起来，他们认为即将转业到地方，就要脱下军装了，渐渐地对自己的要求和对部队纪律的遵守，出现了或多或少的松弛。

为此，部队领导认为没有正式转业前，都应该按照部队的纪律严格要求，就是转业后，在深圳这个毗邻香港的特区里，也仍然要严格要求自己。

1983年2月5日，基建工程兵总部转发了《驻深部队管理教育工作的几项规定》，要求部队在未改编之前，除了不着军装外，一切日常管理制度仍应执行部队的规定。尤其是出操、值班、请销假、晚点名、查铺查哨等制度，必须坚持贯彻执行。

鉴于国务院、中央军委“为避免对港澳产生影响，部队一律不准携带武器，改着便装”的指示精神，部队对干部战士的军容军纪作了严格规定：驻深圳部队营以下单位的干部、战士和团以上机关战士一律按着便服的规定执行；为便于对外联系工作，团以上机关干部可着军服。但凡属非公外出、施工生产、探亲、因公与港澳人员接触要着便服；部队执行特殊任务或参加重大集会需着军服时，要经当地军区和当地政府同意；部队所有军人，不管是着军服或着便服，都要着装整齐，讲究军容军纪，保留军人良好姿态。注意文明礼貌。

不准穿奇装异服，不准留长发和小胡子。在那个特定的历史时期，上级的要求非常具体，也很严格。

1983年初，302团部根据上级要求发出通知：干部战士不准在外住宿，干部要在职在位。作息时间按团部规定，每星期安排两个晚上政治学习。搞好室内外卫生，配灭火器，不准私自接电灯和电炉，防止火灾。

针对当时的一些情况，团部领导又制订了一个更加具体的“十二个不准”：不准走私，不准进入半禁区蛇口和禁区沙头角，不准与非亲非故的人拉关系，不准泄露部队情况，不准与国外和港澳通信，不准带内地特产到深圳倒卖，不准看香港电视节目，不准借军衣给老百姓，不准到宾馆和酒家喝酒，不准围观外宾，不准到边境线，不准开翻斗车上路等。十分具体的要求，为的是确保部队不出问题。

这些让今天的人们看了有些不理解的具体到衣着、交往、行为，甚至喝酒开车的规定，一方面反映了当时特区内的大环境，刚刚打开国门的世界，对干部战士们的影响；一方面也反映了刚到深圳之初，部队干部战士思想不稳定的状况。那时的部队更加难带，领导的压力是无形的，是今天的人们无法理解的。

部队来到深圳之后，较早进行的改革就是食堂的改革，1983年4月1日推出饭票制，是302团走向地方、走向市场的一个良好开端。以往在军营里都是实施“大锅饭”制度，有专门的炊事班，每个班定点领取饭菜，以班为单位在一起吃围桌，饭量不限制。来到深圳之后，每个人自己购买饭票，每餐吃多少付多少钱。家属来队探亲，由售票员过秤食物，记账结算，没有来家属，官兵不得在食堂购买超量食物。

推行饭票制之前，大家有些顾虑，想到可能会任务加重，伙食跟不上或者个人负担加重。实施之后，真实的情况如何呢？以三营八连为例，他们承建猫颈田团部基地建设，工作量加大了40%，大家每天可以吃一餐5角钱的红烧肉，中餐和晚餐一荤一蔬一汤，早餐二角钱的馒头稀饭，总的算起来是等于在饭票制改革之前加了一个菜，这种在今天看来只是个小小的改革，但在特定的历史时期，对于当时的队伍，起到了促进施工生产的效果。

第五节　军旅生涯的最后一个机场

1982年12月，老团长印象震在湖北襄樊作退休安置。1983年6月，一直主持工作的副团长田守臣被任命为302团团长，与政委霍云震搭档组成了转业前302团新班子。

新班子面临最大的困难就是，部队来到深圳之后，手中没有任何施工项目，近两千名官兵和家属面临困境，生存压力十分巨大，队伍人心不稳。当时302团的实际家底有多少呢？至1982年底，整个团的固定资产和资金如下：账面净值752.6万余元，其中要按照兵种78号文件移交给第三机械工业部（荆门漳河基地）187.3万余元，移交深圳市497.8万余元。截至1982年底流动资金账面数为163.3万余元。

此外，1983年1—6月，因施工任务不足和处理历年遗留工程款项，共计亏损120.5万余元。在"九号台风"中也造成了重大损失。

当时的设备大部分是解放牌汽车以及老掉牙的施工机械，家底如下：施工机械设备377台，其中有16台留在中东国家约旦；车辆有91台，也有9台留在了约旦，一大部分是已处在待报废状态。

现状是让人焦急的，新班子压力巨大。

就在这个节骨眼上，深圳市政府拟定的位于南头的深圳直升机场建设项目，决定在1983年4月动工。政府在挑选施工队伍时，考虑到302团的前身曾是广州空军工程兵第五团，在历史上修建过不少机场，当即拍板：深圳直升机场就交给302团干！

田守臣与霍云震接到深圳市工务局电话后，带着工程师刘广圣来到工务局。工务局领导直接"将军"说：深圳直升机场交给你们团来干，必须六个月竣工。六个月的工期，要完成120万立方米土石量的平整、5万立方米混凝土的浇筑，凭现有的设备能不能完成？能就接，不能我们就另找他人。

团长、政委都觉得压力巨大，但又不敢说出来，目光不约而同投向工程师刘广圣，用眼神征询这位1963年就调入广州空军工程兵第五团的技术权威的态度。刘广圣明白两位领导的心思，更了解当时302团现状和困难，向两位领导点头示意，意思是一定要接下来，天大的困难我们回去设法解决。田守臣和霍云震心里有了底，当即立下军令状：坚决完成任务！

面对302团广大官兵，团长田守臣给大家鼓气："我们团能不能得到深圳市人民的信任，能不能在特区站住脚，关键就看这一仗了！"

田守臣是一个身体力行的实干家，为了工程能够保时、保质、保量完成任务，他把指挥部就设在工地上，同战士们一样，吃住在工地，战士们都是不分白天黑夜，加班加点干。埋电缆线、挖管道，要挖5～6米深的电缆沟，没有挖沟机，用人工一锹一锹地挖，因天气太热，在深沟里工作的战士们，个个汗流浃背。为了抢时间，工地上推土机、压路机一天24小时日夜不停地运作，做到人换机不停，混凝土搅拌机、振动棒"嗡嗡"响个不停，大家又回到了久违的热火朝天的工地中，尽管很累，但干部战士们都热情高涨。

在这样的高强度工作下，9月份前直升机场的地基便已经打好。眼看着工程进度顺利，但让大家怎么也没想到的是，9月9日强台风来袭。台风来的时候，机场已经修了一大半，正处在浇注混凝土的关键阶段，还剩三分之一的工程量便可以完成了。

可台风一来，直升机场的简易营房全部被吹倒，现场一片狼藉。为了抢救水泥，当时没有车拉，只能人背肩扛，硬是将几十吨水泥抢运到安全地带。台风过后，战士们纷纷在杂乱不堪的工地附近，寻找自己被吹丢失的物品。台风后，由于工期紧，没有时间再重修营房，战士们就住到猫颈田公司的服装厂里，每天分批用汽车接送到工地上工，一日三餐由猫田颈基地送饭到几十里路外的深圳直升机场工地。

在大家的共同努力下，全团官兵苦干加巧干，从改革管理体制入手，用合同分项目包干到连，定时定量定质考核，仅用了四个月零二十六天就圆满完成了施工任务，赶在当年10月1日前交付给甲方。

1983年10月12日的《深圳特区报》对深圳直升机场的建设有这样一段文字记载：

【本报讯】十月十二日上午八时三十分，中国海洋直升飞机（应为“直升机”，下同）专业公司的两架白色的“海豚”式直升飞机，先后徐徐降落在深圳直升飞机场。机场四周绿树如茵，跑道干干净净。早就守候在这里的机场工作人员和其他群众，热烈庆贺深圳直升机飞机场开始使用。

经测定，机场的通讯、导航、气象雷达等设备安装调试完全符合设计要求，获得了满意的效果，为中国海洋直升飞机专业公司的正式开业，以及勘探开发海洋石油创造了有利条件。

为迎接直升飞机降落，机场工作人员进行了一系列紧张准备工作。十二日清晨，记者赶到机场时，各项准备工作已经安排就绪，候机大厅装饰一新，十六个停机坪，一百二十米长的跑道打扫得干干净净。地勤人员有条不紊地紧张作业，指挥塔内，通讯、导航、气象雷达等设备正处于运行状态，一切正常。两架直升飞机的顺利降落，证明机场所有设备安装完全符合设计要求，机场可以投入使用。

深圳直升飞机场是个专业机场。主要为全国各海域勘探开发海洋石油提供飞行服务及其他专业飞行服务。该场位于深圳南头，建筑面积为十二点五公顷，由中国海洋直升飞机专业公司投资建造。自今年三月开工以来，这个机场已经建成了一百二十米长的跑道，十六个停机坪和长过五百米的滑行道。建筑面积两千一百平方米的六层候机、指挥楼，以及航空器材库、发电站、充气站、充电站、冲洗站、车库、检修厂等十三个主要工程项目也已完成。指挥系统的通讯、导航、气象雷达等主要设备技术先进。可满足现代专业直升飞机的停落与维修保养。该场目前可同时停落十六架直升飞机。

在1983年，深圳直升机场的建成，对于建立之初的特区，对于刚进入深圳需要展现自己能力的302团，都是一件意义深远的事。

修建深圳直升机场是302团军旅生涯中的最后一个工程项目。1983年4月，1000多名官兵进场时，还是军人身份，等到10月1日工程交付时，已经转业为企业员工了。这一工程横跨了从302团到市政工程公司两个重大的历史阶段，完全符合基建工程兵总部“边调遣、边施工”的指示精神，被31支队作为典型经验，向第三机械工业部“兵办”做了汇报。

此外，302团凭借着过硬的质量和惊人的速度，在特区一炮打响，赢得了“铁军”的美誉，得到了深圳市政府领导、有关部门和甲方的交口赞誉，甚至受到了国务院副总理、基建工程兵政治委员谷牧的称赞。深圳直升机场的承建，为302团日后的生存和发展赢得市场，奠定了基础。此后不久，302团就又承接到了5条市政道路工程任务。

承接深圳直升机场，其实也为302团转业后的定位与方向，打下了基础。

就在全团在直升机场做工程的同时，深圳市正在紧锣密鼓地筹备基建工程兵集体转业的事项。1983年9月13日，深圳市政府〔1983〕168号文决定，把各个基建工程兵团改编为第一建筑工程公司、第二建筑工程公司、第三建筑工程公司、第四建筑工程公司、第五建筑工程公司及机电设备安装公司等，而唯独将302团转为市政工程公司，这不能不说这与302团承接直升机场项目没有联系。因为机场跑道类似于市政工程，是302团修建的，且质量优良，故302团也顺理成章地改编为深圳市市政工程公司。

深圳直升机场工程项目，对于302团可谓是经济政治双丰收。该项目总产值843.92万元，虽然因遭遇台风损失严重，仍然实现了19.15万元的利润，一举扭转了连续两年亏损的态势。

这个效益的取得也是不易的。例如，在302团承接深圳直升机场任务的过程中，每天要使用1600袋水泥，水泥袋是高级木浆制作而成的，按水泥厂的规定，回收一个旧水泥袋交给水泥厂，购买水泥时可少付五角钱，1600个就是800元。这要是放在过去部队施工期间，一些连队嫌回收水泥袋太麻烦，宁愿扔掉。战士们在拆水泥袋时图方便，根本不去拆水泥袋的封口，而是用铁锹在袋子上一捅了事。

但是来了深圳，转业为企业了，一切要靠自己养活了。为此，302团开展了“为建设特区节约一滴水、一度电、一块砖、一个水泥袋”的活动，把国家、连队、个人的利益结合起来，号召大家回收水泥袋，对完好率达到80%以上的，每个水泥袋奖励五分钱。责任制唤醒了责任心，有的水泥袋包装时没有用线装订，拆包时费时费劲，战士们就找来剪刀，整整齐齐地割开，舍不得损坏一个袋子。这样一来，水泥袋的回收率从以往的30%提高到了98%。

带来效益并不是最重要的，但，对队伍从计划经济的思维方式，向市场经济的行为过渡，意义是潜移默化的。

第六节　内引外联　广开财路

来到深圳的初期，面对许许多多的困难，领导有领导的压力，士兵也有士兵的焦虑。除了环境的陌生、生活的艰苦、气候的不适应，还有一个重要的问题：到深圳是准备脱军装集体转业的，因此大家都必然要考虑自己的婚姻问题。当年虽然提倡晚婚晚育，但是大家脱了军装以后，绝大部分同志都基本到了适婚年龄，而结婚即意味着成家，可到底把家安在哪里？这几乎是每一个同志都要考虑的问题。

当时部队对家属随军有明文规定，只有年满35周岁或营级干部，家属才能随军。当时这些战士们正是20多岁，原本在老家定亲的对象又开始闹腾了，这个婚结还是不结？结了，家安在哪里？都是人生的一个重要选择。有愿意来深圳的，也有不愿意来的，各人都有一本难念的经。这个时间段，出现了各种各样的问题，有些忙着退亲，有的犹豫不决，也有的就把婚结了。这样一来，有些不符合家属随军条件的女方，也跟着部队来到了深圳，而她们的落户与工作，都是一个个难题。

于是，新的问题又来了，大量的女同志随部队来了深圳，部队一时找不到太多的工程，连养这些战士们都是问题，家属怎么办？

在302团正式脱军装之前，部队领导班子就开始学着特区的改革，摸着石头过河，为了今后的转型，也为了解决更多的人就业，通过内引外联，办起了汽车修配厂、服装厂、甚至饭店酒楼，这些起步便是后来兴办几大企业的最早雏形。

转业之前就办企业，这些举措当时在来深圳的基建工程兵各部队中，算是较早也是较成熟的。之所以能够促成这些企业，很大程度得益于31支队支队长王进禄。王进禄在湖北襄樊31支队当领导期间，在工作中结识了一批潮州籍的生意人。正好部队调来广东，王进禄就把这些潮州籍商人介绍给霍云震、田守臣认识。对于做工程，302团是内行，对于做生意，潮州人是内行，就这样双方取长补短，一拍即合，在潮州人的帮助下，302团逐渐办起了企业，如：

——以来料加工方式生产服装。1983年5月，深圳市政府批准，同意由302团管理的深圳市香梅劳动服务公司与香港福和贸易公司所签订协议，可以加工生产服装，主要为来料加工（牛仔裤）。到当年8月，就有了52名熟练工人，厂房面积1500平方米，机器设备齐全，有了一定的生产能力。到年底就解决了90人就业，这些员工都是经过批准的干部随军家属，属于调进大集体的正式职工，深圳市劳动局都给了招工指标。

——以补偿贸易方式合办汽车修配厂。与香港同益公司合作，以补偿贸易方式和修理连的技术优势合办汽车修配厂，该厂只限于承接香港运进深圳的各类汽车的维修、旧车翻新等业务，不得承接本市及内地车辆的维修等业务。香港方面提供一套价值277万港元包括电脑自动检查故障系统的先进汽车维修设备，由302团负责具体的修理业务。

——办起文锦渡饭店。当时的文锦渡是内地前往香港的一个重要陆地通道，早期虽然两地过往的人不多，但相对深圳其他地方，这里算是一个热闹的“窗口”地带。本着有游客，就要解决吃饭的初衷，302团在这里办起了来深后的第一家饭店。

302团来到深圳之后，根据国务院、中央军委国发〔1983〕98号文，航空工业部拨给31支队469万元，考虑到部队的历史和现状，分给302团、303团、304团各100万元，支队机关留下了160万元，作为基建费用。一是这100万元远远不够，二是这100万元也是分几年拨付到位。

尽管承接了深圳直升机场，但是资金依然紧张。前期基地建设与人员安置，涉及大量的费用支出。团领导也急着想办法突破困局，除了承接一些小工程项目之外，也想办法到处“化缘”。

一是派后勤处处长陈德伦前往广州空军后勤部，以302团在湖南衡阳晏家坪有个家属留守处营房，已移交给广州空军后勤部的名义，想要一点补偿款以解部队的燃眉之急。广州空军后勤部部长就是那个当年点名302团去南宁吴圩机场的孙兆溪，他是个出了名的暴脾气，但却刀子嘴豆腐心，虽然嘴里不愿意，发了一顿脾气，但还是批了40万元给302团。

广州求援成功后，团长田守臣指派陈德伦再返回湖北荆门，争取一些营房和住宅的补偿，经过一番争取，陈德伦成功地拿回来30万元的补偿经费。这70万元资金，让302团最终挺过了来深圳后最困难的时期，在那个时候，它可是302团所有职工的吃饭钱。

第七节　最后一个军礼

在基建工程兵总部于北京召开的调深圳部队移交改编准备工作会议期间，1983年7月，总部党委听取了31支队的汇报，对31支队移交改编的有关问题进行了研究。在这次会议上，明确了部队移交改编的时间，按照基建工程兵与深圳市联席会议纪要的决定，于1983年8月15日之前移交改编完。军需供应关系，到1983年8月31日停止。

1983年9月13日，深圳市人民政府下发〔1983〕168号文件《关于二万基建工程兵集体转业改编为我市施工企业的通知》，在这个文件里，明确了302团改编为深圳市市政工程公司。

对于具体改编的方式与准确时间，该文件也有详细的规定：基建工程兵两万人集体转业到深圳的落户手续，以师、团、医院为单位，集体办理。分别填写《军人干部转业审批报告表》《战士集体转业审批表》《战士集体转业落户花名册》《随调在编职工花名册》，报市政府批转市复退办公室、人事局、劳动局、公安局办理落户手续。转业时间，统一从1983年9月15日算起。部队供应关系接转时间为10月30日。

1983年9月19日，基建工程兵驻深圳部队改编大会在深圳戏院举行，工程兵总部首长张启斌及深圳市委、市政府的主要领导梁湘、周鼎及三四百名基建工程兵代表出席了大会。302团田守臣、霍云震、汪家玉和陈德伦参加了大会。

在这次大会上，深圳市委书记兼市长梁湘介绍了深圳的特点。希望基建工程兵改编为地方施工企业后，要扬长避短，迅速开创工作新局面。

基建工程兵兵种政治部副主任张启斌宣读了国务院、中央军委关于改编部队的命令，他感谢深圳接纳了基建工程兵部队，希望部队改编成深圳市的建设队伍之后，能够继续发扬部队的光荣传统，为建设深圳经济特区作出贡献。

值得特别解释的是，基建工程兵转业是深圳历史发展的一件大事，这个集体转业大会在很多书籍或回忆录中都错成了1983年9月15日。而实际上准确的时间是在1983年9月19日。之所以弄错，是因为1983年9月13日，深圳市人民政府下发的文件，规定了基建工程兵转业人事、劳动、户口等关系从1983年9月15日算起。

根据深圳市深府〔1983〕168号文件，调入深圳的基建工程兵冶金指挥部深圳临时指挥所（00049部队）、31支队（00319部队）及所属七个团和一个医院进行集中改编，其中冶金指挥部深圳临时指挥所机关、31支队机关合并到特区建设公司。这样，市政工程公司从此就属于深圳市建设公司的下属公司了。

302团到底有多少官兵转业到了深圳？因为前前后后反复了多次，有的人转业了又回老家了，有的人回到老家不久又回来了，一直对此没有一个准确的数字。根据1983年10月18日，公司向福田派出所递交的《基建工程兵集体改工、退伍军人花名册》记载，总数为1605名，其中干部226名，志愿兵223名，“工改兵”2名，义务兵1128名，职工26名。这份珍贵的花名册30多年后在“大潮起珠江——广东改革开放40周年展览”中向全世界展出。

随后不久，302团的全体战士正式脱下军装，集体转业。转业仪式在刚刚推平的猫颈田山头举行，全体官兵向军旗最后致敬。

至此，302团战士由军人转变成了工人。仪式很隆重，每个人的心情都非常复杂。有的老战士难以割舍情感，想到十几年的军旅生涯从此结束，当场就流下了眼泪；有的战士想到自己由军人转变成工人，不用退伍回农村，沉重之余，也有些兴奋；有的战士激情澎湃，准备大干一场；更多的战士是面对着大片空旷的山头，对未来感到茫然。

302团改编前的机构设置是机关里有“司政后”机关、卫生队，三个营分别由修理连、汽车连、机吊连、木加连、安装连、一连、二连、三连、四连、五连、六连、七连和八连组成。

改编之后，团长田守臣担任经理，政委霍云震担任党委书记，陈德伦、邹志远担任副经理，汪家玉担任党委副书记，他们组成了公司首届领导班子。当时公司总编制人数2051人，为适应地方工程建设的需要和部队编制的实际情况，以主力连队为基层单位，将原部队所属10多个连队进行内部整编整合，下设15个科室（包括门诊部）、3个土建工程队、3个专业队和1个修理厂（当时叫大修厂）、石砂场、仓库、综合商店和工厂等，都是科室下属单位。

在3个土建工程队中，第一工程队由一连、四连为主、七连一部为辅组建，第二工程队以二连、三连为主组建，第三工程队以五连、六连、八连为主组建，总人数为1068人，其中干部78人，职工990人。

3个专业队分别是土石方机械队、水电安装工程队和汽车运输队。土石方机械队以机吊连为主、汽车连一部为辅组建，水电安装工程队以安装连为主组建，汽车运输队以汽车连为主组建，总人数为398人，其中干部38人，职工360人。

1个厂是修理厂，以修理连为主组建，总人数为155人，其中干部15人，职工140人。

门诊部（即后来景田医院）40人，其中干部16人，职工24人。

按照这个编制，全公司干部总人数为263人，占全员总人数的12.7%，职工总人数1788人，占全员总人数的87.3%，生产人员1717人，占全员总人数的84%，非生产人员334人，占全员总人数的16%。

编制里明确了6个队、1个厂和一个门诊部均属于正科级单位；队（厂）部设有专业组，下设工段、车间，专业组长、工段长和车间主任均属于股级干部。

从部队套用地方机制，大致的级别就是将若干连队整编为工程队（厂），营、连长为队（厂）长，指导员为队（厂）党支部书记，排长为工段长（工号长），工程队所辖若干施工段，施工段所辖若干施工班组。技术连队（汽车连、机吊连、修理连、木加连、预制连）分别充实到主力连队。

在改编过程中基本上保持原建制不动，只是将部队连队合并和分并在一起，合并和分并的单位成建制（连、排、班）实施，不零散抽调。

从此以后，团长改称经理，连长改称队长，排长改称段长，大家在很长一段时间内都不习惯这个称呼，还是喜欢称部队的职务。

接下来的日子里，虽然不是军人了，但职工们依然保持着军队的传统和军人的习惯，睡的还是集体通铺。每天晨练，大家跟随着每天早上7点的起床号，穿着没有领章的军装，迈着军人特有的步伐。这种工作与生活的状态一直延续了好几年。

302团在深圳集体转业成为了市政工程公司，正式从部队的序列中撤销了。一方面在深圳“找米下锅”的同时，也在紧张地与302团曾经驻扎过的衡阳、荆门等地进行资产分离。

按照国务院、中央军委〔1983〕98号文件规定：基建工程兵向驻扎地方进行交接，交接内容包括移交范围内的全部房产地产及配套的附属工程和设备。如水上管道及供水设备、高低压电力线路及设备、供气管道及设备、通讯线路、排水管道、道路、护坡、绿化、围墙、农机具等。移交地产，对已购土地，交方应标明地界，移交购地文件、土地使用证件，并会同接方办妥转户手续。

根据航空工业部和基建工程兵总部文件精神，302团在荆门市区以及紧靠宏图机械厂的两处房地产移交给宏图机械厂。1983年8月，航空部、基建工程兵总部下发航建联1163号、建办字93号文《关于基建工程兵31支队部分房地产移交航空工业部及其它有关问题的实施细则》，对交接工作中的具体问题作了明确规定：“从国务院、中央军委〔1983〕98号文下达之日起，31支队有关单位不得再将移交范围内的房地产，借出或转让给其它单位或个人”。

据《宏图机械厂志》记载：为做好这批房地产的接收工作，工厂决定：一、成立房地产接收小组，负责组织接收工作；二、接收工作采取集中领导、分工负责、对口接收的办法进行；三、房屋、道路、管线接收后的维修工作按分工处理；四、接收后的资产，均按工厂固定资产管理办法建账管理。

根据统计折算，302团在湖北荆门移交房屋情况如下：团部办公室、车库、食堂等共计3401平方米，汽车连车间、车棚等共计1857平方米，后勤仓库3186平方米，警卫排宿舍570平方米，宿舍、招待所5681平方米，三栋宿舍2000平方米。

同时，部队驻扎衡阳期间属于广州空军第五团，当时还不属于基建工程兵序列。1984年，衡阳留守处的房地产卖给了广州空军后勤部运输处，双方在1984年4月办理移交手续。衡阳留守处13955平方米，营产14栋，共计5322平方米及院内的一切水电配套折价33万元转让，全部移交。留守人员于当年5月20日全部撤出。

此外，对在约旦承接工程时一些遗留问题也进行了处置。基建工程兵31支队带到国外去的施工机具、设备，原值约99万元，其中部分已经无使用价值。这批机具、设备按国家固定资产管理规定，作为固定资产无偿调拨给中国航空技术进出口公司。31支队在约旦马安省玻璃厂工程中赚取的45.9万美元的利润，全部归支队所有。

至此，302团转业深圳后，原部队资产处置工作基本告一段落。

第七章

一业为主，多种经营

第一节　市政工程公司的家底

从1983年到1986年，是两万基建工程兵转业到深圳之后比较艰难的日子。不仅存在天气潮湿、缺水缺电、棚屋居住、通信交通等方面的诸多不便。让人意想不到的是，在一段时间里，基本生活供应都成了一个大问题。深圳经济特区的建设，每一步都充满着艰辛，每一步都是摸着石头过河，每一步都在突破计划经济和十年“文革”留下的桎梏。那时绝大部分生活必需品，都是计划供应而不是市场调节。深圳一下子增加了几万人，粮食调拨来不及，供应一下紧张起来了。吃饭成问题，那就是天大的问题了，基本生活变得非常艰苦。大家吃的只有馒头加咸菜，饮水和燃料的供应也常常发生困难，有些企业的员工甚至几天都吃不上一顿米饭，只得买面包充饥。可那时候整个深圳找不到几家商店，单位要开车去附近的惠州、东莞等地采购面包。

其次，面对突如其来的部队体制转变，大家不能立即适应，感到心里发慌。在转业之时，深圳市对这两万基建工程兵改编而来的企业定位非常明确：自由竞争、自谋生路、自找饭吃、自寻活干。

与兄弟单位一样，市政工程公司在一段时间里也陷入了迷茫。大家一肚子怨言：“我们有力气，不怕干活，只要有活干，累死也心甘；不能这样长期没活干，领导们快想想办法呀！”

但是每次业务拓展会，公司下属工程队接到像样的项目不多，田守臣等领导班子看着一个个蔫头耷脑的工程队长，心里都急出火来了。田守臣召开干部大会讨论研究办法，他沉重地说：“如今到了最困难的时候。我们干部首先要振作精神，挺起腰杆。企业当务之急是‘找米下锅’。动员每个人都走出去寻找任务，谁找到任务就给他嘉奖、给他记功！”田守臣不仅要求大家这样做，他还亲自出马到处找项目。

当时的302团，只留下了146万元的固定资产，20.8万元的流动资金，这就是集体转业后，深圳市市政工程公司1680名干部职工和数百名家属的全部家当，平均一个人仅仅可以摊到100多块钱。因为没活干，员工们的工资，基本上都只能向银行借贷，有的每月只能发30块钱，最高的也不过是每人每月领了80块钱。这些昔日威武的营长、连长们，为了给公司找活干，为了给员工们找饭吃，他们磨薄了鞋底，看尽了各式各样的眉高眼低。在那段艰苦的日子里，即使小到给村里装电表，为当地农民建小楼，给香港人建别墅、搞装修、修厕所，他们都去干。只要有活干就行，什么活都接，什么活都干，目的就是希望尽快被市场认同，拿到更多的工程，取得好的效益，增加大家的收入。

“一业为主，多种经营”的发展思路，就是深圳市政府和建设集团针对两万基建工程兵转业后提出的发展方向，要求各转业后的企业广开财源，增加企业的收入，改善职工生活福利，一面抓施工生产，一面兼搞多种经营。这个理念是各家企业当时的一种流行做法，也是初创时期众多企业从多业到专业的探索之路。后来，市政工程公司在这个经营理念之后，又增加了四个字：全面发展。

在市政工程公司，所谓的“一业为主”就是以市政工程施工为主，“多种经营，全面发展”就是发展工业、商贸和服务等行业，解决家属就业，增加企业效益。

第二节　高质量抓主业

工程施工在市政工程公司的产值中占有举足轻重的位置，1983年总产值826万元，施工产值为812万元，占比为98.3%；1989年总产值首次超过亿元，达到14126万元，而施工产值为9865万元，占比69.84%。1991年，仅施工产值一项就比上一年增长了9390万元。

在主业市政工程方面，1983年，市政工程公司承接了位于罗湖的渔民村路、沿河路；1984年，又承接了荔枝园路、深港路、东滨路、中航路、笋岗仓库暗渠、后海一带土方平整工程、南油生活区工程、沙头角联检站系列工程。因为前期承接深圳直升机场工程合作顺利，1984年9月，再次承接了深圳直升机场跑道续建工程。

早期所承接的工程含金量不高，因此标的都比较低。渔民村路工程造价24.5318万元，直升机场跑道续建工程造价29.6952万元，笋岗仓库暗渠工程造价88.6万元。稍微比较高的是沿河路工程，该工程总长740米，宽30米，工程造价达到了211万元。

市政工程公司起初在深圳承接工程走过了一条很曲折的道路，1983年刚转业的时候，受到部队带过来的技术等级低、管理水平低和机械装备差的“两低一差”，在职工队伍中普遍存在的工资收入低、社会地位低和福利待遇差的“两低一差”的影响，工程质量、管理水平和社会信誉都上不去，缺乏在市场中的竞争力。

工程质量的好坏，是衡量企业能力与管理水平高低的重要标志。转业初期，由于工程质量上不去，极大地影响了企业的信誉。为了迅速扭转局面，摆脱困境，公司上下痛下决心，一定要把工程质量搞上去，让全体员工明确这是企业发展的生命线。

为了搞好质量建设，市政工程公司于1985年就向各分公司提出试行施工质量与工资分配挂钩、奖优罚劣的要求。通过试验，1987年安装分公司、三分公司等确定推行工资分配以施工质量密切挂钩的方案。在实施这个方案过程中，每月底，分公司的主管领导带领质量检查员等，对已完工程的质量逐项复查，验收工程质量。

安装分公司的做法是对质量不合要求的项目，不参加当月的工资分配，质量合格的项目发100%的人工费，质量优良的项目增加10%的人工费，但暂时只发人工费总额的80%，留下20%到该单位工程验收移交后再补发。返工重做的工程，一律不计发第二次人工费，并且做到“谁施工，谁负责返工”。

三分公司的做法是严格实行以质论价，优质优价，质量一般价格一般，劣质罚款。如砖墙砌筑施工的工日工资标准是：质量优良的为7元/工日，质量合格的为5元/工日，质量不合要求的为2.8元/工日，并必须返工重做。工资结算须要质量检查员和工号长签字、经理批准。另外，还实行工号质量奖，工程质量达到优良等级的工号，上至工号长，下至每名操作手都获得一定数量的奖金。反之，如果发生质量事故，除追究直接当事人的责任之外，全工号还要受到经济处罚。

通过开展施工质量与经济分配挂钩，使施工质量管理增加了活力，它一方面增强了职工的质量意识，使每个人都能重视工程质量，按质量要求去努力工作；另一方面，刺激了工人的学习热情，迫使工人，尤其是操作技能较差的人，学习技术知识，钻研业务，努力提高技术水平和操作技能。

由于职工的工作责任心明显加强，每道工序都能认真施工，出现问题，自觉处理，遇到难题，主动请教。与此相对应，公司和分公司对取得优异质量成绩的单位和个人，给予通报表场及一定的物质奖励；对不顾质量、粗制滥造造成质量事故的单位和个人，给予批评或罚款，并责成其返工重做。

1990年，在公司季度质量检查中，公司给质量先进单位授流动红旗一面，奖金100元，给质量优胜工号发奖金100元。与此相反，一家挂靠在公司的潮阳水泥制品厂在布心路路基6%水泥石粉渣稳定层和人行道道板铺设施工中，不按规范要求去做，工程质量差，公司对此进行了批评，责令其返工，并处以800元的罚款。

三分公司的联营队伍施工新洲河时，由于管理人员素质差，施工方法不正确，虽经公司和三分公司多次教育、批评，但该队为了多赚钱，不做根本的改正，导致护坡片石砌体砂浆不饱满，厚度小于设计要求。由此，公司和三分公司令其停工整改，返工重做，并处以罚款2000元。

正是因为强化管理、提高质量，市政工程公司的社会信誉越来越得到社会的认可，在1987年参加的铁路高架桥施工会战中，获得了深圳市政府的奖励。1987年施工的市公共汽车站黄贝岭综合楼，是公司获得的第一个深圳市质量优质工程。1989年竣工的福田河暗渠工程，被工程主管部门誉为速度快、质量好的又一次“深圳速度”。特别是1989年承建的滨河路工程，在建设部组织的市政工程检查中，被评为中南片区唯一的市政道路优良项目，获得市政工程质量中南组第一名。该工程获得全国市政优质工程，为省、市赢得了荣誉，这是市政工程公司第一次获得国家级优质工程。正是因为这些良好的信誉，使市政工程公司在社会上竞争工程时，有了一些话语权。

1989年9月，深圳市建设局专门议标奖励市政工程公司300万元的工程。此后，施工的北环大道、深港路、广深铁路土石方、花县纺织厂土石方、深圳水库至大冲供水、东湖水厂扩建、福田河南北段、新洲河排洪工程、华侨城中旅2#仓库、深圳市航运公司办公楼和南头污水排海工程等，都被评为深圳市优质工程。

除了狠抓质量之外，市政工程公司也强化安全生产，做到有章可循。企业先后制定了一整套质安管理制度与条例，并逐步组建了安全委员会、质量安全检查科，形成了一个从公司到分公司、工程队、厂（车间），上下联合、专检成线、自检成网的安全监督管理系统。对于安全事故的发生，在优秀经理（厂长）劳动竞赛活动的评比中，有很严格的惩处制度：以年工伤率12‰为基数，少于基数记8分，每降1‰记0.5，降至4‰以下增记10分。每升1‰扣1分，重伤事故及严重机械设备事故，每起视情节轻重扣3分，发生人身伤亡事故记0分。安全事故隐瞒不报发现一起扣3分，发生火警扣4分。在公司季度检查中，获安全优胜工号一次奖0.3分，获年度安全优胜单位奖2分。在市级部门抽查获奖通报表扬一次获0.5分，受通报批评一次罚1分。

经过几年的提高和整顿，1988年交验17个单位工程，一次交验合格率为100%，单位工程优良率为60%，年负伤率为1.8‰；1989年交验17个单位工程，一次交验合格率为100%，单位工程优良率为54.49%，年负伤率为1.37‰；1990年交验25个单位工程，一次交验合格率为100%，单位工程优良率为63.95%，年负伤率为1.47‰。

在施工过程中，市政工程公司虚心听取各方意见，尽可能满足甲方要求。在施工结束后，实行回访制度，以便于在下一个施工工程中加以改进。实行施工中交底、验收后回访的制度，更使得公司能够广泛征求意见，改进工作。

随着技术实力与社会声誉的日益提高，除了承接中小型市政工程之外，市政工程公司也开始承接一些有挑战性的大工程。1987年3月，公司在广深珠高速深圳段合约一期创下了公司投标工作的先例，该工程的合同造价是1500万元，该工程有30多个单位参加投标，市政工程公司能够一举夺魁，这也体现了相当的竞争力。在当时，投标还不是市政工程公司一项经常性、持续性的经营行为，所以投标的时候，公司连专门的投标部门都没有，而是由当时的预算科和工程科临时抽调人员做的投标资料。

主业兴则企业活，市政工程公司多次受到上级的嘉奖，被深圳电视台、深圳人民广播电台、《深圳特区报》多次报道，连续两年被深圳市建设集团公司评为先进企业和立功创先竞赛第一名，并在1988、1989年被评为深圳市先进单位。

1989年市政工程公司荣获建设部国家建设施工资质一级企业，被深圳市建设银行评为建设系统资信等级一级一等企业。

企业的效益好，员工的收入也得到了提高。有这样一组数字可以说明问题：1983年实现利润19万元；1984年实现利润149万元，人均月工资149元；

1985年实现利润158万元，人均月工资210元；1986年实现利润91万元，人均月工资209元；1987年实现利润110万元，人均工资249元；1988年实现利润1327万元，人均月工资324元。

公司施工板块企业演变图

最初名称	第一轮调整（1988）	第二轮调整（1998）	第三轮调整	第四轮调整（2020）
第一工程队	第一分公司	路桥一公司	天健路桥公司	
第二工程队	第二分公司	基础工程公司 新力源混凝土公司	新力源混凝土公司在2009年改制后解散，基础工程公司2010年1月与建筑公司合并为房建公司，后更名为建筑公司	
第三工程队	第三分公司	建筑工程公司	2010年与基础工程公司合并为房建公司，后更名为建筑公司	天健第二建设工程有限公司
水电安装队	水电设备安装公司	安装工程公司	坪山建设公司	
沥青厂	第五分公司	路桥二公司	天健沥青道路工程有限公司	天健第一建设工程有限公司
特种工程处			公司改制后合并到路桥公司	
土方机械队	机械化施工第六分公司	虹辉汽车运输公司（1995）	2010年2月，市政工程业务并入路桥公司，出租车业务独立成为天健运输实业公司，2017年并入深圳巴士集团	
车队	机械化施工第七分公司		改制之前，公司解散	
土方二公司	机械化施工第八分公司		改制之前，公司解散	
茂华家私厂装饰经理部	茂华装饰分公司		后演变为茂华公司，改制后离开天健集团	

第三节 利用优惠政策兴办工厂

市政工程公司发展工业的雏形始于“三来一补”（来料加工、来料装配、来样加工和补偿贸易的简称），这是我国改革开放初期发展起来的一种重要的吸引外资的形式，具有形式灵活、投资少、时间短、见效快、风险小、成本低等特点，在解决劳动就业、增加外汇收入等方面具有积极作用，是促进深圳早期外向型经济发展的一条有效途径。1978年7月，东莞县第二轻工业局设在虎门境内的太平服装厂与港商合作，创办了全国第一家来料加工企业——太平手袋厂，以后逐渐发展到各经济特区。

“三来一补”在深圳也逐步多起来，市政工程公司以这种方式发展工业，进行了卓有成效的探索。

——1983年，市政工程公司开始与香港合作成立“三来一补”性质的香梅劳动服务公司，开展服装加工业务。次年，成立了香梅服装厂，该厂在原香梅劳动服务公司服装加工的基础上扩大生产，把原先302团随迁进深圳的待业女同志组织起来，使她们有了比较稳定的工作和收入。

——1984年，市政工程公司与沈阳市建筑构件应用公司合作成立深沈木制品综合加工厂，主要是生产木门窗、传统家具、现代家具、室内木装饰和木制商品包装；与沈阳市房产建材公司合作成立南北联合金属门窗厂；与大埔县对外经济服务公司联合成立嘉华化工厂，主要经营各种建筑涂料、黏合剂、纺织助剂及日用化工产品。

——1985年，市政工程公司与河南省交通厅科学研究所，合作成立中原乳化沥青厂；与洛阳建筑机械厂合作联合经营深洛压实机械工贸公司，主要生产、装配、销售洛阳牌各种型号压路机，并开展相应的机械维修、机械租赁及技术咨询业务；成立工艺金属品厂，主要生产各种钢椅制品、五金制品，可承接喷漆、喷花、喷塑、烘漆业务；与安徽巢湖贸易总公司联合经营圆钉加工厂，后来又成立巢湖熏鸭店；与贵阳市蔬菜公司联合成立豆类制品厂，主要生产五香素鸡、素牛肉、麻辣香干等豆制品；成立茂华家私厂、采石场与大理石厂。

——1986年，市政工程公司与香港协力宠物用品有限公司合作，加工塑胶五金宠物用品及玩具、饲料、水族用品、摩托车打气泵、活性炭、体育用品、家庭装饰及实用品，协力玩具厂外商投资2000多万元，在当时深圳“三来一补”企业中，可以称为佼佼者。

此后市政工程公司又陆续兴办了印刷厂、玩具厂、电子厂、柚木地板厂、美时铝合金厂、市政恒新电子来料加工厂、政辉水泥制品厂，还自办了纸箱厂、水泥制品厂、化学清洗公司。

在兴办工厂中，比较大型的是投资了60多万美元从英国引进了一条粉末涂料生产线，这条生产线是国内双螺杆挤出设备的鼻祖，为国内粉末涂料行业的发展奠定了较好的基础，这条生产线年产值可达1600万元人民币，质量远超国内同类产品，产品数量足可满足广州、深圳及珠江三角洲地区的需要，并有四成产品返销出口创汇。化工厂的丙烯酸系列高级涂料被国家名优产品万宝牌冰箱、威力牌洗衣机、汽车（依维柯、跃进、牡丹、江淮、黑豹）、自行车（飞鸽、永久、凤凰、安琪儿、金狮、中华）、摩托车（嘉陵、建设、轻骑、钱江、新大洲）等广泛采用，该产品销售网络遍布全国各地，并有部分产品出口创汇。

当然，为了生存发展，在工业区的工厂里，除了上百万、几十万元的业务之外，小的业务也不落下。在最困难时期的1983年11月，市政工程公司曾与深圳市第三幼儿园签订协议，为幼儿园制作大班双人课桌50张，中班双人课桌50张，小班六人课桌33张。大班木椅100个，中班木椅100个，小班木椅200个，总共合同额度才7500元，还包括送货上门的运费和装卸费。

从总体上来讲，市政工程公司办厂搞实业的历程，大致经历了三个阶段：

第一阶段是探索起步阶段。这一阶段，重点是解决富余劳动力，安排家属就业，稳定了职工队伍，解决干部职工的后顾之忧，为立足深圳打下了良好的基础。

第二阶段是大办实业阶段。利用深圳特区的环境和优惠政策，兴办工厂，发展实业。首先是自筹资金，盖起了部分厂房，修建了临时道路，完善了供水供电设施；其次是创造良好的投资环境，积极内联外引，利用内地和香港合作合资企业的资金和技术，采取不出资或少出资的办法来发展实业。这一阶段，共兴办工厂8家，为企业积累了资金，增强了经济实力，工业生产初见成效。

第三阶段是稳步发展阶段。充分利用前阶段积累的资金，由不出资少出资逐步转向大胆投资，促进企业求效益上水平。在这个阶段，主要做法是：凡看准了的项目，就大胆投资。根据合营情况，改来料加工为合作经营，改合作经营为合资经营，使经营管理形式不断升级，合作双方互惠互利，促进了企业的良性循环。

几年下来，市政工程公司的经营内容以线划分，就形成了工程线、服务线和工业线，工业线逐步把工作的重点从打基础、铺摊子转移到了求效益、上水平上来，把巩固原有工业项目同发展新的工业项目有机地结合起来，在企业上等级、产品上等级、管理上水平和改造老企业，落实“双承包责任制”上狠下功夫，取得了好成绩。

到1990年时，市政工程公司在发展工业上呈现四个显著特点：

一是在公司的产业结构中工业比重增大。由于工程主业随时都会受到基建投资形势的影响，加上市场竞争激烈、技术落后和人员老化等原因，起落较大。1983年工业线总收入14万元，占总营业额的2%；1984年工业线收入总额就直接增长近20倍，达到270万元，占比9%；1990年，工业线总收入达到7091万元，占比38%。

二是投资规模增加。经上级批准，公司把来料加工形式的协力宠物用品厂改为合作性质的协力宠物用品有限公司；把合作形式的嘉华化工厂改为合资性质的嘉华化工有限公司；把嘉辉实业公司的名誉合资转为实质性的合资。在此基础上，又对嘉辉实业公司加大了投资比重，扩大了生产规模，使企业不断升级，成效显著，合资双方经济效益明显。

三是产品外销增多。除了恒新电子厂、美时铝合金厂和协力宠物用品有限公司3个来料加工的产品全是外销之外，嘉辉实业公司的产品有70%的外销，为企业创汇，提高效益打下了坚实的基础。

四是产品质量提高。经过几年的努力，茂华家私厂生产的配套家私，达到了市内同行业的中上水平。印刷厂承印了1990年在北京举行的第11届亚运会不干胶徽标，说明了企业印刷质量在同行业中过得硬。1990年成立的政辉水泥制品厂，做到了当年筹建、当年投产、当年出效益，完成产值460万元，超额完成董事会下达的利润指标。该水泥厂经省、市两级建材部门组织的验收小组评定为“全面质量管理合格单位”，取得了计量三级合格证和产品销售许可证，该厂的产品质量监督保证工作，居同行业前列。

第四节　贸易公司的得与失

开展贸易经营活动，是发展市场经济的需要。这里有一个背景，1983年8月底，302团的部队军粮供应截止，预支的粮票送到广州军区后勤部进行了结算，剩余的少部分粮票到上步区粮食局兑换成粮食，分给各连队的食堂用。由于深圳是改革开放的试验田，商品经济比较活跃，在1982年起逐步取消了票证制度，到1984年全面取消了粮、油、猪肉票，除了进口家电和凤凰自行车等少数紧俏物品，大部分商品都可以用现金直接购买，甚至在一些民营饭店和食品店，港币也是通行无阻的。

市政工程公司的贸易业务是如何做起来的呢?

当时猫颈田基地是在一片荒岗上建起来的，所以这一带跟周边地区几乎完全脱节，一些生活日用品，如米、菜、肉和副食品都没有地方可以购买，广大职工家属解决生活基本需求非常困难。公司起初成立了经营科，就以原302团军人服务社为基础开设了小商店。这个商店主要是出售米面油盐、蔬菜、副食品和日常生活用品，商店由几名随军家属负责经营，基本功能就是满足整个驻地的生活需要。

1983年，在经营科管理的小商品供应基础上成立了多种经营科，设立这个部门有两个目的，一是解决部队职工及陆续来深家属的工作问题；二是通过多种经营模式增加收入。

在深圳办理工商执照，经历了不同的历史阶段，1988年之前，只要是国营企业去办理，非常容易，同一个单位有时候一天可以办好多个，但是私营老板去办就比较难了。正是在这样的背景下，一批陆丰、普宁等地的私人老板找到了市政工程公司，请求合作，由市政工程公司帮忙出面办理执照，由他们来实际经营。当时市政工程公司考虑到可以解决公司部分家属就业，就采取了合作态度，有些公司会派几个人去上班，或者安排一下家属就业，但是公章由市政工程公司掌控。到1986年5月，市政工程公司商场门店营业执照就有70多个，对外租用的执照就达40多个，安排从业人员近300人，从某种程度来说，缓解了部分就业压力。

1984年，市政工程公司与陆丰县驻深圳市农工商总公司合作，在南头深圳大学旁边开设材料服务部南头分部；在成都设立贸易洽谈处；成立市政材料机电公司，负责对内对外材料机电的经营和管理；在文锦渡和猫颈田开设药店；成立市政机电建材工贸分公司，经销建筑材料、化工产品、金属制品、水泥制品。

1984年8月，市政工程公司向上级单位申请成立深圳市市政综合贸易公司，到这个时间段，公司先后办起了4个店和2个饭店，即基地综合商店、副食品商店、蔡屋围振宇商店、人民桥河堤商店、怡园饭店和北方风味酒楼。

1985年，市政工程公司成立三羊贸易公司与市政工贸展销部，主要经营五金交电、家用电器、服饰布料、燃料化工、农副土特产、糖烟酒、副食品和建筑材料的零售、批发。

多种经营科起初经营一些服装、布匹及油盐酱醋的生意，深圳因靠近香港，物资相对丰富，市场越来越活跃，于是，内地不少地方的旅客，来到这里采购一些内地稀缺物资，多种经营科就采购批发给他们，从中赚取差价。

由于当时社会掀起全民经商热潮，多种经营科在这一背景下，改成市政贸易公司，后来又单独成立了市政物资公司、市政商贸公司、湖滨贸易公司总共4家贸易公司。接下来还考虑到市政工程公司以及整个建设集团下属公司的工程建设需要，又开始做起了钢筋水泥建材供应的生意。1991年9月，深圳市政府下文批准同意市政工程公司享有进口经营权，可以经营施工、生产所需物资的进口业务。

市场经济与计划经济最大的不同，就是促进了商品的流通。转业后的基建工程兵在市场经济中学习，在市场中学游泳，一开始还游得很欢，在全民经商的大潮下，必然乱和杂，因此很快也要交学费了，而且付出了很大的代价。

由于市政工程公司一时适应不了市场经济的变化，再加上政策变化，公司的经营也一度陷入了困境，造成了重大损失。贸易公司的损失，也是302团转业深圳之后的第一个重创。

当时市政商贸公司在工业区做马口铁、棕榈油、三夹板等加工生意，与香港达利公司及其持牌人刘仁忠合作。来来往往关系密切了，商贸公司给钱，刘老板就发货，有时候是先付款，后发货，有时候是先发货，后付款，时间一长就麻痹大意了。有一次货要得比较多，491万元巨款打到了刘老板的账上之后，就没有了下文，久久不见发货，最后发现被骗了。那时，一些香港的不法之徒，利用内地对市场经济没有经验，利用深港两地政治制度和法律的不同，常用这种诈骗行径，骗取巨额钱财。

当时市政商贸公司负责人组织纪律观念和政治观念淡薄，不按外贸程序和公司财务有关规定执行，严重违反公司财务纪律，过分相信港商，造成严重后果。后来该负责人受到了撤职处分。

为了追回这笔血汗钱，市政工程公司派人分别前往深圳市公安局五处、香港警务处商业罪案调查科进行了报案。1989年6月，香港方面明确函复，找到达利公司的人和追回被骗款项没有什么希望了，并将仅追回的1万港元交给市政工程公司。

市政商贸公司经此一役，元气大伤，其他下属公司也逐渐发生经营不善、货物囤积等原因，亏损严重到经营不下去，面临倒闭的风险。整个贸易线出现了遗案多、追款多、债务重、资金难回收的困难局面。

当时的这种情况在全国都比较普遍。

1985年8月，国务院出台了《关于进一步清理和整顿公司的通知》，其中有一条，要求各地对于钻经济改革的空子，套购重要生产资料和紧俏商品，进行倒买倒卖、哄抬物价、买空卖空、投机诈骗、倒卖外汇、出卖账号，进行违法经营的公司，要组织力量，严厉查处。

根据深圳市场比较混乱的局面，深圳市政府在1986年底也出台文件，要求二级公司属下不允许再设三级公司。市政工程公司属于深圳市建设公司下属的二级公司，因此取缔了属于三级性质的贸易公司。

市政工程公司于1986年4月作出决定，成立整顿商贸线领导小组，将四家贸易公司负责人集中到罗湖区的国商大厦集体办公。

经过仔细研究，整顿小组决定暂停除物资公司以外的几家贸易公司业务，但从法律连带责任考虑，暂不注销执照。一方面调整机构精简人员，另一方面清理债权债务。

领导小组经过调查了解到问题的严重性，其中有一笔生意就被印度尼西亚商人骗去380多万元，这些钱虽然不是市政工程公司直接出的，但都是内地几家单位的货款。香港商人、印尼商人可以跑掉，国营企业是跑不掉的，当时来讨债的、要货的络绎不绝，闹得物资公司领导不得安宁。

1987年4月，经深圳市建设集团领导及主管副市长同意，市政工程公司将原深圳市政商业贸易公司、深圳市政贸易公司、深圳市政湖滨综合供销服务公司变更为深圳市政第一商场、深圳市政第二商场、深圳市政湖滨商场，这三家单位与原深圳市政物资公司合并组成新的深圳市政物资公司，专门来处理遗留问题。

新成立的市政物资公司对外是二级公司，对内实际属市政工程公司领导，由物资公司来处理合并前的一些遗留问题，同时，为了使市政工程公司领导集中精力抓好施工生产，将工程线原先因经商遗留下来的一些失误问题，也交由物资公司来处理。

为了迅速扭转局面，市政物资公司采取一系列措施进行了整顿，清理债权债务和组织机构，理顺了关系，裁减了经商人员，压缩了经商机构，精干了经商队伍。

市政物资公司一手抓历史遗留问题，一手抓经营管理，强调依法经营，以批发业务和代购代销为基础，以公司内部建材供应为重点，加强了债权债务的处理。很快解决了同政华贸易公司的脱钩；完成了同合肥农货公司400多万元债务一案的执行终结；与广东省河源市和平县经委90多万元债务一案，市政工程公司获得了胜诉。仅仅1990年就利用法律手段处理债权债务18宗，直接挽回和避免经济损失156万元，间接追回损失和避免发生经济损失389万元。到1994年，物资公司共处理遗留案件30多起，最长的一桩是碧波酒家纠纷案件，处理长达4年之久。

新的市政物资公司恢复经营以来，广泛疏通渠道，同十多个厂家建立了长期稳定的供销业务关系，减少了中间环节。同时，加强了对实体门店的管理，把“依法经营，信守合同，照章纳税”的指导思想，贯穿在整个经营贸易过程中，还坚持走以贸养工，以工扩工，工贸结合的道路，不断完善内部经营机制，缓解了资金紧张的困难。

到1988年底，贸易线实行扭亏为盈，当年产值为1231万元；1989年完成营业额1850万元，实现利润26万元，在极其困难的情况下，积极偿还银行贷款，通过法律手段挽回经济损失100多万元，使商业贸易走出了低谷。

市政工程公司的商业贸易，在企业发展的一定阶段，起到了重要的作用，也在市场中学习市场经营付出了沉重的代价。这一点与当时“全民经商”的大形势有着必然的关系，也是改革开放和实行市场经济过程中，付出的代价。

市政物资公司在2002年前后企业改制的时候，正式结束了使命。从客观上来讲，正是因为企业在商业贸易方面摔了跟头，而客观上促进了市政工程公司奋发图强，改变经营方式，直接出现了向房地产领域的跨行业进军，从而展开了市政工程公司的一个发展的新领域。当然，这是后话了。

第五节　自办第三产业面向周边群众

第三产业是指各类服务或商品。在服务业领域，1983年10月，市政工程公司与香港同益公司合办汽车修配厂，承接香港运进来的各类汽车的维修。与香港同益公司合作，也是302团改编后第一次同香港人打交道。为了保证修理厂在厂房设计、先进设备的引进、生产管理等方面能够按照先进水平发展，市政工程公司领导田守臣等一行7人，首次前往香港考察，第一次见识了资本主义市场。在学习经验的同时，也扩大了视野。

1984年，市政工程公司与广西医疗器械工业公司联合成立了精武健身中心，主要用气功及经络理疗等方法，为港澳同胞、外籍人士及特区内人士的健康服务；成立猫颈田服务中心，经营百货商场、粮油菜门市部、饮食、旅店、邮电、储蓄、理发等；与香港永明投资有限公司合作，经营先锋开发有限公司，主要承接各种土石方开挖、运输回填、道路工程；与沈阳市包装装潢工业公司联合成立装饰印刷工贸公司，主要经营产品装潢设计、广告样本、标签印刷业务，并承接室内外装饰设计、艺术造型等业务。

1985年，成立深圳市市政工程公司建筑规划设计研究所，主要承接机场工程、道路桥涵、城市给排水、输变电工程、工业与民用建筑等市政专业设计业务；成立化学清洗公司，从兰州化工机械研究院和河北省石油化工研究院引进了具有国际先进水准的化学清洗技术，承接各地锅炉、反应器、冷却器等清洗业务，承接各医院、宾馆、饮用水、工业用水、各种场所的消毒业务，生产酸洗缓蚀剂、二氯异氰尿酸钠等系列产品；还联合创办了华东旅游服务公司，经营旅馆、饭店、各种旅游车、大轿车、中小轿车租赁，经销工艺美术品、纺织品、日用品，下设旅馆、餐厅、商场、出租汽车、导游等服务；由湖滨综合供销服务公司与湖南省长沙市郊农工商联合总公司合作成立湖南酒家。

1986年与上海长海医院合作成立深圳上海医学整容院，主要进行人体面部为主的整容业务，设有病床50张。

市政工程公司对职工门诊部实行经费包干，不足部分由门诊部对外营业，增收补充。市政工程公司门诊部原来是302团的卫生队，1982年跟随团部从湖北省荆门南下深圳，后更名为市政门诊部。起初，门诊部主要是服务本单位的职工、家属，可以做一些简单的外科手术。为了让服务走向市场，公司要求门诊部在搞好防病治病的基础上，挖掘内部潜力，面向社会，服务群众，走医工结合的道路，自办实业，多种经营创效益。当时在猫颈田一带蚊虫滋生，容易引起疟疾，门诊部就买来日本进口的溴氰菊酯灭蚊虫药，通过稀释浸泡蚊帐达到驱赶蚊虫的效果，当时给周边的居民泡洗蚊帐，实行收费，虽然收入不高，但日积月累也有一笔收入。此外，卫生队还组织医护人员到梅林山上采板蓝根、大青叶、贯众等药物熬制汤药，服务周边居民。经过门诊部的努力，实行经费包干后，1989年给公司创利24万元，不仅减轻了公司负担，还为公司创造了效益。

公司试验室以“面向基层，为施工生产服务”为宗旨，及时对工地用料进行检验，保证了全公司工程的进度，在做好对内服务的同时，也面向社会开展有偿服务。成功地进行了对冷轧变形钢筋的测试，得到了上级有关部门的认可和好评，填补了公司试验室进行新材料测试的空白，扩大了试验室的影响。这个仅有5名员工的小单位，1989年创利22万元，其中对外有偿服务收费就达

17万元，也为公司创造了经济效益。

此外，将服务性核算单位列入竞争机制，逐个单位实行经济承包责任制，相互竞争，改善服务态度，提高服务质量，实行有偿服务，是公司融入市场深化改革的又一举措。市政工程公司先后对公司的门诊部、总机班、招待所、试验室、测量班及油库等单位进行了定量管理，根据其自身的特点，实行责任承包。这些单位不仅不要公司一分钱，而且还为公司增收节支，创造了较好的经济效益。

这一段时间市政工程公司从上到下十分活跃的经营活动，一方面反映了处在“全民经商”热潮的历史大背景之下，利弊同在；一方面体现了公司上下当时努力想融入市场，尽快取得良好效益的愿望。实际上，无论企业和员工，都有收获和教训。最大的收获，就是在于一个完全计划经济的产物——基建工程兵队伍在特区市场经济中逐步的转变。

第八章

市场的考验与学费

第一节 对工程招投标的不适应

深圳经济特区是社会主义市场经济的一块“试验田”，而基建工程兵完全是计划经济的产物，其多年形成的经营理念和工作方法，在深圳都面临着考验，这个转变对公司的未来发展是根本性的，然而其过程是非常痛苦的。

从建立经济特区之初，深圳就正在进行着大刀阔斧的改革，许多创举开全国之先河，但是在当时的现实背景下，一些改革都是不被人民理解，甚至是误解的，在建筑市场上对工程实行招投标，就是其中典型的一例。

位于深圳罗湖区嘉宾路的国际商业大厦，是深圳的一座高层建筑。当时广东省建工部门把大楼的建设施工任务分配给了省内一家建筑公司，但这家公司漫天要价，而且一星期之内就三次提出涨价，他们还按老办法要深圳市提供基建材料的供应指标。双方本已谈好两个月了，前期工地已经打好桩，可由于讨价还价导致工地停工，青草都长了好高了，就是不复工。

时任深圳市委书记兼市长的梁湘得知此情后十分焦急，他觉得深圳是经济特区，是改革的试验场，城市建设工作一定要改革，于是他跟有关方面商量后拍板决定，借鉴香港经验，面向市场公开招标。这本是一项创举，但却等于把上级部门手中的工程分配权给拿走了，把工程项目的建设完全推向了市场，因此在实施中阻力很大。有人说，这是在“八级大风中顶风行船”，但深圳经济特区政府坚持下来了。

工程招投标这个新生事物，于是就在深圳经济特区建设热潮中应运而生。深圳是最早向全国开放建筑市场的城市，任何建筑施工企业都可以到深圳来投标承建工程项目。

面对工程招投标，由基建工程兵部队集体转业的企业明显不适应，习惯了以服从命令为天职的军人，哪懂得市场经济，连招标程序、招标文件的准备都一无所知。命令302团的官兵们过去对建机场、修道路等大型国防工程的施工不在话下，转业也意味着转型，现在要他们做市政工程，盖楼房住宅，反而不知道怎么干了。

深圳的建筑市场开放之后，在市场经济环境下形成了激烈竞争，抢“蛋糕”的队伍越来越多，而深圳的城市建设又在飞速发展，市场也在变得越来越大。有这样一组数据可以说明当时的情况，1983年深圳建筑业产值为33382万元，到1989年深圳建筑业产值已经达到了104782万元，1990年增加到124372万元。

深圳城市的高速发展，使建筑业产值呈现井喷式增长。但是深圳建筑业率先打破了行业的地区封锁，外地企业纷纷看到了深圳发展的前景，特别是“中”字头的国家级建筑企业，纷纷抢滩深圳。境外实力雄厚的建筑商也闻风而至，争夺深圳建筑业越来越大的“蛋糕”。这就让最早进入深圳的基建工程兵转业队伍，一夜之间吃惊地发现，找不到自己的位置了。当时，中国建筑集团、四川省建筑工程总公司（后来的华西集团）、江苏省第一建筑安装有限公司等实力雄厚的公司已经依靠专业、实力占领了深圳建筑市场的半壁江山。

此外，由于早期的招标制度不够规范、工作程序存有漏洞等原因，使得一些投标过程中存在猫腻。比如，当时承揽工程就普遍存在着给“饮茶费”现象。可是这对于基建工程兵出身的人来说，无论是企业和个人都无法满足对方的要求。结果，一些没有实力却有“门道”的包工头，手里有工程承包合同，而部队转业过来的企业却拿不到工程项目。

与市政工程公司一样，深圳市建设集团旗下大多数由基建工程兵转业的工程公司，在竞标中都是连竞连败。为了生存和发展，他们最后不得不拿人家不愿意承接的苦工程，或者就是吃人家的“二包活”。

这支队伍当然也有内心的失落。转业深圳后，部队从计划经济模式跨入了市场经济模式，从军队的供给制计划性转向了自谋生路、自找饭吃、自寻活干，从神圣的军人到普普通通的“企业人”，部队的干部战士普遍带着深深的失落感。这些基层员工大多是来自农村的年轻人，还没有充分的思想准备，就被放进了不知道底在哪儿的“市场”。

前面曾经提到过，1966年中央决定建立中国人民解放军基本建设工程兵的时候，对于该部队的定性是实行经济核算，自负盈亏，不使用国防经费。尽管如此，但是部队开支还是由国家财政专项列出，战士们在部队里可以学到许多实用技术和知识，也一直习惯于由国家分配工程、制定任务。部队的责任就是接到工程后认真把工程做好，毫无后顾之忧，因此部队曾流行一句话：“哭不死的孩子，饿不死的兵”，描述的就是这种状况。

来到深圳，面对突如其来的部队体制转变，大家只感到心里一阵阵发慌以及无限的不解和憋屈。部队的转型，最初是心态上的不适应，成了当时最大的思想问题。工程兵们既然转业成为了“深圳市自己的队伍”，是深圳的直属企业，应该是“皇帝的女儿不愁嫁”，为什么如此难以打开局面呢？

如果说，比较差的队伍干不好活，拿不到工程，算是实力不济，怪不了别人。但是，实际上部队转业的企业中大多数是有实力、战斗力很强的队伍，却也拿不到工程，大面积陷入了窝工，困难重重。

在当时大形势之下，这种情况给整个基建工程兵转业企业生存发展造成了较大困难。

我们知道深圳是改革开放的试验区，试验就是试错的过程，我们搞的是社会主义市场经济，没有成功的经验照搬，所以，要改革就是在不断地试错，在试错中总结经验前行，才有后来取得巨大成功的深圳。

深圳经济特区经过最初几年的高速发展，经济急剧升温，逐渐超过了自身的承受能力。大家对于经济结构的建设缺乏统筹经验，对过热的发展未能引起警觉。因此前建市5年超高速的发展，潜伏着的问题终于在1985年下半年暴露出来了。由于深圳基建规模过大，资金全面紧张，给市财政不断增加压力。不得已，市财政只有向银行贷款用于基建，几年下来透支了近8亿元（这个数字对于1985年的深圳压力很大）。基建规模过大，投资结构不合理。1985年初，香港《信报》连续12天刊登一组文章，总题为《深圳庐山真面目假大空》，把深圳特区建设所取得的成就说得一无是处。虽然后来深圳成功发展，以惊人的成就，给当年唱衰深圳的人一个最好的回答。但在当时，这种声音在舆论上给新生的经济特区形成巨大的压力。

面对困难，深圳自我纠错。1986年初，深圳市对经济发展进行了调整，对全市1500多个基建项目进行了全面清理，基建规模压缩一半以上，裁减了近10万人的施工队伍，停建了60多栋20层以上的高楼。

在这种基建大规模压缩的情况下，基建企业面临的困难是可想而知的，基建工程兵转业的企业生产，甚至出现了“无米下锅”的情况，企业职工的生活也就越来越困难。有的职工为维持生计只好自找出路；有的企业每人每月发150元，打发职工暂时回原籍；有的企业三番五次找市政府，请求恢复行政分配工程；有更困难的企业每个月只能发几十块钱，已经有了家庭的职工，用这点钱无法养活家小。当时驻竹子林的企业，就发生过有少数家属，早上三四点钟就起来到蔬菜批发市场捡菜叶。甚至还发生过一家人吃了在火车站捡来的菜叶而中毒的事件，好在没有生命危险。

1986年第5期《特区文学》发表了报告文学《深圳，两万人的苦痛与尊严》，该文由深圳著名作家吴启泰和本身是基建工程兵出身的段亚兵共同撰写，真实地反映了基建工程兵转业深圳后的窘境和面临的困难，一时引起广泛关注，在特区内兴起了一股有关基建工程兵现状的讨论热潮，不少人都在思考议论，如何给这支转业后基建工程兵在深圳定位。

这篇报告文学引起了深圳市委书记梁湘的足够重视，他也在思考，并且亲自召集会议，研究解决基建工程兵转业企业困难现状的办法，最后决定市政府要迅速采取措施，要让部队有活干、有饭吃，尽快改变被动局面。

同时大家也认识到只有不停地适应市场，为市场而改变，要经受得住市场的考验，这才是根本。首先的考验，就是如何改变在深圳基建市场中，对工程招投标的不适应。学会市场中的规则，适应市场中的竞争。这种认识统一了大家的思想，使这支队伍在后来的市场中不断地提升，只有提高了核心竞争力，有了名气，才会有品牌，才会接到工程，从而形成良性循环。

第二节　从军人到企业人的知识更新

1983年9月15日，302团集体转业深圳的总人数为2051人。按当时国家有关政策，调进部分干部、志愿兵非农业户口且有工作的配偶近百人。在这2000多人中，从大学毕业分配到部队工作的，如陈明生等老牌大学生屈指可数，也有一些领导干部，如邹志远等，在部队工作期间被派送到大学进修学习过，数量极其有限。广大官兵都是在实践中摸索，靠以老带新，积累了做工程的经验，他们中有高中学历的就算不错了。

为了适应新时代发展的要求，适应市场激烈竞争的形势，市政工程公司领导班子认识到，要尽快改变当时部队转业之后的管理差、技术差的现状，改变干部职工文化知识水准陈旧的现实。整个公司上下都要进行知识更新学习，以促进施工生产，提高企业的竞争能力，让企业发展上台阶、上等级，因此要把职工培训工作提到重要议事日程上来。

为此，市政工程公司专门成立了职工培训领导小组，各下属单位也设立了类似的培训领导机构。培训内容分为文化补习、技术补习，并造册分班、分工种进行。技术培训抓住重点，并根据生产情况，采取过去部队的老传统：急用先学。根据职工的进度进行考核测验，讲评学习情况，还分门别类制订了学习措施和奖罚举措。

公司分期分批进行培训，采取走出去、请进来的形式，通过高中文化夜校、业务人员专业知识学习，采取师徒包教包学，订立师徒包教包学合同。在招聘工人的过程中，也是先招学徒工，再从优秀的学徒工中转正定级。

市政工程公司组织了各种形式的业务培训班，有工程技术培训班、经营管理培训班、财务会计培训班，当时职工们形成了白天做工程、晚上去上课的局面。各个分公司也组织领导班子参加各种相关的培训班。比如，为了解决物资公司大量的债权债务问题，陈德伦和张传亮就专门参加了当时厦门大学在深圳市政府培训中心办的企业管理学习班，学习金融、财务、公共关系等知识。

那时，学习在市政工程公司蔚然成风，还有的职工因为参加学习而考上了大学。如当时的出纳高洪星，被送到广州中山大学培训半年，学习财务知识，学习结业回到深圳，他又听说深圳市委组织部制订了一个干部培训计划，通过全国高考，选送一批干部和后备人才到大学读书，高洪星又报了名。1985年，他经过一番努力，顺利考上深圳大学成教学院，和他一起复习的200多人中，还有林世雄等人最后也考取了大学。

随着特区的建设和企业的发展，一部分干部员工调至其他单位工作，同时公司业务的发展也越来越需要大量专业技术力量。从1987年起，公司开始引进专业人才，包括接收大中专毕业生和调入有工作经验的专业技术人员，特别是1990年以来公司加大了人才引进的力度，人员结构发生了较大的变化，企业在市场中的竞争能力逐步上升。

调入深圳的两万基建工程兵部队中有几千名干部，而深圳在很短的时间里从县级、地级发展到副部级城市，极度缺乏有才能的干部。在这种情况下，部队与地方之间干部流动，成为了很自然的事情，深圳市委、市政府对此持积极态度。1985年，深圳市政府专门下发文件，要求深圳各大企业招工时，必须招收转业的工程兵，甚至出面要求各区劳动部门做硬性指标分配。

深圳市政府在组建计委、建设局、规划国土局时调走了不少转业基建工程兵干部。市政工程公司就有韦光杰、龚家玉、全洪亮、乔运新等来深圳不久后，就调去政府部门工作了。据不完全统计，多年来，基建工程兵向深圳市各单位输送的干部和员工多达5000余名，他们基本都成了各行各业的工作骨干。

人才交流，除了回原籍、去政府部门，自己下海经商的之外，也有的在上级单位——深圳市建设集团的指派下，到市政工程公司以外的其他单位任职的，这其中就有不少成为商海中的风云人物。如曾经担任市政工程公司党委书记的汪家玉，1988年6月被调往深圳市建筑装饰总公司担任“一把手”，通过多年的奋斗，他把这家负债累累的企业，做成了全国装饰行业中的标杆。1990年12月，时任市政工程公司党委书记的陈德伦，被调往深圳市设备材料实业股份有限公司担任总经理，该公司是深圳市最早从事商品混凝土生产的专业公司，后来更名为天地集团股份有限公司，并于1993年4月在深圳证券交易所上市交易，股票代码为000023，成为全国第一家以商品混凝土为主业的上市公司。

市政工程公司在1988年以前，对引进员工有严格控制，一是公司的子弟不能够入正式编制，二是当年没有来深圳或中途打退堂鼓的，一律不再接收。公司的员工清一色都是当年从荆门南下的干部及士兵，他们本身文化水平不高，没有接受过市政及施工科班的专业训练，在早期技术含量不高的施工中倒也能够应付过去。

真正遇到瓶颈是1986年左右公司申请资质的时候，在办理资质手续的时候，建设部门有高级职称人才的硬性规定，这可难倒了公司人事科科长敖炳根，他到处托人找关系，要引进一些高级工程师，可这又谈何容易。

为了破解这一难题，公司领导班子决定从三方面入手：一是组织内部人员培训学习，提高文化能力，参与职称评定，经理田守臣就是公司第一位被评上高级工程师的；二是向社会招聘高层次人才，如后来成为公司总经济师的冉启华，就是在北京农业展览馆看到深圳市建设集团的招聘信息，以高级经济师的职称应聘的；三是前往中专和大学招聘应届毕业生，公司1987年开始从大学引进受到过科班训练的应届毕业生，此后还从全国知名重点大学引进大学生，如清华大学、同济大学、武汉大学等，如夏建云、郭永平、赖德明等一批优秀的大学生陆续分配到公司，他们后来都成为公司的骨干力量。

为什么市政工程公司在短短几年之内能够招聘到重点大学的高材生呢？这与深圳这座城市的吸引力息息相关。深圳作为改革开放的“窗口”，声名在外，当时很多大学生把出国作为首选，如果出不了国，那就退而求其次选择深圳。在当时，就是名牌大学的应届毕业生来深圳谋职，也不是照单全收，也有指标和名额的限制。每年由深圳市人事局拨指标给深圳市建设集团，再由建设集团拨给下属公司，有些年份，这个指标非常少。另外，深圳的机制比较灵活，能够体现出按劳分配的价值观。当时，大学生分配到内地一家机关工作，每月的收入在200元左右，在深圳工作，薪酬体系中额外还有边防补贴。在市政工程公司，在效益比较好的部门，每月拿到1000元以上是习以为常的事情。公司在1990年对景田综合片区进行垫资开发之后，经济效益及员工福利大幅增加，这对应届毕业生来说，也是很大的吸引力。

第三节　把86个账户归到“结算中心”

早在1984年，市政工程公司经理田守臣针对公司“一大二公”运行弊端，提出了给予下属单位充分的经营自主权，并在运行机制上划小核算单位，下放银行账号，这一措施在一定程度上调动了下属公司的积极性。

但是运行了一段时间后就遇到了新问题，下放银行账号后，公司资金分散很严重，当时在市政工程公司的账号上，留下的流动资金只剩下20.2万元，人均还不到200元，再加上建设单位拖欠的工程款，总公司可调剂的资金不足100万元。而公司所属的47个从事建筑、工程开发和商贸服务的下属单位，由于实行了独立核算，分别在银行单独开设了86个账户。到1988年8月，各单位银行存款累计达560万元，现金流动量合计1740万元。由于资金分散，公司不能统一平衡和调度，流动资金的供需矛盾相当突出。

市政工程公司在对外洽谈合作项目时，对方一看家底那么薄，就觉得没有实力，影响了双方的合作效果。当时的情况不能客观地反映企业的资信能力，更无法形成规模优势。与此同时，资金流向不合理、花费严重失控等问题也随之而来。1987年，市政工程公司领导偶然在杂志上看到一篇报道。吉林省有一家工厂，为解决工序上的交费繁杂，采用内部"通用券"，即每完成一道工序，都向下道工序要一个"通用券"，月底统一按券收账。

内部通用，市政工程公司能不能搞个结算中心？当田守臣等领导班子正在酝酿的时候，公司已是舆论哗然，有人甚至公开反对，认为刚刚下放的权限又收回去了，这样的改革肯定长久不了。市政工程公司领导班子权衡利弊，面对眼前严重影响公司发展的现状，下定决心调整改革方案。新方案的试点工作是从1988年10月开始的，市政工程公司在建设银行福田支行的大力帮助下，成立了内部结算中心。该中心具有经济往来结算和内部信贷管理的双重职能，对公司各下属单位的资金本着"大集中，分级归口管理""统存统贷，统一结算"的原则进行统管。首先，将公司银行账号移交给结算中心，并核结一定额度的资金作为中心的流动资金；其次，根据实际需要，逐步取消各单位在银行开设的账号，所有资金归到结算中心统管，形成一个有机整体，增加企业的市场竞争力。下属单位除法人企业可在银行保留一个纳税账户外，全部取消银行开立的账户；只在结算中心开户，对外结算业务都在结算中心办理手续，再由结算中心统一与银行办理付款；结算中心统一协调各企业的资金，防止资金的体外循环。

新方案实施初期，一些被选为试点的单位心存疑虑，不愿意加入结算中心。市政工程公司领导多方面做解释工作，阐明结算中心的运作特点，大家才逐渐放下了疑虑，正式加入。后来的事实证明，市政工程公司领导的见解是独到的，方案是可行的。这一措施实行刚过半年，各个分公司和子公司就尝到了甜头，其他下属单位也纷纷要求参加结算中心。

建立内部结算中心，挖掘企业潜力，提高资金利用率，特别是资金紧张的时候。大家习惯于把解决资金需求的眼光"向上看"，即等上级来拨款，向银行要贷款。有了内部结算中心之后，就可以把眼光转到“向内看”，即挖掘内部潜力，依靠自己的力量，解决了资金短缺的困难。过去打报告向银行贷款，时间很长，现在从打报告到经理批准拿到钱，中间时间大幅缩短，工作效率成倍提高。例如，1989年6月，三分公司在进行福田河暗渠工程施工中，急需20万元购买材料，结算中心及时给予货款，当天就支付到位，保证了工程进展的需要，也保证了企业的效益和利润。

内部结算中心大大方便了公司的经营运作，集中力量办大事。过去认为拿不下来的大项目，由于有了内部结算中心，集中了全公司的资金实力，公司在对外谈判时心里的底气足了，不少项目也因此成功拿下。公司日后的一些大项目，如产值过5000万元的深圳嘉辉实业公司、深圳嘉华化工有限公司因此产生。

财务管理是企业管理的重要环节，有关资金运作和有效使用是财务管理的重要内容。随着公司规模的扩大，投资项目增多，公司的资金缺口很大，为了满足对资金的需求，公司始终把资金管理作为重要工作来抓。采取加快应收款的回收，加快银行资金的融通速度，及时清理公司内部三角债等办法充分盘活资金，仅1997年和1998年就清理内部三角债1.67亿元，1998年回收工程拖欠款1亿元。公司内部员工们认同结算中心为“内部银行”，员工们的工资和存款不用存在银行，就存储在结算中心。每年所得的利息比存在银行高20%，而企业有了这个资金储备，在使用资金方面减少了一定的利息成本。

1988年10月，市政工程公司还在建设银行福田支行的委托下，在猫颈田一带代办储蓄存款，吸收社会闲散资金。根据“协储”原则，代办费按存款资金的日平均余额来计算，余额30万元以下按照1.5‰，30万元以上部分按照1.2‰的标准，由建设银行每月一次性支付给市政工程公司。

仅有4名员工的结算中心成立之后，很快就收到了明显的效益。一年之后，在市内各专业银行存款余额，从初期的500万元上升到1000多万元。公司减少流动资金贷款350万元，仅利息每年就可少支付30多万元，吸收私人闲散资金147万元，1989年资金迁出量3亿元。1991年就净得利息200万元，1992年达到了300万元。

结算中心和“内部银行”的做法带来这么多的好处，一时之间，人们纷纷称好，一些单位包括上级单位都跑来取经学习。1989年8月3日《深圳特区报》对公司成立结算中心的做法，在头版头条作了报道，引起了有关部门的极大兴趣，公司被深圳市推荐参加广东省建设财务工作经验交流会，并作了典型经验介绍。

“内部银行”是市政工程公司早期发展融资的一个重要形式，后来许多公司纷纷效仿。许多企业通过这种模式得到了发展，员工得到了实惠，但是也出现了集资时间长短不一，利息回报差别很大，企业亏损无法及时兑现本金与利息等种种问题，1998年3月18日，深圳市建设投资控股公司下发《关于停止企业向内部职工集资的通知》，市政工程公司的“内部银行”使命正式结束，但是结算中心的功能依然保留。

市政工程公司利用结算中心搞活企业之外，也积极通过银行贷款，利用政策优势，变小财为大财，让企业从中获利。

转业初期，市政工程公司发展面临着很多的局限，比较突出的问题是全公司的工程机械严重不足，当时市政工程公司的设备基本属于部队转业时带来的旧机械，在市场上很难体现公司的竞争实力和建立起良好的信誉。

当时银行为缓解通货膨胀带来的危机，积极支持企业贷款发展，甚至找上门来。可是越是这种情形之下，企业越是不敢轻易接受贷款，担心还不了借款被银行追债，到时候想脱身就难了，这是当时很多国营企业领导的普遍心理。

但是，市政工程公司的领导不这么认为，他们对市场进行了分析，当时恰逢深圳市很多工业区、市政道路正在大兴土木，到处都是机器的隆隆声，到处都是尘土飞扬的工地。如果在这个时候从银行低息贷款，可以把老旧机械设备淘汰更新，购买一大批进口设备，增强企业竞争实力。同时还有很大可能，由于通货膨胀这些设备还会随着人民币贬值而增值，说不定还能赚上一笔。

当时，当社会上的企业普遍对自己“既无外债，又无内债”而沾沾自喜时，市政工程公司果断向银行贷款970万元，用这笔贷款买进了大批的进口土石方运输车、挖沟机、装载机等现代化设备。这一来，大大增强了公司的市场竞争力，加快了施工速度，提高了施工质量，一举改变了市政工程公司因机械设备差导致竞争力不强的面貌，公司效益直线上升，一连数年利润翻番。银行的贷款，也在几个项目完工后，迅速还清，还赚了多倍的利润回来。

有意思的是，关于这批设备的后续处理，领导们真的预判对了。在为公司效力了7年之后，公司为了采购更新更好的设备，处理了这批老设备，而这批老设备处理时，每台还比购买时多卖了几万元。也就是说，这批设备为公司服务了多年，早已折旧收回资金，但最后处理时，又全部收回了当年购买设备的成本，还有溢价。

第四节　工资储备金以丰补歉

1983年改编初期，职工的工资分配基本上沿袭了部队的分配形式，套用地方的八级制工资级别，职工干多干少还是一个样，调动不了职工的积极性。1984年起，公司逐步开始以单位经济效益的好坏，来确定单位浮动工资的多少。

1987年3月，根据广东省建委〔86〕粤建字8号文件的通知，和深圳市建设集团《关于实行百元产值工资含量包干试行办法》，市政工程公司确定了一、二、三工程队，水电安装队，土石方机械队，车队，沥青厂等单位实行百元产值工资含量包干办法，并制定了产值计算范围、计算办法、包干内容等。百元产值工资含量系数定为17元，考核利润、工程质量与竣工面积三项指标，这三项指标均在超额5%以上，增加工资含量系数0.5%，单项利润指标超额完成5%以上（其他两项只完成计划），增加工资含量系数0.3%。对于没有完成施工任务的单位，每人每月发80元生活费。

百元产值工资含量包干的核心，是实行计件工资，上不封顶，下不保底。按照工程预算后工资含量，摒弃了过去按年限、按级别核发工资的“津贴制”，使那种不愿多干活，又不愿少拿钱的人坐不住了，首次出现了职工主动请求要活干、要多干活的局面，在一定的程度上调动了职工的积极性。

由于建筑行业竞争激烈，市场瞬息变化，企业难以完全控制，不能从根本上解决职工收入的大起大落、生活上苦乐不均的问题。在实际工作中，往往会出现“任务饱满时干不完，没有活干时人心散”的现象，如1986年上半年，有的公司基本没有施工任务，经济状况处于低谷，职工生活很困难，人心浮动。一部分职工不安于现状，纷纷出走或外出打工，出现难以管理的状况，甚至有的公司出现接到了任务也难集合队伍的情况。这些不稳定因素，影响了施工生产，也影响了企业的声誉。

从1987年开始，市政工程公司在深圳市建设集团和建设银行规定的含量系数不变的情况下，对公司的考核办法进行了调整。根据各施工单位的实际情况，分别对从事市政建设施工、水电安装、土石方作业施工单位，确定不同的产值工资含量系数，力求能体现按劳动量和经济效益平衡工资分配。规定单位完成利润指标可以按产值工资含量系数，计取工资总额。对职工分配上严格执行劳动定额，不能简单地把产值工资含量系数再下放到施工班组。提倡建立工资储备基金，即生产任务饱满，挣钱多的时候，工人工资发到一定水平，经本单位职代会或职工大会讨论同意，从职工应得工资和奖金中提取部分储备起来，留待任务少、工资水平下降时补充，达到“以丰补歉”的目的。

在实施方法上，允许按规定产值工资含量系数提取工资进入成本。当年节余含量工资可以留到下年度继续使用，成为专项基金。改变了以前工资含量年底核算，节余冲减成本增加利润的做法，为各施工队乐于接受，并且变被动节余为主动节余。比较早采用这种办法的三分公司、安装分公司，工资发放比较平稳，而且每年有所提高，队伍稳定，保证了施工生产顺利和用工的调配有序，生产秩序良好。

1988年以来，各施工单位都储备有不同数额的工资节余，“以丰补歉”的方法充分发挥了效益。到1989年的时候，工资储备金制度的作用就充分发挥出来了。当时全国上下基建规模压缩，施工任务减少，各施工分公司出现过停工现象。但由于实行了工资储备基金，各单位工资水平没有大幅度的降低，起码保证了基本工资和国家及上级规定发放的各项补贴。尤其是土方运输分公司，连续5个月没有接到土石方工程任务，完全处于停工状态，单位用储备金保证了职工基本生活，广大职工每天照常打卡报到，参加学习，再没有出现私自外出打工，或用公司的汽车与机械设备去干私活的现象了。

工资储备金制度除了保障按时发放职工工资之外，还可以做好对特别困难户的生活保障工作。凡是职工有直系亲属死亡或病重住院花费大的，都给予经济救济。每逢春节都动用储备金对有实际困难的职工进行补助。特别是对一些亡故职工家属和病退职工，还会送救济款，并送上鸡鸭鱼肉等年货，保证困难职工过好年。另外对一些因劳动争议而一时没有发上工资的职工，也及时做好工作，消除不稳定的因素。

第五节　工地里“产”出优秀项目经理

1987年以前，市政工程公司对基层的施工管理，按照传统的习惯运作模式，实质上只是面上的管理。由于工程点多面广战线长，加上管理水准跟不上，责权利不明确，质量上不去，工期难保证，常常会影响正常施工。特别是在施工中出现了问题时，责任追究不到具体人身上，各级领导普遍感到“管理难”“难管理”。

为了扭转这种被动局面，1987年开始，公司按照深圳市建设集团的有关文件精神，结合公司的现状，研究制定了项目经理或工号长负责制的实施细则，在实践中加以完善和修改，由点到面在工程线上全面推行。

项目经理负责制，主要有聘用、承包、职责、奖励、处罚五项内容。项目经理的聘用，采取自荐、推荐、指定和招标聘用四种形式。项目经理的主要内容是“四保一包”：保工程质量、保施工工期、保安全生产、保文明施工、包降低工程成本。项目经理负责制的特点是承包者的责权利明确，承包者有压力，承包者也有利益，这就必然产生动力，促使承包者去搞好管理，以提高经济效益，达到各项指标。

推行项目经理负责制，施工现场的管理水平有所提高，各分公司协同作战的整体能力不断增强，推动了企业由产值速度型向质量效益型的转变，保证了重点工程的进度。公司承接的重点工程都由项目经理或工号长负责，他们按照承包合同行使职权，以确保重点工程的进展。如公司承包的广深高速公路工程、梅林工业区土方工程、爱国路排洪渠工程、彩电中心暗渠工程、东湖水厂扩建工程、福田河及新洲河暗渠工程、南头污水排海工程、福强路工程、笔架山水厂、布吉南桥工程等，都是按项目经理负责制来管理，各项经济指标均达到了合同的要求，受到了甲方和有关方面的好评。

随着企业知名度的提高，公司承接的市重点工程也越来越多，以往接到重点工程任务后，公司主管领导忙得团团转，基层领导又插不上手，帮不上忙，工作十分被动。实行项目经理负责制后，项目经理成了公司领导在施工现场的“代理人”，使公司领导从繁杂的事务中解脱出来，集中精力抓全盘工作。

同时，项目经理负责制培养了一批施工管理人才。施工管理原来是公司的弱项，实行项目经理负责制后，管理者从抓施工管理入手，认真总结经验和教训，努力提高自身的管理水平，在实践中得到了充分的锻炼和提高。如胡兴忠、罗会顺、任文庭等，就是项目经理中比较突出的代表。他们通过担任项目经理，施工管理水平有了很大的提高。罗会顺、任文庭原来都只是普通工人，经过项目经理的锻炼后，管理水平和组织能力等方面都有了明显的进步。工程师于海学担任项目经理后，连续两年被评为公司优秀项目经理及管理能手。

此外，项目经理负责制，初步理顺了各方面的关系。项目经理需要同建设单位（甲方）、质检站（监督单位）、设计院（设计单位）、勘测（测量放线单位）以及接收单位等打交道，同时还要同内部各分公司打交道，这就需要项目经理具有较强的协调能力。为了理顺关系，疏通渠道，迫使项目经理去化解矛盾，协调工作。工程从开工到竣工，各个工序如何衔接，各方面的关系如何处理，项目经理通过实践，初步找到了规律，懂得了如何处理这些复杂的人际关系，积累了不少经验。因为项目经理从某种意义上说是代表公司的，所以，项目经理比分公司经理更有基层管理方面的优势。

实行项目经理负责制后，保证了资金的正常运转，项目经理的职责之一，就是要掌握好工程进度款的合理划拨，这对于掌握工程的主动权是至关重要的。项目经理必须根据各个阶段不同的情况，各个部位的轻重缓急、进度快慢和质量好坏给予合理安排，掌握得好，能加快工程的进展，反之则影响工程的进度。项目经理把划拨工程进度款当作重点工作来抓，几年下来，基本上没有出现什么大的差错，从而保证了资金的正常运转，保证了项目的效益。

实行项目经理负责制，最大限度地锻炼了基层骨干队伍，提高了整个施工建设队伍的素质，也整体提高了企业的竞争力。

第六节　全员为企业风险担责

从基建工程兵部队开始，302团历史上都是实行党委负责制。改编为地方企业后，还一直沿袭党委集体领导的传统做法。按照中央“三个条例”的精神，1988年公司全面实行党政分开，由党委领导下的经理负责制，转变为经理负责制和经理任期目标责任制，明确了公司党委、经理和职代会在企业中的不同分工和不同作用。

同时，通过几年的实践，大家认识到项目经理负责方式，与企业发展的实际情况还存在一定的距离。主要表现在实行的承包方式，企业经营好时，集体竞相争利；经营亏损时，主要承包人责任不明确，职工积极性没能充分调动起来。

这种新的形势对企业内部的改革提出了新的要求。为使内部改革走向深入，在做了大量调查研究的基础上，市政工程公司开始有计划、有步骤地开展有偿风险抵押承包，又进一步地深化了企业内部的改革。

第一步是全面推行"双文明"承包责任制。1988年，公司根据"包死基数，确保上交，超额分成，歉收自补"的原则，在公司范围内，全面推行"双文明"承包责任制。

每年初由公司领导与各单位签订合同，一级向一级负责，以经济技术指标和精神文明指标为主要考核内容，采取记分制、分线考核的方法，一般情况下，经济技术指标70分，精神文明指标30分，奖励分不封顶。在经济技术指标中，分为利润指标、工程质量优良率、安全指标、产值指标、上交费用、材料管理和财务管理等几大项。在精神文明指标中，分为职业道德、职业纪律、职业技能、民主管理、职工生活和领导作风等内容。总部机关也制定出相应的岗位责任制。

在推行"双文明"承包责任制的过程中，还开展双增双节（增产节约、增收节支）、优秀经理（厂长）劳动竞赛系列活动，不断提高企业管理现代化水平，增强企业活力，提高经济效益和社会信誉，促进各项工作顺利开展。

值得一提的是，1987年，以市政工程公司为代表的深圳市建设集团旗下企业开展了多层次、全方位的劳动竞赛，当年深圳市建设集团作为深圳市唯一代表，参加了广东省劳动竞赛成果发布会，被广东省授予1987年全省劳动竞赛优秀成果二等奖，也是深圳市唯一获得这个等级奖励的企业，为深圳经济特区赢得了荣誉。

第二步是实行全员风险抵押承包责任制。1989年，市政工程公司旗下分公司在巩固"双文明"承包责任制的基础上，按照责任的大小，分档次向企业总部交纳风险抵押金，其原则是"全面承包，年终考核，超额计奖，歉收扣罚"。这项改革措施的推进，把风险机制引入企业，把经营的好坏同职工的切身利益相挂钩，进一步调动了职工的积极性、创造性，公司的产值和利润都有了较大增长。

实行全员有偿风险抵押承包方案，通过层层承包，让各级充分享有自主权，确立经理在公司中的中心地位，较好地解决了责权利的统一，以及企业的凝聚力、职工向心力的问题。把企业效益和职工利益紧紧地联系在一起，强化了职工参政议政、民主管理的意识，较大程度地发挥了职工的积极性、主动性和创造性，对企业的全面发展起到了较大的推动作用。

实践证明，实行全员风险抵押承包后，把风险机制引入企业的内部，变经理一人承担风险为职工共同承担风险，使职工能感到自己肩负的责任。在广大员工交出数百元押金的同时，也感到自身利益与公司利益已经紧密结合在一起了，职工的主人翁责任感大大增强，认识到只有真正和公司“捆”在一起，共同努力搞活企业，才有出路。职工队伍中主动关心公司发展，热爱本职工作的人越来越多了，大家都把主要精力放在如何降低成本，提高工程质量和经济效益上面来。公司出现了上下人心思定，人心思干的新局面。

第三步是实行净资产全员风险抵押承包责任制。市政工程公司开始试行的这一改革措施，增强了对资产的管理，确保国有资产的安全增值，承包基数更加趋于科学化，更有效地实现职工和企业利益共同体，并为后期规范化的股份制改造奠定了基础，更大程度地促进企业向更广阔方向的发展。

净资产全员风险抵押承包是在核定企业国有资产的基础上，承包企业全员按责任档次交纳抵押金，年终视企业效益共担风险、共享红利。其最主要的是确定承包基数，把同行业净资产利润率（物化效益）、同行业消费资金利润率（活化效益）和承包企业实际实现利润的能力都考虑进去，使得企业在一定程度上实现机会均等。实行抵押金和企业资产融合运行，承包企业收取全员抵押金不能低于本企业净资产的10%，不能够高于企业净资产的30%，经理和职工的抵押金档次以2～3倍为限。在利润分配上，承包企业税后纯利润分配比例为40%为公积金，20%作为公益金（其中12%为职工福利基金，8%为职工奖励基金），40%作为红利分配，国有资产和个人抵押金享有同等分红率。

实施净资产全员风险抵押承包，强化了企业自我约束机制，较好地解决了负盈不负亏和利润虚假的弊端，使企业的动力机制得到强化，提高了企业经济效益。有一组数字可以说明这个效果，1991年在深圳市建设集团旗下13个单位实施净资产全员风险抵押承包，当年完成总产值7.04亿元，比1990年增长了35.4%，全员劳动生产率58555元，比上年增长31.12%，年利润4721.4万元，比上年增长118.6%。

市政工程公司开展的净资产全员风险抵押承包是在其上级单位深圳市建设集团统一领导下开展的，这一举措得到了业界的高度赞誉。1993年4月，由中国工业经济协会、《人民日报》理论部组织的深圳市建设集团净资产全员风险抵押承包经营责任制研讨会在人民大会堂召开，包括市政工程公司在内的企业开展的做法，得到了领导和专家们的充分肯定。当年5月21日，《人民日报》大篇幅介绍了这一做法。1995年5月，深圳市委与人民日报社在钓鱼台联合召开一个关于全员风险抵押承包经营的研讨会，由深圳市委书记李灏主持，《人民日报》整版摘要刊登了领导和专家们在研讨会上的发言。

第七节　承接深圳早期水务工程

1983年9月，基建工程兵302团整体转业为深圳市市政工程公司，主要承接全市市政公用设施建设。市政工程的范围除了包括城市道路、桥梁、土石方、立交桥之外，还包括城市雨水管道、污水管道、泵站、污水处理厂等城市排水设施，也涵盖城市防洪堤岸、河坝、防洪墙、排涝泵站等防洪设施。

在部队期间，基建工程兵302团在营级建制下有安装连。为了承接深圳早期的水务工程，1983年，刚成立的市政工程公司就以原安装连为基础，组建了水电安装队，1988年改名为水电设备安装公司。在深圳经济特区成立的第二年，即1981年6月，深圳市组建自来水公司。

市政工程公司早些年承建了罗湖、南油、蛇口等地的小型排涝工程，比较早的如1985年3月承接南油开发公司的厂区道路给排水工程，比较大型的工程是从1985年承建位于罗湖的东湖水厂取水泵房，该工程的甲方单位是深圳市自来水公司。

说到东湖水厂，就不得不提深圳水库，这是动工于1959年11月的重要工程，除了供宝安县居民用水之外，还主要引至香港，直接关系到香港地区的经济繁荣、社会稳定和人民身体健康。东湖水厂紧邻深圳水库，市政工程公司承建的取水泵房与水库落差8米，加之地下水位高，导致施工时地下水不停往上涌，抽排都解决不了问题，这给打混凝土凝固造成很大的干扰。当时承建该工程的是公司第三工程队，他们想了很多办法，最后是用800#高膨胀水泥与环氧树脂按比例搅拌，用高压喷注，才慢慢封住漏洞。

因为东湖水厂第一期工程赢得了甲方的认可和深圳市政府的表扬，1988年，东湖水厂扩建又交给了市政工程公司。东湖水厂扩建是1988年的深圳市重点工程，要新建1.8万吨/日处理系统，改建12万吨/日滤池和增加滤池汽冲控制系统，改进进出水吸管，增建日吸水管，安装1万伏进口配电设备、800千伏变电器等，无论是技术要求还是施工难度都比前期要高很多，按照工期预算需要141天完成。但是深圳市城建办公室和深圳市自来水公司要求务必在当年5月20日之前完工。市政工程公司下属的水电安装队在充分估计了自己的实力和分析有利条件的基础上，立下“军令状”。当年元月进入现场，精心组织，合理安排劳动力，连续作战，市委市政府领导大年三十亲临工地慰问。经过艰苦奋战，他们终于提前两天交工，甲方专门召开授奖会，奖励两万元，该工程也受到了市政府领导的高度赞扬。

笔架山水厂工程是20世纪80年代的一项重要水务工程，1988年3月，市政工程公司承接了笔架山水厂工程一、二期工程，工程持续了两年多时间，被深圳市市政府列入1990年为市民承办的十件好事之一，该工程设计规模为12万吨/日城市用水，水厂构筑物面积7060平方米，建筑面积5465平方米，大小构筑物13座，占地面积77.66亩，总投资为3800万元。一期工程为清水池、吸水井、送水泵房，一期于1988年6月竣工并通水；二期工程有滤池、道路、回收水池。其中一期是通过招投标承接，与深圳市自来水公司签订合同，因为前期合作顺利，第二期则为议标工程。

市政工程公司1985年承接深圳大冲水厂—华侨城输水管道工程，工程造价为210.56万元；1986年承接深圳市北斗路泵站工程，工程造价300万元；1988年承接福田河彩电中心明暗渠工程，工程造价为290万元；1988年承接猫颈田工程，工程造价为151.9万元；1989年承接新洲河暗渠工程，工程造价为2300万元；1989年承接南山污水处理厂工程，工程造价为210.7万元；1989年承接深圳市清水河仓库排水管工程，工程造价为24.3万元；1989年承接深圳市北环路供水管道工程，工程造价为70.6万元；1990年承接深圳市梅西二沟工程，工程造价为420万元；1990年承接梅林工业区1#路道路及排水工程，工程造价为560万元；1990年承接粤海工业区雨污水工程，工程造价为75.92万元；1990年承接文锦花园住宅区给水管道工程，工程造价为56万元。

在深圳建设初期，市政工程公司承建了深圳早期80%以上的水厂和管网。除了为公司创造效益之外，也淬炼了一支专业水务工程施工队伍，同时也为公司打出了品牌。公司承接的多项工程被评为优质工程，如北环泥岗银湖立交给水工程被评为1994年广东省优良市政工程，梅林水厂至大冲泵站DN2400架空输水工程被评为1995年广东省优质市政工程，梅林水厂二期清水池和滨河水厂三期氧化沟池工程被评为1997年广东省优质市政工程，污水排海大沙河倒虹管渠被评为1992年深圳市优质样板工程，南头输水管道被评为1993年深圳市优质样板工程。

1990年，市政工程公司承担的东湖水厂至笔架山水厂2.14公里输水管道工程和深大暗渠及泵房工程，以其速度快、质量好，深受好评，甲方总指挥评价说："市政工程公司是脚上绑大锣——走到哪响到哪"，该工程受到市领导赞扬后，获得了享受议标工程的奖励。

1992年，深圳市建设局组织全市市政工程质量大检查大比武，市政工程公司凭借新洲河北段暗渠工程和东湖水厂至笔架山水厂输水管道工程等项目获得了第一名。

几年之后，水电设备安装公司更名为安装工程公司，后来演变为市政安装公司，继续承接水务工程。除了承接深圳的水务工程之外，还向外地延展业务，承接佛山市第三污水处理厂，代建安徽省宣城第三水厂。多年后，公司还承接位于泰国南部北大年府海滨区域的污水处理系统和外部污水管道工程。

正是因为有早些年对水务工程的经验积累，若干年后，公司承建的布吉污水处理厂主体及附属工程囊括了建筑业最高荣誉的其中三项：鲁班奖、詹天佑奖和金杯奖。

第九章

从施工跨界进入地产开发领域

第一节　搭上企业升级达标的末班车

经过不断创新改革，深圳经济特区的发展蒸蒸日上，1988年11月，国务院批准深圳市在国家计划中实行单列，并赋予其相当于省一级的经济管理权限。到1989年，深圳市的国民生产总值已经达到了115.6565亿元，在短短的10年间，增加了近60倍。为了更进一步促进深圳经济特区的发展，1990年，经国务院批准，在深圳经济特区内新增福田区和南山区（均为县级建制），市政工程公司所在地猫颈田，也在重新规划的图纸上悄悄地改成了景田。从1979年开始，猫颈田先后隶属于罗湖区、上步管理区管辖，至此改由新成立的福田区管辖。

在改革开放的过程中，为了促进经济发展，深圳各行各业都推出了许多改革新举措，这些改革措施突破了计划经济的桎梏，搞活了市场，提高了效率，极大地激发出人们的积极性，为逐步建立社会主义的市场经济体系努力创新。最有标志性的举措，就是蛇口工业区提出了“时间就是金钱，效率就是生命”的口号。

1988年以来，从政府到民间，都在讨论深圳的城市精神，于1990年，形成了“开拓、创新、团结、奉献”八个字的“深圳精神”。深圳自觉地概括城市精神，这样做也在价值取向和文化建设上领全国先河。这8个字的“深圳精神”提炼，也经过了一个从认识到总结的过程。最早概括为“开拓、创新、献身”六个字。后来，修订为“开拓、创新、团结、奉献”八个字，“六字”精神与“八字”精神相比，增加了“团结”两个字；将“献身”改为“奉献”。

1992年1月18日至2月21日，改革开放的总设计师邓小平视察武昌、深圳、珠海、上海等地，并发表了重要谈话，他提出“要抓紧有利时机，加快改革开放步伐，力争国民经济更好地上一个新台阶”的要求，为中国走上有中国特色社会主义市场经济发展道路，奠定了思想基础。不久小平的南方谈话精神，经过媒体的充分报道，传遍祖国大地，中国掀起了又一轮改革开放的热潮。

小平同志南方谈话后，深圳到处洋溢着二次创业的激情，1995年深圳党代会时，市委书记厉有为作了关于二次创业的报告，提到第一次创业为深圳经济特区打基础，第二次创业要调整产业结构，高速推进经济发展，发展高端服务业、金融业，发展高新技术产业，保护生态环境。

这一阶段，为了深化改革，提高效益与效率，进一步搞活企业经济，市政工程公司探索了很多改革创新的做法，有些是按照国务院、市政府及建设集团的部署开展的，有些是自己琢磨出来的点子和办法，企业效益一年一年逐步上升。效益上升了，员工的福利待遇逐步改善，公司的一些改革措施在当时也是相当超前的。

这段时间市政工程公司抓的最重要的一项工作，就是企业升级达标。

十年“文化大革命”不仅对党和国家的政治生活、国民经济建设造成严重灾乱，而且对企业生产管理秩序，特别是基础管理工作，造成了极大的破坏，使多数企业无章可循，有章不循，乱象纷呈。为了扭转这一局面，中共中央和国务院1980年提出开展全国性的企业整顿活动，要求全面整肃企业秩序，健全和完善企业规章制度、责任体系和基础管理，确保企业各项管理规范运作。全国各地国营企业以企业整顿为目的，大规模开展了以“全面质量管理达标”为主题，包括计量、标准化、质量管理小组活动等基础工作达标在内的系列升级达标活动。

对于城市建设与建筑施工领域的国营企业来说，他们对于企业升级达标的需求更加迫切，其主要原因是建设部于1990年提出《“八五”（1991—1995年）建设工程质量工作规划》《建设部质量奖评审管理办法》，要求将全面质量管理列为建筑企业资质定级升级，申请国家级质量奖的考核指标。由于升级达标与事关企业生存发展的资质挂钩，企业的升级达标就不是可搞可不搞的小事，而是必须搞、尽早搞、且要搞好的大事。

1988年，深圳市基本建设高潮暂告一个段落，深圳企业搭上全国升级达标的末班车。此时深圳市建设集团及其下属公司，也刚刚度过了来深圳之后的困难与阵痛时期。深圳建筑公司升级达标适逢其时，具备了进行企业升级改造的条件。

其实，对于深圳市市政工程公司来说，确实很有必要进行企业全面升级。从1983年开始，公司的组织建制、运行模式和管理方法虽然进行了改编，不同于部队，但是还是摆脱不了部队的痕迹。对于企业基础管理工作，基本上是一片空白。例如，普遍把“计量”理解为一般狭义的“工程测量”，把“标准化”视为一些具体的“技术标准、规范”，距离升级达标的考评要求差距很大。

国务院把1991年确定为“质量、品质、效益年”，市政工程公司根据这一精神，提出了“以标准化、计量为基础，以质量为中心，加快企业上等级”的工作方针。1990—1995年，公司从计量定级开始进行了计量升级、标准化升级、全面质量管理达标、ISO9000质量管理体系贯标认证等一系列升级达标活动，历时6年之久。

——计量升级。企业计量定级和计量升级考核，是国家行政主管部门对企业计量合格等级的考核评审和认定。考评内容包括计量器具的配备率、检定率和检测率等。

1990年10月，市政工程公司根据《深圳市企业计量定升级考核规范》，制定出计量升级的方针：计量先行，保证企业升级；量值传递，确保准确统一；提高素质，促进综合效益。设立计量室，编制和组织实施了公司计量定级计划，新制定公司计量管理制度、部门和岗位计量职责，初步建立公司、分公司、项目部三级计量组织和职责体系。组织全体员工对《计量法》、计量基本知识的学习考核和计量员的资格培训。按量值传递要求配备和检定了计量器具，建立和保存了计量技术档案和各种检测记录。

市政工程公司仅用3个月时间，通过了深圳市技术监督局和建设集团联合组织的计量定级考核评审，在深圳市建筑行业取得了首批三级计量合格证书。公司于1991年10月底在广东省建筑行业率先通过计量二级考核评审，能源、物料、工艺、质量四类计量器具的配备率、检测率及周检率、抽检合格率等十项指标，均超过二级标准要求，取得了二级计量合格证书。1992、1994年公司分别获得深圳市计量工作先进单位荣誉称号。

——标准化达标。标准化管理是对企业经营、材料、能源、工艺、质量、安全、环保等管理制定和实施的技术标准、管理标准和工作标准，并对实施结果进行标准化分析评估，是企业贯彻执行《标准化法》的一项法治活动。1991年1月，市政工程公司根据建设部《企业标准化水平管理办法》，确定了“全面建标，完善标准体系；提高水平，突出技术标准；按标运作，强化规范管理；依靠科技，促进企业效益”的标准化方针，制定并发布了公司标准化水平发展规划。1991年4月，公司设立了标准化室，标准化工作开始具体布置进行。

随即，市政工程公司经理邹志远和总工程师刘广圣带队赴内地数省考察调研，走访联系政府主管部门，向大连市政、中铁二局等企业收集相关工作资料，熟悉和了解标准化水平达标的程序和要求。标准化达标工作的第一关就是编写标准。为此，公司发动30个部门共40人参加起草编写。根据公司标准化体系表，选择采用了国家、行业、地方等技术标准748项，编写党务、政工、法务、财务等管理标准219项，制定从公司领导层、中间管理层到作业层等工作标准223项，标准体系总共1188项。

市政工程公司《建筑材料管理标准化经济效果个案分析》一文，在1993年第2期《深圳技术监督》杂志刊登发表。1992年12月，市政工程公司在广东省建筑行业率先通过企业标准化水平三级考核评审，取得了企业标准化水平三级证书，1993年公司还被评为深圳市标准化管理先进单位。

——全面质量管理达标。全面质量管理是指与质量相关的全要素管理，即全员、全过程、全方位的质量管理，其活动实施和考评的内容主要包括方针目标、领导和机构、设计质量、过程质量、使用质量、质保体系、培训教育、质量成本、质量督察、QC（质量控制）活动、质量奖惩、推行效果12项。

1990年，市政工程公司制定全面质量管理方针目标展开图，共七类37项。为了确保方针目标有效实施、按期完成，公司制定和实施了方针目标的检查考评制度。考评方法是“三检”，仿照工程工序质量检验的自检、互检和专检。考评周期是每月一次检查、每季度一次考核、年度一次评价。每次检查、考评的结果，列入各部门单位“双文明考核”内容，并与当月浮动工资、年度奖励与处罚挂钩。

1991年11月，市政工程公司经广东省建委、深圳市建设局的联合考核评审，各考评单项均通过验收评分标准，获得省级先进企业荣誉证书。1993年6月，公司TQC（全面质量控制管理）通过省、市技术监督局和质量管理协会的评审验收，实现了全面质量管理达标。

——ISO9000标准体系认证。ISO9000标准是国际标准组织对“组织”的质量管理体系制定、发布的管理标准，该标准提出质量管理理论、原则、模式、内容和要求。1994年4月，市政工程公司成立ISO9000贯彻标准办公室，该办公室编制了公司质量体系论证工作方案，聘请深圳市技术监督局下属咨询机构进行企业诊断，根据诊断报告，确定公司体系文件编制、审定、实施的计划内容和要求。

1994年6月起，贯彻标准办公室组织编写质量体系文件，共完成编写管理手册24章、程序文件31个、文字量10万字，编辑成册70套。根据体系论证的要求，1994年12月起，公司质量体系实施运行，历时6个月。运行初期，贯彻标准办公室对各部门各单位，进行体系运行的实施培训。运行过程，除在面上组织、普遍指导外，贯彻标准办公室还选择五分公司、二分公司作为实施试点单位，进行重点辅导帮助、以点带面。

1995年7月，公司通过深圳市质量认证中心组织的认证审核，在深圳市建筑行业首批获得ISO9000质量管理体系认证证书。当时能够取得认证证书十分不易，公司质量体系的建立、实施、论证、保持、改进过程，不仅为公司扩大社会声誉，更为保证工程项目投标资格预审，发挥了重要作用。

企业升级达标是提高企业的管理素质和竞争能力。达标的过程分为两个层次：对外，市政工程公司上等级（资质等级）；对内，企业下属公司，确定管理级别、经济指标和工资体系。

除了对外上等级，市政工程公司经过广泛征求意见，结合企业的实际，1991年在分公司之间实行升级达标管理，制定了与之相适应的工资改革方案。这个方案打破了行政级别，按照企业规模、效益、管理标准水平确定企业级别和享受相应待遇，能正确评定企业领导的政绩，较为准确地确定其分配。该方案使企业升级达标同工资收入挂钩，调动了承包者和职工的积极性。具体的办法是将企业分成开发、工程、工业三条线。开发线包括房地产开发，工程线下面有好几个施工队，工业线下面包含工业贸易、物资供应。各条线根据实际情况，分类考核，将各项指标分解，确定权重系数，企业下属单位按指标的高低划分四个等级，用两年的时间，达到哪级就享受哪级待遇，达不到指标的降级。

通过开展企业内部升级达标活动，把竞争机制引入企业，彻底打破“大锅饭”“铁交椅”的思想，促进了企业发展。通过企业内部竞争，有利于提高企业的经济效益和管理水平，有利于奖优汰劣、人才引进，以此保证国有资产的增值。

开展内部升级达标后，提高了经济效益，使得企业经济指标大幅度增长：市政工程公司的年产值连续三年超亿元，经济效益显著提高，连续七年完成了上级下达的各项经济指标。

市政工程公司内部企业升级达标管理是从1991年开始实施的，首先在建设集团内部普遍被看好，深圳市委政策研究室还专门派人到公司调研。参照市政工程公司的做法，深圳市1994年在全市国有企业中开始推广，企业分类定级，分三类九级。企业达到一定的规模产值和利润，就进入相应的类级，最高是一类一级，市政工程公司在后来几年达到这一级别。

市政工程公司开创性地组织了升级达标活动，为公司在这一时期取得一连串先进荣誉，例如公司1988—1990年连续三年被评为深圳市建设集团和深圳市的先进企业，1990年获得市政一级施工资质，1991年被评为广东省先进企业。不仅在深圳市、广东省和全国同行业中建立和扩大了公司良好的声誉，打开了更大的知名度，而且为公司的经营和持续健康发展奠定了牢固坚实的基础。1993年8月，市政工程公司获得中国建设百强企业第一名，建设部部长侯捷为市政工程公司题词祝贺。

第二节　拿到房地产开发“入场券”

1980年之前，中国内地还没有商品房的概念，当时的城市职工住宅基本都是单位自己筹建。1980年1月，以深圳市房管局副局长骆锦星为首的6个人，组建起深圳经济特区房地产公司，成为深圳当时唯一的房地产公司，这是中国内地首家房地产公司。

当时对深圳经济特区的发展，中央只给政策不给资金，建立特区之初的深圳，财政资金十分紧张，而当时从各地调来的干部职工的住房问题，困难十分突出，急需要解决两万平方米的干部住房。因此，市政府最初是希望新成立的深圳经济特区房地产公司，要设法尽快解决干部住房的困难，其资金和建设，要在市场中去找办法。

上任之初的骆锦星正在为解决两万平方米的干部住房发愁。

当时的土地出让是个禁区，为了找一个合理合法的理由与香港商人合作筹集资金，骆锦星与深圳市委政策研究室的同志，用了几天时间翻遍了《列宁选集》，总算找到了这样的一段话："……住宅、工厂等，至少是在过渡时期未必会毫无代价地交给个人或协作社使用"。骆锦星如获珍宝连夜向深圳市委报告。有了《列宁选集》中的理论支撑，投资的路也算走得顺畅。香港妙丽集团老板刘天就骑着自行车来到深圳，谈成了这次历史性的合作。

没过多久，中国第一份合作建房合同诞生了，通过租地换资金，用补偿贸易形式，由港商来深圳建房子，利润双方分成。

1980年，改革开放后中国第一个商品房小区，位于罗湖的东湖丽苑动工建设，开启了中国房地产商业发展最早的篇章。这次合作使深圳人大开眼界，他们第一次知道了商品房的一种特殊的交易方式——卖楼花[①]。

经过几年的改革，劳务市场、技术市场、生产资料市场和资金市场已经在深圳形成，唯有土地，尽管是有偿使用，但是不允许转让，可实际上，土地商品化的隐形市场已经出现了。

1987年深圳常住人口首次超过百万，年底，新中国首次土地使用权公开拍卖在深圳举行。当年拍卖土地的时候，整个内地找不到一把拍卖锤，香港测量师学会特意做了一把，并镶上一块铭牌，写着"深圳市人民政府笑纳"。这历史性的一锤落给了深圳经济特区房地产公司，项目建成后的罗湖区东晓花园，开盘均价1250元/平方米，不到一小时就全部售罄。

不久后，土地拍卖拿到了法律许可证。1987年12月29日，广东省六届人大常委会第十三次会议审议通过了《深圳经济特区土地管理条例》。次年4月12日，第七届全国人大一次会议通过修改宪法草案，在宪法修正案中，对宪法第10条第4款"任何组织或者个人不得侵占、买卖、出租或者以其他形式非法转让土地"进行了修改，修改为"任何组织或者个人不得侵占、买卖或者以其他形式非法转让土地。土地的使用权可以依照法律的规定转让"，把禁止出租土地的"出租"二字删去，这是土地有偿使用制度的基本法律依据，明确规定土地使用权可以依照法律的规定转让。宪法的这一修改，使土地资源成为中国特

① 卖楼花：即预售房屋。

色社会主义现代化建设中的重要资金来源。随着土地的升值，整个深圳的经济立即活跃了起来。

1988年，市政工程公司因为做贸易亏损了400多万元，领导班子非常急于摆脱困局。面对市场，市政工程公司有人提出兴办房地产开发公司，直接建房子卖，尽快改变企业的亏损状况。此外，当时建筑产品价格严重背离价值，建筑产品的法定利润只有2.5%，远远低于工业产品16%的社会平均利润，尤其在供需比例失调的情况下，被推向市场的建筑行业，不得不过度竞争。从经济上算账，1985年前后的施工预算，每百元施工产值的人工费仅占8%左右，每个工日仅3.38元，每人月收入不到100元；1990年后每百元施工产值人工费只占预算比例13%左右，每个工日仅8.40元左右，人均月收入不到300元。按照这种方法来算，从事建筑施工，只是整个产业链的低端，属于劳动密集型产业。谈到市政工程公司的房地产开发资质问题，除了国家、深圳的宏观背景之外，还有一个很特殊的情况。1983年前后，除了市政工程公司选址在猫颈田之外，同样以猫颈田做生活基地的还有一批公司，他们是中国第十九冶金建设有限公司、广东省第一建筑公司、广东省水电三局有限公司、水电部基础公司、沈阳市政公司、深圳市勘测公司等10多家公司。

1985年7月，深圳市政府基建办决定，猫颈田基地建设由市政工程公司负责牵头成立董事会，做“三通一平”，即水通、电通、路通和场地平整。为了做好猫颈田片区1.6平方千米的“三通一平”，市政工程公司成立了开发部，按照市政府基建办、规划局的要求，统一进行规划和开发建设。“三通一平”的费用，由驻扎在猫颈田的10多家公司按比例分摊，前期投入由市政工程公司垫付，但是做完工程之后，有些公司不愿意出费用，也有些公司经济状况不好，无法支付。

当时市政工程公司收不回工程款，公司领导只得硬着头皮去找市政府，有位市领导就表态，别人不愿意出钱，你们就直接把这块地开发了吧，房子建好了资金就回来了。

1985年8月，市政工程公司领导专门向分管副市长罗昌仁汇报，请求对猫颈田进行总体规划建设，总建筑面积85351平方米，概算总投资3841万元，1985年兴建23000平方米，剩余部分在1986年全部完成。这些房子建好之后，成为了10多家企业的家属楼和宿舍区，解决了这些企业外来员工的住房问题，这就是后来的“香蜜新村”。香蜜新村销售5600多万元，盈利1000多万元，这为市政工程公司后来探索房地产业务奠定了基础。

但是，很快问题来了，这些住宅当作宿舍使用是没有问题的，虽然当时没有红本房产证一说，但市政工程公司没有房地产开发资质，这些住户们心里不踏实，多次向所在单位及市政工程公司反映，希望能解决这个问题。

几乎与此同时，市政工程公司副经理陈德伦被任命兼任市政物资公司经理，专门来收拾贸易公司的遗留问题。有一次，他与同事张传亮在一起分析市政工程公司的现状，也分析未来经济发展的形势，觉得当时的情况搞商业不行、单搞建筑找不到工程任务。因为这些都不赚钱，如果不创新思路，想在深圳发展扎根很困难。

当时在深圳有房地产开发资质的有三家国营公司：深房集团、振业公司和长城公司，后两家与市政工程公司一样同属深圳市建设集团。当时，陈德伦等人就感觉到必须成立一家房地产开发公司，这样有三点好处，其一是搞房地产可以带动商业发展；其二是市政工程公司的职工有工程干，不需要等别人给工程；其三是市政物资公司囤积的材料也可以供应地产开发使用，解决物资公司的运营困难。

1988年后，深圳市对于工商执照的办理逐步收紧，企业办理小卖部、书店、洗衣店和五金店等小范围的商店，都要向工商部门申报，像旅店等服务行业，还要向公安局等单位申报，在得到诸多部门的盖章同意后，再向市政府办公厅申报，市政府发文件之后，才可以办理执照。开个小店手续都如此繁琐，成立房地产开发公司是件大事，更何况施工企业转型办房地产开发，这在全国都没有先例。

没有先例，才叫改革。已经逐步融入市场的市政工程公司的同志们，决定努力一下，闯一闯，认定了方向就往前推进。

张传亮主动请缨，愿意不嫌麻烦和劳累到有关部门去沟通。陈德伦、张传亮一起去找市政工程公司经理田守臣商量，田守臣当然觉得开发房地产对市政工程公司是件大好事，但大家也都觉得困难很大，很难批下来。后来张传亮又去找市建设集团总经理王世伦，王世伦也觉得希望渺茫，他的理由是市政府已经批准深圳市建设集团两个房地产公司，不可能再批第三家了。

面对这样的难度，张传亮跟陈德伦商量，不管怎样也要下决心往前走，让张传亮大胆去闯，跑不下来就算了，大家抱的希望并不大。当时的物资公司非常支持张传亮去跑，陈德伦专门安排一辆车给张传亮用，去各个部门说明情况，疏通关系，求得支持。

张传亮不辱使命，先找到深圳市建设集团领导、分管基建副市长，后找深圳市国土局、财政局和房管局，反复上门说明情况，递交申请，一项大家都觉得毫无希望的事情硬是给办成了。大约一个星期之后的一天下午，张传亮火急火燎地来到国商大厦办公室找陈德伦，说开发执照很快要批下来了，要陈德伦当天决定房地产公司的名称和法定代表人。陈德伦说，按照以往规定，这需要组织市政工程公司党政班子开会决定。张传亮说来不及啦，应立即决定，当天必须上报市政府。

陈德伦想，现在第一要务是把执照批下来，如总部党政班子有异议后面还可变更，此时不能错失良机。于是陈德伦当即决定：由张传亮任法定代表人，由于市政工程公司靠近香蜜湖，名称就叫香蜜工程开发公司，后来这个名字一直延续到1995年。

1988年4月22日，深圳市人民政府办公厅发文同意成立深圳市香蜜工程开发公司。注册资本为400万元，经营猫颈田地区的房地产开发以及市政公用设施的建设，所需人员由公司内部调剂解决。

市政工程公司有了房地产开发权后，政府首期批准土地7万平方米，开发香蜜一、二、三村商品房住宅。其中首期开发的香蜜二村多层住宅，出售价每平方米700元，除去400元成本，每平方米净赚300元。公司领导们眼睛一亮：房地产真可以赚钱！紧接下来的房价从年年攀升到月月有涨，公司上下的喜悦自在不言中了。

房地产开发执照批下来后，田守臣经理已敏锐地意识到这份执照的含金量，他对陈德伦说：房地产业务还是由总部来开发，贸易线的亏损由总部来弥补。

市政工程公司做房地产，开辟了中国建筑企业直接开发房地产的先河，直接从乙方变成了甲方，企业的效益得到了提升。开发房地产，使市政工程公司成为深圳市第一家具有房地产开发权的施工单位，此举后被其他施工单位仿效，开创了一个利润效益的新增长点，为公司今后的规模发展和效益增长，奠下了一块重要的基石。

随着房地产行业在深圳的日趋看好，基建工程兵转业后的一至五公司、机电设备安装公司，都先后去找深圳市领导，要房地产开发权。深圳市政府索性跨出大胆的一步：每个施工公司批一家房地产开发公司，从而改变了建房不能卖房的情况，结束了施工企业一家老幼长期住临时工棚、打一枪换一个地方的历史。

1991年2月，广东省建设委员会重新批复香蜜开发公司的资质，并对于施工企业内部经营商品房的机构，不能够成立独立法人公司进行了限制，这个闸口由此关门了。

1995年3月，为了适应经济发展的新形势，树立企业形象，深圳市香蜜工程开发公司更名为深圳市天健房地产开发公司。

第三节　垫资开发获得6块补偿用地

1990年，“猫颈田”虽然已经更名为“景田”，而此时这里依然是荒山野岭，到处都是水塘和山间小路，没有电没有水，市政工程公司进驻之后，就在香梅路的附近开辟出了一条小路，可以从这条小路进来猫颈田。每到雨天，小路泥泞不堪，汽车都开不进来，职工日常生活用品包括粮食物资都必须要靠人工挑进来。

此时，国务院已经批准成立福田区，深圳市政府准备大力开发包括景田片区在内的土地。但是土地熟化需要不少的资金，政府财力有限，一下子拿不出太多的资金把“生地”变成“熟地”。市政工程公司领导信息灵通，他们毛遂自荐，主动找到市政府负责人，表态愿意公司垫资替政府开发，搞“七通一平”，项目结束后，政府将“熟地”的一部分作为对垫资的补偿，交给市政工程公司开发。

当时，市政公司公司领导经过反复权衡，他们认为政府需要的是“熟地”，而市政工程公司自己可以垫资把“生地”变成“熟地”，这个转变的过程需要一笔很庞大的资金。当时深圳财力紧张，政府拿不出资金来做这项工作。市政工程公司土石方机械化施工比较有优势，仅需解决油料费和工人工资就能维持施工。报告递上去后，市领导觉得这个方法可行，很快批复了。于是深圳市第一例“企业管理，垫资开发，以地补偿”的开发模式诞生了。

“七通一平”是指道路通、给水通、电通、排水通、热力通、电信通、燃气通及土地平整，景田片区“七通一平”项目位于香蜜湖以东，新洲路以西，深南路以北，北环路以南，东西宽950～1600米，南北长2300米，总面积2.73平方千米。工程内容包括土方工程和市政工程，土方共计367.2万立方米，其中填方318.1万立方米，弃方49.1万立方米；市政工程包括道路、给排水、电气工程、煤气工程等，道路还包括不属于该片区的红荔西路（从香梅路到彩田路段）、莲花路（从新洲路到侨香路），10条路总长12.146千米。

为了做好景田片区“七通一平”工程，1990年10月，市政工程公司成立了景田开发指挥部，当时公司账面仅有2000多万元，用员工住的综合楼做抵押，向银行贷款，那时银行借款利率高达12.3%，但施工利润计算下来也可达到50%。这样折算下来，公司的利润仍然空间很大。为了圆满完成工程任务，土石方工程全都由市政工程公司自己队伍单独完成，工程成本价每平方米大约在100元左右，公司仅需要支付材料费用和工人工资。

土石方还可以充分利用，那时深圳的填海正需要大量的土石方，市政工程公司将这些山头的土石方运到别处填海，还有一些销售收入，这样就可以弥补部分资金的短缺。而通信、排污等工程，就需要靠公司贷款完成，公司投入100多名员工专门从事土石方、道路、给水、通信、电缆等工程。总历时不到5年时间，市政工程公司完成景田综合片区的“七通一平”开发，交给政府，最后总结算6.2亿元。

现在的红荔西路，包括现在的中银大厦、莲花北村，这些高楼以前都是小山坡，都是采用爆破方式进行平整的。爆破可是一个技术活，要做好详细的爆破方案，对炸药的用量也要恰到好处，当时在对华泰小区附近进行爆破时，周围已经入住了许多居民，为了确保安全，进行了很多次的论证，最后才敲定的爆破方案。此外，这里还要进行软基处理，景田片区有大量的水塘、稻田、积水洼地，还有很多淤泥，公司采用“换填”法，将淤泥清理干净。

公司在这个项目垫资总共大约1.4亿元，完成任务后政府很满意，政府按照工程结算6.2亿元划拨6个地块给市政工程公司，即后来开发的香蜜二村、香蜜三村、天然居、天健时尚新天地、天健商务大厦、万科天健花园6个商品房小区及商业地块。

景田片区垫资开发激发了市政工程公司员工干事创业的积极性，时任公司副经理付雄义带领广大员工吃住在工地，他本人尽职尽责，为这个项目立下了汗马功劳，劳累过度患上了肠胃病。

景田片区垫资开发对于市政工程公司发展意义重大，在公司任务不足的情况下，为公司开辟了新的经营项目，参与景田片区开发的有下属8个分公司，公司自己的队伍完成了总工程量的75%，至少给公司带来了6个亿的施工产值，几亿元的利润（包括管理费及补偿用地开发商品房的利润），市政工程公司由此真正走上了房地产开发的道路。此外，由于质量好，工期快，得到了市政府有关部门的好评和信任，深圳市政府后期又追加莲花北路、莲花北路延长段、红荔西路及配套工程、两所中学、一所小学、一所幼儿园、一座人行天桥及一系列工程，给了市政工程公司。

从客观的效果上来讲，由于景田片区的开发，大大改善了公司的生活、工作和投资环境，路网、管网、电网已经形成，照明、通讯、煤气、菜场、小学、中学、幼儿园、人行天桥等配套服务已经完善，增强了公司的投资吸引力。

对于市政工程公司来讲，第一次管理这么重大的项目，在工程施工的过程中，管理能力和管理水平都得到了提高。1994年项目基本完工后，红荔西路、景田路及三号路被评为深圳市优良工程样板，莲花路被评为深圳市优质样板工程。景田开发区采用国外先进的项目管理经验，参照我国当时流行的建设监理制度，在此基础上，公司制定了工程项目管理规划及实施细则，确定了工程项目管理的指导思想、管理组织、管理方式和手段，保证了工程的顺利进展，也培养和锻炼了一大批质量安全、材料管理及工程预算等方面的人才。

在景田“七通一平”的施工过程中，首次进行了工程总承包尝试。项目的甲方是深圳市规划国土局，乙方是景田开发指挥部，乙方对下需要履行甲方的职责。通过这次施工经验的积累，公司提出“努力成为深圳市市政基础设施建设的总承包商和大型城市建筑的主要承包商”的发展目标，在之后的高科技园开发区“七通一平”、高科技开发区人才单身公寓、滨海大道软基处理、滨海大道市政工程、深圳湾填海区等大型工程中，都成为项目的工程总承包。

有了市政工程公司这个首创，深圳市各大企业纷纷效仿，一个由政府定盘子，企业垫资开发，再以部分土地返还的企业开发管理的全新模式诞生了。这个全新模式在深圳乃至全国城市建设中，是一个新的创举，既解决了施工单位任务不足的问题，又缓解了政府城建资金一时不足的难题，一举多得，最终有利于深圳城市建设的快速发展。

公司以此为契机，在中山、珠海、海南等地成立了房地产开发公司。通过这些举措，公司的面貌迅速改变。在不到三年的时间内，就偿还了公司以前亏欠的1400多万元外债，还赚取了一亿多元的利润。到1992年，公司所属16家企业产值为1.25亿元，是1985年的20倍，利润增长了2000%，企业产值平均每年增长81%，利润递增25%。《广东省建设报》记者得知情况后，对此进行了专门报道，引起社会各方面关注。很快，广东省乃至全国其他地方，都开始推广深圳市市政工程公司的成功经验。

第四节 入股莱宝高科获益数百倍

1990年，市政工程公司在景田片区的工业区除了办起了水泥预制厂、化工厂、电子厂、玩具厂等一大批工业产业，在搞活工业上进行了大胆探索，此外，还利用工业区的厂房优势，对入驻企业采取不同的合作方式：一部分是收取租金，解决员工家属就业；一部分是少量收取租金，双方共同盈利。通过前期的积累和摸索，市政工程公司逐步积累了一些资金，投资的规模逐渐扩大，由不出资少出资逐步转向大胆投资。

1992年，市政工程公司承接了深圳市先科集团位于福田区冬瓜岭一带的土石方工程，先科集团是一家非常著名的企业，它引进国外先进的激光视唱技术，使中国成为继荷兰、日本、美国之后第四个掌握这一技术的国家，开启了中国激光视唱事业的先河。先科集团的负责人叶华明是叶挺将军的第四子，1992年1月20日，邓小平考察深圳时，专门视察了先科集团旗下的深飞激光公司，并与叶华明亲切交谈。

市政工程公司经理邹志远通过承接先科集团土石方工程认识了叶华明，叶华明对市政工程公司的历史和能力有一定的了解。有一天，叶华明问邹志远，有一家即将成立的莱宝真空公司，正在寻找厂房，市政工程公司是否有空厂房。邹志远了解到，新成立的公司是一家高科技公司，主要生产镀膜导电玻璃及其他真空镀膜产品及设备，这肯定是未来的一个发展方向，当即表示愿意合作。

在与莱宝真空公司合作的方式上，市政工程公司起初是希望以资金投资，这个方案上报给市建设集团后被否决了。主要是因为市政工程公司是以建筑施工为主业，投资导电玻璃一无经验，二无技术，况且跨主业太远，风险难以把控。后来，市政工程公司决定变通合作方式，以免收厂房租金、水电费入股莱宝真空公司。

1992年7月，深圳市人民政府以深府外复〔1992〕878号文和外经贸深合资证字〔1992〕0580号文批准，由中国机电出口产品投资公司（北京）、深圳市市政工程公司、先科集团和德国莱宝有限公司（香港）共同出资组建的深圳莱宝真空技术有限公司，主要从事ITO导电玻璃的生产，产品80%外销。

1993年10月，深圳莱宝真空技术有限公司开业，该公司总投资额为600万美元，注册资本为300万美元，市政工程公司出资87万美元，占注册资本的29%。后来，在注册公司的时候，先科集团因为一些原因退出了股份，市政工程公司即用现金收购了先科集团的股份。从1993年开始，公司每年都可以分红，最多的年份分红甚至达到上千万元。

多年来，莱宝真空持续专注于平板显示行业上游材料及触控器件产品的研发和生产，是国内少数自主完整掌握平板显示行业前段工艺技术的厂商，也是国内自主掌握批量生产TN型、STN型、CSTN型ITO导电玻璃及彩色滤光片生产技术的厂家，2008年成为国内首家实现彩色滤光片和TFT-ARRAY全部自制并且成盒的2.5代TFT-LCD空盒制造厂商；公司自主研发并批量生产具有多点触摸控制的电容式触摸屏，产品广泛应用于智能手机、平板电脑、触控笔记本电脑等新兴消费类电子产品以及车载、医疗、工业控制、办公等专业应用领域的控制面板。该企业1995年起被评为深圳市高新技术企业，2010年被评定为国家级高新技术企业，还被认定为深圳市第一批自主创新行业龙头企业、广东省战略新兴产业骨干企业。

2007年1月12日，莱宝真空公司在深圳证券交易所挂牌上市（股票名称：莱宝高科，股票代码：002106）。市政工程公司持有莱宝公司5000多万股，不断通过减持变现，使得企业利润得到保障。作为行业生产龙头，莱宝高科获得投资者的追捧。到2010年11月26日，该公司股票一路飙升到71.71元。

天健集团投资莱宝高科是公司历史上最成功的一次战略投资，对于公司的发展起到了不可估量的作用，此后每一次股票减持对公司发展都起到了关键作用。在天健集团艰难进行企业改制的2008年，公司净利润成为负数，在出售了162万股莱宝高科股票获得3631万元收益的情况下还亏损1.15亿元。为了避免成为ST股（指有退市风险的股票），2009年，天健集团出售了888万股莱宝高科股票，获得1.22亿元收益，才勉强保证当年公司利润为正数。

而随后的2014、2016、2017年，天健集团通过二级市场集中竞价及大宗交易等方式减持部分股份，为公司发展关键时期提供了资金保障。

2006年8月，莱宝高科公司在深圳光明新区新建厂房，因为长期以来与天健集团的战略合作关系，他们新厂房委托天健集团代建。

第五节　由商品房衍生出的物业管理

随着商品房进入市场，对住宅和居民进行后期服务的物业管理也呼之欲出了。中国的物业管理起源于深圳，标志性事件是1981年3月，为满足深圳涉外商品房小区——东湖丽苑业主（主要是香港业主）对于物业管理的消费需求，深圳市房地产管理局向深圳市编制委员会申请成立了全国第一家物业管理企业——深圳市物业管理公司。此举被当作是先进管理经验，而陆续在深圳和广州这两座毗邻香港、得风气之先的珠三角城市推广开来。

1987年4月，深圳市房管局在怡景花园小区，召开了全市住宅区管理工作经验交流会。会议总结介绍了“物业管理”这种新模式，要求有关单位学习推广。1988年，深圳市政府办公厅下发〔1988〕671号文，确立了“谁开发谁管理”“谁受益谁出钱”“有偿服务”等原则，在全市范围内推行住宅区“社会化、商品化、企业化、专业化”的管理模式，后将“商品化”改为“市场化”。不久，深圳市陆续出台了《住宅区管理实施细则》《深圳经济特区住宅区物业管理条例》等条例。

1991年，深圳市基建办委托市政工程公司开发的香蜜新村已经基本建成。公司成立的景田片区指挥部，正在紧锣密鼓地进行景田综合区的土地开发。景田片区离当时已经建成的深圳市区比较远，又是在一片荒岗上建起来的，城市基础设施很不完善，没有统一的管理机构。片区内乱占公共用地、未经批准的乱搭建屡禁不止，“三无”人员比较多，社会秩序较乱。已有的公共设施无人维护，垃圾无人负责无害化处理。肉菜市场脏、乱、差突出，服务网点不齐全，因此，周边老百姓生活极其不方便。从1983年以来，市政工程公司为了改善辖区环境，先后垫资1600多万元，兴建了水、电、路、学校、幼儿园、商店、医院等公用设施，但是市政工程公司无权统一管理，更无权制定规章制度，也无法协调片区内各方共同维护公用设施。

为了使得景田片区土地开发建设与有效管理同步进行，1991年5月，市政工程公司向深圳市政府提出申请，要求统管景田片区公共设施，负责道路维修、绿地维护并支付本区公用水费、电费及各种维修费用，同时对本区域实行“一条龙”服务。其中包括肉菜市场、小商品市场、餐厅、旅业、房产租赁等服务项目，利用服务收益，支付公共设施维修管理费用，以减轻政府经济负担。

1991年9月，深圳市政府复函同意成立景田物业管理公司，注册资金为150万元。下设三个管理处，深南中路至红荔西路为一个管理处，红荔西路至莲花路为一个管理处，莲花路至北环路为一个管理处。经营的范围包括：景田综合区楼宇、上下水道、供电、通讯、道路、环卫、绿化等管理维护及房产出租；生活服务网点、公共、公建设施的管理和日用百货、糖烟酒、五金交电、建材、旅业等服务配套项目的经营；加油站、停车场、公园的管理服务与经营。物业管理公司下设办公室、财务部、工程部和环卫处。

这是在特定的形势下，一种由企业来完善城市片区管理的模式。而当时飞速发展中的特区深圳，其城市管理模式也在从无到有逐渐摸索前行。

1994年3月，经深圳市政府批准，景田物业公司下属的城管监察大队成立，赋予了一定程度的执法权。监察大队成员统一制服着装，依法执勤。负责本辖区范围内城市的综合管理，包括市政、绿化、市容、环境卫生的管理和监察，查处乱丢乱吐，乱张贴，乱摆卖，乱堆乱倒，乱搭建等违章行为，确保辖区范围内市容的整洁优美。

景田物业管理公司成立之后，除了物业服务之外，也进行多种经营，开辟了一系列产业。1995年1月，该公司首期投资88万元，在景田北环路南侧投资兴办了景田砼空心砖制品厂，占地10000平方米，每天可以生产6000块空心砖。砼空心砖是政府提倡使用的建筑材料，具有重量轻、节约能耗，有利于保护环境，它具有工效高、减轻墙体自重等优点，广泛适用于高层楼宇、多层住宅的建设。

1989年，为了服务新开发的香蜜新村，香蜜工程开发公司成立了物业部。后来随着香蜜二村、市政大厦、香蜜三村的入伙，为了对住宅小区实行科学化、专业化、规范化和系统化管理，1995年3月，香蜜工程开发公司在物业部的基础上，成立了深圳市香怡物业管理公司，管理整个香蜜住宅小区，绿化面积达41380平方米。

到1994年9月，天健实业公司工业生产已经形成了一定的经营规模，公司工业企业已有50多种产品，年产值达到1个多亿。为了加强对工业项目的管理服务，进一步对工业区进行科学化管理。公司注册1250万元成立了天健工业区管理服务公司。设立财务科、服务部、门诊部和景田加油站，其中服务公司有环卫队、商店、招待所、食堂和精武健身中心。

2001年4月，原天健物业管理公司与天健工业管理公司合并重组为新的天健物业管理有限公司。物业管理对于天健公司来说，是一个新型产业，虽然起步较晚，但是见效很快，前景广阔。自成立物业公司以来，公司一直大力支持这一产业的快速发展，在很长的时间内坚持贯彻“加强管理，服务社会，有效利用资源，创作经济效益”的方针，把物业管理做大。除了确保公司自己开发的商品房小区由天健物业公司管理之外，还积极拓展外围甚至外地市场。

考虑到改革开放进入了一个新的发展时期，香港回归在即，深圳的旅游和餐饮业必将迎来一个重大的发展机会。1993年2月25日，经深圳市政府批准，市政工程公司与香港华谊投资有限公司合作经营帝都酒店，由市政工程公司提供经营场地，香港华谊投资有限公司提供现金人民币500万元，后因管理不善，导致亏损。1994年，双方由合作经营改为合资经营，市政工程公司出资60%，香港方出资40%，分两期投入，由双方派员成立董事会。

帝都酒店位于市政大厦，地理位置好，后来还专门聘请香港名厨主理潮州菜和西餐，拥有各类豪华客房，成为天健集团对外经营的一块阵地，2010年3月，因为企业整体转型升级关闭。

第六节　市政人有了自己的“港湾”

从1981年1月起，深圳市计划委员会就下文给深圳市基建工程兵调迁办公室，由深圳市政府直接拨付补助款、钢材、水泥和木材给各个团。几个月后，基建工程兵302团在猫颈田除了搭建临时竹棚之外，开始建设永久性楼房，最早建设的是南栋、北栋四个单元的六层家属楼，这便是日后的市政大院里最早的砖混结构住宅。

到1984年，市政工程公司投资480万元，竣工面积25470平方米，141户家属和100多名单身职工住进了新楼。此后多年，公司加大了生活基地建设力度，公司成立房改小组，并由职代会讨论房屋分配方案，根据打分高低参与住房分配，分期分批解决了员工居住与落户的问题。在短短的几年之内，1000多名荆门南下的官兵们全部告别了竹棚，搬进了宽敞明亮的小区房。

20世纪80年代建家属大院时，在市政大院规划了南北两个大门，北门在狮岭小学出入口，南门是朝红荔路。当时大院南门两侧也陆续建有三栋标志性建筑：西侧为一栋六层单身楼，东侧为两栋六层楼，分别为综合楼和招待楼。

就在市政工程公司修建市政大院的过程中，公司在小区的周边建起了狮岭小学、幼儿园，还有随迁而来的门诊部，后来又建起了景田综合市场，广大员工吃、住、就医、子弟入学等问题逐一得到了解决。

市政大院代表了深圳独特的“大院文化”，它是一个特殊群体的象征。在部队期间，大伙儿睡通铺。来到深圳之后，经历了住竹棚，又住在同一个小区里。

曾经有一位记者回忆这样一件事，他当年在报社跑建筑施工新闻，有次来到市政大院采访，除了采访了公司领导田守臣之外，也需要跟一线员工谈谈。随便点到的一线员工，田守臣都能够说出他住几栋几单元几层几号楼。其实，不管是田守臣，还是普通员工，大家在这个院子里共同生活，彼此熟悉，建立起了“战友＋同事”的深厚情谊。

为了改善办公环境，1988年起，市政工程公司在位于红荔路与香梅路的交界处修建办公楼，该项工程历时一年，由于第三分公司此前承接了一些房建项目，积累了一些房建经验，该项工程结构主体和装修就由第三分公司来承建。办公楼规划是建八层，命名为“市政大厦”，当时周围的景田片区绝大部分是荒草地，因此，市政大厦是景田片区最高、最好的写字楼，也成为当时的地标性建筑。

土建和内饰装修完成后，由市政工程公司下属的茂华公司进行装修。茂华公司的装修包括市政大厦铝合金门窗、玻璃幕墙、美国进口的中央空调和家具，都是较高水平的装修，市政大厦和设在其中的帝都酒店是茂华公司早期的一大工程。通过这些工程，茂华公司遇到很多不懂的问题。为了做好市政大厦的装修，茂华公司派遣10多名员工去湖南大学建筑系学习，还请来了中航的高级工程师作铝合金门窗、玻璃幕墙的技术指导，大家一边学习一边实践，晚上学习白天工作。

市政大厦位于市政大院的西南角，是大院紧密地连接在一起，当时员工们有一个形象的比喻，市政工程公司是一艘在市场上航行的巨轮，市政大厦是船头，大院里的房子是一间间舱房，而这些员工们就是一个个生猛十足的水手。

市政大厦成为公司的骄傲，办公室落成之后，市委书记李灏亲笔题写“市政大厦”4个大字。从此以后，深圳市的公共汽车也增加了一个站名：市政大厦站。员工们每次从工地上回来，从西往东，到了竹子林，就远远可以看到市政大厦了。此后，全国、全省很多市政及建筑行业的会议在市政大厦召开。仅1992年就在市政大厦召开三次大型会议：全国市政工程协会施工企业联合会、广东省建设系统施工企业多种经营经验交流会、深圳市建设集团公司企业内部升级达标现场会，极大地扩大了企业知名度，而有些会议的主题本身就是推广深圳市市政工程公司的经验。1993年，全国市长工作会议在深圳召开，来自全国各地的200多位市长到市政大厦参观，大家对市政大厦的设计、建设及装修赞不绝口。有“西部歌王”美誉的王洛宾来到深圳时，还专门来到市政大厦，与公司员工交流。

1991年底，市政工程公司机关陆续搬进了市政大厦办公，首层是结算中心与银行；第二层是酒楼，有围桌，也有包间，在生意较好的年头还专门聘请香港名厨主理潮州菜和西餐，成为公司对外经营的一块阵地；第三、四、五层是帝都酒店的100多间客房，因为面临香港回归，入住率比较高，酒店生意不错；第六、七、八层是公司机关总部办公室；第八层兼有会议室。因为市政工程公司与下属分公司独立核算，市政大厦启用之后，只是总部搬进了市政大厦，各下属公司的办公室是自行解决，分落在市政大院的各个角落里。

在搬进市政大厦之前，市政工程公司的机关办公楼在市政大院东侧的四层临时建筑，总部从这里腾空之后，公司利用四层临时建筑也做了旅店，叫湖光旅店，对外经营了五六年之后随着建筑的拆除，湖光旅店也随之关张了。湖光旅店的生意不错，因为其价格低廉，服务周到。当时，许多新分配来的大学生的第一站就是湖光旅店，他们在这里经历了来深圳之后短暂的过渡期。

市政工程公司机关办公室从1991年底搬迁到市政大厦办公，在近20年的岁月里，经历了股份制改造、公司更名、企业上市、企业改制等重大事件。2010年3月，因为企业改制中的种种矛盾凸现，天健集团总部机关无奈搬迁到了位于滨海大道附近的证券大厦。

1995年动工兴建的鲁班大厦在一个时期内也是天健集团下属企业的重要办公场所与员工的过渡安置房。该栋大楼位于市政大厦东侧，由三幢塔楼组成，其中主楼高99米，共30层，二幢附楼高27层，建筑面积81734平方米，总投资2.5亿多元。由部分外地外驻单位、香蜜工程开发公司、市建筑业岗位培训管理办公室共同集资兴建。按深建字〔1995〕95号文件规定，天健公司出资占整个工程造价的40%，可分配大厦1—3层商业裙楼等，占大厦物业面积的30%。

第三篇

阔步转型（1993—2000）

企业的发展似乎是一动一静的，有的时候突飞猛进，有的时候又停滞不前。纵观企业发展史，每迈出一步，都在探索与改革的交织辉映中锲而不舍，坚韧前行。在毫无先例可循的改革中，在并不成熟的市场经济里，对内实行员工持股，推行股份制改造，进行技术创新与升级达标；对外开疆拓土，把“天健”的品牌扎根在广袤祖国的工地上，把业务拓展到香港地区，甚至国外如泰国，实现了“立足深圳，面向全国，走向世界”的战略。只有在实干与创新的跨越中才能够读懂市场的山高路远、激流勇进。

第十章
开疆拓土

第一节　工程业务拓展到大江南北

1985年前后，由于国家和深圳都在一定程度上进行经济调整，大幅压缩了基建规模，许多工程项目因为资金短缺的原因暂停或被搁置了。在这种大背景下，深圳市建设集团号召下属各个单位，走出深圳“找米下锅”，拓展外地市场。

市政工程公司根据自身工程任务不足的实际情况，加强信息收集，广开外向门路，多方联系外出找工程。从公司领导到各施工队的有关人员都积极行动，不分白天黑夜，不分节假日，先后到上海、武汉、长沙、广州、韶关、海南、珠海等地千方百计地找工程。1988年，第六分公司到远离深圳数百千米之外的广东梅县找到了工程。该公司承接了位于梅县程江乡槐岗村的梅县电厂土石方工程，挖土石方总量为368982立方米，工程造价为352万元。为了能按时完成任务，干部职工一起上，分公司经理付雄义和副经理范其银轮流值班，夜以继日，开创了公司女工到外地施工的先例。

正逢当时上海有项目，于是市政工程公司决定成立上海分公司，这也是第一个外地分公司。当时深圳市建设集团董事长王世伦极力赞成。1986年7月，经过深圳市建设集团公司及深圳市人民政府基本建设办公室领导研究，同意市政工程公司在上海登记注册分公司。

盛玉忠是派驻上海分公司的首位负责人，他们一行4人到达上海后，和上海市建委接触，告诉上海有关方面，深圳市市政工程公司就是原基建工程兵302团，他们未转业前，曾在上海做过大场机场项目。当时上海方面拿出彭浦新村新开发区的道路排水工程，交给了深圳市市政工程公司的上海分公司施工。

有了这个工程基础，加上市政工程公司的实力和上海分公司的努力，后来与上海的合作就比较顺利了。上海方面成立了上海市居住区综合开发中心，专门负责旧城改造和拆迁。当时上海也开始实行招投标，于是盛玉忠负责谈判、落实项目，在闸北区彭浦新村北侧开辟的一个新区域内，拿到了五条道路、排水等工程项目。实际上，盛玉忠他们这么做是在抢上海本地企业的业务，导入竞争态势，这对市场的发展是有积极意义的。上海市居住区综合开发中心的领导思想比较开放，他们积极引进竞争机制，开会统一了认识，形成了一个纪要，并请上海市政局签了字，确保了深圳市市政工程公司在上海工程项目的顺利进行。

市政工程公司当时负责彭浦新村五条道路（平顺路、保德路、阳泉路、阳曲路、安业路等）的修建，工程是搞"七通一平"。后来又做了康健新村的配套路网，再后来又做了平凉小区的市政工程。这个工程不仅量大，道路要求也比较高，还有泵站。由于深圳市市政工程公司的施工，给甲方留下了很好的印象，因此一直保持着良好的关系，所以项目进展得比较顺利。

当时上海市举行市政工程建设速度和质量大比赛，深圳市市政工程公司名列前茅。1987年，在上海市市政系统十大优良工程中，深圳市市政工程公司负责施工的占了六席。深圳市市政工程公司所修的工程，进度快，质量好，上海市政府有关方面还专门组织了同行到工地参观学习。

1988年左右，市政工程公司在上海打出了品牌，站稳了脚跟，当年完成产值600多万元，创利20多万元。1990年2月，市政工程公司上海公司还与韩国金星财团联合参加了上海合流污水工程招标。

1988年4月，国务院撤销了广东省海南行政区，设立海南省和海南经济特区。深圳市市政工程公司领导认为海南的发展将会是一个历史机遇，于是决定在海南设立分公司，派遣胡元虞、刘进财等前往海南落实施工任务。

1991年初，市政工程公司领导得知海南东线高速公路即将上马的消息。当年11月，胡元虞率领工程招标小组进驻海南，组织大家认真查阅图纸，勘察现场，高质量地做好标书，一举中标，获得了海南东线高速公路石梅至牛岭段长14.8千米的施工项目，总投标价位3896万元。公司第八工程处开赴海南，由于狠抓质量、安全和进度，在高速公路指挥部组织的两次检查评比中，获得好评。

1993年1月3日，《海南日报》对深圳市市政工程公司的施工项目进行了报道：

1993年1月2日上午，万宁县境内的牛岭成功地进行了一次大爆破。一座海拔100多米的山头被100吨的炸药抛向大海。烟消云散后，山包上出现了一条长300多米、宽约100米、深约60米的坑道。这一起我省高速公路施工中最大型的爆破，是由深圳市市政工程海南分公司下属的三联爆破队实施的。

牛岭是我省东线高速公路通过的山峦较多的地段，施工难度较大。在此以前，负责这段高速公路施工的深圳市市政工程公司曾进行了两次规模稍大的爆破，均取得成功。这一起成功的大爆破，解决了牛岭路段施工难度最大，搬运土石方最多的难题。至此，该公司承建的从石梅至牛岭总长为14.8千米的路段已全线动工。

1993年1月，深圳市市政工程公司在海南工地召开施工现场会，胡元虞代表公司介绍狠抓安全质量、促进规范化施工管理的经验，受到与会领导和专家们的好评。这也为市政工程公司在海南施工打开了局面，争创了信誉。海南省交通厅极力主张把另外两条总造价为2000万元的高等级公路，交给深圳市市政工程公司承建，这在诸多驻海南施工企业中，开创了甲方主动送工程任务上门的先河，表明了深圳市市政工程海南分公司在海南建立了良好的声誉。

在外地，通过市政施工熟悉当地实情，再投资其他行业，这是市政工程公司的一种外溢型发展模式。1992年6月，市政工程公司向海南省提出房地产开发资质注册申请，当年9月在兴隆华侨旅游度假城范围内，购置了9.5亩土地，作为“兴隆香蜜山庄”项目用地，为公司在海南进行房地产开发经营打下了基础，后来该项目就是天健海南花园酒店，2010年更名为海南威斯特酒店。

随着外地工程越来越多，市政工程公司提出了“立足深圳，面向全国，走向世界”的经营发展理念，纷纷在外地设立分支机构。1987年2月成立上海分公司，1992年3月成立海南分公司，1992年8月成立中山分公司，1995年3月成立香港分公司，1996年1月成立万州分公司，1996年4月成立南京分公司，1998年成立河北和西安项目部。在各地的工程建设中，树立了良好的企业形象和质量信誉，并积累了丰富的按国际惯例施工的经验。

在这个时间段，在外地承接的工程还有深汕高速公路、广东106国道从化段一级公路改造、南京机场连接线花神庙立交桥、广东江门至鹤山高速公路、河北石黄高速公路辛集段及沧州段、四川达渝高速公路一期工程、陕西西安至蓝田高速公路、广东清源一级公路、湖南省宜章城关至凤头岭一级公路土建工程、浙江杭州绕城公路东段工程、陕西西安高架快速干道东段工程、湖南湘潭至邵阳高速公路、河南国道107线安阳改建工程、四川宜宾至水富高速公路等。

1994年12月，为使公司更好地朝着外向型企业发展，在深圳市建设集团公司的帮助下，天健股份有限公司负责承建由市建设集团公司向日本青木建筑株式会社承包的香港大屿山新机场地铁（东涌段）工程，该工程总造价1.5亿港元。承接该工程标志着天健公司“立足深圳，面向全国，走向世界”向香港迈出了可喜的一步，这也是对企业经济实力和队伍素质的综合检验。

在深圳市建设集团的支持帮助下，天健香港公司注册成立后，先是在短时间内从基层选拔出有实践经验和较好业务素质的管理人员和技术人员。之后便是紧张有序地进行施工人员招聘、施工方案编写和后勤物资计划等方面的前期准备，半个月就完成了160多名技术工人的选拔和招聘。

1995年7月，天健施工队抵达香港。当时正遇上台风季节，工地不准搭帐篷，施工队被迫分散住在离工地较远的村民家里。条件十分艰苦，一间房里住着十几个人，每天走路上下班，早上一大早出发，晚上10点以后才回宿舍，中午则在工地吃快餐，每天施工十几个小时，天天加班。

香港东涌段地铁工程主要是进行地铁站及行车隧道段的钢筋砼结构施工，共包括8千吨钢筋、12万平方米模板、7万立方米砼及5万平方米防渗工程，工程任务量大，且由几条连续变化的缓和曲线组成。断面形式也随着曲线的变化而变化，因此该工程无论是对工艺、质量、安全还是对施工机械化程度的要求都非常高，这对天健公司来说是一个严峻的考验。同时，施工队还要适应的一个是技术标准问题，另一个是日常检查问题。香港采用的是英国的技术标准，所有的文字材料都是英文，而施工队很少有人熟练掌握英文，为了解决这个问题，项目部不得不让技术员将规范翻译成中文，再组织施工员利用晚上的时间进行培训。因此，开始时施工进度非常慢，后来才慢慢加快。在香港施工，日常的检查非常严格，有时甚至可以用苛刻来形容，为了让工程符合要求，施工员不得不注重每一个细节。

1996年，为提高待遇，香港施工工人发生罢工潮，各个工地都停止了运转，唯有天健公司施工的东涌站，依然披星戴月地赶进度，充分体现了天健人敢干苦干的吃苦精神和不计个人得失的奉献精神。1997年6月，东涌站项目顺利完工，成功实现了在香港“七一”回归前通车的目标。此项目因此荣获了香港机场工程统筹署颁发的管理金奖和安全进步奖。

承建香港东涌地铁站项目不仅为日后市政工程总公司开展地铁项目施工积累了经验，也开启了公司在海外承接工程的先河。此后，公司又承接并完成了香港新机场候机楼西北侧、将军澳调景岭地铁站上水泛海项目、西铁线元朗

601、马湾学校、沙田水务工程等工程项目。

通过承接香港业务，为了解决驻港员工住宿。公司经深圳市建设集团同意，斥资400多万港元在香港购置了三房两厅住房一套，作为在香港投资的固定资产。

在承接香港项目的基础上，天健股份有限公司积累了一些经验，1998年10月，经深圳市贸发局和深圳市建设投资控股公司批准，在香港注册成立分公司，以便承接境外各种工程，参与国际竞争。

由于过去市政工程公司没有对境外承包工程的经营权，在境外没有设立外汇账户，在香港承包的工程都是以深圳市建设投资控股公司的名义签订的承包合同。而广东海外建设发展有限公司是1997年6月，获得国家对外经贸合作部批准在香港设立的企业，经营范围为建筑业和房地产。为了实现公司“走向海外”的发展战略，1999年，天健集团与广东海外建设发展有限公司达成协议，并于2000年1月签署了广东海外建设发展有限公司60%股权转让合同，合同中确定天健集团参股广东海外建设发展有限公司60%的股权，拥有240万股，转让价为2580万港元。

1999年11月，天健集团还与泰国MCON公司签订了关于泰国污水处理工程的合约书，该工程位于泰国南部北大年府海滨区域，工程造价为2.28亿泰铢，主要由污水处理系统和外部污水管道两部分组成，该工程甲方为泰国政府公共工程部，工程合约期为两年。该工程项目经济效益并不理想。

第二节　把好物资消耗“总闸门”

企业的发展过程是经营和管理的过程，也可以说是开源节流的过程。开源节流，顾名思义就是增加收入、节省开支。从1987年起，全国上下都开展“双增双节”活动，即增产节约、增收节支。市政工程公司从1987年2月就推行“双增双节”运动，实现定额成本管理，提高设备利用率、资金周转率和劳动生产率，推动技术革新和技术革命，降低建筑安装工程成本。

其实，在工程施工中，材料一般会占到整个成本的70%左右，有的单位亏损，有一个很重要的原因就是材料浪费，只要材料管好，“双增双节”就牵住了牛鼻子。大家意识到，在强手如林的深圳特区搞建设，一定要彻底改变吃“大锅饭”的体制。尤其是材料管理体制，必须适应深圳特区的现实和环境。市政工程公司十分重视工程的成本管理，并作为工程管理的一项重要内容，成立了合同预算科，并于1993年改为合约部，作为预决算的职能部门，专门负责定额及各种计价文件的收集、管理及公司对内对外工程的预决算及工程造价的管理与控制。

根据建筑与市政行业企业的特点，公司改革了过去统购统管的体制，做到单位领导、材料组、工号负责人三家共管，将一级供应、管理模式改变为二级供应、三级管理，使公司一级由包揽供应成为专一管理的职能机构，使分公司一级由只管使用成为既供又管的经济实体单位，这样加强了供应能力，优化了管理机构，增强了核算意识，调动了上下积极性。

首先是严格控制造价。除了公司总部有合约部之外，各下属公司均设有预算科，合约部通过下属公司的预算科对下属公司及工程项目部的工程实施全过程造价控制，并通过对工程结算的审批，实现工程项目造价的最终控制。1996年竣工的皇岗北路是当时公司施工的较大一项工程，整个工程历时4年，工程造价近4亿元，且施工队伍多，工程内容复杂，设计变更较多。在整个施工过程中，公司精心组织，合理安排现场工作面，保证工程如期完工。合约部对每笔进度款的拨付都认真审核，以定额为标准，发现有超出定额的内容，及时与现场工程师联系，严格控制造价。同时，在结算工作中认真细致，严格按定额要求，不多算，不漏算，为公司赢得了良好的信誉和较高的利润。

1997年，深圳市颁布《深圳市建设工程招投标条例》。为应新形势，天健集团即时成立了投标工作小组，与合约部合作，负责公司的投标工作。1998年5月，深圳市建筑工程交易服务中心成立，深圳市所有的建筑工程都要在此以招投标的方式进行。为了适应新的形势，加强管理，1998年10月，公司成立投标办公室，并作为总部机关的一个职能部门独立出来，负责管理协调公司内部的投标工作。

招投标制度的实施，极大地促进了公司的成本管理工作。为了提高投标竞争力，各施工单位纷纷提出改进方案，采用新工艺、新技术，合理安排工程进度，以达到降低工程造价、缩短工期的目的，从而提高工程中标率。公司以严格的成本管理、严密的施工管理及良好的公司信誉，在历年的投标工作中多次中标，公司市场占有率连年名列前茅，从而提高了资源利用率和资金周转率，提高了利润，降低了成本。工程中标后，管理人员以定额为标准，定期检查，将人工、材料使用量控制在定额用量或低于定额用量范围内。

第二是建立价格信息网，做到货比三家。市政工程公司采取公司总部职能部门、分公司领导、材料组、工号长共同把关的办法，坚持先厂家、后批发、再零售的原则，以达到最优选购的目的，做到“四比四看”，即：比质量看谁价格低、比价格看谁运距短、比运距看谁服务好、比服务看谁信誉高。1990年，第一、二、三分公司联合承建的新洲河暗渠工程需用碎石2600立方米，各分公司都分别联系货源，材料送到工地现场，每家的平均报价为每立方米41元，公司设备材料科工作人员利用掌握的价格信息进行分析，认为还大有潜力可挖，并亲自联系，反复商谈，最后找到了能在每立方35元包送到现场的越华石场，保质保量地满足了工程的需要，节约了价差1.56万元。又如水电安装分公司，经理严格把关，他们根据自己的施工特点，注重建立常用材料货源信息网联系订货，能在最短时间以最少的业务费用，均能达到优选采购的目的。如他们在施工中需要4吨外防腐涂料，采购员在深圳市场联系，对方报价每公斤23.5元，结果他们电话联系广州，以每公斤13.5元就订到了同等质量的货，节约近4万元。他们还根据施工任务需用的主材，有计划地进行采购，从广州购进400吨钢板，与深圳市场价相比，节约了8万多元。公司施工的新秀立交工程，造价超过6000万元。工程中钢材的预算价为3600元/吨，而在实际采购中，在保证质量的前提下，由于采购渠道不同，仅用2800元/吨，仅此一项，就为公司节约成本60多万元。

第三是实行计量管理，把好验收关。1990年市政工程公司实现了三级计量验收合格，为施工材料的采购验收起到了一定的推动作用。各分公司对进入施工现场的所有物资都有严格的验收制度，按计量管理的要求对材料的品种、数量、规格、型号、质量进行全面的把关验收，做到该点数的点数，该过磅的过磅，该量方的量方，该检尺的检尺，凡不符合质量的拒绝进场，不够数的按实数验收，并做好验收记录，收存好原始资料凭据，保证了施工材料的数够量足、质量良好，避免和减少了不应有的损失。如第三分公司从广州购进一批水泥，点数一包不少，但现场材料员按照计量的规定要求进行抽包过磅，结果发现每包重量不足50公斤，经与厂方协商，对方补偿了6吨多水泥。

大家还发现一个现象，有些推销砂石料的老板，从价格上看比较低，但是他们善于在数量上做文章，一旦现场验收员放松了警惕，他们就钻空子，有些老板还采取小恩小惠及贿赂等手段拉拢验收员。针对这些现象，市政工程公司发挥了施工现场其他管理人员的监督作用，并严格要求规定，凡进场的砂石料一律实行量方制度，做到车车量方有记录。同时对现场材料验收员进行有关法纪观念的教育，提高他们的防腐蚀意识以及严格履行验收职责自觉性，堵塞了这方面的漏洞。

第三是采纳合理化建议，修旧利废，综合利用。1990年，市政工程公司在全公司范围内开展“添活力，献一条计谋；做主人，提一条合理化建议”的活动，对施工生产的物资供应、使用、管理工作起到了积极的推动作用，工程材料成本大大降低，提高了企业的经济效益。如水电安装分公司在承担大冲水厂至南油路的钢管供水管安装工程时，原准备在供水管厂订购钢管，每吨2950元，但是管道班的员工经过反复测算研究后认为，如果自己加工每吨钢管成本控制在2450元，每吨可节省500元，便大胆地向领导提出了自己加工的建议，并希望把加工的任务交给他们干。分公司领导采纳并同意了他们的意见，于是他们克服了一个又一个困难，每天加班加点干，终于按时赶制出了符合质量要求的200多吨钢管，得到了甲方的赞扬，为该工程节省了10多万元材料费用，同时还为企业增添了加工钢管的一套操作设备。就这样，水电安装分公司以自制代替订购的钢管，全年就有近400吨，为企业材料消耗成本降低作出了贡献。

各分公司在深入开展“双增双节”活动中，结合自己施工的特点都不同程度地设有修旧利废小组，并发动全体职工献计献策，真正做到物有所用，物尽其用。如第三分公司在新洲河暗渠和梅西二沟工程施工中，能想方设法降低材料消耗，将沥青搅拌站用完的沥青桶进行压平，加工成模板和跳板使用，节约了周转材料6.5万元。又如第一、二、五分公司在平整工地施工中发现有可利用的沙和石片，他们即全部挖掘出来进行冲洗、加工，替代了工程用料，仅此一项就节约材料费10.7万元。

第三节　科研与人才双管齐下

早先，许多人都会以为市政工程仅仅是修个马路，建个立交桥，挖个地下管道，不像高科技企业那样要求具备高精尖的技术。当然这是一种误解，普通的建筑领域中也处处包含着高科技，如风洞、抗震、桩基托换等都会涉及电子、力学、信息等方面的技术。其实，市政工程公司对施工技术管理历来都十分重视，公司在成立之初就设立了工程技术科，随着公司经营规模的扩大，先后又设立了试验室，质量管理科、计量科、研究所、总工室等机构，负责施工中的技术管理工作。其中，1988年组建试验室，及时对工地用料进行检验，保证了全公司工作的开展，并成功地进行了对冷轧变形钢筋的测试，填补了企业进行新材料测试的空白。

公司研制开发的冷轧变形钢筋的试验工作应用在房屋建设中，节约了大量的钢筋，并广泛向社会推广使用；与华泰公司合作，针对深圳市中细砂以及花岗石、大理石石料情况做了大量的试验，应用数理统计方法进行分析，编制了《深圳地区普通砼试验手册》，在1987年10月作为深圳地区合同预算的依据；长期使用高效减水剂用于房屋、桥梁及砼路面之中，加快了模板周转，缩短了工期，节约了水泥；推广土壤密实度快速取样鉴别法。

市政工程公司根据多种土砖的不同情况取样对比，将多种数据综合整理成册，运用于施工现场，将原来三天出结果变成了一天出结果，经建设单位及质检站多次抽查均得到了认可，大大加快了施工速度；以市政工程公司为主研制的冷轧变形钢筋是将不同规格的钢筋冷拔成扁带，扭转成有一定螺距的新型钢筋，它可以节省40%钢筋用量，并改变砼的力学性能，被广泛用于建筑行业；在顶管工艺中，改常规手摇千斤顶操作为电动机械操作夯动千斤顶作业，提高了6倍多功效，使原来的四个壮劳力花3个小时顶入一节钢管，变成了一个人操作，人工配合30分钟即可完成；采用了新型碗扣型脚手架用于房屋、桥梁、箱涵等工程的施工，该脚手架可以任意调整高度，稳固坚定，安全性能好，方便快捷。

在大型施工机械方面，1990年前后，市政工程公司从英国引进TL1000沥青自动搅拌设备，自动操作、恒温保证，大大提高了功效和质量，购置了自动找平摊铺机、水泥石粉渣拌和机等，形成了强大的道路施工能力，同时购置了多台973型装载机D8H、D155推土机、KATO挖沟机及大型汽车、振动压路机，大大提高了土石方的施工能力。在梅林工业区土方工程中，用了不到40天的时间，完成了50余万立方米土的工程量，得到了市领导的好评。

先进科学技术的使用，成果十分显著，企业的绩效也在迅速提升。如静水填涂法早在1987年就在广深高速公路中使用，打破了常规的挖土换土的老办法，提高了工效，节约了大量的资金，还提高了质量，密实度100%合格。1990年该技术应用于深圳机场南北干道的施工，节约了60多万元的资金，提前工期80天；公司从1986年起广泛使用的高效减水剂，在箱涵、砼路面中的广泛应用，提高了工效，节约了水泥。在1989年7月福田河下游箱涵施工中，使用了减水剂，加快了模板的周转，大大提高了工效，创造了高速度，5年内共节约水泥1200多吨。

在深南大道、爱国路、南头医院、红岭中路、东湖水厂等工程中，使用了先进顶管工艺，免除了破路拆房，取得了良好的社会和经济效益；在深圳湾填海、滨海大道、深圳高科技开发区“七通一平”等工程的软地基处理中，采用了堆载预压、砂井真空预压、换填强夯、砂桩水泥桩法等综合技术进行处理，收到了良好效果；一分公司在深南—科苑立交浅埋暗挖隧道工程中，采用全断面开挖法和挂模湿喷混凝土的施工工艺技术，解决了工程关键问题，不仅保证了工期，而且还节约60余万元的开支；在砼路面施工中推广使用真空吸水、抹面机、切缝机等新工艺，大大提高了路面的强度、耐磨性以及平整度，提高了砼路面的使用功能，也节约了水泥，公司在沿河路、布心路等工程中使用，取得了良好的效果。

1994年，为了提高企业在市场中的竞争力和综合效益，走可持续发展之路，公司率先在深圳地区成立了第一家建筑企业科研机构——深圳市市政工程公司科研所，科研所成立以来，针对公司生产实际，致力于推广应用新技术、新工艺、新材料、新设备，拓展施工领域，解决施工难题，提高施工质量。科研所成立仅半年时间，就推出了具有国内领先水平的CT-20混凝土养护剂，以及具有国际先进水平的HF-30复合高效水泥混凝土抗折强度增强剂。其中，CT-20型无机砼养护剂，具有养护便利、省工、省水、工效高、成本低的优点，在大发埔工地试用后，效果很好，公司在内部推广使用，力促科研成果商品化，进而完全进入市场；HF-30复合高效水泥混凝土抗折强度增强剂，能显著提高混凝土抗折强度，降低混凝土脆性，防止水泥路面开裂，同时能明显节省水泥用量，降低工程造价，该科研成果获得1997年度广东省科技进步二等奖。

科研所还拥有一级资质的中心试验室，可进行土建工程全部建材的室内常规试验及多项现场检测，并开发了试验资料的计算机管理系统，由电脑来完成试验检测数据的分析处理，出具试验检测报告等。

1995年，科研所与瑞典DIABAU特种工程公司合资，成立了深圳市迪豪尔特种建筑工程有限公司，主要在房屋、道路、桥梁、涵洞、管道等领域内，对各种建筑结构和材料进行切割、钻孔和开槽，及对旧建筑进行修复、加固和改造等工程。

1997年，天健集团专门成立了企业科技进步委员会，实行章程化管理，负责全面推动企业的科技进步。1997年4月，召开了企业第一次科技工作会议，出台《科技进步工作条例》，并每年按总产值的2‰提取科研经费。

正是因为市政工程总公司科研所的技术人员，早在深圳地铁刚刚列入市政府规划的时候，就开始了地铁施工关键技术的研究，完成了深圳地铁施工工艺及关键技术研究等多项课题，并编纂了100多万字的《地铁施工技术》，为天健集团承接地铁项目提供了有效的技术支撑。

企业自身的研发工作虽已取得了相当的成效，但可以利用的资源毕竟有限。要走科技兴企之路，眼光还必须放得更开阔一些。

1999年，为了切实提高公司生产的科技含量，增强企业发展的后劲，有效地解决生产中的实际问题，天健集团提出了实行校企联合，实施科技兴企的战略。当年元旦一过，天健集团领导便前往北京的清华大学，他们此行的目的是要就科技成果合作、人才培养、人才引进等事项进行商谈。

很快，天健集团便和清华大学土木工程学院达成了合作意向：在天健集团设立博士后流动工作点，人员由清华大学招收，双方联合培养，完成天健集团的研究项目，所需费用由天健集团提供；天健集团每年为清华大学土木工程学院提供15万元的奖学金和奖教金，为清华大学提供硕士研究生社会实践和本科生实习的场所和条件；清华大学优先向天健集团推荐本科、硕士和博士毕业生，优先招收天健集团在职人员攻读在职硕士和在职博士，为天健集团进行工程技术人员培训；双方在一系列建筑应用领域进行合作，共同开发研究。

与清华大学的协议签订后，他们又马不停蹄地来到上海的同济大学，就人才培养、科研成果转化、科技水平和市场竞争力的提升等方面，进行探讨和合作。此前，天健集团已和铁道部科学研究院建立了长期的合作关系，并进行了相关科研、生产项目的合作尝试，如深南—科苑立交浅埋暗挖隧道工程的湿喷砼一次成型技术，和深南—科技园立交涵洞改造工程中的静态爆破技术等，均是双方合作运用国内外顶尖技术成果的成功实践。此外，天健集团还聘请项海帆、刘宝琛两位院士为公司的高级技术顾问，从而探索出了一条“优势互补、互惠互利、共同发展”的校企联合、产学研互动的新路子。

在与高校和科研机构建立联系的同时，天健集团又将眼光瞄准了同业中的佼佼者，公司先后多次组织人员去上海市基础公司和隧道工程公司取经，并建立了技术合作关系。

1999年12月，经国家人事部批准，天健集团建立了企业博士后工作站，这是国内同行业中第二家企业博士后工作站，在深圳乃至广东，则是首家。这标志着天健集团科技兴企的步伐，又迈出了关键的一步。公司培养高素质人才，为及时有效地解决生产中的难题，创造了有利条件。

第四节　参与“八五”大爆炸抢险救灾

1993年8月5日下午1时26分和下午2点27分，深圳清水河化学品仓库发生了两起化学品大爆炸，仓库区立刻化为废墟，爆炸发生形成了大火，事故震惊了整个深圳和香港。

事后的调查证明，第二次爆炸的毁坏是巨大的。方圆数千米内的建筑物玻璃全部震碎，通红的火球四处乱飞，清水河14座储物仓、两幢办公楼、3000立方米的木材和大批货物熊熊燃烧，附近的3个山头也受到火的波及。

深圳特区开始告急。特别引人焦虑的是，爆炸中心南面30米处是存有240吨双氧水的仓库，双氧水也是易燃物；距爆炸中心不到300米的地方，是深圳市燃气公司的8个大罐、41个卧罐的液化气及刚运到的28个车皮的液化气，西面约300米处还有中国石化的一个加油站……这些易燃易爆物，一旦着火，后果不堪设想。整个清水河片区，俨然成为一个极为危险的地方，如果上述地方有一个着火，就会产生连锁爆炸，情况十分危急，数十万人生命安全受到威胁。这是深圳建市以来，遇到的最大城市安全事故。

救火救灾是当时城市的当务之急，当时深圳市将所有的消防手段都用上了，甚至向香港消防部门求援。香港消防部门派来一架直升机，在清水河上空观察了好一会儿火情之后就飞走了，面对这样的危急场面他们也无计可施。

据事后统计，这场灾难导致了15人丧生，其中包括深圳市公安局王九明和杨水桐两位副局长，800多人受伤，毁坏建筑物3.9万平方米，直接经济损失达到了2.5亿元。

爆炸惊动了广东省委、省政府，也惊动了中南海。省政府急令周边广州、东莞、惠州、珠海、佛山、南海、中山、顺德、番禺、清远等城市消防人员增援深圳。危难时刻，现场指挥部做出了正确的选择：全力以赴保住南面的双氧水仓库，保住双氧水仓库就等于保住了再远一点的气罐，保住了这些气罐就等于保住了清水河周边的安全。要想保住这一切，主要就是控制火势向危险品仓库蔓延。此时，有消防部门负责人提出，在起火区与气罐库区之间，铺一条水泥隔离带，把火源隔离，使它不能再向危险品仓库区蔓延。这条建议被采纳了。

所幸，那天的风向没有朝油气库区的方向吹，加上上万军民的彻夜奋战，8月6日上午，险情被基本排除了。不过，减弱的火势还是过了很久才被彻底扑灭，由火球引燃的3个货仓，则一直燃烧了近半个月才基本扑灭。

当时在烈火现场前线负责指挥的深圳市副市长李传芳，第一时间打电话给建设集团，调人、调机械设备上现场救火。她后来在接受记者采访时说：“建设集团是基建工程兵转业的队伍，是深圳市的亲儿子，是我们自己的队伍。在这个紧急的时刻，我不可能去找外人，只有我们自己的队伍，才能一下命令就立即执行。”

8月5日下午5时45分，上级命令市政工程公司派装载机和人员参加抢险灭火。接到上级指示后，公司副经理何头国、盛玉忠立即分头组织车辆和人员，由盛玉忠带领景田物业管理公司筹备组副组长李长慧、装载机操作手徐冲锋等5名员工，开着装载机于6时45分赶到事故现场，并接受了指挥部下达的靠近火源、打开通道、为消防车灭火创造条件的任务。徐冲锋与其他公司机械手，每人开着一台履带式铲车上阵，往返十几个来回，终于推出了一条几百米的隔离带。

面对不时响起的零星爆炸和飞起的石块、水泥块，市政工程公司抢险队置个人安危于不顾，在没有任何防护设施的情况下，与大火展开了搏斗。他们冒着浓烟，顶着火烤，在消防车前面开辟灭火通道，在现场奋斗了25个小时，直至灭火通道被彻底打开。

清水河大火扑灭后，市政工程公司又承担了一部分清理事故现场的任务，由公司领导带队，迅速进入刚被扑灭的火场。由于爆炸引起的大火造成了很大的破坏，而破坏的又是化学品仓库，现场清理工作既艰难又危险，而当时正处深圳盛夏酷暑，他们在有毒气体、臭气弥漫的现场，仍然像战士一样战斗了15个日夜，按时完成了上级下达的清理任务。

当时参与抢险救灾的有几十家建筑施工企业，在大火基本扑灭之后，兄弟公司相继退场，而市政工程公司职工仍然冒着有毒气体，前仆后继迎难而上，昼夜轮班，于当年9月中旬才完成了红梅垃圾处理场的施工任务，在装袋倒运和堆码废弃化学品的过程中，先后有38名职工出现中毒现象，被送往医院进行治疗。

在这次爆炸事故之后，为了及时处理好那些燃烧后的垃圾，第五分公司又承担了梅林垃圾处理厂工程，这又是一项政府交办的特急工程，该工程的难点是环境差，工期紧。他们抢时间，争速度，克服了重重困难，保证了一期工程的顺利进展，为深圳市抢险救灾善后工作赢得了宝贵的时间。

市政工程公司经受一次次血与火的考验，在危机时刻，在面临生命危险的考验面前，这支部队不愧传承了军人的传统，调得快，上得快，服从指挥，不怕牺牲，敢打硬仗，一切以大局为重，以现场需要为重。

在爆炸后期的危房鉴定和现场清理中，很多职工置个人安危于不顾，冒着危险和刺鼻的毒烟，为扑灭大火与清理现场立下了大功，受到了深圳市领导的多次表扬。广东省建委领导也称赞：“深圳市建设系统上下协调，配合紧密，班子团结，指挥得力，应急能力强，在这次抢险中经受了血与火的考验”。

深圳市建设局把深圳市市政工程公司评为抢险救灾先进单位，盛玉忠、徐冲锋、熊文斌、付雄义等被评选为救灾先进个人。

第十一章
敲钟上市

第一节　市政工程公司的衍变

要说清楚302团转业后成立的深圳市市政工程公司的发展和衍变，首先要说明白其上级主管公司——深圳市建设集团公司的发展和衍变。

1983年9月15日，根据上级文件精神，基建工程兵冶金指挥部深圳临时指挥所（00049部队）和31支队（00319部队）集体转业，并入深圳经济特区建设公司，1984年6月该公司撤销，同年8月6日组建深圳市建筑安装总公司，明确为厅级国营企业，为深圳市基本建设办公室的直属单位。1985年2月25日，深圳市建筑安装总公司更名为深圳市建设（集团）有限公司，继续管理市属建筑企业。1994年8月16日，经深圳市政府批准，深圳市建设集团由生产经营型公司改制为国有资产经营公司，成为全市第一家，也是全国较早建立的混合控股型资产经营公司。

深圳市建设集团早期的下属企业主要有深圳市第一建筑工程公司（后更名为深圳市特皓集团）、深圳市第二建筑工程公司（后更名为深圳市建业集团）、深圳市第三建筑工程公司（后更名为深圳市鹏城集团）、深圳市第四建筑工程公司（后更名为深圳市越众集团）、深圳市第五建筑工程公司（后更名为深圳市金众集团）、深圳市机电设备安装公司（后更名为深圳市建安集团）、深圳市工程地质勘察公司（后更名为深圳市勘察研究院有限公司）、深圳市基建职工医院（后发展并更名为深圳市红十字会医院、第二人民医院）、深圳市设备材料实业公司（后更名为深圳市天地集团）及深圳化工工程公司、深圳设计装饰公司、深圳工程开发公司等，302团集体转业后的深圳市市政工程公司（后更名为深圳市市政工程总公司），也是属于深圳市建设集团的下属企业。

深圳市建设集团经历了1983年到1986年的困难闯关阶段，1987年后的调整转机阶段，1990年到1996年的全面改革、转机建制、快速发展阶段，逐步发展成为以建筑业、房地产业为主，综合经营、多元化发展的大型企业集团。到1996年底，深圳市建设集团总资产由1983年的6000万元增加到97.96亿元，建设的18层以上建筑109幢，累计实现利润29.17亿元，上缴国家利税12.12亿元。

从1983年9月以来，在深圳市建设集团的指导下，市政工程公司积极调整企业发展思路，改变了部队的习惯做法与思维方式，坚持“一业为主，多种经营，全面发展”的指导方针，调整产业结构、推出的经济成本责任制、全员抵押承包和净资产风险抵押承包、双增双节及股份制改造，取得了良好的经济效益和社会效应。市政工程公司在深圳市建设集团的支持下，逐步摆脱了对建筑业的单一依赖性，提高了管理水平、技术水平和竞争能力。

早期的深圳，政府机构几乎没有不办企业的，操作的方式往往不用政府机构投资，挂上国有企业的牌子，最后出事都要市政府埋单。市里领导只能说清楚当年财政收入多少，负多少债，但是全市有多少企业，有多少资产，负债多少，是一笔糊涂账。因此，市政府决定要成立投资管理公司，就是后来国资委的雏形，把所有市属国有企业通通规范管理起来。

1987年7月，全国第一家国有资产管理机构——深圳市投资管理公司，正式挂牌成立。1992年，深圳市政府成立国有资产管理委员会。1996年9月，按照真正赋予资产经营公司出资人的职能和权力，根据不同的产业和资产规模，深圳市政府通过重组整合成了三家资产经营公司：深圳市投资管理公司、深圳市建设投资控股公司和深圳市商贸投资控股公司，其中深圳市建设投资控股公司，就是在原深圳市建设集团基础上组建的。至此，深圳市形成了“国有资产管理委员会—国有资产经营公司—国有企业”三个层次的国有资产监管和授权经营新体制。

根据深圳市《关于调整深圳市国有资产管理体制的通知》（〔1996〕9号文）、《关于调整和完善三家市级资产经营公司规模和运行机制的方案》（〔1996〕32号文），1996年12月，在原深圳市建设集团基础上，组建了深圳市建设投资控股公司。这是原建设集团及所属企业，与市属15家国有全资、控股的建筑施工、房地产企业共同组建的国有资产经营公司，其主要职能是代表深圳市政府，对授权范围内的国有资产行使出资者权利，确保国有资产保值增值。深圳市建设控股公司有一级企业21家，其中，15家集团公司，7家上市公司。深圳市建设控股公司经营范围广泛，主要包括工业与民用建设项目的总承包；通用工业与民用建设项目的建筑施工、设计；工程监理；房地产开发；对外经济技术合作、进出口业务；大型机电设备安装；市政工程施工；劳务输出、培训；投资交通运输业、装饰业、旅游酒店业；物业管理等。与此同时，市商贸控股公司、市投资控股公司同时组建，成为了深圳市3家市级资产经营公司。

深圳市建设集团的历届主要负责人分别是王世伦、王哲、刘更申、张宝及张宜均，市政工程公司经理邹志远，在1992年2月到1996年12月兼任过深圳市建设集团的副总经理。

1994年8月，深圳市政府授权深圳市建设集团公司进行股份制经营改制，建立现代企业制度，强化国有资产管理、建立法人制度、有限责任制度、科学管理制度，要使公司成为以产权关系为纽带，以资产规模、资产回报率为企业分类定级主要标准的控股经营格局，有利于国有资产经营的规范化、效益化、公开化。

这次改制对天健股份有限公司发展意义重大，主要表现在，通过这次的改制，原建设集团下属的二级公司变为市属公司，参加全市企业分类定级，天健公司的地位由此得到了提高。

2004年10月，深圳市国资委和市投资控股公司宣布，深圳市建设控股公司和市商贸控股公司两家公司并入市投资控股公司。至此，原隶属于深圳市建设控股公司的大型企业集团，如天健集团、振业集团、天地集团、长城集团、沙河集团、东部集团及深圳装饰集团等，从母公司中剥离出来。按照国务院国资委、深圳市人民政府的股份划转文件精神，将深圳市建设投资控股公司持有的天健集团的11318.16万股（2005年6月29日实施送股后变为11884.068万股）国有股，划转给深圳市国资委持有，深圳市建设投资控股公司不再持有天健集团股份。国有股权划转后，天健集团的总股本为23442.468万股，其中深圳市国资委占天健集团总股本的50.69%，成为第一大股东。

国有股份转划之后，深圳市国资委直接监管天健集团，并履行出资人职责。

第二节　“天健”之名的由来

在深圳成立经济特区后，早先在特区范围内只有罗湖、福田和南山区三个行政区。“二线关”（即特区管理线）外属于宝安县管辖，但是宝安县政府年财政收入仅1000万元，无论是搞基建还是办工业都力不从心。当时银行资金根本无法满足各方面建设的需要。宝安县委书记方苞、县长李广镇提出，搞一个联合投资公司，向社会招股，集资办大事。1983年7月8日，在宝安县委的积极支持下，新中国第一张股票，由当时的宝安县联合投资公司向社会公开发行。

1986年前后，深圳已经形成了企业所有制多样化的局面。三资企业、内联企业、集体企业、私营企业经营机制灵活，相比之下，国营企业经营情况差一些。原因是国有企业运作中存在着责权利不同程度的脱节，缺乏自我约束的内在机制而产生的消费、投资双膨胀的倾向。

深圳市建设集团及其下属的深圳市市政工程公司，作为国有企业当然也不可避免地存在着这些弊端。为解决这个问题，1986年10月，深圳出台了《深圳经济特区国营企业股份化试点暂行规定》，这是新中国成立以来第一部国企股份化法规。根据这个规定，深圳选择了物资总公司、赛格集团公司、建设集团公司等6家国营企业进行股份制改革试点。这个规定主要面向特区内市属国营企业，同时指出其他国营企业、集体企业试行股份制，新成立内资的股份有限公司，也可参照执行。

由于股份制是新鲜事物，为鼓励企业积极尝试，所以在试点企业的选择方面，不由政府指定，而是在听取企业职工和领导人意见的基础上，由政府审定。这个规定还明确了“公司股票应委托有权发行股票的金融机构代理发行”。这个规定的出台，意味着对于国营企业股份化改造，深圳市已做好制度化和普遍推广的准备。

1988年11月，市政工程公司在深圳市建设集团公司施工企业范围内，第一家以集体、个人控股的形式，成立了股份制第五分公司，首次进行了股份制企业改革的试点工作。1989年，又在第五分公司和精致水泥厂进行内部股份制试点改造，按照董事会领导下的经理负责制进行管理，取得了较好的经济效益。

1992年，市政工程公司成立了企业股份制改造筹备委员会，明确了责任，开展了市场调研。当年6月，向深圳市体改委提出申报，要求将市政工程公司及下属所有企业，由国营企业改组转型为由国有资产和内部职工资本共同组成的内部股份制企业，向职工发行内部股票，符合内部职工长线投资的愿望。通过发行内部股票，不仅可以解决公司生产性投资的需要，而且还可以引导职工个人资金的投资方向，变消费基金为生产资金，有利于调动职工的积极性，进一步增强企业的凝聚力。深圳市体改委批准同意市政工程公司改组为内部股份制公司。

1993年，深圳市政府颁布了《深圳经济特区贯彻全民所有制企业转换经营机制条例实施办法》《深圳经济特区股份有限公司条例》，为规范国有企业股份制改造提供了依据。市政工程公司以此为依据，组建了股权分配领导小组和监察小组，结合企业的实际，参照兄弟企业的做法，制定了详细的股权分配实施细则，顺利地完成资产评估、材料申报、股权分配等系列工作。

1993年4月12日，经深圳市人民政府深府办复〔1993〕662号文批准，“深圳市市政工程公司”改组并更名为“深圳市市政股份有限公司”。经深圳市证管办复〔1993〕95号文批准，由深圳市建设集团公司为发起人，以定向募集方式设立的股份有限公司。总股份为9837万股，其中国有股6737万股，法人股1600万股，内部职工股1500万股。每股面值1元，每股发行价1.26元。其中深圳市建设集团占股68.5%，深圳市第二建筑工程公司占股5.1%，深圳市第五建筑工程公司占股5.1%，深圳市经纬实业股份有限公司占股6.1%，内部职工占股15.2%。

1993年7月16日，根据深府办复〔1993〕773号文批复，深圳市市政股份有限公司更名为“深圳市天健股份有限公司”。深圳市政府同意深圳市市政工程公司、深圳市香蜜工程开发公司、深圳市茂华装饰工程公司、深圳市虹辉运输公司、深圳市景田物业管理公司和深圳市化学清洗公司6家公司合并，改组为深圳市天健股份有限公司。

作为承接项目与工程的实体，1996年4月30日，经深圳市人民政府批准，深圳市市政工程公司更名为深圳市市政工程总公司。

股份制改造对于天健公司在战略决策、经营管理上有一个重大的变化。股份制改造之前，天健公司主要通过企业管理委员会、党委会和职工代表大会按职责分工决定各项重大问题，然后由党组织、行政部门、下属企业贯彻执行；股份制改造后，在原有的组织形式中增加了股东大会、董事会、监事会、总经理（经营班子）办公会、党政联席办公会。通过会议讨论研究决定重大问题，再分工执行落实贯彻。

公司名字由“市政”更改为“天健”，也是股份制改造的一个内容。为什么要更改？因为自从1983年基建工程兵302团组建市政工程公司之后，虽然主营业务一直是以市政建筑施工为主导，但是随着形势的发展，房地产、工业和商业等也成为公司利润的重要来源，其产值占比越来越重。大家经过讨论觉得，如果还沿用“市政”的名字，对于开拓市场具有局限性，特别是开拓外地市场。当时请了几个人起名字，其中一位精通《易经》的专家给出了天健、宏大等名字做备选，大家最后选了“天行健，君子以自强不息”这个寓意，企业健康发展，人也要健康，取名“天健”。

为了对社会大众解释企业名称的修改，公司专门对“天健”二字进行了释义。全文如下：天健，取自中国著名典籍《易经》，其中乾卦卦词曰：“天行健，君子以自强不息”。天是自然法则，社会规律之象征。在气运则会合，宇宙昌明之候。经营企业，用天时、地利、人和，则必可富国利民，建树丰功大业。

公司名称演变图表

时间	名称	直接上级单位
1983.9	深圳市市政工程公司	深圳经济特区建设公司
1993.4	深圳市市政股份有限公司	深圳市建设集团公司
1993.9	深圳市天健股份有限公司	深圳市建设集团公司
1996.4	深圳市市政工程总公司	深圳市建设集团公司
1997.4	深圳市天健（集团）股份有限公司	深圳市建设控股有限公司
2004.10	深圳市天健（集团）股份有限公司	深圳市国资委
2020.4	深圳市天健（集团）股份有限公司	深圳市特区建工集团有限公司

天健集团第一次有了企业标识，标志释义从《易经》泰卦变化而来。红色为太阳，为形而上，代表企业精神、理念，灰色为阴，代表经济实体，物质基础，众多箭头互相配合，代表下属企业，精诚团结，鼎力同心。标志外形为圆，平衡中孕育企业天昌人健，业兴万年。

企业的发展口号：“天昌人健，业兴万年。投资天健，创造明天。”

1993年9月16日，得知天健公司股份制改造顺利完成，建设部部长侯捷专门从北京发来贺信：

深圳市天健股份有限公司，你公司以深圳市市政工程公司等六家企业为基础创立了股份制公司，这为我国建筑业发展股份制企业，走社会主义市场经济道路树立了典范，我表示热烈祝贺。深圳市市政工程公司是全国建筑施工企业百强第一名，希今后在股份制企业中创造更大的成就，为社会主义建设作出更大的贡献。

1993年9月20日，天健股份有限公司完成注册登记手续，率先成为广东省建筑施工企业和全国市政工程行业中的股份制企业，标志着公司进入了新的发展阶段。成立股份公司，使得企业人事权、产权、资金调配权和经营监督权相对集中，强化了约束机制，有利于资源的有效利用，促进经营活力，创造发展空间，提高经济效益。

根据深圳市建设集团公司的文件，第一届董事会由邹志远、马恭元、蒋俊有、盛玉忠、邓光寿、张淑运、陈林范、李永明及宋宏宇组成，邹志远任董事长，马恭元任执行董事、总经理。蒋俊有、盛玉忠、胡元虞、姚成龙、何头国、史图明担任公司副总经理。第一届监事会由工会主席李为民、审监部部长张长水、水电安装公司经理邵志和3名监事组成。

股份制改造完成之后，1994年，公司总部根据股份制运作的需要，确立了具有天健公司特色的内部管理体制。这些关系中主要包括有天健公司与深圳市建设集团公司的关系，天健公司与合资合作企业的关系，天健公司与各分公司及独立法人企业的关系等。在公司总部机关，把原来的十六个科室撤并为九部一室一处，新设置了质安部、合约部、监审部，强化了部门职能，理顺了内部关系，明确了天健公司与各直属公司、各分公司之间的产权、核算、管理、分配等方面的关系，理顺了总部机关与基层及服务线的关系，保证了管理规范，服务高效，运作正常。

此外，逐步推出了与现代企业制度相适应的深层次改革方案措施。进行劳动人事制度的改革，与全员签订1214份劳动合同，明确了公司与员工的关系；在用人制度上规定了干部能上能下、职务能升能降、人员能进能出的原则，建立了包括培训、引进、使用、选拔、奖罚等环节的人才体系；进行了新一轮经营承包改革，制订了新的《经营者双文明承包方案》和《经营者双文明承包竞赛方案》，规范了股份制企业新一轮承包的管理方法；在财务管理上，依据新的税制法规，进行结算体制、核算审计制度的改革，对分公司和自办厂实行定期审计，为年度考核、资产评估和签订兑现合同，提供了准确的依据；在工资分配制度上，以总部先行，进行了一次较大规模、较大幅度的工资改革。结合公司实际，取消“大锅饭”，打破平均主义，适度拉开档次，重点向一线苦、脏、累、重活和高智能管理岗位倾斜，坚持因事设岗、按岗定责、以责定酬，严格执行合同，起到了奖勤罚懒和奖优罚劣的作用。

以上这些改革方案与措施的推行，为加速现代企业制度建设，做了有益的探索，收到了显著的成效。

到1997年，天健公司有8家分公司、3个工程处，具有独立法人资格的全资企业16家，合资合作企业8家。鉴于公司的经营规模、技术力量、机械设备、管理水平和社会知名度都有较大提高，公司领导参照1993年10月深圳市发布的《深圳经济特区企业集团暂行规定》的6项标准，决定向深圳市政府申报将“深圳市天健股份有限公司”更名为“深圳市天健（集团）股份有限公司”，更名后行政隶属关系、资产产权关系不变，并承担原天健股份有限公司的一切经济责任。

1997年3月，深圳市有32家企业进入大型集团公司的行业。经与深圳市体改委协商，深圳市建设投资控股公司准备组建6家大型企业集团公司，把天健、长城、振业公司列为下属公司中第一批创建大型企业集团的企业。为什么要把天健股份公司列入第一批呢？除了天健公司领导班子开拓意识较强之外，还有天健公司资产质量比较好，物业积累多，储备用地充足，在特区建设中立过功劳，实业门类比较齐全。此外，还有一个重要的原因，就是天健股份公司正在积极朝上市方向做准备。

1997年4月17日，深圳市国有资产管理办公室批复，天健股份有限公司符合组建企业集团的标准，同意更名为“深圳市天健（集团）股份有限公司”。随即，公司组建了董事会，邹志远、马恭元、蒋俊有、傅雄义、邓光寿、张淑运、吴功成、蒋洪库、周启全9人为董事会成员，邹志远为董事长，马恭元为执行董事、总经理。

从企业到企业集团，虽然仅仅增加“集团”两个字，但是门槛要求很高。根据1993年10月颁发的《深圳经济特区企业集团暂行规定》，对组建集团企业提出了六项条件，其中要求企业集团的组成成员在十个以上，并都具备独立的法人资格；企业集团的核心企业有五个以上子公司；企业集团的资产总额最低限额为人民币五亿元。成立集团企业，有利于调节内部各企业之间的法律关系，促进企业集团的健康发展，其内涵发生了很大的变化。

1997年8月，深圳市建设投资控股公司根据国家关于抓大放小、搞活国有企业的精神，出台了《关于优化重组第一批企业的方案》，要求下属企业集中精力从事资产经营，实现规模经营、加快资本运营，具体方案有资产置换互补、功能归并互补、行业归口专业化发展、以强带弱等。按照以强带弱的方案，中国广东国际合作集团深圳公司并入天健公司。当时该公司经营不当，长期亏损，已资不抵债，上级把该公司划入天健，就是希望借助天健集团的成功管理方法，帮助其实现扭亏为盈。

1997年10月，天健集团被列入市政府重点扶持发展的26家大型企业集团名录，定级为深圳市一类企业，步入深圳市重点扶持的大型企业集团行列。入围大型企业集团对天健来说，有很多的政策支持。其中包括在垫资开发、兴建市政府工程和承担大型工程建设任务中，市政府会给予政策支持；在不改变成熟总体规划的前提下，符合规划法规的，可以改变土地使用功能；优先考虑大型企业集团发行A股、B股、H股并上市；支持大型企业集团向银行贷款等。

值得一提的是，1996年4月30日，深圳市市政工程公司已更名为深圳市市政工程总公司。在近10年的时间里，市政工程总公司与天健集团属于“一套人马，两块牌子”的运作模式。公司上市以后，按照中国证监会的要求，天健集团与深圳市市政工程总公司合署运作是不符合上市公司规范的，既不利于集团管理职能的有效发挥，也制约了深圳市市政工程总公司自身的发展壮大和总承包经营的顺利开展。

经天健集团领导班子会议研究，决定明晰天健集团与深圳市市政工程总公司的职能，理顺母子关系，将深圳市市政工程总公司机构实体化，扩大经营自主权，独立运作。2004年3月5日，天健集团公司与深圳市市政工程总公司各自单独设立办事机构，确立了深圳市市政工程总公司为天健集团公司属下的独立法人企业，其级别为天健集团公司副职级别。

第三节 上市与不上市的抉择

1987年以来，“股份制”激荡着中国的企业界，在深圳市建设集团内部，很快就有初步的试水尝试得到了回报。

1989年4月，经市政府批准，深圳市建设集团、长城房地产开发公司和深圳市建设机械动力公司，在开发部的基础上成立了振业股份投资公司，开始以发行股票的方式筹集资金。1992年4月，振业股份有限公司在深圳证券交易所上市，上市的指导价是12.8元，这只股票，扶摇直上，每股股价在高峰时期突破120元大关，上涨了200多倍，很多买了振业集团股票的人，一夜之间就成了十万元户、百万元户。深圳企业家们再一次从中看到了企业腾飞发展、个人发家致富的崭新渠道。

深圳市建设集团的下属企业，天地集团于1993年3月上市，长城公司于1994年5月上市。深圳市建设集团非常重视对下属公司的股份制改造，并积极扶持上市。

在股份制改造之后，天健公司依据现代企业制度的特征，确立了符合天健公司发展的内部管理体制。为了让企业更高效运作，在公司总部，设立和调整了与现代企业制度建设相衔接的总部管理机构，新设立了证券部，加强对证券投资的管理工作，积极探索建立金融、证券、信息新体系，探索企业上市的路子。

对于天健公司上市的利弊及障碍，公司高层也分析得一清二楚。其利有三：一是融资渠道多，二是广告效益好，三是机制功能活。其弊有三：一是股东的回报压力，二是市场的收购压力，三是上级监管压力。

天健集团上市的障碍一方面是上级的指标与名额限制，需要上级批准，有名额才能够拿到“入场券”，同时，根据对上市公司的规定，上市公司内部职工股不能够超过总股本的10%，而天健公司内部已经达到了15.2%，多出了5.2%，这个问题的处理要有稳妥的办法。

1997年3月，天健公司领导班子统一意见，决定上市。

1997年7月，天健公司成立上市筹备领导小组，组长由董事长邹志远、总经理马恭元担任，并设立业务工作小组，主要任务是编制工作进度，密切保持同市政府、市证管办、主承销商、中介机构联系，反馈情况，收集资料，争取上市的资格。

1997年11月19日，深圳市市长李子彬率队前来天健集团就产权组织形式、经营方式、运行机制及效益情况进行了调研，鼓励天健集团进一步转换企业经营机制，既要大胆，又要稳健，把企业搞得更好，明确同意把滨海大道二期工程确定为天健集团股票上市的投资项目。

天健集团上市的过程太复杂、太曲折，1997年6月，公司聘请了招银证券公司策划上市工作，并把申请报送给深圳市证管办。

中国1990年12月推出股市的主要动因是帮助国有企业集资。在深沪两所运作了近两年后，国务院和中国证监会于1992年成立，分别负责证券市场的宏观管理和具体执行。由于在2001年之前是全国统一分配上市配额和实行行政审批制，这种体制导致了地方政府争相抢夺上市名额、帮本地国企“包装”上市的局面。

当时上市的指标要受到1997年额度控制，由于额度有限，申请排队的企业很多。当年8月，深圳市政府在研究上市问题时，便决定天健集团与深圳市机电设备安装公司两个单位合并上市，这一决定出乎很多人的意料。

深圳市机电设备安装公司与天健集团一样，都是1983年9月由基建工程兵转业改编而成，同属于深圳市建设集团，两家是兄弟平级公司。

1997年9月以来，天健集团按照上级文件要求，积极筹备与深圳市机电设备安装公司合并上市。筹备上市工作期间，天健公司与中介机构根据中国证监会对1997年上市工作的要求，密切配合，积极开展审计、评估，落实筹集资金投资项目，并对深圳清水河实业公司进行收购。

1998年4月，天健集团与深圳市机电设备安装公司合并筹委会，完成了预选材料的准备，并将其呈报给中国证监会。为了配合国家计委、经贸委、建设部、证监会的审查工作，企业、券商派出代表进驻北京，解答审查单位提出的问题。当年6月，天健集团与深圳市机电设备安装公司合并上市方案，获得国家计委、经贸委、建设部的通过。

1998年6月18日，中国证监会发行部对天健集团与深圳市机电设备安装公司合并上市的预选材料进行了会审，最后的结论是：不同意天健、机电两公司合并上市，可选择其中一家上市。主要原因是天健集团资产规模已经很大，达14亿元；天健集团与深圳市机电设备安装公司两家公司业务关联度不大；职工股的处理会引起法律纠纷。这个结果，使这次的上市就被搁置下来了。

这次上市遇阻给辛苦忙碌了一年多的工作人员，无疑是泼了一盆冷水，接下来到底还上市不上市？是机电公司上市，还是天健集团上市？系列善后问题如何解决？这些问题很快就提上了日程。

1998年8月，经过反复讨论与研究，天健集团向深圳市建设控股公司提出，既然合并上市不可行，两家都不上市也不可行，那么唯一可选择的方案，就是天健集团单独上市。首先，天健集团单独上市，符合中国证监会的反馈意见；其二，天健集团各项财务指标都不错，主业突出，资产规模较大，完全符合上市公司的要求；其三，天健集团是市政府重点扶持的26家大型企业集团之一，天健集团上市募集的发展资金，有支持公司对西部通道的3.8亿元参股投资和4000多万元对清水河公司的投入，有利于企业的长远发展。

1998年9月，深圳市建设投资控股公司同意由天健集团单独上市，正式向深圳市证券管理办公室发函。当月，天健集团收购深圳市机电安装股份公司的近1356.9万的部分内部职工股，每股价格为2.8元，总计3799.3万元，占机电安装公司股份的12.4%，收购完成之后，天健集团就成为了机电安装公司的第二大股东。

实行上市的前提是要有重大项目做支撑，这也是上市公司的意义，筹集资金用于扩大企业发展。1998年10月，深圳市政府致函中国证监会，说明了深圳市政府把西部通道公司、高速公路公司的投资机会给予了天健集团，并将在深圳市其他重点工程也会优先考虑天健集团参与建设。

1998年底，中国证监会对天健集团公开发行股票预选材料审查后，出具了书面反馈意见，同意进一步做正式申报材料，确定天健集团发行A种股票的额度为5800万股。内部职工股与同时募集的法人股，均采用溢价发行，每股面值为1元，发行价为每股1.26元。

从第一次合并上市被驳回之后，在各方的支持下，又经过一年多的努力，1999年6月，中国证监会发行审核委员会审核通过了天健集团A股上市申请。与天健集团同时获得发审会通过正等候发行的企业有16家，按照当时深、沪两市每周一家的发行进度，需要等到8月底才可以安排发行。因为天健集团公司A股发行审计基准日为1998年12月31日，有效期至1999年6月30日，若6月30日以后发行则需作延期审计，这样将会进一步延缓发行时间。

1999年7月21日，天健集团公司股票上市的钟声终于敲响了。当日上午9时30分，“深天健”以20.05元的开盘价从深交所黑色显示屏跳出来，这成为了天健集团发展历史上具有重要里程碑意义的时间。“深天健”成为了公司的证券简称，公司股票代码：000090。

2002年7月10日，“深天健”内部职工股上市，当日每股均价为16.25元。

1993年，天健集团进行股份制改造设立股份公司后，内部职工股1500万股，占总股本的15.2%，每股面值1元，每股发行价1.26元。经1994年每10股送2股、1996年每10股送3股公积金转增1股后，公司内部职工股增为2520万股。公司于1999年股票上市前将国有股、法人股和内部职工股，在深圳证券交易所存管登记部办理了托管冻结手续。三年期满后，内部职工股可以上市流通，许多职工把手中的股票变现，生活条件一下子得到了改善。

公司股权分置改革方案实施完毕后，从2006年1月11日起，公司证券简称由“深天健”变更为“G天健”。2014年4月10日，启用新的证券简称——“天健集团”，公司中文全称“深圳市天健（集团）股份有限公司”、英文全称“SHENZHEN TAGEN GROUP CO., LTD.”，将公司之前的英文简称由TONGE改为TAGEN，其证券代码不变。

天健集团的成功上市，标志着天健集团作为一家现代企业，又上了一个台阶。

天健集团新的发展时期到来了，自然新的困难也会到来，因为要求也不同了。

第四篇

涅槃重生（2001—2010）

一家国有企业到底是产业越多越好，还是越专越好？这似乎是悖论，其实也不尽然。为了提高竞争力，解决发展的深层次矛盾，公司实行主辅分离、辅业改制，并推行劳动、人事、分配制度的改革，轻装上阵，让人浮于事、效率低下的问题得到改善。天健集团在深圳较早承接代建工程项目，并成为唯一承接深圳地铁隧道工程的市属国企。心执一念，匠筑一城，以对城市建设与服务的品质追求创下了众多的金杯奖、鲁班奖和詹天佑奖，一举拿下市政公用工程总承包特级资质，提升了企业品牌和竞争实力。

第十二章
困局与破局

第一节　建筑行业的发展形势

一、建安行业的机遇与挑战

2000年前后，我国建筑安装业的销售利润率长期徘徊于6%左右、技术投入占销售额的比重仅为1%左右，行业整体发展质量不高。与此相对应，在行业迅速增长的背景下，同行业内少部分领先企业凭借其技术优势、品牌优势和渠道优势引领行业变革风潮，并迅速扩大市场占有率，绝大多数企业因无法满足下游客户愈发严格的技术和质量要求，逐步徘徊在市场的边缘。

2001年12月11日，中国加入WTO，成为世贸组织成员，这对中国经济的发展产生了深刻影响。

2002年3月起，深圳逐步在工程招标中采用“经评审的最低投标价法”，在同等情况下以最低价中标。新政实行后，让本来就竞争激烈的深圳建筑市场，出现了更加残酷的竞争。如果是真的靠技术进步，或科学管理降低了成本，当然最为理想。但实际上，许多企业为了拿到工程任务，不惜将报价压到不合理的水平。而工程中标之后，自然不能做亏本生意，于是在偷工减料上想办法，结果造成了很大的质量安全隐患。

就是在这种激烈竞争的背景下，天健集团在建筑施工领域，也陷入了暂时的低潮。当然也有自身的原因，国有企业管理成本过高的弊端凸显，加上这支队伍的人员逐步老化，面对市场日益残酷的竞争，有些力不从心。

2003年，中国经济刚刚走出通缩，一场瘟疫——“非典”疫情接踵而至。紧接着疫情向全国扩散，造成了大面积的恐慌，自然在短时间内极大地影响着国家经济的发展。

几乎与此同时，一场关于“深圳，你被谁抛弃？”的网络讨论，吸引着人们的目光，深圳的希望在哪里？深圳的出路在哪里？许多关注深圳经济发展的人都在思考。

但有一个毋庸置疑的事实是，房地产业在进入新世纪后，在国民经济中的作用越来越突出，是增强国民经济和改善人民生活的重要产业，房地产业是构成投资、消费、进出口三大增长发动机的主要拉动力量。我国自1998年实行住房市场化改革、推行住房分配货币化以来，房地产业进入持续稳定发展的时期，对经济增长的贡献不断增大。从1998年到2007年，全国房地产开发固定资产投资总额从3614.23亿元，上升为25288.8亿元，年均增长24.14%；房地产业增加值从1998年的3434.5亿元，上升为2007年的11854.3亿元，年均增长14.76%，高于年均国内生产总值12.8%的增长速度。在深圳，房地产更是呈现了井喷式发展态势，1990年全市房地产产值为9.14亿元，1998年达到了106.26亿元，到2002年就迅猛增长到了234.9亿元。房地产的发展为建筑行业带来巨大的市场，1990年深圳建筑业生产总值为12.44亿元，1998年达到了112.0亿元，到2002年就迅猛增长到了128.0亿元。

进入新世纪之后，从中央到地方，各级政府部门都在探索国有企业的改革。早期的国有资产管理体制改革相对滞后，带来的矛盾和问题越来越明显，主要表现在两个方面，一是政府的公共管理职能，与国有资产出资人职能没有分开，没有建立起“产权明晰、权责明确、政企分开、管理科学”的现代企业制度；二是国有资产监管职能分散在政府多个部门，人们形象地称之为“九龙治水”，出了问题没人真正负责，国有资产保值增值的责任也落不到实处。

2002年，党的十六大报告提出，国家要制定法律法规，建立中央政府和地方政府分别代表国家履行出资人职责，享有所有者权益，权利、义务和责任相统一，管资产和管人、管事相结合的国有资产管理体制。根据这一精神，2003年3月，国务院成立了国有资产监督管理委员会。随后全国各地相继在政府职能部门中，增设了国资局或国资委这个机构。

为了对国有资产进行高效管理，深圳的步伐走在全国前列，1987年7月全国第一家国有资产管理机构——深圳市投资管理公司挂牌成立，这实际上是后来国资委职能的雏形，后来发展到三家市级资产经营公司。在此基础上成立了深圳市国资办，几年后更名为国资局，后又更名为国资委。天健集团作为国有企业，归属深圳市国资委管理。

此时，刚刚上市不久的天健集团，正踌躇满志，期望在更大的舞台之上大有一番作为，为了激发全体员工的斗志，2000年10月，公司创作了一首《天健人之歌》，邀请了中国人民解放军总政歌舞团合唱队演唱，中国广播交响团演奏，作为企业歌曲，同时在全体员工中传唱。

《天健人之歌》

天健　天健　天昌人健

告别了军旗

还是英雄团

乘着改革的春风飞翔

跨过奔腾的长江

扎根在南海岸边

我们拓荒的犁沟铺开了绚丽的画卷

大路穿山过 高楼入云端

立交如练凌空舞

灯火映红了天

映红了天

天健 天健 天昌人健

脱下了军装

还是英雄汉

为了祖国的繁荣富强

贡献青春的力量

谱写壮丽的诗篇

我们辛勤的汗水 浇灌着华夏乐园

争优当先锋 创新敢攀登

朝气蓬勃天健人

奔向美好明天

美好明天

二、母公司成为子公司

1994年8月，深圳市建设集团公司完成了企业改制工作。完成改制之后，包括天健股份公司在内的许多下属二级公司变为市属公司，参加全市企业分类分级，许多公司的地位有所提高，有的还采用集团式经营模式。

1996年3月，深圳市政府公布了深圳市属国有企业第二次分类定级，天健股份公司被定为二类一级企业。1996年4月，经深圳市政府批准，深圳市市政工程公司更名为深圳市市政工程总公司。

2002年11月，高振怀从深圳市建设投资控股公司总裁助理的职位上，调到天健集团担任党委书记、董事长，这是自1983年9月转业19年以来迎来的第一位非基建工程兵出身的掌门人。

从2002年起，天健集团的发展每年都有一个鲜明的主题。这一年定为“成本效益年”，2003年为“市场拓展年”，2004年为“改革发展年”，2005年为“效率效益年”，2006年为“机制创新年”。

2004年3月，公司的组织框架有一个很大的变动，改变了深圳市市政工程总公司与天健集团两块牌子、一套人马的格局，各自分设机构，独立运作。天健集团与深圳市市政工程总公司各自单独设立办事机构，深圳市市政工程总公司为天健集团下属的独立法人企业，其级别为天健集团公司副职级别。

这里就出现了一个特别的现象，基建工程兵302团转业之后组建市政工程公司，在此基础上发展为深圳市市政工程总公司，按道理说，这应该是母公司，而后来随着股份制改造，成立了天健股份公司和天健集团之后，母公司反而成了子公司了。

为什么深圳市市政工程总公司与天健集团要独立运作呢？其一，按照中国证监会的要求，天健集团作为上市公司，与深圳市市政工程总公司合署运作不符合现代企业制度规范，这既不利于集团管理职能的有效发挥，也制约了深圳市市政工程总公司自身的发展和总承包经营的顺利开展。其二，2002年，深圳市市政工程总公司拿到了市政公用工程施工总承包特级资质，广东省只有四家，深圳市唯一一家。天健集团希望利用这个千载难逢的契机，把深圳市市政工程总公司做实、做大、做强，尽快形成天健集团真正的母公司体系。进一步深化产权制度改革和组织结构的创新，在提高集团公司生产经营能力的基础上，强化集团资本运作能力、融资能力和对市场的驾驭能力，使天健集团在建筑领域的各个方面，尽快与国际市场接轨。其三，公司做好三大主导产业的需要，公司根据行业特点和利润结构，要把施工、地产和投资做成面向企业发展短期、中期和长期的三个方向。

这次理顺了公司母子关系，同时将调整后的建筑公司、基础公司、上海公司、长沙项目部以及总部各个部门、人员的变动一并推出。深圳市市政工程总公司不设董事会，天健集团和天健集团董事会对其行使相应的职权。天健集团总部定位为“五个中心”，即决策中心、战略研究中心、人力资源中心、资本运营和资金运作中心、内部监控和协调中心，这样，减少了管理链条和环节，有利于市政工程总公司更好地利用其资质，在建筑市场中开展竞争，塑造自己的品牌。

深圳市市政工程总公司通过实行总承包、专业承包、劳务承包，定位为成本中心、利润中心、管理中心。这样强化了市政工程总公司作为一个施工企业的管理职能，加强对建筑市场开拓力度，以应对建筑市场的变化，天健集团领导可从市政工程的日常项目管理的事务中脱身，把更多时间花在制定发展战略、把握好企业发展方向、提高决策水平上。

天健集团对深圳市市政工程总公司进行充分的授权，给予足够的经营自主权，以鼓励做强做大市政施工产业，谋求经营模式的根本转变，同时要求市政工程总公司作为国有大型建筑企业，必须审时度势，抓住机遇，积极转换经营机制，大力改造内部结构，大力提高管理水平，能够走出传统施工企业的旧有模式，摆脱低层次竞争的不利局面，上升为真正意义上的技术智力密集型的工程总承包龙头企业。

三、涉足投资获得丰厚回报

早在1985年，市政工程公司在做猫颈田“三通一平”工程时，就成立了开发部。开发，顾名思义，即为土地规划与拓展开发。

1990年，市政工程公司垫资开发景田综合区，这是深圳市第一家“企业管理，垫资开发，以地补偿”的模式。“垫”是题中应有之意，这是决定公司未来发展的一个重要时期。1990年10月，就在公司与深圳市国土规划局签订工程合同之后，公司在之前开发部的基础上组建了一个重要部门——景田开发部，不久在此框架上成立了投资开发部。这个部门实力雄厚，部门下设工程技术组、质量安全组、合同预算组和信息综合组，不断抓住时机，拓展投资业务，承接重大工程，为公司后来10多年的发展积累了重要的原始资本。在10多年间，投资开发部累计完成产值超过16亿，上交公司利润超过1.8亿元，成为公司发展的重要生力军。

1990年下半年，全国房地产业刚刚迈开市场化的脚步，香蜜新村的开发为市政工程公司取得了良好的收益。当时，摸着石头过来，承接了景田综合开发为公司开发房地产积累了储备用地。

景田综合开发区经过五年的开发建设，取得了较好的经济效益和社会效益，在公司任务不足的情况下，开辟了一条新的战线。正是因为景田开发的成功，深圳市政府1994年底同意将南山区高新技术园区工程开发，交由深圳市市政工程公司开发。

深圳为什么会有南山区高新技术园区这个项目呢？这里有一个插曲，1985年，深圳市政府与中国科学院在南头区合作成立中国第一个工业开发区——深圳科技工业区。在1992年小平南方谈话后，全国人大常委会正式授予深圳经济特区立法权。获得立法权的深圳，处处洋溢着“二次创业”的激情，深圳市委书记厉有为提出，要发展深圳的高新技术产业、高端服务业、金融业，再造辉煌。

1994年，厉有为在深圳市委常委扩大会议上，力排众议，把园区面积从科技园的3.2平方千米扩大到11.5平方千米，提出建设世界一流高科技园区和“中国硅谷”。当时的南山还是一片荒凉的土地，贯穿其间的沙河两旁除了芦苇就是菜地，唯一醒目的标志，就是厉有为题写的“深圳高新技术产业园”这几个斗大的用铁皮做成的招牌。

南山区高新技术园区位于深圳大学以东，深南大道以南，后海路以北，大沙河以西，占地1.73平方千米，开发区内共有19条路。按照合同，由深圳市市政工程公司作为整个场区“七通一平” 的总承包，其原始场地多为鱼塘，需要进行大面积的软基处理，初定合同造价是3.6亿元，后来政府结算是4.7亿元。该工程从1994年动工，1998年7月竣工。市政工程总公司投资开发部严格按照ISO9000标准管理各项工程，完成了“七通一平”路网及土方平整工程，完成了单身公寓一期工程及小区配套设施建设。

该工程的软件处理量较大，通过强夯、插板、强夯碎石桩和深层水泥搅拌桩、换填等多种方式进行施工。由于施工面广，处理方式较多，对于协调性要求很高，投资开发部在景田区成功经验的基础上，进一步加强管理，组建专业化施工队伍，配备先进的施工设备，积极采用新工艺、新材料，制定严格的质量保证体系和任务目标，有效地保证了工程的质量和工期。

高科技开发区的软基处理及科苑大道、科技大道、纬四路等多项工程为评为深圳市优良等级，创造了良好的效益，也给公司争得了荣誉。此外，在科技立交和科苑立交应用混凝土静态破碎和大跨度浅埋暗挖两项技术，提高了公司的技术水平和知名度。

与景田开发垫资不同的是，景田是政府不补钱，直接以地来划拨。在高新技术园区，政府直接出资以现金方式与公司进行结算。1997年3月，投资开发部还垫资开发了滨海大道工程。天健公司垫资的工程全长2091米，合同工程总造价2.87亿元，建设单位为深圳市土地投资开发中心，该公司是要求施工单位垫资，最后由深圳市国土局划地作为补偿。

滨海大道是深圳市快速道路系统南环路的重要组成部分，由于其是在海上筑路，对软基处理要求高。该工程所用地基处理主要方法为塑料排水板加载预压，局部采用强夯法、强夯置换法和深层搅拌加固，工程于1998年1月竣工。工程结束后，政府在福田区香梅路附近划拨一块土地给天健公司，公司后来在这里开发了天然居小区。

在龙岗区，市政工程公司也以垫资开发的方式承建了龙岗中心城市政工程，政府在龙岗区划拨了一块地，后来即在此基础上开发了天健阳光花园。

施工单位垫资开发在我国城市建设中是一个新创举，具有开创性、示范性、效益性等功能，既解决了施工单位任务不足的问题，又缓解了政府城建资金不足的难题，一举多得。

随着经济发展渐入佳境，深圳市财政逐步宽裕，由企业垫资、政府补偿的模式越来越少。天健集团的投资开发只能够转变思路，通过投标在新渠道中获取工程任务。公司的战略定位也进行了调整，公司高层在2002年前后提出天健集团要努力成为深圳市市政基础设施建设的总承包商和大型城市建设的主要承包商。

1998年9月，投资开发部首次参加投标，拿到深圳湾填海工程3#、4#标段工程投标邀请书。公司领导非常重视，立即成立投标领导小组，布置标书编制方案，顺利入围，后中标。同年12月，又参加滨海大道市政工程投标，最终入围中标。

1999年4月，投资开发部通过投标获得滨海大道燃气工程1#标，5月中标滨海大道沥青路面，8月中标滨海大道绿化工程3#标段，10月中标桂庙路沥青路面，2000年6月参加深圳湾填海Ⅱ期Ⅴ标及深南—沙河立交改造工程投标，双双中标。

此后，天健集团投资开发部参加了深圳市土地投资开发中心的多次工程投标，相继获得了丽水路东段市政工程、红荔西路香蜜湖沥青路面工程及人行天桥Ⅰ标、西部通道横隔堤Ⅱ标、深圳湾填海区沥青路面、沙河东路沥青路面等工程。

投资开发部和天健房地产公司，是天健集团投资开发的两大主体，对于公司的经济发展起到了重要的推动作用。在10多年的时间里，公司以投资开发部为平台，从事房地产开发及基础设施投资，抓住了各种机遇，及时调整经营策略，变被动为主动，让公司获得丰厚的回报与效益。

但是投资开发部并不是经营实体，为了使投资活动更加实体化，具备独立运作的实力，天健集团在原先的投资开发部的基础上组建了天健投资发展公司。2004年4月，深圳市天健投资发展公司挂牌成立，注册资本2亿元，公司成立就是希望以BOT（即建设—经营—移交）或者BT（即建设—移交）方式投资城市基础设施类项目，随着管理水平、技术水平的提高，天健投资发展有限公司开始筹备进入代建领域，以便获得长期稳定的投资效益。

四、长远发展的“三套马车”

2004年，天健集团提出建立三个主导产业，即以深圳市市政工程总公司、天健房地产开发实业有限公司和天健投资发展有限公司，分别为公司创造短、中、长期效益企业的实体。

如果说，建筑施工能够保证企业发展的规模，房地产开发能够保证企业的利润，而投资则能够保证企业发展的未来。在《2001—2005年天健集团战略发展规划》中，对于企业的远景规划指出：在锐意改造现有产业、提高主营业务竞争力的同时，要积极调整产业结构，通过BOT方式大力发展新型产业，实现经济结构的优化升级，为公司今后的发展注入新的动力，从而突破公司原有的模式，开拓一块新腹地，构筑一个优势互补、资源共享、市场广阔、充满活力的新模式，实现公司可持续发展的战略目标。

公司高层的出发点是希望投资公司在未来的发展中，承担调整与优化产业结构、积极寻找与落实优秀投资项目、创造天健集团新的长期利润增长点并实现公司可持续发展的重任，以投资带动生产，使投资所创造的收入和收益比重逐渐上升，从根本上调整集团公司的利润结构，最终与房地产开发、建筑施工并驾齐驱，成为拉动公司长远发展的“三套马车”。

当时水务行业经营稳定、风险相对较小。天健集团立足于创造中长期稳定回报，决定参股水务投资公司，这符合公司制定的产业投资战略，且能带动公司施工业、房地产业的进一步发展。

2004年12月，天健集团出资9000万元与深圳市水务集团共同发起设立深圳市水务投资有限公司，注册资本3亿元，主要从事以水务行业为主导的城市公用事业投资，包括投资建设和经营城市供排水设施以及供排水项目运营管理等。注册资本中，深圳市水务集团出资2.1亿元，占出资70%；天健集团出资9000万元，占出资的30%。通过与深圳水务集团强强联合、优势互补，顺利进入水务产业，培育新的利润增长点。

2005年4月，深圳市水务投资有限责任公司挂牌成立，在签约仪式上，新成立的深圳市水务投资公司与安徽池州、江苏常州、广东开平等六城市进行项目签约，迈出了进军内地水务市场的重要一步。

在房地产领域，公司逐步迈出广东省。2001年，天健房地产长沙公司注册成立，第一个项目是长沙市黄兴路商业街开发项目。2003年10月，集团以59388万元的价格，竞得长沙市芙蓉北路粮食储备库地块使用权。2005年，天健集团首个异地大型房地产项目长沙——芙蓉盛世项目举行盛大奠基典礼。2007年11月，经过两年的开发建设，芙蓉盛世楼盘对外发售。

继湖南长沙后，天健集团把投资房地产的眼光又瞄准了广西南宁。2007年12月，广西南宁市举行第三期国有用地使用权拍卖会，经过激烈的竞拍，天健集团以5718.52万元的成交总价，将拍卖会上推出的三宗土地全部收入囊中，为天健地产可持续发展奠定了坚实的基础，同时对集团公司做强做大主业、实现跨区域发展具有重大的战略意义。2008年4月，南宁市天健房地产开发公司揭牌，专营南宁房地产业务。

在深圳，天健集团在房地产领域也不断拓展新项目。2003年，龙岗中心区天健花园三期全面开工；2004年5月，天健星光华苑项目开工；2004年8月，公司以2.4亿元成功竞得龙岗中心城63477.5平方米土地；2004年11月，天健郡城盛大开盘；2005年6月，公司以4.85亿元拿下龙岗中心城7.7万平方米的土地；2006年1月，天健时尚新天地入伙；2006年7月，集团以3.27亿元拿下宝安中心区地块，标志着开始进入宝安中心区；2007年8月，天健地产公司一举拍得福田保税区地块。

为了更好盘活资源，解决历史遗留问题。2007年11月，天健集团在深圳市产权交易大厅对中山太和山庄地块成功拍卖，起拍价为4925万元，经过61次举牌，后以7900万元成交，购买人另外承担开发公司债权1575万元，实际成交价为9475万元。

第二节　被政策与市场倒逼出的改革

一、职工医院改制为民营医院

按照部队的机构编制，每个营、连级单位配有数名卫生员，每个团级单位配备一个卫生队。1982年，基建工程兵302团南下深圳的时候，卫生队跟随团部来到深圳，部队整体改编成企业之后，卫生队随之更名为“市政门诊部”，除了为职工及家属服务之外，也面向社会。服务周边百姓，同时也盈利创收。

1995年5月，从企业长期发展角度及员工健康需求出发，天健公司在市政门诊部基础上升级为天健职工医院，以市政大院第70栋住宅楼作为医院办公场地。公司每年拨款300万元给天健职工医院，职工医院对全体员工免费就医，家属半价就医。职工医院解决了发展初期员工及家属就医难的问题，员工也享受到天健集团的福利。

天健职工医院本着预防为主原则，积极为员工及家属将近5000多人医疗服务，小病基本不用去大医院，还经常组织医务人员下工地送医送药，消杀灭“四害”，组织健康宣传教育等。

2001年1月，深圳市政府出台了《深圳市分离国有企业办社会职能实施办法》，要求实施政企分开，彻底分离企业办社会职能的情况，切实减轻国有企业社会负担，对于企业自办的中小学校、医院和其他后勤服务机构，要采取多种形式分离。当时，天健职工医院是天健集团的全资单位，为了落实这一精神，当年5月，经上级批准后，天健集团对天健职工医院进行改制，对医院进行财务审计、资产评估，以评估净资产值为依据，将全部产权转让给医院员工，同时向经营者增发职务股。

天健职工医院改制的总体原则：一是医院改制实际上是将其从天健集团这个母体中完全分离出去；二是改制将员工安置与员工持股结合起来，将改制与搞活、发展企业相结合；三是制定医院改制方案时，应结合行业主管政策，减少审批困难。

改制之后的天健职工医院更名为景田医院，医院经营班子是在医院员工范围内进行民主选举，陈家仕被选为景田医院院长，原医院的26名正式编制职工成为医院股东。

二、抓“大”放“小”：又一轮革命

在计划经济体制下，规模稍大一点的企业都自办了学校、医院和后勤服务单位。在20世纪80年代的体制中，国有企业占主导地位的是“大而全、小而全”的发展模式。不可否认，这些辅业在帮助政府解决社会问题、维护社会稳定等方面发挥过积极的作用。但是随着企业真正走向市场，成为市场的竞争主体时，这些自我服务体系由于机构臃肿、冗员过多、效率低下，严重削弱了国有企业的竞争力。

中国加入WTO后，标志着中国的产业对外开放进入了一个全新的阶段。我国企业要在更大范围内、更深层次上融入经济全球化之中，国有企业必须与外资企业在同等条件下参与市场竞争。另外，国内非公有制经济的迅速发展，对国有企业构成了强大的竞争压力，因此国有企业实施主辅分离、辅业改制的目的就是要做强做优主业，解决国有企业发展的深层次矛盾，提高国有企业的核心竞争力。

从“一业为主，多种经营”转向“三大主导产业”，天健集团在市场经济大潮中经过了近20年的摸索，到2000年左右，形成了包括建筑、房地产、工业、商贸、物业管理、汽车运输和宾馆酒楼于一体的多元化发展的经营架构。伴随着这些产业方向，独资、合资经营了如印刷厂、门市部、钢窗厂等大大小小的企业，最多时有上百家之多。

一家国有企业到底是产业越多越好，还是越专越好？1997年11月，深圳市市长李子彬调研天健集团时，就这个方向性问题与大家进行过深入交流。李子彬的观点就是，深圳的企业一个很大毛病就是五花八门的什么都搞，这样下来，没有什么经济效益，国有资产流失了，信誉也丢掉了。一级企业搞多种经营，二、三级企业都搞多种经营，集团公司的总经理最后成了“丐帮帮主”，摊子很大，最后没有多少利润。市长的这番话讲出了深圳国企的实情，其实，天健集团的情况亦如此。

据中信出版集团2020年10月出版的深圳市原市长李子彬撰写的《我在深圳当市长》P282记载，调整国有经济的布局，一方面，通过“抓大放小”，国有资本要从一部分行业、一部分企业中退出来，向关键领域和大企业聚集，实现国有资本的优化布局。

从1998年开始，全国启动新一轮国企改革，中央要求国有企业做到主辅分离、抓大放小。对于天健集团来讲，首先要分清什么是主，什么是辅？才能开始执行改革分离。当时天健集团的企业有很多，仅仅在天健工业区内就有20多家。在第一轮抓大放小过程中就将这些企业全部“放”掉，“放”掉这些企业的首要原则就是要把政策用足用到位，在政策允许的情况下保证员工利益，或者让员工持股，这样才不会激发员工矛盾，产生社会问题。如果卖给社会买家，可能过十天半个月，企业还在，但员工都被炒了，这样员工还是会回到原单位找饭吃。所以天健集团管理层在贯彻落实中央文件精神的同时，对于将企业“放”给谁这一点把握非常严格。这一轮“放”小的过程中，按照“国有企业剥离办社会职能”的要求，天健集团还将景田医院和学校幼儿园也一并“放”掉。2002年11月，天健集团将所持有的清水河实业有限公司70%的股份，公开挂牌以825万元的价格转让给了深圳市轻工业集团股份有限公司。

国家经贸委等八部委在2002年11月联合出台的国经贸企改〔2002〕859号文件，即《关于国有大中型企业主辅分离辅业改制分流安置富余人员的实施办法》，是国有企业实施主辅分离的政策依据。859号文件所设定的政策突破了许多禁区。主辅分离对国有企业而言，既是一次利用国家政策解决历史难点问题的好机会，也是一次触及各方面利益的改革攻坚战，其复杂性、艰巨性、敏感性不言而喻。为了让该政策进一步落地，国务院国资委、劳动和社会保障部与国土资源部于2005年9月出台了《关于进一步规范国有大中型企业主辅分离辅业改制的通知》，对于改制过程中资产处置、劳动关系处理、管理层持股、国有划拨土地使用权处置、退休人员管理、党的组织关系隶属、分流实施结果备案等问题作了明确的规定。因为国有企业改制牵涉面太广，影响太大，后来中央决定将国有企业“主辅分离、辅业改制”政策延长三年，要求地方政府到2008年，基本解决富余人员分流安置问题，而实际上地方政府完成的时间又往后推迟了一两年。

类似于天健集团的情况，在深圳市建设控股公司非常普遍，建设控股公司的主体都是集体转业过来的基建工程兵，来深圳打拼20年，很多人年龄都在四五十岁左右，如何让他们共享改革开放的成果？2001年2月，深圳市副市长卓钦锐率市国土、建设、国资局等单位领导，专程来天健集团调研企业改制。

2003年7月，深圳市副市长张思平就企业改制到天健集团调研，提出要尽快推出主辅分离，启动作业层和承包层分离，通过两三年的努力能够形成良好的内部运作机制。

第一轮的国企改革中完成了“放小”，接下来第二轮改制就开始“抓大”。

2005年12月，天健集团制定《关于公司实施主辅分离辅业改制的总体思路》及所属单位具体改制方案，提出在集团公司范围内，实施“主辅分离、辅业改制”，保留市政工程与建筑施工、房地产开发与经营、城市基础设施策略性投资与项目代建管理等主业，对工程施工业的劳务作业层和专业施工层、酒店服务、工贸业等辅业进行产权分离，并对这些企业的员工进行经济补偿。涉及约1100多名员工，即保留天健房地产开发公司、天健投资发展公司、市政工程总公司等主业企业，初次确定天健物业公司（二级公司）、新力源公司（包括百利年公司）（三级公司）、安装公司（三级公司）、运输公司（三级公司）、茂华公司（三级公司）、沥青道路公司（三级公司）、天健建设工程劳务公司、天健涂料化工有限公司等法人企业，作为辅业改制主体。天健集团改制在深圳市属国企中属于进度比较缓慢。

2007年2月，深圳市副市长张思平专程来天健调研改制工作，他以深圳市越众集团股份有限公司、深圳市金众集团股份有限公司、深圳建业工程集团股份有限公司等单位改制为例，要求天健集团参照兄弟公司改制的经验，坚定不移地推进主辅分离改革。

2007年6月，经充分听取员工意见，并经深圳市国资委批复，天健集团调整辅业改制五家主体企业，分别为市政工程总公司（包括其下属新力源公司、百利年公司、安装公司、沥青道路等法人企业）、物业公司、茂华公司、涂料公司和劳务公司。公司按“先易后难、确保稳定、有序推进”的工作思路，不断地优化改制过程中的各种方案，成立专门组织机构，全力推动改制进程。集团公司成立了以董事长为组长、总经理为副组长的改制领导小组，并下设审计评估工作小组、房地产确权工作小组、经济补偿工作改制宣传工作小组、信访接待工作小组等工作小组，各改制企业也成立了以总经理为组长的领导小组，负责各自的改制具体工作。

为了统一思想，天健集团多次召开改制政策动员会，向员工宣传解释改制相关政策，编印下发《改制政策汇编》《改制政策问答》手册，有针对性地与改制干部员工进行了数十次对话。为了保证经济补偿方案科学合理、具有可操作性，公司先后到金众等7家改制企业调研，并请中介机构协助制定《员工安置补偿方案》。针对改制企业的各自特殊性及改制员工的合理要求，天健集团对改制企业员工安置补偿方案进行了综合考虑和全面分析研究，实行了统一的安置补偿标准。

按照深圳市国资委要求，天健集团旗下的深圳市市政工程总公司也要剥离，但为什么最后没有剥离呢？其主要原因是：第一，深圳市市政工程总公司经营的业务占天健集团的70%，要是剥离出去对天健集团的影响相当巨大，集团高层在主观上也不愿意将市政工程总公司剥离出去。第二，深圳市市政工程总公司内部员工分歧较大，有一部分员工非常想剥离，而另外一部分员工不想参加改制，比如年轻的员工就不愿意改制。2008年，天健集团董事会直接否决了深圳市市政工程总公司的改制方案，其余四家企业（劳务公司、嘉华涂料、茂华装饰、天健物业）的改制方案获董事会批准并实施。

2008年12月，天健集团对外发布公告，对多家子公司实施主辅分离，进行大幅内部资产调整，以集中主要资源发展房地产主业。资产调整是在公司范围内进行的，有利于明晰所属各企业的产权结构，理清所属各企业之间的交叉持股，优化资源配置，方便科学管理和绩效考核。当月，公司下属4家改制企业按照深圳市国资委和集团公司要求，纷纷加快改制工作进程。物业公司、涂料公司、茂华公司、劳务公司分别召开员工大会和职工代表大会，表决通过了《员工补偿安置方案》《经营者和员工持股方案》，集团公司改制工作取得实质性进展。12月23日，公司下属4家企业改制三大方案（总体方案、经济补偿方案、员工持股方案）经市国资委主任办公会议审议通过。

因改制而进行的集团公司内部资产重组或调整内容，主要包括外部股权投资、内部企业股权、房地产资产、内部债权债务以及工程保函等多个方面，关系错综复杂。由于改制企业都期望获得较高的土地和房产，集团公司为确保改制工作顺利完成，在不影响集团未来发展和符合上市公司监管要求的前提下，尽可能满足了改制企业提出的要求。对于一些明显不能实施的要求，也耐心做好解释说服工作，想方设法解决改制企业的困难。

根据资产调整计划，天健集团将深圳市市政工程总公司名下3家上市公司股票划转给总公司直接持有，同时，将市政工程总公司持有的7家非上市公司股权调整进入集团本部。另外，市政工程总公司将持有的集团下属与房地产开发及投资相关的6家企业股权，协议转让给天健集团，天健集团将所直接持有的与工程施工相关的6家企业股权，转让至市政工程总公司。同时，市政工程总公司将与房地产开发租赁相关的资产转让至天健集团，天健集团将与市政工程总公司生产经营相关的资产，协议转让至市政工程总公司。

除了市政工程总公司之外，天健集团还对另外三家公司也做了调整。其中，将市政工程总公司和天健地产公司名下账面价值约529.8万元的两处物业资产转让至天健集团子公司深圳市茂华装饰工程有限公司；对天健建设工程劳务有限公司实行关闭清算；将天健集团所持天健涂料科技开发有限公司的债权，约2764.3万元全部转为对该公司的投资。

在这次改制中，共涉及46项资产处置和确权，其中包括13个需要重新确权、4块闲置地的处理。为了更好推进天健集团改制步伐，2008年9月，深圳市政府组织召开专题会议，研究了天健集团公司所属企业改制有关房地产确权办证的问题。会议听取了市国资委和天健集团关于公司改制房地产确权办证有关问题的情况汇报，并就有关具体事项进行了认真研究。会议认为，天健集团为深圳特区的建设作出过特殊贡献，公司改制涉及的土地资产处置与确权问题，属于历史遗留问题，应本着“尊重历史、合情合理、简化程序、特事特办、加快办理”的原则，妥善解决好，以维护社会的和谐稳定。市政府领导要求市规划、国土、消防、建设等部门应尊重历史，简化程序，宜粗不宜细，加快办理，积极支持天健集团完善手续，充分利用政策解决问题，以确保天健集团改制工作的顺利进行。2008年11月，深圳市政府副秘书长南岭主持召开了有关政府部门专题协调会，解决了确权工作中的技术性操作问题。

2009年7月2日，天健集团发布公告，公司董事会同意向天健涂料科技开发有限公司的员工和工会出售涂料公司100%股权，股权价为148万元。天健集团已完成了天健物业公司、茂华装饰公司和天健涂料公司三家改制企业的股权转让，完成了天健劳务公司的关闭清算工作，公司主辅分离、辅业改制工作已获重大进展。四家改制企业（物业、茂华、涂料、劳务）涉及深圳户籍员工646名，深圳市国资委支付安置补偿金共一亿多元。三家改制企业（物业、茂华、涂料）的股权转让价合计2693万元。

天健集团改制牵涉到每一家下属公司和每一名员工的切身利益，工作繁杂而艰巨，经过多方的努力，最后终于顺利完成。

值得一提的是，改制之后的天健物业公司发展势头不错，2010、2011年获得深圳市物业管理协会颁发的“业主满意度调查领先企业”称号，2012年又重新回归天健集团。

天健集团通过两年的主辅分离及部分资产重组改制，妥善安置分流员工1000多名，这些员工绝大部分是公司创业时，由基建工程兵集体转业进入的，他们为公司的发展作出过贡献。但他们因为年龄偏大，文化偏低，分流后重新就业困难，甚至出现了“零就业家庭”。部分员工距离退休年龄尚有较长时间，如果没有收入来源，家庭生活将面临较大困难。为此，天健集团专门出台措施，对这些改制下岗分流后的失业员工实施帮扶。

在这一轮的改革中，天健集团全体上下经历了一次实实在在的思想大洗礼，留下来的员工都有强烈的危机意识，企业必须逆水行舟，在发展的过程中才能解决前进的问题。

三、茂华公司的剥离

在众多被改制的企业中，茂华公司是名气最大，发展最成熟的企业。谈到茂华公司的历史，还要从1983年说起。成立市政工程公司之后，在技术连和修理连的基础上组建了汽车修配厂，主要负责内部汽车运输队的车辆修理和社会车辆的修理，后来由于人员队伍庞大，僧多粥少，难以维持下去。汽车修配厂被分解成四个单位：一是继续保留原来的汽车修理业务，人员规模缩减了；二是成立专门以木材加工为主的公司，即茂华家私厂；三是湖滨贸易公司，主要从事贸易商业；四是钢窗厂，主要做门窗业务。

大家意识到，不能光靠引进外资，还需要“内联”，这在当时叫做“外引内联”。沈阳是东北三省一座大城市，拥有丰富的木材资源，沈阳木材加工厂前来深圳考察，对改革开放的深圳颇感兴趣，想来这里办厂，后来茂华家私厂就和他们合作，成立深沈木材加工厂，由沈阳方面提供大型和中型设备，市政工程公司向深圳市政府申请，双方合作成立加工厂，市里还同意把位于南头沙河的约10000平方米土地，用作该加工厂的生产基地。

此后不久，由于双方都面临资金紧缺，深沈木材加工厂无法继续运作，沈阳方面提供的人员和设备全部都撤了回去。而这次合作，对于茂华公司却有很大的促进作用，因为得到了一块地，所以市政工程公司便向政府申请，利用南头沙河的这块地成立了茂华装饰公司，专门从事装修业务。

1985年，中国五矿集团有限公司在深圳的办公大楼（即五矿大厦）正在罗湖文锦渡一带搞装修，业主单位聘请了香港的装修公司。那时候茂华装饰公司的队伍在这个项目上帮香港装修公司“打零工”，通过长时间接触，悄悄地学技术，贴墙纸、贴瓷片……连煮饭的工人也在偷学着香港人的装修管理技术。五矿大厦有30多层高，水泥通过电梯运不上去，茂华公司的工人们就帮他们扛。放在楼顶的卷扬机太重了，电梯承载不了这个重量，这可难倒了香港装修公司。后来茂华公司的工人们仔细研究，将卷扬机拆开，将零部件一件件地扛上楼顶，在楼顶再重新组装，这感动了香港装修公司的老板，他决心帮帮茂华装饰公司。

在20世纪80年代，罗湖东门老街附近集中了很多来料加工的厂房，但是这里位置狭小，而且噪音太大，香港老板在这里加工柚木地板，他急于想换一个宽敞的地方，当时，茂华装饰公司的负责人就与香港老板谈，介绍他到猫颈田一带，地盘足够大，而且租金还非常便宜。

那时候猫颈田还没有开发，到处都是小山包，市政工程公司刚好推平了一小块地。茂华公司领导立即向市政工程公司领导汇报，大家认为这是一个很好的契机，香港老板有技术和设备，市政工程公司有地，双方一拍即合。在香港老板的要求下，双方签下了协议。香港老板要求市政工程公司在半个月内抢建厂房，当时市政工程公司没有资金，他们让香港老板先预付4个月的房租。为了节省资金，茂华装饰公司甚至连修建厂房的铁皮材料，也是临时去东门老街收集厂房拆迁的旧铁皮，就是这样东凑西补地凑材料，全员出动，提前两天将厂房盖好。从此市政工程公司就有创收了，每月有几千元的租金收入，双方都很高兴。柚木地板厂的运作效益还不错，茂华公司安排了10多名同事在那工作，培养了一批工人，这也促进了茂华公司后来的升级改造。

不久后，茂华公司又转向了铝合金门窗和玻璃幕墙业务，这离不开市政工程公司的支持。位于红荔西路与香梅路交界的市政大厦是该片区当时最好的写字楼，也是市政工程公司的总部所在地，这栋建筑是由茂华装饰公司全权负责装修，包括铝合金门窗、玻璃幕墙、美国进口的中央空调和家具，在具体施工过程中，遇到了很多不懂的问题，那时候茂华装饰公司就安排10多个人去湖南大学建筑系学习，还请来了中航公司高级工程师到茂华公司做铝合金门窗、玻璃幕墙的技术指导。

“一班人、一把锤子、一把锯子”是茂华公司最早的家当，白手起家，艰苦创业，用十年时间，从1983年开始，到1994年拿到国家装饰行业一级企业、设计甲级资质的企业，是当时深圳十佳知名企业之一。2008年11月，由茂华公司参建的北京首都国际机场扩建工程3号航站楼建筑工程T3B精装修专业分包工程，以优秀的施工设计以及过硬的工程质量，以参建单位荣获中国建筑业协会颁发的鲁班奖。

茂华装饰公司在北京、上海、杭州、云南、广州、长沙开设了六个分公司，都能够顺畅经营。

茂华装饰公司改制还有一点就是员工队伍得到很好的培养，没有一个员工提前离开公司，在企业改制的大环境下，茂华装饰公司是最后一刻才改制成功，退出了天健集团，但是他们艰苦创业的精神是永远值得传承的。

四、劳动、人事、分配三项制度改革

在我国，简称"三项制度改革"的有两项重大举措。其一是由国家人事部推出的三项制度改革，公务员制度、事业单位人事制度、工资福利；其二是指国务院针对国有企业的三项制度改革，劳动、人事、分配。

在天健集团，三项制度改革是特指后者。伴随国有企业的不断转型，国企中的人员也要经历转型。这次改革面临效率与公平的双重挑战，以市场化为导向，建立市场化劳动用工制度，深化人事制度改革，健全干部能上能下、员工能进能出的机制，建立起市场化的薪酬分配体系。

客观地讲，三项制度改革并不是什么新鲜事物。改革开放以来，国有企业的三项制度改革就一直处于探索和实践中，归纳起来，可以概括为四个阶段。

第一阶段是指改革开放后到1991年，是三项制度改革的探索起步阶段，主要事件如1978年底开始的扩权让利改革、1985年打破"八级工资制"、1986年实施劳动合同制等。总的来说，这一阶段国有企业在三项制度改革方面做了一些点状探索，为计划经济向市场经济转型提供了思想认识方面的准备。

第二阶段是指1992—2002年，是三项制度改革的攻坚阶段，主要事件如1992年"破三铁"、1993年实施的工效挂钩、1997年实施"减员增效、下岗分流"工作，1998—2000年在国企改革三年攻坚战中已明确并开始全面改革国企三项制度，同时与三项制度改革相配套的社会保障制度也逐步建立和完善。

第三阶段是指2003—2012年，是三项制度改革的完善阶段，这一阶段随着国务院国资委的成立，国有企业三项制度改革艰难推进、逐步完善。实际上，在2001年，国家对全面推进三项制度改革已经作出具体部署，国资委成立后，国有企业特别是中央企业，在国资委的统一指导下，都按照现代企业制度的要求建立了与市场经济相适应的内部人事、劳动和分配三项制度。对如何管理国有企业领导人员，如何调节国家、企业、职工三者收入分配关系，国资委在这一时期做了很多有益的探索。

第四个阶段是国务院国资委2016年印发《关于进一步深化中央企业劳动用工和收入分配制度改革的指导意见》，对中央企业三项制度改革提出了具体要求，可以说这一文件的出台为中央企业三项制度改革工作吹响了号角，标志着三项制度改革进入新阶段、新常态。

三项制度改革在国企面临很大阻力。之所以推进困难，是由于三项制度改革需要打破原有体制和思想认识，极大触动部分人的利益。如果三项制度改革不成功，国有企业人浮于事、效率低下这一长期、普遍的问题将得不到解决，20世纪90年代大批国有企业破产、倒闭现象的重演只是时间问题。

在2006年，刚刚组建才两年的深圳市国资委就把三项制度改革摆到了工作日程，当年下发了《关于市属国有企业做好深化劳动人事分配制度改革工作的通知》，在下属企业全面启动三项制度改革工作。三项制度改革在天健集团推动遇到了很大的阻力，其主要原因是由于公司所属多家企业改制重组，近千名工程兵老员工需妥善分流安置，公司的三项制度改革工作经请示深圳市国资委同意后暂缓实施。让大家没有想到的是，此轮三项制度改革暂缓了四年之久，成为了深圳市属国企中最后一家完成三项制度改革的直管企业，到2010年才结束。

虽然此轮三项制度改革是一场自上而下的“革命”，但是，在天健集团内部，确实有进行改革的必要性。从1983年整体改编成为地方企业以来，虽然已经组建了企业集团，并且成为了公众上市公司，但是企业内部认识教条化、机制僵化，导致职工工作的积极性不高。主要表现在组织架构混乱，岗位设置不合理、职责不清晰、管理层级过多等弊端，在市场拓展、成本监控等核心工作方面存在职能缺失的现象，从而导致各级员工难尽其职、人浮于事、效率低下。在用工模式上，存在正式员工、聘用员工、劳务员工三种模式，员工能进不能出，同工不同酬。在劳动关系方面，劳动合同签订不及时和劳动合同不规范的现象时有发生。薪酬体系的公平性存在明显缺失，一是没有按稀缺人才的市场价值给予核心员工合理的工资，其收入低于同行业效益相当的其他单位。二是核心岗位与一般岗位的薪酬竞争力上出现倒置，即核心岗位的薪酬竞争力低，而可替代的一般岗位的薪酬相对较高。三是薪酬分配的平均主义严重，正式工与聘用工两种身份劳动付出与所得不对应，严重影响员工工作的积极性。

从2007年起，天健集团成立三项制度改革工作领导小组，开展了大量的工作，但是此项工作的推动没有实质性进展。2010年7月，深圳市国资委召开三项制度改革专题会。在这次会议上明确，天健集团以前因为特殊原因尚未全面开展三项制度改革工作，也是唯一一家未开展三项制度改革的直管企业。从当前的形势来看，开展三项制度改革已经具备了较好的基础和条件，全面推进三项制度改革的时机和条件已经成熟。市国资委要求天健集团尽快推动，同时注意企业维稳，并将三项制度改革工作纳入当年年度业绩考核。

2010年6月，公司引进了金品质咨询机构，作为集团卓越绩效管理和三项制度改革咨询服务顾问单位。调研、访谈、会诊，顾问机构在两周时间内很快拿出了公司发展诊断报告，十分中肯地提出了公司治理、战略规划、绩效测评、组织结构、管控模式等方面存在的突出问题，在公司高层及部门间引起了共鸣。8月，深圳市国资委任命童庆火为天健集团党委副书记，他到任后将主要精力投入到三项制度改革工作当中。

经过公司决策层、市国资委反复酝酿，2010年10月，总体方案出台。新的方案包含了三项制度改革总体思路、集团母子管控系统、公司组织架构、定岗定编方案、竞聘和双选方案、绩效和薪酬方案、落聘人员安置办法及人力资源管理等12项制度，报请深圳市国资委同意后，当年11—12月，根据集团公司的部署和安排，全体干部和员工积极参与集团公司组织的三项制度改革工作。

经过竞聘上岗，27名中层干部走上正职领导岗位，38名走上副职领导岗位。集团总部员工双向选择29个岗位，市政工程总公司、房地产公司、投资公司、房建公司等下属企业也进行了双向选择。2012年，改制之后的天健物业公司重新回归天健集团，也于当年完成三项制度改革工作。

通过这一轮的三项制度改革，重点解决了公司人力资源管理长期以来存在的突出问题，公司制定了2011—2015五年发展战略规划，明确了集团总部和下属企业之间的职责分工，集团总部是决策中心、管理中心、资金中心、支持服务中心，下属企业是生产经营中心、利润中心、成本中心。根据这一定位，设置集团总部9个部门，下属8家企业，成立技术中心，将科技进步作为企业发展的动力与基础，设置投资发展公司和酒店管理公司，实现公司经营业务的专业化、协调化、规范化发展。岗位体系从公司整体战略出发，遵循工作需要、因事设岗、合理定编，明确部门职责，根据岗位类型和重要程度合理设定岗位名称及岗位级别，组成标准化岗位职等序列，制定《岗位等级序列表》并在全公司范围内统一实施，设计《基准年薪标准表》。根据员工的任职能力、专业知识、工作经验等确定薪酬总额，使员工薪酬与市场逐渐接轨，收入水平向关键岗位和一线岗位倾斜，向重点岗位和核心人才倾斜。强化有效激励，将员工的薪酬定位、调薪、绩效工资发放等与员工绩效考核结果挂钩，引导员工提升工作绩效。

这次三项制度改革，是天健集团用人机制的一次大转变。公司过去用人大多是在静态中相马，组织任命是主要形式，这次采取公开竞争方式，给平静的干部人事制度增添了波澜，给年轻人才增添了信心和机会。这次三项制度改革是员工思想观念的一次大洗礼。国有企业干部能上不能下，工资能高不能低，待遇终身制是一大顽疾。这种制度和思想观念，与市场机制严重脱节，保护了一小部分人，打击了一大片，极大地挫伤了后来年轻人的积极性。这次以岗定薪，岗变薪变，有效地解决了158名同志的“享受待遇”问题。三项制度改革的圆满结局，对天健集团今后发展的影响意义重大且深远，它是天健集团再上新台阶、再铸新辉煌的新起点，是公司迈向更高更远目标的一次“空中加油”。

五、运输公司的股权转让

天健运输公司的前身是深圳市市政工程公司第六分公司，1983年9月部队集体转业之后，内部叫土石方队，它的业务以土方运输为主，设备以泥头车为主。

天健运输公司后来成为独立法人企业，企业名称多次变更。1992年12月，经深圳市政府728号文件批准成立虹辉汽车运输公司，后改名为天健汽车运输实业有限公司，公司经营范围扩充到土石方工程、市政工程施工，后来增加了出租车营运，具备土石方施工二级、市政道路三级资质。

从1983年到1993年，第六分公司以先进的机械化实力，完成1800多万立方米土石方工程，20余条市政道路工程干道，并独立承担高速公路工程4条约45千米，开发平整面积约28平方千米。承建的主要工程有：深圳直升机场、罗沙公路、北环路、沿河路、红荔西路、梅县火力发电厂、蕉岭文福水泥厂、香梅路、梅龙公路、深汕高速公路、景田综合开发区、福田中心区（北）、南头第五工业区、梅林工业生活区、龙岗中心区、深南大道、龙珠大道、机荷高速公路、大发埔立交、高科技开发区、滨海大道、福荣西路、留仙大道、广州市内环路放射线东晓南路工程等。

1993年12月，深圳市第四次出租小汽车营运牌照公开竞投大会在市人大会堂鸣锣开幕，已经更名的虹辉汽车运输公司，在众多竞争对手中一举中标，取得50个出租小汽车营运牌照的经营权。这是天健公司首次进入出租车领域。此次竞投，全市共有55家单位参加，竞争之激烈，为前所未有。由于主管部门对竞投企业资格限制的进一步放宽，以及各家公司对出租车营运市场的普遍看好，多家公司均表示不惜代价，志在必得。竞投一开始，竞争很快进入白热化。经十二轮紧张激烈角逐，标价达到21.8万元的最高限价时，仍有52家单位113个应价牌高举不放。再以抽签形式决定40批共计2000个车牌归属，虹辉公司一举中签，赢得50个出租车车牌的经营权。

天健股份公司对于此次竞投非常重视，总经理马恭元召集多次专题会议，在竞投当日，亲自率队参加。当时公司的投资总额预算为2000万元，包括

50个车牌经营权款项和购买50部出租车车款，年期望利润为300万元。此次中标还获得了公路客运经营许可证，为以后运输业的进一步发展奠定了基础。

1999年底，天健集团通过拍卖竞投的方式，再次取得50台出租车营运牌照，出租车的数量达到100台。公司的出租车营运规模扩大了，同时也增加了一个新的利润增长点，确保公司能持续、稳步、健康发展。

2010年2月，天健集团决定运输公司业务分设，即市政工程业务与出租车业务分开设置。具体做法是市政工程业务与路桥一公司合并，改名为路桥公司。出租车业务由集团直管、单独运营，即纯粹的运输公司，位于景田工业区附近的加油站也划归天健运输公司管理。

2015年3月以来，出租车市场面临专车、快车巨大冲击，行业遭遇到了前所未有的考验，承包司机陆续退车，副班司机难招，天健运输公司流失了大批量的出租车司机，导致新能源出租车的下地工作面临巨大困难——招聘司机难。

行业改革势在必行，天健集团主动承担社会责任，响应深圳市政府和市国资委的环保节能减排号召，克服困难，当年9月完成12台新能源出租车的交付验收，10月完成司机招聘并投放营运。同时，为了解决福田中心区充电难的问题，天健集团与比亚迪签订合作协议，在景田综合市场建设循环立体式充电站，24个充电桩当年底投入使用，改变了景田片区无充电桩的历史。

在深圳市国有企业中，除了天健集团有出租车业务之外，经营此类业务的还有深业集团、巴士集团、物业集团及深房集团，其中巴士集团是国有控股中外合资股份制公司，是广东省规模最大的城市公交企业，也是深圳市历史最长、品牌最优的公交特许经营企业，其拥有的出租车也是最多的。2016年9月，根据深圳市政府推进同质化国企整合、做强做大国有企业的要求，要求以深圳巴士集团为主体，通过市场化收购的方式整合五家市属国有出租车企业。

2017年6月，深圳巴士集团、深圳市投资控股公司、天健集团、深圳物业集团、深房集团举行股权转让协议签订暨全面交接仪式，至此，深圳市属国有出租车企业的整合工作圆满收官。受让上述 4 家企业的出租车股权后，巴士集团出租车规模达到5240台，占全市出租车总量的四分之一，成为深圳出租车行业龙头。此次整合涉及业务以出租汽车为主，并涵盖网约出租、汽车租赁、长途旅运、跨境运输、金融支付、物业管理、汽车加油等业务；涉及车辆3774台，物业资产8万余平方米，土地资源5万余平方米；整合所涉管理人员381人，驾驶员、维修工等其他工种人员近5000人。整合标的所涉资产总估值近16亿元。

根据深圳市市政工程总公司与深圳巴士集团签署的《股权转让协议》及补充协议，深圳市市政工程总公司所持有的天健运输公司向深圳巴士集团转让100%的股权，转让价格为6700.97万元。按照协议，天健运输公司总经理郭鹏举、黄东湖等9名在职管理员工连同230名出租车司机，也直接转移到深圳巴士集团。

第三节　项目法施工

一、项目法施工的背景

我们国家早期建设大型工程，如刘家峡水库、龙羊峡水库、葛洲坝工程等，在规划这些项目的同时，要解决随迁家属就业、子弟入学、看病就医，甚至还要为项目所在地承担修公路、建铁路等基础配套设施。大笔的资金没有用于项目本身。

1987年左右，国家开始推行有计划的商品经济，并逐步向市场经济过渡。早期的工程建设的模式引起的弊端逐步显现出来。

正在这个时间节点，位于云南省罗平县的鲁布革水电站的建设，彻底颠覆了中国人的观念。这个水电站是珠江上游南盘江左岸支流黄泥河上的最后一座梯级电站，1982年实行国际招标，1984年11月正式开工，1988年7月竣工。这是我国第一个利用世界银行贷款的项目，也是我国第一个实行国际招标的水电建设工程。

当时在招标的过程中，日本大成公司提出的报价比招标价低四分之一，工期缩短三分之一。让国人很意外的是，鲁布革水电站这么大的工程项目，日本大成公司只派遣了20多人的管理团队，在云南当地聘请施工队伍，对项目实施有效管理。在短短的4年时间里，日本大成公司创造了著名的“鲁布革工程项目管理经验”，受到了中央领导同志的重视。国家计委等五单位于1987年7月发布《关于批准第一批推广鲁布革工程管理经验试点企业有关问题的通知》之后，于1988年8月确定了15个试点企业共66个项目。1990年10月，建设部和国家计委等五单位发出通知，将试点企业调整为50家。在试点过程中，建设部先后五次召开座谈会并进行了检查、推动。1991年9月，建设部提出《关于加强分类指导、专题突破、分步实施、全面深化施工管理体制综合改革试点工作的指导意见》，把试点工作转变为全行业推进的综合改革。这被称为项目法施工。

值得一提的是，项目法施工以很快的速度在央企中得到了大力推广，效果非常明显，而在深圳的建筑行业全面推广是在2000年之后。2002年，深圳市建设控股公司发出通知，要求当年全面铺开实施项目法施工和项目制管理，并力争用两至三年时间，使所有的施工企业都建立较为完整的项目法施工管理体系。

为什么深圳在建筑行业推广项目法施工要比央企晚将近10年呢？这主要是形势倒逼。一方面，随着经济全球化的发展，中国加入WTO，我国对外开放进一步扩大，对外开放的政策环境越来越宽松，在建筑行业，国际和国内的市场竞争也将日益激烈；另外一方面，建筑市场发生了重大变化，进入新世纪之后，大家非常明显的感觉是，政府工程越来越少了，在市场上承接工程越来越难。2002年，深圳实施了最低价中标举措，使得建筑市场的平均利润率大幅降低，国有建筑施工企业在市场竞争中遭遇到了艰难的时期。

经过了近20年的发展，天健集团内部机构发生了很大的变化，管理机构过于庞大，公司的管理形成了“小工地大机关”的格局，管理人员也急剧增多，有1300多名上下三级管理人员，如果一旦接不到工程任务，企业将无法支撑整个庞大的费用支出。当然，还有一个不可忽视的事实就是，天健集团身处深圳经济特区，物资成本、人工成本节节攀升，如果不建立与市场经济和建筑市场发展相适应的体制，其经营发展将会越来越困难。

二、彩田路跨线桥试点项目法施工

2004年初，天健集团出台了《项目法施工管理规程（大纲）》。按照产业布局要求，调整了组织项目法施工架构。为将主导产业市政工程总公司做强做优做大，根据建筑市场的发展变化，推出彩田、南坪两个项目为试点，实施项目法施工。根据公司实际情况，实施直管式和专营式项目法施工管理并存。直管式项目法施工管理，由深圳市市政工程总公司根据实际情况和需要直接组织项目经理部，对单位工程项目按项目法施工管理规程实施管理；专营式项目法施工管理，就是保留二级公司管理层的优势资源，组织项目管理处，作为深圳市市政工程总公司做强总公司派出的专业施工管理机构，按照项目法施工管理规程实施管理，它可以管理多个项目经理部，所以称作专营式管理。

根据建设主管部门颁布的法规规定，建筑市场逐步实行市场准入制，即建设工程总承包、建设工程专业分包和劳务分包资质。劳务公司对内行使劳务调节的管理职能，对外参与劳务分包市场竞争。实施项目法施工，将传统的经营管理模式进行变革，将二级公司的管理层编成专营式项目管理处，操作层组编至劳务公司。

2004年11月，天健集团党政联席会确定了项目法施工原则意见，随即成立项目法工作领导小组，成员包括公司工会、市政工程总公司领导，还有劳务公司、设备中心负责人。天健集团的项目法施工的总体思路与原则是公司增效、员工增收，体现了四个特点：一是实行两层分离。即将管理层与作业层，即项目经理部与施工作业队伍分离。项目经理部相对稳定，施工队伍按项目需要随进随出，两者相对分离又密切合作互为促进。实行管理层和操作层两层分离后的分公司或项目管理处，可以避免由于任务不足，员工待岗负担的弊端，轻装上阵，有利于成本控制，提高经济效益。二是建立模拟市场。即在企业内部建立劳务、人才、资金、材料、设备五大市场，模拟市场运作，实现生产力要素的优化配置，达到企业效益最大化。三是合同目标管理。项目工程开工前，先制定经济目标和质量安全等目标，以施工承包合同为依据，建立具有法律效力的内外目标承包体系的经济责任制度。四是项目经理负责制。项目经理作为施工项目上的全权代理人，肩负施工项目的全过程管理责任，负责项目目标的全面实现，必须责权利平衡配套，做到以职定责，以责授权，保证物资调配权、收入分配权、管理指挥权的落实，使每个项目经理部都成为独立的市场运作主体。

为了让项目法施工有理论依据和操作指引，天健集团经过认真调研和反复酝酿，制定了一整套规章制度。2005年1月，公司推出了项目法施工管理体系配套文件：《关于推行项目法施工管理的试行办法》《关于设立员工生活保障基金的暂行规定》《劳务公司管理与运行的暂行规定》《关于在劳务公司待岗员工工资发放标准的暂行规定》《关于支持员工创业的暂行规定》《项目法施工管理规程》，一共六个规章制度，并在全体员工中进行普及宣传贯彻。

为了做好试点工作，按照试行方案，项目经理部设四部一室，即施工生产部、安全监控部、成本核算部、设备材料部和综合办公室，在全公司范围内竞聘产生项目经理，由公司与项目经理签订《项目经理部目标管理责任书》，明确项目管理责权利，项目经理部集体实行风险抵押承包，签订《风险抵押承包合同》。合同里明确了本项目的项目风险抵押金总额为中标合同价的1%。其中项目经理按照本项目风险抵押金总额的30%交纳，项目部其他技术和管理人员合计交纳70%。项目经理部除项目经理外的其他人员，风险抵押金交纳的参考标准是以项目经理为基数，项目副经理和总工程师各按项目经理的60%交纳，项目经理部四部一室负责人各按项目经理的40%交纳，项目经理部其他技术和管理人员各按照项目经理的20%～30%交纳，交纳计划方案由项目经理确定，报公司备案。项目经理部所有人员的风险抵押金必须在上岗后一个月之内，交总公司财务部保管，风险抵押金返还时按惯例不计利息。风险抵押金在项目完工后进行核算，按规定核退。

在责任书中，对项目经理部的考核奖罚方案明确规定，实际完成利润低于中标承包利润的90%时，公司全额没收项目经理部的风险抵押金；实际完成利润超过中标承包利润的90%但低于100%时，公司按比例扣减风险抵押金后，退还余额；实际完成的利润超过中标承包利润的100%时，公司全额返还项目经理部的风险抵押金。项目完工后，对项目经理部进行考核，确定最后的效益奖金总额，其中的25%奖励给项目经理，项目部其他技术和管理人员合计奖励65%，正式工人合计奖励10%。

彩田路跨线桥工程是公司首个实施项目法施工的工程项目，该工程位于深圳市福田区彩田路与梅林路交汇处，主要施工内容包括道路工程（给排水、电气、电信、通信、照明、燃气、拆迁等工程）、跨线桥工程等，项目工期一年，中标价为3310万元，这个项目是政府投资市政工程项目，是天健集团在当年较大的一项自主投标并成功中标的市内项目。

2004年6月，来自集团一线的6名项目经理递交了标书，公开竞聘彩田路跨线桥工程项目经理。一切环节当场当众举行，当场开标，当场打分，当场出结果。这是一场激烈的实战经验与智慧的较量，经过唇枪舌剑的短兵相接，王耿一举夺标。随即，首位通过公开竞聘产生的项目经理王耿，与市政工程总公司总经理滕显友签订了《工程项目经营管理责任书》。

2004年7月，南坪快速路项目进行项目法施工试点。8月，星光华苑项目实行项目法施工签约。

实施项目法施工后的效果如何呢？2007年6月，南坪快速、彩田路项目完工后，天健集团进行了审计结算。从经济指标来看，两个项目部的利润指标完成情况是良好的。其中，南坪项目部完成利润465万元，上缴公司利润指标320万元，还剩145万元超额利润可供分成；彩田路项目部完成利润716万元，剩186万元超额利润可供分配。

2006年9月，天健安装公司举行深圳市南山区同乐路Ⅳ标管道工程承包评标定标会。在安装公司经营班子的领导下，此次评标定标会总结了以往项目法施工的经验，成立了安装公司定标委员会和评标委员会，会议由参加竞聘的项目经理首先对项目法施工思路和经济指标作出陈述，然后由评标委员会向项目经理提问，最后由评标委员会成员按照经济指标、实施方案和工程业绩的情况评分，并向定标委员会推荐中标候选人。最终盛宴在评标定标会中胜出，成为南山区同乐路Ⅳ标管道工程的项目经理。

2012年3月，为进一步推进施工管理改革，加强对公司项目管理队伍的培养，天健安装公司决定对中标的深圳市龙岗区田心路（一期）市政工程实施项目法施工，并在全公司范围内公开竞聘产生该项目的项目经理，竞聘会评委小组和监督小组分别由集团公司人力资源部、市政工程总公司相关部门、天健安装公司负责人组成，最终，洪鼎以上缴中标价12.66%的利润、92.89分的综合成绩成为了该项目的项目经理。

2014年5月，天健路桥公司对中标的深圳市光明新区李松蓢桥改造工程实施项目法管理，该桥承担公明中心区、老城区、钟表产业基地与公明李松蓢片区之间的交通及周边沿线对外交通联系主要通道，全长400米。主要工程内容包括道路、桥梁、给排水、交通工程、电力通信、燃气、景观绿化及其他附属工程等。

天健集团的施工业务赖以生存的基础就是项目，最多的时候，全公司同时上马的项目有几百个。如何有效地进行项目管理，这是一个很大的课题，进行项目法施工，借鉴先进管理经验，提高了员工积极性、节约了管理成本，同时也提高了工程质量，是一个多赢的结果，这是一次有益的探索。

第四节　参与代建政府工程

一、代建制出台的时代背景

新中国成立以来，早期的政府投资项目实行“财政出资、部门管理”的单一模式，即投资、建设、管理、使用四位一体，这样的好处是使用部门对项目的背景、用途等情况熟悉，但是弊端是使用部门并非项目建设的行家里手。为了建设项目，使用单位组建临时基建班子，如基建办、工程指挥部等，而这些基建班子通常缺乏应有的建筑技术和工程经济等相关背景知识，把握不了投资规律和基本建设程序，不能掌握并运用先进的项目管理方法。难免出现各种管理不善的现象，如决策不够成熟，随意调整方案，前期及实施阶段各环节之间相互脱节，工程建设周期长，工作效率不高，投资效率低下等。在一段时间内，这种单一模式导致大批政府项目超规模、超标准、超概算的“三超”工程存在，低水平、低质量、低效益的“三低”现象屡屡发生。在此情况下，一些地区逐步开始探索对政府投资项目实行代建制。

何谓代建制呢？就是指政府通过招标的方式，选择专业化的项目管理单位，负责项目的投资管理和组织建设实施工作，项目建成后交付使用单位的制度。代建期间，代建单位按照合同约定代行项目建设的投资主体职责。

早在1993年，福建省厦门市在深化工程建设管理体制改革的过程中，就通过采用招标或直接委托等方式，将一些基础设施和社会公益性的政府投资项目委托给一些有实力的专业公司，由这些公司代替业主单位对项目实施建设。2001年7月，厦门市开始在重点工程建设中全面实施项目代建制。1999年初，上海浦东咨询公司受原上海市计委委托，全过程代理建设上海市收教收治综合基地项目，开始了上海市财政投资项目以代建制形式委托中介机构进行建设的试点。

从2002年10月起，北京市发改委在回龙观医院1号病房楼工程项目、北京市疾病预防控制中心、北京市残疾人职业技能培训体育训练中心等项目实行了代建制试点。

与全国其他地方一样，深圳也在探索代建制的实施。深圳市区与关外的龙岗、宝安许多小的项目都在悄然推行代建制。2003年年底，在深圳市委三届八次全体会议上，深圳市市长李鸿忠明确提出，2004年深化投融资体制改革，构建多渠道投融资体系，将试行政府投资项目代建制，探索政府项目建设的市场化路子。2004年2月召开的深圳市人大三届六次会议通过的《关于深圳市2003年国民经济和社会发展计划执行情况和2004年计划草案》中提出，探索政府投资项目建设的市场化新路子，试行代建制，通过招标等方式选择专业化单位负责建设投资项目。

2004年2月，深圳市政府授权市交通局，与深圳高速公路股份有限公司签下了南坪快速路一期工程项目的《工程建设委托管理合同》，合同约定，深圳高速公路股份有限公司作为该项目建设期间的法人，代司投资主体职责，全权负责工程建设的组织和管理，这是深圳市第一个采用代建制模式的政府投资项目，也是全国首例在市政道路建设中采用代建制模式的项目。该工程项目投资2.638亿元，由深圳市财政全额拨款。2004年4月，龙岗区政府将横坪一级公路的建设组织管理，以代建制的方式全权委托给深圳华昱集团和深圳高速公路股份有限公司。其中华昱集团占三分之二，深高速三分之一。横坪一级公路是深圳市按照投融资体制“投资、建设、运营、监管四分开”的改革原则，进行市政公用设施建设管理实施代建制试点的第二个项目。

2004年7月，国务院出台《关于投资体制改革的决定》（国发〔2004〕20号）提出：“对非经营性政府投资项目加快推行代建制，即通过招标等方式，选择专业化的项目管理单位负责建设实施，严格控制项目投资、质量和工期，竣工验收后移交给使用单位。”至此，代建制这一投资体制改革的重要举措正式登台亮相。

2004年9月，国家财政部颁布了《关于切实加强政府投资项目代建制财政财务管理有关问题的指导意见》中明确：中央各部门（单位）财务主管部门、地方各级财政部门要会同有关部门，积极推进政府工程管理模式改革，积极参与政府投资项目代建制的各项工作，结合预算管理制度改革，推行财政直接支付、政府采购等工作。

确立了代建制的大方向之后，各地政府在组织施工的方式上大同小异。深圳市根据《印发深圳市建筑工务署职能配置内设机构和人员编制的规定》

（深府办〔2004〕72号）规定，组建深圳市建筑工务署，该机构为直属市政府管理的事业单位，负责深圳市重大项目的代建与建设管理工作。

天健集团在获悉这一建设体制的重大变革之后，立即做出反馈，第一时间组织了调研小组。调研小组通过搜集相关资料，走访政府职能部门，初步掌握了关于代建制管理模式所要求的基本内容、运行模式及项目来源等信息。经过认真调研后，大家认为天健集团应该参与到代建制的项目管理改革中，使代建项目成为公司新的利润增长点。天健集团为什么一定要在代建方面有突破和作为呢？一方面天健集团是以市政工程、建筑施工和房地产开发为主导产业，并集工业、商贸、物业管理、交通运输、建材生产及宾馆酒楼为一体的综合性大型企业，具备丰富的建设项目施工和管理经验，各种技术人员充足，符合深圳市选择代建单位的条件。公司为公众上市企业，又被深圳市政府定位为重点发展的集团公司之一，技术力量雄厚，综合协调和管理水平高，拥有全国道路和市政工程企业中唯一的博士后工作站，这些将使天健集团承接代建制项目成为可能；其次，施工企业面临日益竞争激烈的市场环境，而且工程利润微薄，单纯通过投标取得工程项目，很难把公司市值与利润做大。深圳市政府把天健集团定位为以市政工程为主的集团公司，公司更应从承接代建制项目着手，逐步把企业由原来的单一市政施工单位转变为大型工程项目管理公司，把替政府代建工程作为一个主要利润增长点，只有这样，才能扩大规模和市政工程份额。

二、承接深盐第二通道代建项目

2004年初，获知深圳市政府投资项目即将实施代建制管理模式，天健集团董事长高振怀立即敏锐地意识到，这是天健集团发展的良好机遇！当即决定力夺深圳市的重大代建项目，目标直指建设领域的高端市场。从此，天健集团比市内大多数建筑企业先行一步，着手研究代建制相关资料。经过10个月的精心准备和酝酿，天健集团作为一名有实力的代建竞争人进入了市政府的视野。

天健集团在很短的时间内，就成立了一个代表公司的代建制部门，采取事业部制的管理方式，跟踪政府动态，重点跟踪政府准备采用代建制的具体项目，反馈信息给公司，做好参与代建制竞争的准备。

根据调研了解，当时在深圳市最有可能实行代建制的机构为交通局、计划局、水务局。交通局已率先实施了南坪快速、横坪公路的代建项目，下一项目可能选定往大、小梅沙方向的东部出海通道，天健集团很敏锐地对这个信息进行重点跟踪；市计划局是将会是深圳市建筑工务署之外实行代建制的第二家单位。代建制在全国范围内铺开之后，深圳市计划局专门成立了重大工程项目管理办公室，还组建了城市基础设施投资发展公司，专门负责深圳市城市基础设施投融资、建设、营运、管理，该公司将考虑拿出一部分项目作为代建制试点。市水务局也将代建制提到议事日程上来，他们组团对南坪、横坪两个项目进行考查，然后选定部分项目进行试点。当时深圳市正筹备向世界银行申请贷款，对深圳市水质、水环境进行综合治理，其中的一部分世界银行贷款的投资项目就是准备采用代建制。

正好在这个时间点，深圳市打算修建深盐第二通道。为什么要在这个时候启动这项工程呢？这与广大市民的呼声密切相关。1997年1月10日起，梧桐山隧道公司改由深圳盐田港集团和香港达佳集团合资经营，双方各占50%股权。随着经济发展，深圳东部西部一体化的呼声越来越强烈，但是梧桐山隧道收费站成为深圳东部交通的一大瓶颈，每天上下班高峰期，深圳东部道路都不堪重负，塞车长龙长达数千米似乎已成“惯例”。

从1996年始，深圳市就有人大代表提出，取消梧桐山隧道收费，以缓解东部交通压力。2002年3月，在深圳市三届人大三次会议上，250多名人大代表要求撤销包括梧桐山隧道在内的市内公路的全部收费站点，成为当年人大的“第一号议案”。然而，就在深圳市政府一心想收回咽喉要道、取消隧道收费时，却遭遇了未曾想象的尴尬局面。在经历了7次谈判之后，合资企业一次性叫价10个亿。最后，深圳市政府痛下决心，修建深盐第二通道，全线免费。

以什么方式修建？深圳市政府选择的就是代建制。按照规划设计，该项目位于深圳市区东部，连接罗湖区和盐田区，与盐坝高速公路对接，是深圳市至惠州第二快速通道的一部分。项目线路全长11.38千米，双向6车道，设计行车速度80千米/小时，路基宽度27米，桥3座，主线桥长8.8千米，匝道桥长5.1千米，隧道7座。全线新建互通式立交群2处，隧道管理所1处，养护工区1处，全线设有完善的安全及管理设施。项目总投资概算为16.9亿元，总工期为22个月。

从管理模式上来看，代建制有三种模式，一是由政府成立专门的代建管理机构，负责项目的代建工作；二是由政府相关部门直接委托项目管理公司实行项目代建；第三种方式就是由政府有关部门通过招标方式择优选择代建单位。深盐二通道就是采用的招标方式，为了拿下这单业务，天健集团做足了前期功课。

深盐二通道项目90%以上为桥隧工程，穿越梧桐山风景区，技术难度大，质量、安全、进度和环保的要求极高，当时有8家单位参与投标角逐，竞争激烈。

经过统筹考虑，2004年11月，天健集团决定以下属的投资公司为主拓展深盐二通道，集团总经理姜永贵挂帅，全体专业技术人员参与，深圳市市政工程总公司派出精兵强将，共同构成投标小组。经过缜密分析，他们决定兵分两路，一路编写高质量的投标文件；另一路广泛收集信息，做到知己知彼，有的放矢。投标小组内部明确分工，对内对外各环节都有专人负责，每个计划和步骤严格服从整体安排。各项工作推进有条不紊，集团总部调动技术、财务等内部资源，随时提供有效支援。

怀着不达目标誓不罢休的决心和信心，投标小组从领导到每一位员工，都投入了大量心血，构筑了一个特别具有战斗力的投标团队，并根据项目推进时间表，布置了周详的投标计划。

为了做好投标前的技术准备，天健集团组织全员学习代建制理论，摒弃施工管理条框，更新项目管理理念，构建完善知识体系；拜访项目设计单位，邀请专业设计人员分析工程重点难点；邀请著名桥隧专家和项目管理专家讲解桥隧技术难题和大型项目管理要点；走访项目主要关联单位梧桐山风景区管理处，充分听取环境保护、水土保持方面的意见和建议；邀请行政管理专家作代建制专题讲座，准确把握委托代建管理的实质和内涵；积极收集各类政府基建管理程序资料，为标书编写提供充分依据等。

几乎与此同时，公司招标小组认真分析招标文件和评分规则，有针对性地编写投标文件，突出自身优势。标书编写分为技术方案组、人员架构组及综合资料组，分别组成专门班子，从代建管理体系、建设实施方案、机构设置、人员配置、企业综合素质等方面对标书做出一一对应的投标响应。

2005年1月，评标结果公布：天健集团的技术标在所有竞标单位中定位最准确、准备最充分、描述最全面，得到了评标专家小组的高度评价，以93.19分名列第一，比第二名67.93分高出25.26分，将其他对手远远抛在身后。商务标完全实现预期效果，做到政府和企业各方满意。两项合一，天健集团公司以绝对优势成为第一中标候选人。

2005年4月，深圳市交通局与天健集团举行签订《委托代建管理合同》，确定天健集团承接东部沿海高速公路莲塘至盐田段（深盐二通道）项目代建管理。委托代建管理范围是自本项目施工图勘察设计后续管理，直至项目竣工验收结束的整个期间内所有的建设管理工作，但是不包括：项目设计委托及评审、征地拆迁工作、组织交（竣）工验收、营运管理、接收管养以及属于政府相关部门之间组织、协调、审批职责范围内的工作。

这是一项重大的民生项目，在天健集团收到中标通知书的第二天，深圳市政府就举行了隆重的开工典礼。为了保证这一项目科学规范运作，天健集团领导在当年的年终总结大会上明确表示：深盐二通道项目运作的重大事项和环节，必须经集团领导班子集体研究决定。无论任何人出现违法行为，一要免职，二要除名。全集团要高度重视这一重大项目，对政府负责、对社会负责、举全集团之力，搞好项目的管理和运作，要通过该项目达到社会效应、经济效益和辐射效应，树立天健集团优质品牌和良好的社会形象。

天健集团高层有一个共识，代建管理与施工管理相比，有着更高要求和更为丰富的内涵，管理单位必须承担更为广泛、更为全面的管理责任，在工期、质量、招投标、安全、现场管理、合同资料、水土保持、环境保护以及内部控制等各个环节，都要制定明确的建设目标和落实措施，代建协调工作也比一般施工管理的面更广、更为复杂，深盐二通道项目涉及的政府部门和单位达28个，构成一个庞杂体系。为了加强对深盐二通道代建制项目管理，确保项目优质高效完成，2005年3月，公司成立了项目领导小组，负责项目重大问题决策、工作监督和指导，该小组下设管理小组和监察小组。

深盐二通道是天健集团实施代建的“头啖汤”，使公司市政、投资和房地产三大主业从构想成为了现实，也标志着天健集团由此进入建筑领域高端市场。更重要的是公司结合20多年的建筑领域从业经验，通过对这个项目的管理，逐步形成一整套代建管理模式，从一开始就高度重视项目管理标准化和规范化建设，建立起了一套标准化运行模式。各管理层都编制相应的管理规程，尤其是代建管理的一线单位——项目管理处，编著了50万字《工程管理手册》，代建管理涉及的设计管理、招投标管理、工程管理、造价管理、财务管理、廉政建设等各个领域，均建立了标准化管理框架和工作流程。所有工作均纳入规范操作框架。2014年1月，由深圳市交委建设中心组织的深圳市东部沿海高速公路莲塘至盐田段竣工验收顺利通过深盐二通道项目竣工验收，项目建设管理综合得分93.2，项目成果和代建管理，均受到竣工验收方与会领导、专家的高度认可。

三、80多个政府代建项目

通过一段时间的实际运行，天健集团对代建制有了更加深刻的认识。天健集团总部与各下属公司纷纷加大对代建项目信息的搜集，并通过多方接触，代建项目也逐步增多。

2005年9月，深圳市政安装公司通过参与公开竞标，取得深圳市罗湖区体育训练综合服务楼的代建管理权，这是深圳市首例公开竞标的房屋建筑工程代建项目，此举标志着天健集团在激烈的代建市场竞争中，又迈出了新的步伐。该工程招标单位是深圳市罗湖区发展计划局，计划总投资为2212万元，用地面积1711平方米，总建筑面积6000平方米。

2007年8月，深圳市市政工程总公司中标深圳市坂雪岗大道（南段）工程代建管理。该项目起于坂田街道吉华路，北接坂雪岗大道北段，南至南坪快速路。线路大致呈南北走向，全长3.109千米，设计车速50千米/小时，红线宽60米，为双向六车道的Ⅰ级主干道。总投资约3.5亿元，由市政府投资，市公路局建设管理，全线分为3个施工标段。这是深圳市市政工程总公司通过市场拓展获得的首个代建项目。2009年6月，坂雪岗大道建成提前通车。

2007年10月，深圳市市政工程总公司又中标布龙路（S360核龙线）城市化公路改造工程代建单位招标的代建资格，该项目总投资约10亿元。项目线路起于布龙路与清平高速交叉的龙景立交，经坂田和民治、龙华、大浪等街道，终点连接龙大高速公路市政段，全长9.067千米。线路定位为城市级主干道，主线双向八车道，设计速度为60千米/小时；部分路段设辅道双向四车道（每侧各两车道），设计速度为40千米/小时。

随着代建制的逐步推广，天健集团通过密切联系政府、搜集信息来源、拓展代建渠道，把这一块作为服务政府、拓展民生工程、增加企业效益的重要抓手。从2006年到2020年期间，全公司共承接了大大小小的80余项代建项目。总中标概算为473.63亿元，其中罗湖“二线插花地”棚户区改造项目标的最高，为150亿元。总中标代建费为13.308亿元，罗湖棚改项目中标金额9亿元。

从代建主体来看，有7个主体承接代建业务，分别为天健集团、深圳市市政工程总公司、天健地产集团、粤通建设公司、天健投资公司、坪山建设公司和天健棚改公司。从代建委托方来看，市级政府职能部门有深圳市交通局、深圳市公路局；与区级职能部门，如罗湖区住房和建设局、福田区城市管理和综合执法局、福田区教育局、坪山区建筑工务局、宝安区住宅局等。从签订合同的时间来看，在2015年之前的代建项目仅有8项，分别是深盐二通道、坂雪岗大道、布龙路、西乡保障性住房、融悦山居、S358惠庙线公明至黄江段公路、莱宝高科光明新区工业厂房及安徽省宣城市第三水厂。另外70多个代建项目，都是在2015年之后承接并开工建设的。

有两个项目比较特殊，委托主体不是政府部门，而是企业，天健集团首次把代建制概念引入到了企业投资的建设领域，多渠道渗透，将代建这块“蛋糕”做大。

项目之一是莱宝高科光明新区工业厂房。2006年8月，天健投资公司与莱宝高科签订彩色滤光片厂区工程代建合同。该项目位于深圳公明镇高新园区，总建筑面积525520平方米，天健投资公司作为项目代建人，承担自工程招标管理直至项目竣工验收结束的整个期间内的建设管理工作。

项目之二是深圳市平湖金融与现代服务业基地配套启动区一期保障房项目，即后来改名的融悦山居。该项目的委托主体是深圳市特区建设发展集团有限公司，该公司与天健集团一样，同属于深圳市国资委旗下的一级企业。

2014年4月，以天健深圳地产公司主导，联合深圳市市政工程总公司、深圳市长勘勘察设计有限公司、深圳市建筑设计研究总院有限公司组成的联合体中标。项目位于深圳市龙岗区平湖街道中环大道与惠华路交汇处，4宗用地组成，建设用地面积约6.2万平方米，总建设规模约37万平方米。作为保障房住宅区，包含15.73万平方米安居型商品房、10.1万平方米公租房、3.405万平方米商业及社区配套等，中标金额15.48亿元。2014年6月30日，深圳市市长许勤在该项目主持了7个保障房项目集中开工仪式，市委书记王荣宣布项目开工。

还有唯一一个在外地代建的项目是安徽省宣城市第三水厂项目，当时天健集团与深圳市水务集团合资成立深圳市水务投资公司，这个代建项目的规模是5万立方米/日，工程概算为8620万元，代建费是280万元，2007年5月动工，2009年6月项目竣工。

第十三章
工程创优铸就品牌

第一节　拿到全国首批特级资质

建筑企业施工资质是技术能力、企业信誉、人员状况、管理水平等方面的重要综合指标，资质作为参与竞标活动的门槛，只有拥有它，才能在其允许的行业、范围内从事相关建筑施工活动。建筑资质等级的高低、类别直接关系到企业的竞争力和对外品牌优势，如果资质被降级，企业也将面临生存危机。

天健集团最早获得的施工资质是1986年6月由广东省建设委员会颁发的粤建企证字第9107号等级证书，在这份证书中规定了深圳市市政工程公司为市政工程一级资质，主营范围市政工程，同时兼营12层以下房屋建筑。

1999年，天健集团上市前后，公司根据当时的形势提出的发展思路是“立足深圳，面向全国，走向海外”。但要做到这一目标，资质是“硬杠杠”，没有资质就拿不到参与招投标的入场券。

2001年，中国正式加入WTO，标志着中国的产业对外开放进入了一个全新的阶段，为了全面履行加入WTO的承诺，包括建筑业在内的许多产业对外放开。为了进一步对建筑行业进行规范，2001年4月，建设部发布了《建筑业企业资质管理规定》（建〔2001〕82号），成为申报资质的蓝本和依据。

为了严格建筑市场准入管理，防止企业资质申报中弄虚作假，建设部专门颁发了《对工程勘察、设计、施工、监理和招标代理企业资质申报中弄虚作假行为的处理办法》，该办法指出，企业申报资质，必须按照规定如实提供有关申报材料，凡有与其实际情况不符的，可以认定为弄虚作假行为。对弄虚作假行为的处理，提出了三条意见：一是对在申报资质换证（就位）、升级中弄虚作假的企业，不批准其申报该类别资质换证（就位）或升级，并在两年内不受理其该类别资质申报；二是弄虚作假情节严重的，定为年检不合格，并按照有关规定处理；三是新设立企业申报资质弄虚作假的，不批准其资质，并在两年内不受理其资质申报。

在2000年前后，天健集团拥有了市政、房建、公路相关资质，这在一定程度上能够满足公司对外拓展市场的需要。2001年，建设部首次评选施工特级资质，这其中包括市政公用工程总承包特级资质，这次申报对于天健集团是一次重大机遇与挑战，这是对公司实力、业绩、设备、人才等因素的一次综合考验。

在客观上，天健集团已经在1999年成为了公众上市企业，施工业务成绩斐然。1999年，公司在深圳施工方面的营业收入为9.87亿元，同年深圳市建筑业总产值为120.45亿元，在强手如林的深圳建筑市场，公司业务占整个深圳市场的8.19%，这是不凡的业绩。值得可圈可点的是，除了深圳市场之外，天健集团还在香港、上海、广州、杭州等很多城市有施工业务。与同在深圳竞争的“中”字头央企相比，天健集团确实有差距，但是在深圳市属国企中，公司是无可争议的第一梯队，在全省的市政企业中，深圳市市政工程总公司也是排名首位的。

长期以来对于工程质量的重视也成为天健集团顺利晋级特级资质的一个砝码，公司秉承“铸名牌精品工程，树天健企业形象”的指导思想，开展了系列的工程创优工作。为了积极鼓励下属单位争创优质样板工程，公司制定《质量安全奖罚标准及管理办法》《关于鼓励下属单位积极争创优质样板工程的规定》，以文件的形式明确规定，对优良工程和优质样板工程给予奖励和补贴：

凡是获得优良工程的单位，公司按照该工程造价的0.6‰进行奖励；获得市优质样板工程的单位，公司按该工程造价的2.5‰进行奖励和2‰进行补贴；获得鲁班奖或金杯奖的单位，再按工程造价的4‰进行奖励和6‰进行补贴。

公司从1991年滨河路工程获得全国市政优质工程起，一直本着“干一项工程，树一个牌子，交一方朋友，立一块丰碑”的理念，让品牌的力量口口相传，到2001年，市政工程先后获得了80多项市优、省优和国家金杯奖，在房建领域还获得鲁班奖，这是获评特级资质不可或缺的条件。

当然，深圳市建设局和深圳市建设集团的支持非常重要。2001年，深圳市建设局组成考察组到全国调研建筑施工行业的时候，专程来到天健集团在浙江的甬台温高速公路、杭州下沙大桥工地的施工现场观摩考察，他们对天健集团的施工管理、工程质量非常满意，当时就指出，深圳市市政工程总公司作为极少能够走出深圳的施工企业，是深圳国企的骄傲，在资质申报中，不能满足于仅仅申报一级资质，而应该向市政特级资质看齐。在后来具体申报的环节，深圳市建设局领导给予了大力指导，还安排工作人员前往建设部、省建设厅力荐。

2002年6月，从建设部传来捷报，深圳市市政工程总公司申报的市政公用工程施工总承包特级资质获得批准。在这一轮的全国资质申报中，全国共有3822家企业获得一级资质，广东省占360家，约为全国一级资质的9%，深圳为83家，约占广东省的四分之一。全国申报特级资质130家，获得批准99家，广东省有4家，深圳市市政工程总公司的市政特级资质的获得是深圳市唯一一家。

在首次特级资质申报中，被批准为市政公用工程施工总承包特级资质的企业屈指可数，在地方企业中，仅北京市政、上海隧道和天健集团入围。

2002年8月1日，深圳市建设局借天健集团会议室举行全市建筑业特级资质、一级资质证书颁发仪式，全市有83家企业领取了资质证书，天健集团负责人作为代表在会上发言。这次天健集团除了收获了市政公用工程施工总承包特级资质之外，还通过了房屋建筑总承包一级资质。茂华公司取得建筑装饰施工一级资质，安装公司、新力源公司、百利年公司、运输公司也取得了相应的资质，为公司进一步拓展工程业务奠定了基础。天健检测公司顺利通过了省技术监督局CMA计量认证，为公司今后的工程投标增添了新的检测资质。2004年，深圳市市政工程总公司又获得了国家公路施工总承包一级资质证书。2006年6月，茂华装饰公司幕墙施工一级资质获得通过。至此，深圳市市政工程总公司取得8个一级以上的资质，成为深圳乃至全国资质范围最广的施工企业之一。

2007年3月，建设部推出了新版《施工总承包企业特级资质标准》，对2001年版本的施工总承包特级资质进行了修订，对特级资质企业从产值、利润、技术、人才、信息化建设等方面，提出了新的更高要求。一个显著的变化是，要求特级资质企业成为技术含量高、融资能力强、管理水平高的龙头企业，促进建筑业企业向工程总承包发展。按照这个新的要求，原有特级资质在期满之后自动失效。

新的资质标准增加了许多硬性指标，如产值、技术、人才等，深圳市市政工程总公司离这些要求有明显的差距，需要改进的地方太多，有些内容则难度太大。是否有必要保住市政公用总承包特级资质？当时在天健集团内部也有不同的声音，确实有人认为时间紧，难度大，又恰逢公司改制，特级资质用处不大。

天健集团领导力排“特级资质无用论”，确定“保特级资质”为2011年集团必须完成的大事，从战略高度使深圳市市政工程总公司领导班子坚定决心和信念，从集团层面统一了思想和认识，同时利用全集团资源来共同完成深圳市市政工程总公司的特级资质重新申报工作。

2010年6月，天健集团成立了深圳市市政工程总公司特级资质就位工作办公室和信息化实施小组，并制定出台了《特级资质就位工作计划和实施方案》《信息化建设工作计划和实施方案》。工作小组成立后，立即认真解读相关政策文件，对照新特级资质标准指标，逐块、逐项地与公司的情况一一对比，对一些没有达到新特级资质标准要求的硬性指标作重点突破，划分责任并落实到部门，落实到具体人。公司领导亲自带队逐项解决了专利、国家级工法、省部级技术中心、国家或行业标准等比较难以解决的硬性指标。

新特级资质标准要求申报企业具有省部级（或相当于省部级水平）及以上的企业技术中心，天健集团一直以来比较重视技术创新。1988年组建科研室，1994年成立科研所，1997年成立企业科技进步委员会，切实提高公司生产的科技含量，解决生产中的实际问题。但是技术中心要达到省部级以上认可，这是一个必备的硬性条件，技术中心的认定工作也因此成为公司特级资质重新就位的头等大事。公司领导与广东省技术主管部门进行多次接洽，广东省经济和信息化委员会向天健集团出具了“粤经信创新函〔2010〕2864号”文件的回函。

深圳市市政工程总公司领导综合分析各方咨询和沟通的结果后，确定深圳市五委局认定的企业技术中心符合建设部的要求，因此按规定向深圳市科技工贸和信息化委员会申请企业技术中心，并按深圳市科技工贸和信息化委员会技术中心认定的要求，着手做相关申请准备工作，如科研经费投入的审计报告、购置仪器设备以及办公场所的装修等。经多方的耐心解释和沟通，深圳市市政工程总公司技术中心最终于2011年5月23日获得授牌，由深圳市科技工贸和信息化委员会、深圳市发展和改革委员会、深圳市财政委员会、深圳市国家税务局、深圳市地方税务局5家单位联合发文。在当时，深圳市市政工程总公司技术中心成为深圳市唯一一家施工企业的技术中心。

信息化是资质就位工作的重点和难点，天健集团虽然起步较晚，但由于投入充分、人员到位，进展十分迅速，高峰时期近200人同时参与70多个项目的信息化建设，最终于2011年9月初按照新特级资质标准完成了建设目标。

主编工程建设国家标准或行业标准，并要求正式出版，这是特级资质重新就位的必备条件之一，当时天健集团尚缺少此项条件。为争取标准主编权，此前深圳市市政工程总公司做了大量工作。2010年4月，全国工程建设标准编制工作会议召开，全国共立项新编及修订工程建设标准106项，行业标准82项。天健集团一举拿到了两项标准的主编权，分别是《气泡混合轻质土填筑工程技术规程》和修订《路面稀浆罩面技术规程》，这两项标准都是经过住房和城乡建设部立项，由天健集团技术团队主导完成。

申报材料的编写也是难点，本次资质就位共编写申报材料5卷13册， 200余万字。此外，新特级资质标准要求的资信能力、发明专利、国家级工法、行业标准等多项关键指标和重点难点，也先后被一一攻克。

2012年2月13日，深圳市市政工程总公司市政承包特级资质重新就位工作获得住建部审查通过。深圳市市政工程总公司继续保持为全国仅有的8家市政公用工程施工总承包特级资质企业之一，华南地区独此一家。

第二节　进入深圳地铁建设市场

为了确保城市发展的可持续性，各大城市不约而同地开始大力建设地铁。

其实，地铁作为交通工具已经有150多年的历史了。世界上第一条地铁诞生于英国，1853年开始建造，1863年才正式运营。我国的第一条地铁始建于1961年，1969年修建完成。

深圳地铁的筹备工作起于1988年，深圳首次提出建设轨道交通线路。根据当时的规划，该轻轨线路起于罗湖，终于机场，全场39千米，与现今的深圳地铁一号线走向基本一致。期间该方案反复修改，三次上报国家审批，至1998年才正式获批。1998年7月，深圳地铁公司挂牌成立，由此拉开深圳轨道交通建设的序幕。

1998年，被誉为“跨世纪工程”的深圳地铁一期工程启动，首批工程项目开始招标。国内各建筑施工强手跃跃欲试，铁道部隧道局、上海隧道公司、上海市基础公司、北京市政工程总公司早早就做足了准备，家家专业水平高，技术实力雄厚。因为大家都非常清楚，这是一场“世纪”角逐，谁有能力拔头筹，谁就能在未来的深圳地铁建设中赢得一席之地。

深圳市市政工程总公司在这场激烈的竞争中脱颖而出，一举投中深圳地铁水晶岛站，即现在的市民中心站主体工程项目。该工程于1998年12月28日破土动工，标志着深圳地铁一期工程正式启动。但实际修建的一期工程，交付使用则等了足足六年时间。深圳是继北京、天津、上海、广州之后，国内第5个开通地铁的城市。

为什么深圳市市政工程总公司能够拿到这个具有特殊意义的项目呢？这中间天健集团的研发机构功不可没，公司在加强施工建设与管理的同时，也在不断加大科技投入，以提高市场竞争力。从1994年就成立了深圳市建筑行业首家科研所，针对公司生产实际，致力于推广应用新技术、新工艺、新材料、新设备，拓展施工领域，解决施工难题，提高施工质量。1997年，公司成立科技进步委员会，每年按照总产值的2‰提取科研经费。

不得不提的是，深圳市市政工程总公司在长期的施工实践中掌握了浅埋暗挖技术。1994—1998年，公司负责南山区高科技工业开发区“七通一平”工程中，熟练掌握并运用浅埋暗挖施工技术，为公司后期承接地铁工程奠定了技术基础。当时，浅埋暗挖法在深圳几乎是一片空白。

深南—科苑立交位于深南大道与原正大康路交接处，是横穿深南大道、连接正大康路与科苑路的隧道。隧道总长为76米，为四孔通道。该工程的特点是横跨大，单孔跨度最大为12.44米，最大开挖面宽为46.6米，最浅埋深仅0.83米。隧道上部深南大道车流量大，车流负荷载大，且分布不均匀，对施工有一定影响。

该立交原设计为明挖法平顶板框果式结构，深圳市市政工程总公司经现场对科苑立交所处地形、地质、水文等条件详细调查后，大胆地提出修改原设计的设想，并最终说服原设计单位与市政府相关职能部门，采用短进尺、快循环，能尽快发挥结构承载力的浅埋暗挖施工方法。在施工过程中结合实际，大胆采用了国内少见的全断面开挖法和挂模湿喷混凝土的施工工艺，保证了混凝土的施工质量，减少了深南大道的路面沉降，确保了工程质量与安全。所以说天健集团没有深南—科苑立交浅埋暗挖法的成功，日后就没有承担深圳地铁建设的资格。

说到地铁施工，就不得不提到盾构施工。早在1997年，天健集团就开始着手盾构施工技术攻关，并进行了大量的人才储备。深圳市市政工程总公司建立了两大人才体系：一是由2名博士后、6名博士及50多名研究人员组成的高素质科研队伍，形成了从常规试验到创新技术、高端施工技术开发的完整科研体系；二是由60多名高级工程师、40多名具备注册造价工程师等各类执业资格人员、各级项目经理80人及800多名技术过硬的施工人员组成的施工管理队伍，形成了一个专业齐全、层次丰富的人才储备库。公司为了给引进来的博士、硕士们增加实战经验，专门派他们到别的单位或项目上学习与培训。

深圳地铁在刚刚列入市政府规划的时候，天健集团市政工程研究所的技术人员就开始研究地铁施工关键技术，完成了深圳地铁施工工艺及关键技术研究等多项课题，并编撰了100多万字的《地铁施工技术》。

1999年12月，经过国家人事部专业技术人员管理司同意，深圳企业博士后工作站天健集团分站批准设立。次年3月，天健集团企业博士后工作站分站挂牌仪式在市政大厦举行，这是天健集团发展历程中一个重要时刻。除了从中央到地方的各级政府代表之外，5位中国工程院院士刘宝琛、陈肇元、项海帆、周镜和冯叔瑜以及来自清华大学、同济大学、铁道部科学研究院、长沙铁道学院的专家出席了挂牌仪式。天健集团博士后工作站是国内第二家、广东省第一家建筑企业博士后工作站，引起了新闻媒体的广泛关注，中央电视台还播放了这则新闻。借此契机，天健集团特别聘请刘宝琛、项海帆、陈志源、吴初航等业界权威为公司科技高级顾问。2009年5月，公司聘请中国工程院院士葛修润为地铁建设高级技术顾问。

博士后工作站的主要任务就是通过引进博士后高级人才，解决天健集团承担的深圳地铁等重大工程的技术难题，为公司的可持续发展奠定基础。毕业于河海大学的高俊合博士成为了天健集团第一位博士后，2003年1月，天健集团博士后工作站首个研究课题《大轴力桩基托换技术》通过专家评审。此后，博士后张海波、葛折圣、龙桂华、刘涛、周倩、李嘉围绕天健集团发展技术及战略开展深入研究，其中复杂地质条件下盾构施工技术总结及对桥梁桩基影响和控制的研究、地质雷达隧道超前预报分析方法技术研究，对于天健集团开展地铁隧道施工，起到了非常重要的作用。

地铁盾构施工法是从国外引进的一项高新技术。为了掌握该技术，确保工程质量，天健集团还与具有丰富盾构经验的上海市基础公司建立了长期合作关系，选派相关技术管理人员前去学习。此外，地铁工程不可避免要穿过地上建筑的桩基，当时国内单桩轴力为600吨，天健集团还与中国铁科院联合攻克最大轴力为1500吨以上的托换技术，为深圳地铁建设提供了强有力的技术支撑。

为了成为有实力有特色的地铁建设综合服务商，2008年7月，天健集团成立了专业子公司——深圳市隧道工程有限公司，统筹集团范围内的地铁业务，实行专业管理和专项经营。为了与该公司配套，2009年4月，天健集团投资2000万元的地铁管片预制厂投产。

花巨资采购特种工程机械重器，天健集团是深圳市属国有企业中第一个进入盾构领域的，为深圳市属国企参与深圳轨道交通建设打响了“头炮”。2008年3月，天健集团投入1.5亿元采购了两台复合式土压平衡盾构机及后配套设备。本次合同供货商是北方重工沈阳重型机械集团、NFM技术公司（德国维尔特集团的控股企业）。这是天健集团首次采购盾构机，也是公司发展历史上单笔采购金额最大的设备。

天健集团要实现打造地铁建设综合服务商的发展目标，其实机遇与风险并存，其风险主要表现在施工中的风险和能否连续承接工程项目的风险。深圳的地铁市场“蛋糕”诱人，中央企业及北京、上海、广州等地的各大建设施工企业，纷纷瞄准这一市场。深圳市市政工程总公司提出向轨道交通业务发展的设想后，立即得到深圳市政府及上级主管单位的重视和支持，深圳市国资委很快批复了购买盾构机的申请，深圳市建设局和深圳地铁公司也给予了大力支持。

天健集团员工给两台盾构机起了一个形象的名字："深圳Ⅰ号""深圳Ⅱ号"，其由刀盘及驱动单元、前盾、中盾、尾盾、1号连接桥、2号连接桥及5个后续台车组成，全长82.5米，总重450吨，其中盾构机主机长9.66米，重330吨。

2008年1月，深圳市市政工程总公司中标了深圳地铁2号线东延线工程土建2222标段，包括3个盾构区间，实现了天健人10多年以来进入地铁盾构市场的梦想，这个项目工期紧、任务重，其中盾构施工工期是整个标段工期的关键所在。3月26日，深圳地铁2号线东延线工程土建2222标段举行开工典礼，拉开了深圳地铁2号线东延线施工建设的帷幕。

次年3月，"深圳Ⅰ号"盾构机从辽宁省营口港起锚海运，经过了几天的海上航行，3月21日抵达深圳蛇口港，当天就从港口运抵达安托山工地。6月1日，"深圳Ⅰ号"盾构始发，深圳市属国企首次挺进地铁施工高端市场。2009年7月15日，"深圳Ⅱ号"盾构机进场。

在早期，天健集团先后承担了深圳地铁一期第一标的水晶岛站和最后一标的竹子林车辆段建设。在深圳地铁二期建设中，承接了主要包括2号线东延线2222标段，3号线3105A合同，4号线EW401、406、407等合同工程。此外，还承建了MTR516合同香港新机场地铁东涌站及隧道延伸段工程、MTR602合同香港地铁将军澳支线调景岭站土建工程、广州地铁八号线新港东站等市外地铁项目。其中，在香港、广州的项目都是深圳市市政工程总公司首次在深圳以外的两个城市承接的项目。由此在香港、广州树立起了深圳市政的旗帜，为日后打开外地建筑市场奠定了基础。

第三节　三获鲁班奖

深圳市政工程公司是一家建筑施工企业，但并不是所有的建筑都能够承接，它早期以市政工程为主，而房屋建筑就是其短板。早在部队还没有集体转业前，302团三营八连在1980年前后承接过位于武汉的贸易信托大楼建筑工程等民用建筑项目。来深圳初期，也有所涉猎，如建设市政大厦与市政大院，这些自有物业都是自己的施工队根据图纸建造起来的。

市政工程公司自从1988年取得房地产开发执照之后，公司逐步涉猎房屋建筑，如1989年兴建了香蜜新村、1993年兴建了香蜜二村、1994年兴建了景田综合市场，基本都是12层以下的建筑。公司自己的开发项目都是由自己的施工队伍来组织施工建设。在很长的一段时间内，天健公司在房地产开发领域并没有取得较大的突破与进展，因此房建施工队伍也并没有得到很大的锻炼与提升。

之所以大家对房建兴趣不大，一个原因是那时相对于房建，市政工程的利润要高一些，而且房建要涉及高空作业，危险系数高。当然，还有更为重要的原因是拿不到高层建筑的资质，当时深圳房建市场的半壁江山，已经被中国建筑公司、江苏华建建筑公司、四川华西建筑公司等囊括了，公司很难再在竞争白热化的房建市场上分到一杯羹。

1993年，香蜜三村房地产项目开发。天健公司虽然为香蜜三村的开发商，该项目的工程量不大，但是施工工艺要求高，有部分是30多层的高层住宅，超过了公司能够承接的建筑高度。公司经过向上级主管部门反复沟通与请示，最后市政府同意由市政第三分公司来承建。能不能按期完成？能不能打响这一炮？这对于三分公司，乃至于天健公司来说，至关重要。第三分公司负责人立下军令状，最后，克服了重重困难，硬是把香蜜三村高层做成全公司质量、安全、文明施工的一个“窗口”。该项目建设的突出成绩，曾经被中央电视台《新闻30分》栏目报道。项目还接待了67家单位的1500余人的参观，包括建设部领导和全国的安监站站长代表前来参观观摩，为公司赢得了荣誉。全国政协副秘书长、著名书法家孙轶青参观了香蜜三村施工过程后，欣然题写“业精于勤”予以勉励，天健集团为此重奖第三分公司36.8万元。

天健公司在通过对自有物业的建筑施工中清醒地认识到一点，那就是在公司的业务范围之内，除了市政工程外，必须抓住房屋建筑这个施工领域。

1998年12月，第三分公司更名为深圳市市政工程总公司建筑工程公司，专营建筑业务，第二分公司更名为深圳市市政工程总公司基础公司，主要经营工程基坑等前期基础工作，后来也以房建业务为主。2010年1月，基础公司与建筑公司合并为房建公司。

1995年2月，天健公司承接了位于景田片区的山姆易初会员商店地基工程合同，造价为420万元，因为合作顺利，甲方非常满意，随即把造价450万元的二工期工程仍交由天健公司来承建。这是天健公司在深圳承揽的第一个外商投资房建项目。

第三分公司先后承建了一系列的工程，如福田区妇幼保健医院、经理大厦、华英电子厂、福田书城、南山书城、软件大厦、宽带网络大厦、黄金大厦和宝安实验学校等，但是有影响力的工程不多。在确定了要力争房建市场之后，公司明确了主业范围，采取了很多举措狠抓工程质量。

工程竣工实绩就是天健公司拓展房建市场最直接的明证。从完成房屋竣工面积来看，1990年竣工53026平方米，到1997年竣工154043平方米。1997年之后，公司的房建业务有了质的飞跃。

随着建筑市场竞争日益激烈，要想站稳脚跟，必须抓管理、抓质量，以优质促发展。高层建筑施工，要求技术高，管理严，质量好，才能有所作为。于是，大家不约而同地想到了通过工程创优来树立企业品牌。

建筑工程最高的荣誉就是鲁班奖，鲁班奖是如何产生的呢？1987年4月，中国建筑业联合会，即中国建筑业协会前身，以〔87〕建联字第16号文发布《关于设立建筑工程鲁班奖的决定》，1996年9月，建筑工程鲁班奖与国家优质工程奖合并，称中国建筑工程鲁班奖（国家优质工程）。

1996年2月，深圳市市政工程总公司承接了位于深南大道4009号的“国资大厦”（后更名为投资大厦），该工程是深圳市政府重点工程，也是公司跻身高层房建市场之后对外承接的首项大型高层建筑，有着不同寻常的意义。该工程是集办公、公寓、商业为一体的多功能现代高层建筑，总建筑面积65559平方米。地下室三层，主楼25层，建筑高度87.5米，建筑总高98.5米。工程一开始，公司就成立了由主要领导负责的鲁班奖创优小组，按照鲁班奖的要求制定了创优方案，并制定出具体的工作计划和实施细则，精心组织，精心施工，投入充足的人力、物力和技术力量，并且在施工中全面推行ISO9000质量体系。这个工程虽然最后与鲁班奖失之交臂，但是公司团队从中得到了锻炼，积累了经验。1997年10月，在投资大厦竣工仪式上，深圳市市政工程总公司的工程质量、安全施工、文明施工得到了市领导的充分肯定。地下室工程提前24天完成，获得业主单位深圳市投资管理公司奖励24万元，主体工程提前5天封顶，业主单位给予60万元的奖励。

也是在1997年，天健集团承接深圳公路主枢纽管理控制中心工程，就有意于争创鲁班奖，弥补公司建筑工程的创优空白。

想创鲁班奖可不是一件容易的事情，全国每年竣工数万个工程项目，而每年能够评选中获奖的不超过100个，其难度之大可想而知。之所以选择这个项目，因为这个项目符合鲁班奖规定的条件。该工程位于深南大道竹子林地段，是深圳市交通运输管理控制的指挥中心，该项目建筑面积为49095.94平方米，地上25层，高度为140.6米，其中主楼顶高度100米，塔楼顶高度127.4米，避雷针尖高度140.6米，是创鲁班奖比较理想的工程。该工程外墙为干挂花岗石和玻璃幕墙，内墙采用高级装饰，在新工艺、新技术方面，都有体现，是评奖的绝好条件。

鲁班奖工程坚持高标准、严要求，优中选优的原则，每道工序都必须是精雕细刻。1997年12月，公司编制了《深圳公路主枢纽管理控制中心工程创鲁班奖的实施方案》，将该工程列入1998年度施工生产的重点工程，由总经理马恭元担任组长，抽调专业干部，落实专项资金，把各项工作落实到主管部门和责任人。由工程部负责施工过程控制，设备材料部负责施工材料控制，质安部负责工程质量控制与施工安全控制，工程部负责资料整理，ISO9000办公室负责贯标及QC活动，三公司负责现场协调，企业文化部负责工程彩照与工程施工录像带，最后由公司总部进行创奖总协调。

2001年12月，建设部下发文件公布获得2001年度中国建筑工程鲁班奖（国家优质工程奖）获奖工程名单，共有80个项目获得鲁班奖，由深圳市市政工程总公司承建，深圳西林实业股份有限公司、汕头市达濠建筑总公司深圳公司参建的深圳公路主枢纽管理控制中心获得鲁班奖。

第一次获得鲁班奖让天健人备受鼓舞。2008年11月，天健集团下属茂华装饰公司参与的北京首都国际机场三号航站楼、停车楼及交通中心工程，以优秀的施工设计及过硬的工程质量，联合其他16家单位作为参建单位拿下公司第二个鲁班奖。茂华装饰公司此次获奖鼓舞人心，对正在进行的改制工作增添了信心，同时为公司积累了国内机场装饰项目的工程经验，为进一步开拓机场装饰工程项目领域奠定了坚实基础，大大提高了茂华装饰公司的知名度。

说到荣获鲁班奖，由深圳市市政工程总公司于2009年3月承接施工的布吉污水处理厂主体及附属工程是一个不得不提的创优工程。该工程于2011年9月竣工，荣获建筑业最高荣誉的其中三项：鲁班奖、詹天佑奖和金杯奖。

这项工程有什么特别之处呢？该工程位于深圳市龙岗区布吉粤宝路西侧，占地面积5.95公顷，全部投资约6.23亿元，设计污水处理水质达到国家排放一级A标准。它是全国首座全埋地式、首次采用创新型双层沉淀池技术、日处理20万立方米的污水处理厂，是为改善布吉河、深圳河水环境，建设完善的污水处理系统而兴建，是造福百万居民的民生、民心工程。项目污水处理工艺采用改良A2/O活性泥处理工艺，SS的去除采用国内首创、先进高效的双层沉淀池，深度处理工艺采用投加PAC兼有辅助化学除磷功能的快速D型滤池，污泥处理采用机械浓缩脱水一体化工艺，消毒采用紫外线消毒工艺、除臭采用全密闭式分区生物除臭工艺。

作为全国首座全埋地式污水处理厂，布吉污水处理厂采用全地下式设计，上部设计为文体景观公园，从根本上超越了“境外调水与境内治污”的传统范畴，将城市污水处理厂作为城市的再生水厂，从构建循环经济的战略高度上真正将水的社会循环与自然循环有机统一，创造了我国城市建成区污水处理厂建造的崭新模式。

这个项目是一个绿色环保的民生工程，布吉人口众多，环保基础设施不完善，致使生活污水、生活垃圾等主要污染源没有得到有效处理而污染河流，使布吉河成为深圳污染最严重的河流之一。本污水处理厂事关布吉河、深圳河水质能否切实得到改善；项目建成后，使布吉周边居民有一个休闲娱乐的好去处，是最为关键的绿色环保民生民心工程。其次，该项目是最高标准污水厂，技术达到国际先进水平。全地下式污水处理厂，采用最为先进的技术，一次建设，一步到位，一次成优。国内首座创新型的双层沉淀池，大量采用异型墙体，结构极其复杂，施工技术达到国际先进水平。此外，该工程也是经济社会效益兼顾的典范。布吉污水处理厂采用全地下式设计，地下部分组团式结构进行节能优化布置，上部设计为文体公园，节约土地资源近4.3万平方米，节约土地成本近3.5亿元；高程系统采用节能设计，完全重力自流进水。地下构筑物间没有空隙，直接连接，减少水头损失；污水处理采用国际先进的改良A2/O活性泥处理工艺，节约了碳源投加量；调整式活性污泥工艺暂时不投放载体填料，各种水质指标的处理效果没有较明显的下降，可以节约使用载体填料约6000立方米，节省成本2000万。项目投入使用以来，运行良好，出水水质优于国家一级A排放标准。

布吉污水处理厂在技术上也不乏创新之举。该工程主体结构非常复杂，地下构筑物各个功能区域紧凑、场地狭窄、结构复杂，预处理构筑物闸门井、中格栅渠、细格栅渠、曝气沉砂池、出水渠、风机房结构特别复杂、异形墙体多，高程错综复杂、控制难度大。双层沉淀池分两层进水的配水墙、导流墙、集泥斗、割泥机之墩、每格沉淀池八字墙角、上层出水槽等工艺及设备要求高。其中双层沉淀池上、下层八字墙尺寸高程直接影响双层链板式刮泥机的安装及正常运行。在施工过程中，深圳市市政工程总公司采用了全国首创双层二沉池异型墙体施工技术，保证了混凝土结构的尺寸和位置，确保了12台链板式刮泥机在池腔中联动运行的安装精度，并统一进行模板设计，提高了材料的周转使用次数，降低了施工成本。

此外，施工团队还应用拉力型抗浮锚杆施工技术、地下结构物采用隔根防水层施工技术和大体积抗渗混凝土结构抗裂抗渗技术，凭借3项实用新型专利和2项广东省省级工法等多项优势，一举摘得2013年鲁班奖。

第四节　地震灾区的“60岁生日”

2008年5月12日，在四川汶川发生地震。根据中国地震局的数据，此次地震的面波震级里氏震级达8.0Ms、矩震级达8.3Mw，地震烈度达到11度，地震波共环绕地球6圈，波及大半个中国及亚洲多个国家和地区，北至辽宁，东至上海，南至香港、澳门及国外的泰国、越南，西至巴基斯坦均有震感。

“5・12”汶川地震严重破坏地区超过10万平方千米，其中，极重灾区共10个县（市），较重灾区共41个县（市），一般灾区共186个县（市）。这次地震造成了超过10万人的伤亡，是新中国成立以来破坏力最大的地震，也是唐山大地震后伤亡最严重的一次地震。

地震发生后，举世震惊。全国人民都在关心地震灾区的救灾，捐款捐物的激情一浪高过一浪，素有“志愿者之城”的深圳第一时间作出反应，首期承担灾区德阳什邡市1万套过渡安置房的建设任务，深圳市立即组织了前线援建指挥部和7家建设企业，除了天健集团之外，还有深圳市建业工程集团、深圳市金众集团、深圳市建设股份公司等6家单位。

深圳市市政工程总公司接到深圳市建设局的指令，立即组建抢险救灾突击队进川救灾。5月19日晚上，天健运输公司召开紧急会议，研究决定机械的具体数量和类型、队员的具体名单、机械操作手的分工等，甚至连修理工、炊事员都配齐了，并就准备工作做了具体的分工。

深圳市市政工程总公司总经理刘德树带队前往灾区，副总经理姜桂启担任现场总指挥，天健运输公司副经理谭楚良担任副总指挥，彭迎祥担任项目总工程师。迅速组织20名优秀机械手成立了抗震救灾突击队，这20名突击队员几乎全部由老基建工程兵组成，彭迎祥跟随深圳市建设局人员一起，作为第一批5月21日先行前往四川省什邡市灵杰镇，该镇地势平缓，施工作业条件比较好，火车可以直接到达什邡市。

刘德树、姜桂启、谭楚良和四川公司经理李健4人作为第二批人员5月22日到达，挖掘机、推土机、运渣车等机械设备9台及其他救援人员5月23日从深圳出发。出发之前，天健集团在天健工业区举行了简短的欢送仪式，突击队员们举手宣誓，决心发扬部队的光荣传统，排除万难，英勇奋战，为地震灾区重建家园贡献力量。

经过两天两夜的车程，机械设备及全体救灾人员在什邡会师。大家在前往灾区的路途中，见到的是满目疮痍，每个人心中无比痛惜。刚到什邡的时候，生活保障都是很大的问题，更别提开展救援工作了。除了姜桂启参加过1976年的唐山大地震救灾工作之外，其他成员都是第一次见到这样的场景，真的是触目惊心。当时大家被安排住在灵杰工业区的一个简易招待所里，招待所的墙壁受到地震破坏，满是一拳宽的裂缝，而且当时随时都会发生余震，大家的神经每天都高度紧绷。

根据深圳市建设局的安排，深圳市市政工程总公司的任务是在什邡市灵杰镇双丰村等4个地块，施工建筑面积20000平方米，平整土地后建设1000套标准过渡房。主要工作内容是平整场地、碾压、加铺30厘米砂石层、10厘米C20砼、配合板房安装、排水设施、水电设施、生活设施及配套设施等。

在项目驻地，等到由深圳市政府组织武警支队运送到灾区的活动板房到位后，天健集团救灾突击队就立即组织动员会，开始在灵杰工业区安装活动板房，由于时间紧急，大家把这项特殊的工程称呼为“三边工程”：边设计、边平整、边施工。

这项工程困难重重，一是施工条件的问题。由于天健集团负责的4个片区地形复杂，必须先做好场地平整之后才能施工，这4个片区中还有水稻田，还需要到附近河沟里拉石块进行回填。只能等到该区域平整符合施工条件后，才可以打上混凝土在上面建板房。二是施工材料问题。由于深圳距离什邡遥远，不可能从深圳采购材料，基本材料只能够在当地购买，当时灾区各种物资极度匮乏，眼巴巴等着要材料的企业太多了，水泥、瓷砖供不应求，几乎是每隔一天就是一个价格。三是卫生条件及饮用水问题。由于到处都是废墟，卫生环境不好，担心爆发瘟疫。大家每天都要花大量的时间进行消杀。工地上游储存化学液体的化工厂因受到地震影响，库房受损发生严重泄漏，当地的饮用水暂时无法使用。刚到的时候，大家喝矿泉水吃八宝粥，连吃方便面都找不到烧开水的地方。四是次生灾害危险不断。在施工过程中经常发生余震，每次发生余震大家都要立刻跑到空地避难，尤其是夜里经常睡不好觉。

大家克服重重困难，5月30日第一栋活动板房搭建完成。

有一次姜桂启从德阳出差回什邡的路上，车走在半路上突然间发生剧烈摇晃，起初还以为是山路崎岖，路面颠簸，后来回到什邡后听大家议论，才知道是6.5级的余震。

为了施工拉石块，大家经常要到附近河里采集石料，有一次采石过程中，突然听说上游下雨发洪水了，大家很警觉，立马组织人员和车队撤离，等到挖掘机撤离完毕，洪水就下来了，要是再晚一两分钟，就有可能连人带车被汹涌的洪水卷走了。

6月15日晚上，什邡灵杰工地上依然紧张忙碌着，谭楚良无意间发现当天是姜桂启60周岁的生日，谭楚良马上安排后勤人员到镇里买了一份生日蛋糕，提了几箱啤酒，晚上前线的同志们在工地饭堂里席地而坐，为姜桂启举办了一个简单、难忘的“战地生日”，第二天的市政府《前线快报》报道了这则感人的故事。

这次参加援建一共25名志愿者，除了2名年轻人之外，其余都是四五十岁的老同志。在施工过程中，不管是年轻的，还是年长的，大家抱着一个共同的目标，支援灾区建设，献出自己的一片爱心。人人任劳任怨，不分白天昼夜，提出的口号是：用深圳人民今天的汗水，换取灾区人民明天的温暖和幸福。

在建设过程中，参与救灾的三名员工彭迎祥、李国献、于学荣在地震灾区的工地上入了党。大家克服了生产、生活等方面的种种困难，在完成1000套活动板房的任务后，又主动申请增加了470套搭建任务。经过确认水、电、道路、消防等问题无误后，于8月下旬将1470套活动板房的钥匙，交到当地村长手上，村民非常感激，专门给天健突击队员送来了锦旗。

这批由深圳市政府援建什邡市的过渡安置房实际总数达到了10172套，建筑面积218514平方米，其中不但有8799套居住用房，还有公共建筑及辅助用房2599套，包括33所中小学、5所幼儿园、3所医院，还包括近10千米的小区道路、35.5千米地下排污管和42千米自来水管等多方面功能配套设备。

在援建活动结束后，什邡当地老百姓为了表达对包括天健集团在内的深圳建设单位的感激，专门写了一篇题为《援建记》的碑文刻在当地，全文如下：

> 古城什邡，物产丰富。戊子地震，屋宇多有倾颓。民者，国之根本，断不可流离无所！深圳四千余众，携手什邡父老，披星戴月，援建安置房于此。
>
> 地震无情，人间有爱。什邡父老当感九州共济之义，起而奋进，再图辉煌。

当救灾突击队在前方进行紧急施工的同时，在天健集团内部，全体员工自发为灾区发起募捐，短短10天时间，就收到捐款469664.6元，633名党员交纳413099元的特殊党费。6月3日，天健集团在深圳证券交易所发布公告：为表达公司及全体员工对灾区人民的爱心，帮助灾区人民抗震救灾，公司决定捐资100万元，认购100套活动板房赠予四川灾区。

第五节 第一家以“天健”冠名的学校

天健集团自1983年以来，与学校打交道不算少。1985年5月，来深圳两年之后就开始筹建狮岭小学及幼儿园，在解决公司员工子弟入学方面不遗余力，后来狮岭小学交给了上步区政府。2004年9月，在深圳市福田莲花山脚下建设了深圳市天健小学，这所学校紧邻天健世纪花园而得名，是深圳市中心区一所高起点、高标准、高品位、精品化的公办学校，隶属于福田区教育局，与天健集团没有太多的渊源。

在距离深圳1100多公里之外的贵州黔南州，第一次出现了一所以“天健”命名的小学，这所学校与天健集团密切相关。1997年8月8日，深圳市天健（集团）股份有限公司挂牌，这是天健集团发展历史上一个重大事件，标志着公司发展进入了一个新的历史阶段。这个仪式有多位市领导、市政府部委办局负责人参加，整个活动热烈而简朴，没有发纪念品，没有搞宴请酒席，大家决定把本次仪式节省下来的30万元，捐给贵州省黔南州平塘县大塘镇建一所希望小学，并在公司范围内开展“深黔携手、扶贫帮困”捐赠活动，1300多名员工捐款捐物。

为什么选择在贵州黔南州捐资助学？有这样一段背景，1995年前后，深圳在完成中央和广东省交给的对口扶持贵州、西藏、三峡库区的同时，还积极在延安等革命老区和一些边远贫困地区，开展“特区与老区、山区心连心”的对口扶持工作。1996年，国务院明确深圳与大连、青岛、宁波三市共同扶持贵州省后，深圳进一步加大了对贵州省黔南州、毕节地区的对口扶持力度。1997年，深圳市政府制定了《关于进一步加强帮扶贫困地区工作的若干意见》，对扶贫帮困工作进行了全面部署，要求6个区、3个工委、3个资产经营公司与黔南州、毕节两地11个贫困县对口帮扶。1997年6月，深圳市启动“深黔携手扶贫帮困”，深圳与贵州贫困山区开始结对子，广大市民、企业和社团扶贫帮困献爱心的热情十分高涨。原深圳动植物检疫局局长贺方军就是在这个时候涌现出来的先进人物，被人们誉为深圳经济特区的孔繁森、90年代的焦裕禄。

1997年初，天健集团领导随同深圳市建设投资控股公司领导赴贵州平塘考察帮扶项目，途经平塘县的北大门大塘镇时，受到了西关小学全体师生的热烈欢迎，当时他们看到西关小学简陋的校舍和极差的教学条件，当即就萌发了帮扶西关小学的想法。

这个学校原来叫大塘镇西关小学，校舍非常破旧，基础设施也非常简陋，300多名学生坐在破瓦遮盖下的危房里学习。镇里和学校一直担心师生的安全，希望改善学生的学习环境，但是迫于资金困难，根本拿不出那么多的钱进行翻新或重建。

天健集团决心对这所学校重建，1997年8月27日，建筑面积为817平方米的教学大楼破土动工，一年后顺利竣工，天健集团领导于1998年8月18日赴西关小学参加竣工典礼，1998年9月1日，教学大楼如期交付使用，从此结束了全校学生在危房教室上课、教师无办公室的历史，为学校的发展注入了新的动力。为了表达对天健集团的感恩，学校命名为“天健希望小学”。

1999年6月，天健集团捐赠价值3万元的电脑和打印机各2台，选派计算机工程师孟奇刚对全校27名教师进行电脑系统安装和应用软件操作培训，极大地改善了办学条件。

共青团深圳市委从1998年开始组织青年志愿者接力扶贫支教活动，选拔优秀青年赴贵州山区进行为期一年的支教。在这一年里，志愿者只会得到每月400元的基本生活费和一年两次探亲路费。艰苦的工作，微薄的待遇并没有挡住深圳青年志愿者的步伐，每年只有20名扶贫支教名额，而报名“竞争”的人数都在三四千左右。2000年9月1日，天健集团选派员工秦卫平到西关小学挂职支教一年。在一年的支教中，秦卫平再次对全校教师进行计算机理论和操作技术培训，他担任六年级2个班级的思想品德教学任务，协助校领导加强学校管理，传递新的教学信息，使学校管理日趋科学、规范和高效。

学校的基础设施和办公条件不断改善，几十名贫困生得到资助不再流失，教学质量也明显提高。全校1996年仅有学生368名，1998年增加到398名，2001年学校在五、六年级增加了英语课，学生增加到402名，2002年学生人数增加到432名。1998—2001年学校连续多年被大塘镇党委评为“先进单位”。

除了对贵州捐建希望小学之外，2012年，天健集团还对广西百色平果县果化镇那荣小学进行了捐建。为什么选址广西平果县呢？深圳证监局多年来一直对口支教广西百色那荣小学，该校地处偏远山区，土地贫瘠，学校教师住宿条件艰苦，生活环境差。2012年，深圳证监局打算援建其教职工宿舍楼及配套工程，根据施工图预算及市场调研，项目施工成本约为155万元，深圳证监局提供建设资金130万元，希望天健集团支持扶贫事业，承担剩余部分投资约25万元。经过协商，采用代建总承包模式，即由深圳证监局与南宁市天健房地产开发有限公司签署工程代建总承包合同，天健集团以南宁天健房地产开发公司作为代建开发主体，由深圳市市政工程总公司南宁分公司作为施工承包方，负责学校的建设。当年12月12日，那荣小学援建工程竣工，同一天，由天健集团捐赠的爱心图书馆投入使用。

除了对外捐资助学，援建希望小学之外，天健集团对于单位职工子弟也进行奖励，公司设立青少年教育基金，鼓励和支持员工青少年刻苦读书、发奋成才，该教育基金主要是为家庭经济困难而本人愿意读书且成绩突出的学生提供必要的费用，还对本公司考上大学的员工子女给予一定的奖励。该基金由公司一次性投入20万元，其余部分由下属各单位募集汇成。制定了相关标准，如对于高考达省重点分数线的学生可获得奖金3000元，录取清华大学、北京大学的学生可以获得奖学金10000元，中考达深圳实验学校等名校录取分数线的可以获得奖金1000元，获得市级以上荣誉称号者可以颁发奖金1000元，对于见义勇为、舍己救人、拾金不昧的典型也进行奖励。同时，对于特困职工子女被大学录取给予一些帮困。员工子弟谢媛丽考取中山医科大学，成为员工子弟第一个被国家重点大学录取的本科生。2003年，天健员工子弟吕圳获得广东省高考数学第一名，这是青少年教育基金建立以来，员工子弟取得的最好成绩。

2010年，党中央、国务院作出了开展新一轮援疆工作的重大战略决策。在这项举全国之力实施的国家援疆行动中，共有19个省市和中央部委参与，其中深圳市负责对口支援喀什市和塔什库尔干县。深圳市政府高度重视这项工作，深圳与喀什签订了《关于加快推进喀什深圳城喀什深圳产业园建设备忘录》，决定在喀什经济开发区重点建设“一城一园”（包括“深圳城”和“深圳产业园”），分别作为喀什新的核心区和产业示范区，打造成为深圳援疆工作的突出亮点。按照深圳市政府要求，深圳市国资委牵头组织市属国有企业，具体负责落实“深圳城”项目的建设任务。“深圳城”项目位于喀什经济开发区，在规划中的新城市中心区核心部位，用地面积共3平方千米。按照深喀两地政府协商确定的要求，“深圳城”项目核心启动区面积317亩，容积率不低于2，要求一年见成效，三年内上规模，五年内全部完成，总投资大约为20亿元。

为了支援喀什建设，天健集团分三期出资3000万元作为喀什“深圳城”项目公司的资本金，开展援疆工作。

第五篇

筑梦未来（2011—）

营业收入从1983年的812万元，到2019年的146.65亿元，在37年的岁月增长了近2000倍。在跳跃变幻的数据背后，呈现出来的是一支逐步完善与成熟的队伍，“四位一体”混改、“一体两翼”战略，在新的历史阶段赋予企业发展新的内涵与意义。站在时代风云际会的当口，新一代天健人志存高远，原力激荡、活力四射，不断提升服务城市的广度、深度、精度和美度，不仅要做担当有为的“拓荒牛”、只争朝夕的“实干家”，还要成为坚定勇毅的“信仰者”、矢志前行的“逐梦人”。

第十四章 百亿大关

第一节 “四位一体”的混改模式

一、22亿元现金增发与163名员工持股

2012年，天健集团的营业收入为30.88亿元，到2014年增长到52.99亿元，年复合增长率为31.15%；2012年，公司净利润为2.5亿元，到2014年增长为4.22亿元，年复合增长率29.81%；公司净资产收益率从2012年的7.88%提高至11.87%，但资产负债率在2014年底达到66.48%的历史高位，发展面临瓶颈。

利用非公开发行进行融资，是天健集团破局突围的一项重要举措，该项工作从2013年下半年启动，由天健集团、国泰君安证券公司、国浩律师事务所组成项目团队，抓住涉房企业资本市场再融资破冰的机遇，启动非公开发行股票工作。天健集团把定向增发的思路向深圳市国资委汇报，得到了市国资委的认可。最初的想法计划做到30亿元的额度，大家经过研究觉得有点高，还是降低点要求降到27亿元，后来几次讨论又降到22亿元。

天健集团为什么会选择这个时间点，在资本市场进行非公开发行呢？除了政策放宽、资本负债率等关系之外，更重要的原因还是与资本市场的行情动态密不可分。2007年全球股市呈现繁荣景象，当年10月16日，上证指数一路

飙升到6124.04点。但进入2008年后，受美国次贷危机引发的金融风暴影响，全球主要股市均出现大幅下跌，上证指数到当年10月28日跌到1664.93点，一年的时间，指数值蒸发了72.8%。至此股票进入了多年的低位徘徊期，到2014年，上证指数最低还到了1974.38点。当时天健集团的决策层觉得这个时间节点资本市场应该是跌到谷底了，可以适时启动非公开发行。2014年在深圳国资系统也确实仅有天健集团进行了成功的增发策划。

事实上，天健集团在2014年实施定向增发在客观上遭遇到一些困难：因为国内股市行情不好，机构投资者参与信心不足；面临“野蛮人”的收购压力，沟通难度大；股价持续低迷，中小股东怨言大；有国有资本参与定增，在大股东回避表决的情况下，增加了股东会通过的不确定性。

为此，天健集团积极与深圳市国资委、证券监管部门深入沟通，与资本市场有效对接，与项目保荐人、项目律师联合攻关，及时调整发行方案。

当时市场低迷，在境内资本市场很难融到资金，所以天健集团项目团队首先找到境外资本，这些境外资本要求天健集团承诺保底，这样的要求在国内政策是不允许的。于是天健集团只能找境内的资金支持，于是就先从深圳市国资系统内部找。开始找国资的红土创新基金管理有限公司、深圳市创新投资有限公司、深圳市高新投集团有限公司、深圳市远致投资有限公司等企业，然后又找社会资本，如同创、架桥和达实等资本。

2014年11月，天健集团对外公布定向增发方案，公司非公开发行股票的数量不超过2.94亿股，发行价格为7.49元/股，募集资金总额预计不超过22亿元，12亿元用于天健科技大厦的建设，10亿元用于补充公司流动资金。其中，天健科技大厦2014年4月由天健技术中心研发大楼更名，该楼规划2万平方米的商业经营面积。

2014年12月，天健集团召开股东会审议发行方案，在大股东深圳市国资委回避表决的情况下，以81.66%的高票通过。

2015年10月，中国证监会核准批复天健集团非公开发行股票方案。12月，公司完成了22亿元的发行认购及新增股份的登记托管手续。至此，“十二五”期间的非公开发行工作圆满完成。

在历时两年多的方案策划和实施过程中，项目团队紧紧抓住有利的市场机遇与政策环境，克服了重重障碍。既把握了国家全面深化国资国企改革的政策红利，也经受了国内资本市场巨幅震荡的考验与洗礼，一步一步取得艰难突破和进展，最终实现了令各方满意的良好预期。

这个方案涵盖了一系列国企改革的创新举措，在筹划过程中，通过协商谈判，妥善解决了不同股东之间的利益冲突，彻底消除控制权威胁，巩固了国资控股地位，形成了一个稳固并有利于企业发展的股权结构，为后续资本运作打开空间，拉开深圳国资国企整合和改革序幕，充分体现了深圳市属国资支持优势企业发展，做强做优做大深圳本土施工龙头企业的决心。

此次资本运作有两个主要亮点，一是在方案的设计过程中，坚持国有资本对优势国有企业的主导与控制。深圳市远致投资有限公司代表深圳市国资委出资认购10亿元，发行方案实施后国有资本控股比例从36.35%提高到39.57%，进一步巩固国有资本的控制力。二是引入优秀战略投资者，深化混合所有制改革。本次定向增发引入的8位战略投资者认购9亿元，其中产业资本2家（深圳市高新投集团有限公司、深圳市达实投资发展有限公司）、公募基金2家（红土创新基金管理有限公司、国信弘盛创业投资有限公司）、私募基金4家（硅谷天堂资产管理集团股份有限公司、深圳市凯富基金管理有限公司、深圳市创东方投资有限公司、深圳市架桥资本管理股份有限公司）。每家机构经过精心筛选，皆为业内一流投资主体，被誉为“豪华阵容的战略投资队伍”，这有利于进一步深化混合所有制改革，优化上市公司股权结构，提升公司治理水平，在技术、管理和资源上与公司形成协同互补和放大效应。

正值天健集团筹划实施非公开发行方案时，为解决股民对市场低迷的信心不足，中央出台了一系列振兴资本市场的改革举措，其中国企改革的重点举措之一就是鼓励发展混合所有制、实施员工持股。党的十八届三中全会通过的《中共中央关于全面深化改革若干重大问题的决定》中指出，“允许混合所有制经济实行企业员工持股，形成资本所有者和劳动者利益共同体”。国务院于2014年5月出台《关于进一步促进资本市场健康发展的若干意见》中提出，“允许上市公司按规定通过多种形式开展员工持股计划”。中国证监会于2014年6月出台《关于上市公司实施员工持股计划试点的指导意见》中进一步指出，在上市公司中开展员工持股计划实施试点，有利于建立和完善劳动者与所有者的利益共享机制，改善公司治理水平，提高职工的凝聚力和公司竞争力，使社会资金通过资本市场实现优化配置。

落实好混合所有制改革及员工持股计划试点，既是解决企业发展的动力问题，又是时代赋予的一项重大改革课题，企业有责任给予破解。中国证监会2014年公布了个别民营上市公司员工持股计划案例，但国有控股上市公司还没有先例。天健集团的思路是以非公开发行为契机，让核心骨干员工组成一个集合计划方式参与非公开发行，成为公司的间接持股人，从而建立员工与企业风险共担、利益共享的长效机制，以此促进企业长远健康发展。经与深圳市国资委反复沟通，最终形成了以资产管理公司为发起人和管理人、由核心骨干员工认购的天健如意集合计划，参与公司非公开发行的改革方案。

在这个方案中，163名核心骨干员工通过天健如意集合资产管理计划认购3亿元，建立公司、股东和员工三者之间风险共担、利益共享的长效机制，以此提高员工凝聚力，激发企业内生动力，以期带来长期增长的旺盛活力。

天健如意集合计划的成功设立及运作，是深圳市国资委发起的地方国企改革新举措，并以此确立了国有控股上市公司实施“现金增发+引入战投+骨干持股+国资整合”四位一体的综合性资本运作新模式。这一模式消除了投资者的各种疑虑，提振了资本市场对公司长远发展的信心。

二、粤通公司来到天健大家庭

粤通公司历史悠久，其源头要追溯到1949年。1949年10月，宝安县解放。东江纵队东一支队支前司令部接管了东江地区的公路并成立深澳沿线管理所。1950年2月，地方军队和属地政府组建了东江公路管理所，下设深圳公路养护段。1956年7月，深圳公路养护段更名为宝安公路工区。1979年3月，经国务院批准原宝安撤县建市，至此深圳市诞生，因而原宝安公路工区也随之更名为深圳公路工区。

1980年3月，深圳市成立公路局，随后成立深圳市公路公司工程队，负责深圳市公路的建设、养护及路政管理等。1993年4月，深圳市公路公司工程队更名为深圳市公路公司工程总队并成立深圳市粤通公路工程公司，工程总队与粤通公司实行两个牌子一套人马。1994年11月，因为市场及业务发展的需要，粤通公路工程公司改名为粤通建设工程有限公司。

2000年8月，深圳市公路公司工程总队与粤通建设工程有限公司分离。2004年6月，工程总队与粤通公司根据《深圳市公路局直属企业改革与发展总体方案》精神，实现重组合并，再次实行两个牌子一套人马。

2005年3月，粤通建设工程有限公司由原市公路局全资公司转为三家股东持股的有限责任公司，公司注册资金8000万元。三家股东股权比例为：深圳市深广惠公路开发总公司占52.04%，深圳市公路局占37.96%，深圳市盛通实业发展有限公司占10%。

2006年，按照政事分开、政企分开、企事分开的原则，深圳市启动事业单位分类改革，出台了《深圳市党政机关事业单位所属企业、转企事业单位划转工作实施方案》，将300多家单位纳入国资监管体系。因此，粤通建设工程有限公司连同其他公路类划转企业根据《深圳市公路局直属企业转企事业单位划转工作方案》，一并划转到深圳市国资委旗下的深圳市投资控股有限公司。

由于体制局限及历史原因，粤通公司及其他公路类划转企业主营业务长期依赖原主管单位，依然保留了事业单位管理的思维定势，企业运营成本居高不下，部门和岗位设置适应不了市场发展规律和企业持续发展的步伐，亟须转变观念、深化改革，建立起适应市场经济规律的经营机制。

在这样的背景下，深圳市投资控股有限公司在2008年出台《公路类划转企业整合方案》，以粤通公司为平台对公路类划转单位进行整合，将深圳市投资控股有限公司所持有的盛通公司、宝通达公司、养护公司、鹏路达公司、隧道公司、坪西公司、绿景洲公司股权划转至粤通公司，组建了新的深圳市粤通建设工程有限公司，其业务包括道路建设、道路养护、隧道养护、道路交通设施、道路绿化及物业管理等。

2008年9月，粤通公司启动整合改革工作。仅仅3个月时间，公司便完成了整合重组和劳动人事分配三项制度改革，成功将原来的14家独立二级公司，重组成为4家独立法人公司和2家事业部的管理架构，建立了员工岗变薪变的现代企业管理模式和管理制度，为企业的成长壮大提供了组织和制度保证。

重新整合的粤通公司进行了比较大的改革。首先是整合资源，提升资质。2010年，粤通公司将企业的技术人员、机械设备等资源整合至公司本部，集中人、财、物优势，使公司资质成功由“市政工程施工总承包二级”升为“市政工程施工总承包一级”，竞标范围和竞争力明显扩大和提高；其次是整合公司物业，提升租赁收益。粤通公司及下属企业共有房地产40项，面积37.8万平方米，整合前由各家企业自行经营管理，布局零散。整合后，粤通公司成立物业事业部，对分散的物业进行统一管理，不断摸索物业租赁管理新模式，年平均出租率和收租率均保持在95%以上，租赁收入大幅提高；此外，粤通公司加大确权力度，完成了包括华富工业园、粤通工业厂区及市区部分商铺等物业的确权，累计完成约14万平方米宗地面积的确权，建筑面积约6.7万平方米，为公司未来发展提供了有力保障，更为天健集团整合粤通公司，使优质资源向上市公司集中奠定了基础。

与此同时，粤通公司积极扶持下属企业做大做强道路和隧道养护业务。粤通公司将下属隧道公司和养护公司的注册资本分别由1000万元和1200万元增加至2500万元和3000万元，购置了隧道运营管理等机械设备，提升了市场竞争力，成为深圳市道路养护与隧道管养的骨干队伍。道路和隧道养护年业务量由整合前的1.5亿元增长至3.9亿元，提升了2.6倍。

整合之后，粤通公司进一步优化资源配置，强化系统协作，提升工程施工和应急抢险能力。公司尤其是对工程技术人员、机械设备、应急物资等进行统筹，提升工程施工和应急抢险能力。在深圳经济特区成立30周年、第26届世界大学生夏季运动会及全国文明城市迎检等硬任务面前，公司均不辱使命，出色地完成各项任务。2014年5月，深圳市发生多年不遇的强暴雨，粤通公司管养的多个路段出现山体滑坡、泥石流等严重问题，公司不畏艰难、措施得当，确保了道路安全畅通，多次受到政府部门的表扬与肯定。

通过上述措施，粤通公司实现了主营业务调整和内部资源的有效整合，形成了长期可持续的核心竞争能力，提升了经营水平和市场竞争力。整合当年就一举扭转了此前的亏损局面，并实现连续多年经济效益稳步攀升，整合效应十分明显。

粤通公司为什么会与天健集团走到一起呢？

从2010年以来，从中央到地方都加快了国有企业重组步伐。2011年，深圳市国资委首次提出“以资本运作为手段，放大国有资本影响力和控制力”，并提出“做好资源整合工作，加快港口类、房地产类和投控划转业资源整合，加快推进部分‘壳资源’战略性重组”。在具体实践中，“合并同类项”是深圳国企重组的渠道之一，把同一行业的企业整合到一起，优势互补、齐头并进，增强竞争实力。在深圳国资系统，首先进行合并同类项改革的是深圳市大铲湾港口投资发展有限公司，深圳市国资委将其持有的45%股权，无偿划转给盐田港集团有限公司持有，壮大盐田港集团实力，将其打造成为一流的港口企业品牌。

2012年前后，深圳市国资委希望有一家实力比较强的市属国有企业，把若干建筑类企业进行整合，希望天健集团能够担此重任。按照当时的估值，要能够“吃”下这些企业至少需要200亿元的资本。200亿元！仅仅银行利息就是每年10个亿，如果整合后不能够及时盈利，那天健集团将背负不起这个沉重的包袱，此事就不了了之。

天健集团决策层认为公司当时在城市开发、城市建设板块的发展产业链相对健全，形成了稳健的盈利模式，唯独城市服务方面只有物业管理、园区运营等为数不多的业务，其显著特点是员工多、营业额少、收效甚微。天健集团在市政管养、道路管养、隧道管养方面业务是缺失的，而粤通公司的业务类型就符合天健集团的需要。此时恰逢粤通公司企业发展遇到瓶颈，特别是转型发展和企业规模化发展受到制约，难有新的建树，需要有一个更大的平台。如果能够和天健集团组合，将会迎来一个很好的发展机遇，特别在资金、市场以及房地产资源的盘活、开发利用等方面创造有利的条件。

粤通公司有500多名员工，账面资产4.5亿元，每年收入约4亿元，利润达4000万元，关键是它还拥有分布在全市各区27万平方米的土地。当时收购粤通公司的评估价为9亿元，这点非常契合天健集团的心理预期。

2014年9月，天健集团启动了对粤通公司收购工作。天健集团作为收购方与转让方深圳市投资控股有限公司，就本次收购有关粤通公司的土地资产处置、剥离资产及委托经营、土地及房产权属关系的梳理与完善、评估备案等方面做了大量工作。其中，最重要的是在房产确权方面取得重大突破，为土地资产评估备案奠定了坚实的基础。在进行土地资产评估后，粤通公司于2016年8月向深圳市规划国土委员会提出报备申请并取得备案凭证，完成了12项符合纳入股权转让土地资产的评估和备案工作。

天健集团收购深圳市投资控股有限公司所拥有的粤通公司100%股权，其股权转让价格包括评估净资产，粤通工业区与华富工业区两宗地块补充评估差额及期后损益三部分，其中净资产评估值为70669.04万元，前述两宗地块补充评估差额为27476.91万元。

2016年9月，天健集团与深圳市投资控股有限公司签署《深圳市粤通建设工程有限公司股权转让合同》及合同附属协议书，标志着收购工作的圆满完成。

三、导入卓越绩效管理

经过多年的改革，深圳的发展逐步从“深圳速度”向“深圳质量”转变。为了促进高质量发展，早在2004年6月，深圳市就颁布了《深圳市市长质量奖管理办法》，该奖是深圳市人民政府设立的全市最高质量荣誉，设立深圳市市长质量奖就是要树立质量第一、追求卓越的发展理念，实现有质量的稳定增长和可持续的全面发展，增强城市竞争力，增进民生福利。根据该管理办法，获奖单位是在推动经济、社会、城市、文化、生态发展和政府服务质量提升上成绩突出，具有显著的示范带动作用，对深圳质量建设作出积极贡献的企事业单位、社会组织及其他组织。

2010年10月，深圳市政府出台了《关于加快转变经济发展方式的决定》，首次提出了要实现从“深圳速度”向“深圳质量”的跨越。2011年1月，在深圳“两会”的《政府工作报告》中，又对“深圳质量”进行了全面阐述，掀开了进入“深圳质量”时代的新篇章。

2011年，天健集团开始导入卓越绩效管理模式，在集团内部进行管理体系的有效整合，使天健集团具备参与国际竞争的能力。

什么是卓越绩效管理呢？卓越绩效是一种追求企业质量的管理模式，其核心要义就是强化组织的顾客满意意识和创新活动，追求卓越的绩效。卓越绩效准则起源于1987年美国政府设立的波多里奇国家质量奖评价准则，后来，许多国家政府通过设立国家质量奖的方式来提升本国各类组织的管理水平和竞争力。全球不少企业则将卓越绩效准则应用于企业日常管理中，以此促进企业工作效率的持续提高。

卓越绩效模式有助于天健集团整合、打造高绩效的管理体系，导入卓越绩效评价准则不止是一个项目，而是一个追求卓越绩效的过程。当时正处于业务升级转型关键时期的天健集团，为实现从优秀到卓越的“质”的跨越，就需要全面提升质量管理水平，按照卓越绩效评价标准，在领导、战略策划、顾客与市场、过程管理、测量分析、知识管理与结果七个方面贯彻“质量为本、绩效优先”的各项要求。

从2011年4月起，天健集团先后组织多轮培训活动，并于同年6月制定发布《卓越绩效管理百问手册》。2013年率先在天健沥青公司、天健物业公司两家下属公司试点导入卓越绩效管理模式。

2014年，天健集团全面推进卓越绩效管理模式。9月加入深圳市卓越绩效管理促进会，并被推选为副会长单位。同年，按照《深圳市市长质量奖评定标准》的要求，通过3次自评报告集中评审，并组织专家对卓越绩效自评报告的编写内容进行检查、修订与整合。

2014年10月，福田区推广导入卓越绩效管理标准验收评审会，天健集团顺利通过验收。评审组提出了天健集团的六大优势及三大不足。六大优势是：企业文化有特色；战略制定过程清晰，目标定位明确；对顾客了解透彻；人力资源体系建设完备，能够保留核心员工；运营体系完备；信息系统建设发展较快，在建筑施工行业表现突出。三大有待改进的内容是：战略目标的量化还有进步空间；对竞争对手、标杆企业的分析不足；知识管理系统不够完善。

根据此次专家诊断与评审，天健集团又确定了企业文化梳理、集团管控体系优化、流程体系优化等19个改进课题，成立了课题改进小组，确定了每个课题的改进计划表。经过各小组成员的努力，有效解决阻碍集团发展的根本问题，卓越绩效体系得以落地实施。

2015年1月，经专家评审，天健集团获评深圳市质量强市骨干企业称号。3月，获得推行卓越绩效模式先进组织称号，并被授予深圳市卓越绩效培训基地。在深圳市卓越绩效管理促进会召开的2015年表彰大会上，董事长辛杰被授予深圳市2015年度“卓越绩效优秀推进者”。在2015第七届中国地产年会上，天健集团荣获“年度品牌大奖”。

2016年5月，深圳市人民政府召开深圳质量大会，公司董事长辛杰从深圳市市长许勤手中接过沉甸甸的获奖牌匾——2015年市长质量奖（提名奖）。同年获得福田区区长质量奖，公司还被评为深圳质量百强企业第8名。这充分说明天健集团不断提高自身实力，坚持“自强不息、厚德载物、求索创新、成就卓越”的核心价值观。

为了更好地呈现公司的对外形象，在进行卓越绩效管理的过程前后，天健集团对企业的LOGO、发展理念、企业愿景等进行了重新设计或讨论。

第一版的公司LOGO是在股份制改造之后设计，标志外形为圆，红色为太阳，为形而上，代表企业精神、理念，灰色为阴，代表经济实体，物质基础，众多箭头互相配合，代表下属企业，精诚团结，鼎力同心。

这次第二版的公司LOGO的灵感，来源于大自然的杰出工程师蜜蜂的作品——蜂巢，寓意“营造宜居城市环境，提升城市品质品位”的企业使命。黑色字体沉稳刚毅，是对企业历史和精神的全面传承；橙色和黄色象征着财富、稳定与祥和，洋溢着活力与创造力；蜂巢代表着自然界建筑的精妙、工艺的精湛和视觉的精美；三条主轴向上延伸交汇成一个强有力的上升箭头，代表着三个方向的业务汇聚成强大的力量；地球一角形态由19个彩色蜂巢和三条橙色主轴构成，布局精密、排列有序的网状结构如同现代人身处万物互联的时代，寓意着开放、创新、发展，以开阔的视野与世界无限沟通，迈向卓越。

经过全员讨论，最终确定天健集团的发展愿景是“造就高素质的员工队伍，持续创造价值，成为令人尊敬的城市综合运营商”；企业使命是“营造宜居城市环境，提升城市品质品位”；企业精神是“天行健，君子以自强不息”；核心价值观为“自强不息、厚德载物、求索创新、成就卓越”。

第二节　审时度势调整战略定位

天健集团在不同的发展阶段，根据外部环境及时调整业务板块和战略定位。1983年从部队转业之后，确定了“一业为主，多种经营”的发展模式，解决了职工基本生存问题，同时也安置了大量的职工家属与子弟。1988年拿到了房地产开发资质之后，又及时调整战略定位，紧紧抓住施工板块，以房地产开发和投资开发为两大重要抓手，在这个阶段完成了企业的上市。2004年前后，天健集团明确了以施工、投资和地产开发作为企业发展的三个板块。

天健集团的决策层一直都很欣赏美国项目管理协会主席保罗·格蕾斯说过的一句话：当今社会，一切都是项目，一切也将成为项目。项目是天健集团基业发展壮大的生命线，公司大大小小的几百个项目同时进行，既有甲方角色，也有乙方角色。

在调整战略定位中如何对项目进行宏观管理呢？天健集团要解决在发展的过程中不断遇到的新课题。如公司内控系统效率不高，执行力不强，管理标准化、知识化、精细化、信息化程度低。施工项目管理在很大程度上取决于项目经理个人素质，不同项目的管理成效相差甚远。发展就是一个不断推进、逐步深化的渐进过程，不正视并解决诸如此类的问题，公司的事业就会停滞不前。

向先进的企业学习管理经验，是天健集团破局的一个方法。2010年6月，天健集团邀请华为公司领导，给企业中层干部讲华为的企业文化与员工评价体系。2013年2月，组织公司管理层前往华为参观考察，并在全体员工中开展“向华为学习，学什么？”的大讨论。

2010年前后，天健集团加强了地产板块在外地布局的力度。继2008年1月成立南宁地产公司之后，2011、2014年又分别在广州、上海、惠州成立房地产开发公司，在当地取得土地，进行项目开发。

2010年起，天健集团实行扁平化改革，对所属施工企业进行专业化整合，形成房建、路桥、沥青、安装、隧道五大专业公司。关闭了与公司主营业务关联性不强的下属亏损企业——天健涂料公司，成立商业公司从事商业运营，集中精力主攻建筑施工、地产开发、商业运营三大产业。

在扁平化改革过程中，2011年8月，天健集团对组织框架进行了调整，将深圳、广州、南宁、长沙四家下属地产公司改为集团直属二级公司，缩短管理链条，提高工作效率。

2015年7月16日，广东省委副书记、深圳市委书记马兴瑞专程到天健集团调研，详细了解天健集团的经营发展情况，并听取相关意见和建议。在这次调研会上，马兴瑞表示，基础设施建设是深圳市的短板，历史欠账太多，深圳应借鉴北京、上海的做法，把国有企业做强做大，希望天健集团发挥自身优势，积极参与深圳市重大基础设施建设，为深圳特区的发展作出更大贡献。

在天健集团发展的历程中，深圳的“一把手”专程上门调研，听取专题汇报，这是30多年的第一次。天健集团领导班子积极抓住这一机遇，就在马兴瑞调研天健集团的4天之后，公司就起草了一份希望参与深圳市重大基础设施建设的请示报告送到了市委书记马兴瑞的案头。在这份报告里，天健集团希望能够参与深圳市外环高速公路、地铁三期及上盖物业、城市地下管网及政府应急工程等重大重点项目的建设。

2016年，天健集团制定出的“十三五”发展规划，对于企业的发展，确定了以建筑施工、地产开发、城市服务三项产业横向联合、纵向一体化，构筑“传统产业升级转型平台、优质资源整合平台、新型业务发展平台”三大平台。

从深圳市政府及深圳市国资委的层面来看，天健集团应该如何定位发展呢？深圳市国资委领导2017年在天健集团召开的干部会议上曾经提出，天健集团要主动应对国内形势和行业环境变化，积极培育核心竞争力，持续推动商业模式的创新和管理的创新，把业务向高附加值领域延伸，努力成为承载全市重点基础设施建设的“主力军”、公共安全治理的“攻坚兵”、公共服务配套建设的“先锋队”。

“主力军”“攻坚兵”“先锋队”一组词语后来频频出现在天健集团对内对外的文件中，这比较精准地定位了天健集团在全市国企中的地位。从客观上来看，房地产业会带来相对较高的利润，但是在深圳国企里，深业集团、振业集团等房地产业务量较大，此外，还有万科、恒大、佳兆业、碧桂园、金地等许多民营企业实力庞大，天健集团在深圳市场所占房地产的份额太小。天健集团真正能够给政府和股东创造社会效益的地方是在政府需要的关键工程、关键时候能够冲得上去，拿得下来。

2017年10月，深圳水务集团董事长韩德宏交流到天健集团担任董事长，他到任后，即与领导班子成员到各个下属公司认真走访调研，多次召开中层干部参加的务虚会，并积极对标上海隧道股份有限公司、上海建工集团有限公司、北京市政路桥管理养护集团等业界标杆企业。经过反复酝酿，天健集团决策层认为公司既处于重要的战略发展机遇期，也处于能力提升、转型升级、资源整合、动力激活的重要突破关口。要想在市场变革中生存、发展乃至实现弯道超车，天健集团需要用更加敏锐的眼光找寻突破机会，通过全面深化改革、全面创新升级、快速提升自身能力，以大格局、大战略，推进大改革、大创新，寻求大突围、大提升和大发展。

因此，天健集团把2018年确定为“能力提升年”，并提出坚持补齐能力短板，开展固本强基十大能力提升行动，其中包括资质提升行动、产业链一体化能力提升行动、技术保障与研发能力提升行动、开展对标管理、促进能力提升行动等。通过能力提升，努力使天健集团成为城市建设和城市服务领域的专业性领军企业。

根据企业的业务发展状况，在原有的三大业务板块基础上，天健集团提出了“一体两翼”的发展战略，即在已有的投资、建设、开发、运营、服务产业链一体化发展模式的基础上，进一步明确以城市建设与城市服务为主体，以投资开发和与主业密切相关的新型业务为两翼的发展战略。城市建设板块要发挥“稳定器”和“压舱石”的作用，实现稳步有序增长。投资开发板块要以投资作为拉动集团业绩增长的主引擎，在做好现有项目开发销售的基础上，加大土地储备和新项目拓展力度，有力支撑城市建设和城市服务板块的成长，争取各种形式拓展PPP项目，通过项目策划推动EPC项目及城中村综合整治、城市更新项目等；加快新型业务培育，重点在智慧物业管理、棚改、房屋租赁、环保工程、水环境、道桥隧管养等业务领域培育一批领军企业，加快形成新的产业增长极和利润增长点。

有一项数据可以看出战略调整和能力提升之后的实绩。2019年1月，深圳市市政工程总公司中标深圳36.1亿元水环境综合治理项目，是市政工程总公司1996年4月成立以来独立中标的最大项目；中标江苏省如东县“三河六岸”河道治理及景观绿化工程PPP项目，这是天健集团首个PPP[①]项目。发行18亿元永续债，公司企业资本结构不断优化。积极探索新型业务，如地下空间开发与地下停车场建设项目、天健花园海绵城市改造、长租公寓、联合办公等新业务，不断提升专业化、精细化运营服务水平。

第三节　增强科技实力

要想在强手如林的市场中占据一席之地，没有核心竞争力，公司的发展不会持之以恒，而核心竞争力的关键就是要依靠科技力量。

从2010年以来，天健集团出台了一系列科技创新发展的制度，加大了科技进步奖励的力度，集团每年向下属施工单位按其会计报表中收入提取由原来的0.05%修改为0.02%，房地产企业按其会计报表中收入提取0.2%，作为集团科技进步基金。所属各单位可根据需要自行提取科技进步基金。

设立博士后工作站以来，天健集团博士后工作站围绕工程重点与难点，开展了课题研究，张海波的《复杂地质条件下盾构施工技术总结及对桥梁桩基影响和控制的研究》、葛折圣的《富沥青混合料设计、性能与应用研究》、龙桂华的《地质雷达隧道超前预报分析方法技术研究》、刘涛的《再生沥青路面施工工艺与质量评价研究》、周倩的《基于现代化国际化和创新型背景下棚户区改造理论和实证研究》、李嘉的《深圳市装配式桥梁构件预制、施工应用技术研究》，这些理论研究结合依托天健集团所承接的隧道工程、沥青施工及棚户区改造等项目，有力地促进了项目的推动。

在巩固传统的市政工程优势基础上，天健集团抓紧布局围填海、海绵城

① PPP（Public-Private Partnership）项目，即政府和社会资本合作模式：是指由社会资本承担设计、建设、运营、维护基础设施的大部分工作，并通过“使用者付费”及必要的“政府付费”获得合理投资回报；政府部门负责基础设施及公共服务价格和质量监管，以保证公共利益最大化。

市、综合管廊、流域治理等新型业务领域。2016年，天健集团又一口气成立了天健沥青技术研究所、天健集团—中冶京诚城市地下空间技术研究院、天健集团—南京水利科学研究院海绵城市联合研究中心。3家新科研机构的成立，标志着天健集团的技术研发工作达到了一个新水平。

成立这三家科研机构是战略发展的需要。

沥青技术属于天健集团具有核心竞争力的技术，沥青路面工程技术在沿江高速、惠大疏港高速、福龙路、松白路等沥青路面工程中，为公司带来经济效益的同时，带来了较大的业内认同。成立沥青研究所就是希望在新材料研发工作、建筑废弃物的综合利用研究、泡沫温拌沥青、厂拌热再生沥青、彩色沥青等领域进行深度研究，通过自主开发和产学研联合开发，以及对大型工程建设的技术总结和积累，逐步形成了拥有自主知识产权的关键核心技术。

城市地下空间技术研究院是为了解决城市发展短板，注重城市整体的协调发展和环境承载力、注重对城市居民的人文关怀，着重突破地下空间领域关键性的难题，这是深圳市第一家专注城市地下空间技术研究与应用的专业机构。

南京水利科学研究院成立于1935年，作为国家级科研机构，与天健集团的合作致力于海绵城市建设、城乡水生态文明建设的关键技术研究，建设标准及规范的制订、参与海绵城市、城乡水生态保护修复及水环境治理的规划、设计和建设运营，打造国内领先的集科研、开发与交流于一体的产学研用平台。

天健集团经营班子始终保持对科技兴企战略的重视，不断加大企业在技术创新方面的投入，在完成年度生产经营目标的同时，力促施工主业技术提升和工艺积累。公司承建的工程项目不仅获得了金杯奖、鲁班奖、詹天佑奖等全国建设工程的最高荣誉，而且在施工生产过程中产生了大量技术创新成果，形成了企业自主知识产权。2016年底，深圳市市政工程公司通过国家高新技术企业认定，成为首家通过该项认定的深圳市属建筑企业。

2018年7月，天健集团与深圳职业技术学院合作成立天健建工学院，成为该校第一个以企业名称命名的学院，双方集中优势建设集人才培养、技术研发、创新孵化、服务培训、项目咨询、政策研究等于一体，立足深圳、面向全国的特色产业学院。

2018年11月，天健集团院士工作站成立，深圳市市政工程总公司作为建站单位，以产业发展的技术需要为导向，以科研与技术合作项目为载体，与两名中国工程院院士及其团队建立起技术创新工作平台。两名驻站院士郑健龙、王复明长期从事道路工程领域的技术研发和工程实践，为我国的公路交通事业的发展作出了杰出贡献。2019年12月，深圳首家工程医院——坝道工程医院深圳分院在天健集团揭牌。坝道工程医院，这个名字乍听让人费解。其实，人生病了要去医院，工程也会有生病的时候，也要请“医生诊治”。这个想法与举措是由中国工程院院士王复明倡议，就是解决建筑、交通、水利、市政等工程“疑难急险”病害，培养高素质的工程技术人才。在深圳成立分院之前，已在全国成立了坝道医院南方总部（惠州）、远程会诊中心，还包括温州分院在内的30多家地区分院、行业分院、特色分院以及多个试验场平台，初步形成覆盖水利、交通、市政等多个行业的“工程医院体系”，创建“体检—诊断—修复—抢险”综合模式，国内外一流的智囊团为全国17省市和交通、水利、市政等基础设施行业解决“疑难急险”病害。坝道工程医院的设立符合当今发展形势，打破了过去长期存在“横向不联合，纵向不继承”的痼疾，充分利用“互联网+”，有利于快速、精准解决工程实际问题。

天健集团作为坝道工程医院深圳分院的依托单位，凭借在深圳市建设领域的技术、品牌、业务优势和影响力，持续为平台建设提供配套的支持保障。

作为一家国有企业，天健集团关注的课题基本上都是解决实际问题的，注重技术工作的系统性，比如沥青公司、粤通公司都在做路面的研究，房建公司、市政工程总公司、棚改公司都在做BIM，天健集团在内部整合资源，形成合力。此外，对项目研究进行系统分类。有些技术工作是解决问题的，有些工作是支撑当前发展的，有些工作是为长远发展作考虑的。

为搭建公司学习交流和技术积累及展示平台，有效推进公司内部技术总结及创新，2018年6月，天健集团创办了一份双月刊技术刊物——《天健技术》。

此外，天健集团进一步加大与外单位的合作力度，积极借助外力、借助外脑增强自身能力，扩大集团影响力。在校企合作上，除了与同济大学合作之外，天健集团还与湖南大学、长沙理工大学等高校进行合作，加强科研研究，让科研成果进一步落地，走向市场。

近年来，天健集团的骨干技术人才逐步增加，截至2020年底，除了有2名驻站院士之外，还有4名教授级高工、14名博士研究生、200多名硕士研究生、140多名高级工程师、200多名一级建造师。公司多年以来共获得29项省部级科学技术奖，41项发明专利、112项实用新型专利，4项国家级工法、35项省级工法、27项市级工法。主编参编国家标准1部，国家设计图集2部，地方标准7部，行业标准5部，团体标准8部，软件著作权11项。

第四节　天健工业区的开发

房地产开发，是天健集团的支柱产业，在企业的发展过程中曾经立下了汗马功劳，长期占领各行业利润的最高点，通过房地产开发这一支柱产业，支撑房建施工、物业管理等其他业务的发展。公司从1988年取得房地产执照，真正在利润上取得突破是在1990年垫资开发了景田综合片区的“七通一平”工程之后，在政府补偿6块土地之后，在此基础上进行的地产开发，从某种意义上来讲，这是公司发展壮大的“第一桶金”。

市政工程公司的房地产开发以深圳为主，先后拓展到珠海、中山、青岛，后来主打长沙、南宁、广州，2014年开拓上海、惠州市场，2017年进入苏州市场，2019年进入东莞市场。

有一组数据能够说明房地产的经济指标在公司的分量。1998年，天健集团房地产营业收入40991万元，占当年总营业收入的25%；2010年，天健集团房地产营业收入10.58亿元，占当年总营业收入的29.84%。到2018年，天健集团营业收入首次突破百亿，达到102.09亿，而当年房地产板块的营业收入为43.76亿元，占比为42.86%。营业收入是公司经济运营的一个指标，此外，房地产行业的利润率比建筑施工和城市服务都要高，因此，公司的整体利润中，房地产行业的利润比重可以占到70%～80%。

说到天健集团的房地产开发，一个不得不提的项目就是天健工业区的开发。

1982年底，深圳市给即将南下深圳的每个基建工程兵团划拨生活基地和生产基地，有些团的生产基地和生活基地相隔很远，而302团的两块基地都在猫颈田附近。在没有划定红线之前，工业区和住宅区一样，都是近10万平方米土地，后来政府在协力玩具厂东北角划出了一块给了中国建筑旗下企业。

天健工业区是根据深府地〔1984〕87号文取得，总占地面积接近60000平方米，第一个厂房就是服装加工厂，从1985年起开始形成规模，后来逐渐成为以厂房为主，兼有少量单身公寓及临时设施，这里是公司“一业为主，多种经营”发展工业产品的主阵地。

早期的工业区对于公司的发展起过重要作用，办服装厂、玩具厂、汽修厂、印刷厂及化工厂，除了创造了利润之外，还解决了大批家属就业。此外，市政工程公司在工业区里孵化了莱宝高科这家高科技企业，日后为公司获得了上百倍的收益。

1993年，市政工程公司实行股份制改造。在股份制改造之前，公司对工业区用地进行资产评估，以1992年6月30日作为评估基准日，将工业区用地以400元/平方米的土地单价折为国家股进入股份公司。1993年7月，深圳市规划国土委将地块拨给深圳市香蜜工程开发公司使用，土地用途是工业用地。

经历了10多年的发展之后，工业区的产业结构逐步退出深圳历史舞台。伴随着深圳市中心区的开发与建设，天健工业区的周边环境正逐渐改善，这一地区的住宅、商业、写字楼等各式现代化建筑正拔地而起。一方面在工业区里厂房的成本增加，很多企业慢慢生存不下去了。另外一方面是工业区里污染企业无法在城市中心发展了，占地面积较大的是嘉华化工有限公司，所从事的是易燃易爆的项目，消防部门多次发出整改通知。工业区内其他工业项目投资规模小，投资效益偏低，都没有能够形成规模经营，多数产品市场前景不佳，甚至带来环境污染。天健公司曾投入大量的人力物力，试图改变这种状况，但是由于大多数厂房老旧，配套跟不上，改造难度大等因素，不利于引进投资效益高、市场前景好的新项目。

早在1996年，天健公司就希望对工业区进行改造，充分发挥工业区土地的综合使用效益，当初的想法是对工业区进行功能改造，将厂房拆迁后搬迁到公司在龙岗中心区的工业用地里，腾空工业区，对工业区进行商住楼开发。当年8月，深圳市政府领导亲临工业区指导，也充分认可天健公司提出的方案。当时的难度也不小，首先是厂房搬迁涉及面广，拆迁量大；其次是房地产投资巨大，公司的资金压力较大，担心大量开发造成商品房积压。就这样，改造天健工业区的计划暂时搁置了。

1997年，天健集团正筹备上市，根据国家土地管理局、国家经济体制改革委员会的规定，对以折价入股方式取得的土地，可以凭借市政府批准设立股份公司的批文，向市土地管理部门申请土地登记、颁发国有土地使用证。天健集团对工业区用地按照新评估基准日，即1997年9月30日进行重新评估，评估得出土地单价为558元/平方米，总价为3351.45万元，此次评估的天健工业区土地价值与原企业股份制改造时的土地价值有出入，且高于原来的土地价值，土地增值为158元/平方米，增值总额为948.98万元，并将增值部分纳入企业公积金。

1999年，深圳市颁发景田片区法定图则，在这一版的图则中已经把天健工业区地块规划为居住用途。在这个图则里，把红线中05—16、05—18、05—22、05—26共5块地，总用地面积33264.2平方米，建筑面积86455.2平方米规划用作居住用途；将05—13、05—14、05—15、05—19、05—20、05—21、05—25共7块地，总用地面积19527.6平方米，建筑面积11980平方米规划用作公建配套与绿地用途，这样，天健工业区的改制容积率不足1.75。公司就容积率一事多次向市主管部门报告，并暂时推缓了预定的改造计划。

到2006年，因为国家和深圳相关土地政策的调整，迫使天健集团理顺工业区产权。2004年，国土资源部、监察部出台《关于继续开展经营性土地使用权招标拍卖挂牌出让情况执法监察工作的通知》，根据该规定，自2004年8月31日后，不得再以历史遗留问题为由采用协议方式出让经营性土地使用权。深圳市也出台了《深圳市土地交易市场管理规定》，明确规定，以协议地价方式取得土地使用权，申请改变用地性质、功能，转让土地使用权的，依法回收土地使用权，通过招标、拍卖方式重新出让。这就意味着天健工业区作为协议地价方式取得的土地使用权在申请改变用地性质、功能后，从政府规定的角度分析，如果在该地块仍然有私人产权，在国家对房地产宏观调控的形势下，该地块被政府依法收回的风险加大。这样，紧要的问题是确保天健集团作为法律主体，享有对工业区100%的产权。

最大的障碍就是在工业区里的嘉华化工有限公司，该公司成立于1985年1月，由市政工程公司和大埔县对外经济服务公司分别持有50%的股权。2002年，嘉华化工公司联营期满，由于嘉华化工合资方其他实际控制人在外新办了涂料企业与嘉华化工直接竞争，同时天健集团在坪山坑梓街道办事处重新购买了50亩土地新建了独资的天健涂料公司，嘉华化工董事会同意停止生产，进入清盘程序后，因诸多债权债务问题，造成股东矛盾，嘉华化工公司清算未果，公司虽然停止经营，但是依然靠厂房租赁收益。嘉华化工公司占了工业区四栋厂房，其中3号厂房合资投入，7号厂房回购，8号、13号厂房合作自建，共占地面积15000平方米，建筑面积15627平方米。其中7号厂房早期由市政工程公司以80余万元卖给了粤海集团，由于嘉华化工快速发展的需要由嘉华化工所属丰华化工从粤海集团200余万元回购。2006年按照会计师事务所的审计评估，天健集团给予嘉华化工股东2800万元一次了断，所有资产归于天健集团，为后期工业区实施旧改创造了条件。

2010年，深圳市政府出台关于城市更新的相关政策，天健工业区城市更新计划再次走上了工作议程。当年9月，天健工业区确权工作取得阶段性进展。天健工业区占地面积56283平方米，经规划确认保留的合法产权面积为75651.99平方米。天健集团多次与市国资局、市规划国土局进行艰苦的沟通，最终两家政府职能部门对天健工业区早期报建建筑面积进行了认定，并对当时按市场地价作价入股的事实进行了确认，并在计算补交地价方面对集团公司有较大的支持。

2015年9月，天健工业区片区城市更新单元规划方案获得深圳市规划国土委审批通过后，10月，进入建筑物拆除阶段。2016年，经过了场平后，天健·天骄地产项目正式动工了。

经过了20多年的等待，几代天健人的不懈努力，天健工业区的改造终于得以实现，这也是天健集团历史上耗时最长的一个地产开发项目。当然，因为其独特的区位优势，也是公司有史以来营业额最高的项目。天健·天骄项目预计销售收益可达200亿，利润总额预计达70亿。这为天健集团今后数年的发展提供非常大的动力。

第五节　跨进百亿级企业行列

2018年，天健集团市场拓展成果丰硕。当年5月10日，以天健集团为主体的联合体，中标河北省张北县易地扶贫搬迁万人社区项目设计施工总承包（EPC）项目；5月14日，中标北京大学深圳医院深汕门诊部项目EPC总承包，这是天健集团拓展深汕特别合作区的第一个项目；6月7日，由中交天健投资发展有限公司牵头的联合体，成功中标深圳市海滨大道机场段填海工程设计采购施工总承包（EPC）项目，该项目提升深圳市西部滨海地区作为粤港澳大湾区重要组成部分的发展战略地位；8月，天健集团承接了福田中心区的景观照明提升工程；在地产拓展上，10月，广州地产公司竞得广州市增城区中新镇、黄埔区长岭居，为天健地产深耕全国一线城市的战略，提供了新的发展空间。

2018年，天健集团重大项目进展顺利。当年4月30日，罗芳污水处理厂提标改造工程按期完成40万吨/日的生产线通水节点目标，顺利实现四条生产线通水；上海萃园、南码头、南宁西班牙小镇和天健公馆先后封顶、入伙，天健地产多个项目开盘销售，按时按期完成既定目标；12月，由天健坪山建设公司承建的盐田港水厂升级改造工程正式通水。罗湖棚改项目进入全面建设阶段。

从三大板块的营业数据来分析，在城市建设板块，新增承接PPP、EPC、代建、总承包等各类工程40余项，合同金额达91亿元，在建项目67项，合同造价185.82亿元。成功中标首个公司PPP项目——江苏省如东“三河六岸”项目，标志公司成功进军流域水环境综合治理与开发市场；成功入选福田区、坪山区和宝安区等区域建设工程代建预选承包商库，代建项目涉及学校改扩建、城中村综合整治提升、市政管网改造、市政道路建设、景观照明提升等领域。

在综合开发板块，经营指标再创历史新高。实现认购金额59.5亿元、签约金额57.8亿元、回款金额52.8亿元。且综合开发全面提速，长沙天健城项目刷新5年来长沙住宅公寓开盘销售率记录；广州增城项目拿地3个月后开工；南宁和府项目从拿地到销售较以往提前13个月；萃园项目是上海地区首次在短时间内完成大量业主集中交付的项目；浦荟大楼项目从有条件启动到完成竣工验收仅20余天；苏州项目实现一年内四证齐全提前开工；天健公馆项目从封顶到入伙仅用6个月，树立了行业标杆。公司成立城市更新部门，专业推动深圳华富工业区、深圳粤通大院两个城市更新项目完成意愿征集工作，并完成城市更新计划立项报文工作，推动公司在粤港澳大湾区内的项目落地，进而提升公司可持续盈利能力。筹建产业研究工作组，持续开展产城融合相关研究，加快回龙埔智慧园项目等产业园区的建设，提前谋划产业引进工作。2018年，天健集团在售楼盘16个，大部分位于一线城市，项目储备优质，长短周期的项目搭配合理。

在城市服务板块，公司持续巩固在公路、桥梁、隧道的管养服务市场份额，市场占有率约占深圳市48%。公司以全新方式承接深圳市交通委员会8个标段共3.78亿元的道路设施养护项目，全年承接养护的道路超过2903条、桥梁589座，管养道路总里程2245千米，管养隧道共33个单洞，总长38.67千米。

天健集团不断提升招商策划能力和运营管理能力，积极盘活存量物业，发展增值服务。公司自主运营的写字楼、工业园区、社区商业综合体等物业资产超过50万平方米。自有“蜂巢公寓”品牌已成为深圳市人才公寓的知名品牌，缤悦荟A座公寓经改造提升，向福田区住建局新增交付80套人才公寓。

2018年，天健集团物业服务新增管理面积659万平方米，中标北京清华大学教职工住宅项目，实现一线城市全覆盖。在管项目数222个，管理面积2214万平方米，物业管理项目类型涵盖住宅、景区、公园、学校、酒店、保障房等多种业态。

2018年，天健集团全年营业收入首次突破百亿元大关，达到102.09亿元，这是公司发展历史上具有里程碑意义的事件。次年，深圳市企业联合会根据上市公司公布的年度企业数据，编撰了《2019深圳500强企业发展报告》，天健集团以2018年营业收入1020948万元列第87位，深圳市市政工程总公司以2018年营业收入663268万元列第113位。这个数据是很有说服力的，反映了天健集团多年以来可持续增长的发展动能。

从1999年上市以来，天健集团年度营业收入呈现递进式的缓慢发展态势，从上市当年到2006年，都是保持在10亿～20亿元，还在2009、2012、2016年因为企业改制等多种原因，出现营业收入低于上一年的情况。2017年，天健集团营业收入为67.5亿元，而到2018年，以大幅度增加直接跨越到102.09亿元。

2019年，天健集团营业收入与利润再攀新高，分别达到146.65亿元、12.34亿元。历史性地实现了两个“100亿”：市政总工程产值过100亿，中标深圳河、观澜河等流域治理重大工程近64亿元；房地产销售过100亿，天健·天骄、西班牙小镇、天健萃园等17个项目同时在售。

这是天健集团发展历史中的里程碑，未来更可期。

第十五章
国企担当

第一节　参与光明滑坡救援

2015年12月20日，光明新区凤凰社区恒泰裕工业园红坳余泥渣土受纳场发生大滑坡，此次灾害滑坡覆盖面积约38万平方米，造成33栋建筑物被掩埋或不同程度受损，灾害造成70多人丧生，直接经济损失8.8亿余元，后称为“12·20”事故。

这是一起特别重大生产安全责任事故，最终认定事故的直接原因是红坳受纳场没有建设有效的导排水系统，受纳场内积水未能导出排泄，致使堆填的渣土含水过饱和，稳定性降低，形成底部软基滑动带；严重超量超高的堆填，使下滑推力逐渐增大，导致渣土失稳滑出，体积庞大的高势能滑坡体形成了巨大冲击力，加之事发前险情处置错误，造成重大人员伤亡和财产损失。

作为历次急难险重任务都冲锋在前的国企代表之一的天健集团，根据深圳市住建局统一安排部署，迅速组织抢险救援队伍，在事故发生后迅速赶到现场，参与救援工作。

12月21日凌晨，深圳各路应急抢险队伍陆续赶到事故现场。天健集团58台挖掘机、7台炮机、34台推土机、2台装载机、1台风炮机、266名机手以及管理人员当日全部进场到位。深圳市住建局对现场进行了救援工区划分。天健集团抢险救援队伍负责开展东片区的清理路障、降低土方高度、配合救援队挖开有生命迹象的土方等任务。

天健沥青公司光明沥青搅拌站多年前就规划在离此次事故发生地的200米开外，这次滑坡中余泥渣土也冲击到了这里。应深圳市指挥部要求，为了配合救援现场堆土场地需求，沥青搅拌站进行了紧急撤离，改为抢险救援堆土场地。

应急抢险救援期间，天健集团领导班子每天轮流安排一名领导，到救援现场实地指导抢险工作。天健集团抢险救援队根据施工需求对人员进行分工排班，形成了两班倒、连轴转、全天候不间断的施工管理机制，每个班次安排专人现场与深圳市住建局和指挥中心进行实时对接。队伍内部根据施工、维修、安全、联络、后勤保障，对人员进行统一分级分类管理，充分提高抢险救援团队整体奋战的工作效率，为高强度的应急抢险救援工作持续有序开展打下了坚实的基础。

在救援过程中，天健集团利用设备总量优势开展接力式施工，协助专业救援队伍进行现场渣土转运施工以及土方工作面开辟、救援道路开挖等多项工作，开展“网格式”救援施工，在重点配合救援的前提下有效地提高了施工效率。

2016年元旦，深圳市住建局召开工作例会，救援现场主力——武警交通救援队伍在会上高度赞赏了天健集团应急抢险救援团队能打硬仗的优良作风。

“12·20”光明滑坡事件后，因深圳市市政工程总公司在抢险救援行动中组织得当，很好履行了市属国有企业的社会责任，深圳市政府直接将后续滑坡坑体治理工程委托给深圳市市政工程总公司承建。

为政府排忧解难，是天健集团作为国有企业义不容辞的责任。其实，在光明滑坡事件的前一个多月，即2015年10月4日，台风“彩虹”在广东省湛江市坡头区登陆，登陆强度为15级，50米/秒，这是1949年以来10月份登陆中国最强台风。强台风从粤西登陆，夹杂着狂风暴雨，导致湛江市区一片狼藉。10

月6日23点左右，深圳市市政工程总公司接到深圳市住建局通知，紧急动员赶赴受灾地区救险，公司出动CAT挖机两台，拖车一台，于7日凌晨从光明及石岩出发，日夜兼程，第一时间到达受灾地点，克服水电短缺的困难，投入到抢险救灾之中，圆满完成抢险任务。

第二节　直面“中国棚改第一难”

1980年，中央批准建立深圳经济特区。4年后，东起小梅沙、西至南头安乐村，一条长达84.6千米、高2.8米的铁丝网开始架设。这道80多千米长的铁丝网将深圳分割成两部分：被它“网”住的327.5平方千米就是深圳经济特区，外面则是1600多平方千米的宝安区和龙岗区。

“铁丝网”以及配套的巡逻公路，共同构成了深圳经济特区陆地管理线。沿线开设的同乐等9个检查站以及多个供当地农民出入的耕作口，由武警边防人员驻守，对进入特区的人员和车辆进行检查。1985年起，许多前往深圳的内地人必经这一关，凭“中华人民共和国边境地区通行证”和居民身份证通过，这就是当地人俗称的“二线关”。与“二线关”相对应的就是深圳与香港交界的27.5千米长的“一线关”。设立“二线关”的一个重要目的是减轻一线的压力，确保香港的安全。

罗湖“二线插花地”是由于深圳经济特区早期修建“铁丝网”时，所形成的行政区划与管理不一致，在深圳市罗湖和龙岗交界处形成了几块“三不管”地带。一些当事人趁机抢建违法建筑，多年的无序发展形成了玉龙、木棉岭、布心三大聚集片区。由罗湖区、龙岗区两个行政区管辖，分布在东湖、东晓、清水河、布吉四个街道办事处。

三个片区占地面积约62万平方米，建筑面积约138万平方米，建筑物近1400栋，房屋当事人8300多户，共居住人员达9.3万人，区域内还有2所学校、8所幼儿园，各类经营性门店1100多家。这里是原特区内唯一列入“广东省斜坡类地质灾害高易发区”的区域，无审批、无报建、无规划、无验收的一栋栋握手楼依山而建，楼外是几十米落差的斜坡，多年来一直是重大安全隐患之地。

2004年，罗湖区通过“净畅宁”空楼行动拆除了77栋违法建筑，但因政策遭到绝大多数当事人抵制，致使后续拆除工作难以推进。每到台风暴雨季节，这三个片区都是政府领导心头之患，各街道都派专人监督巡逻，担心这里边坡坍塌随时可能出现的险情。2010年，罗湖区曾跟多个大型房地产开发商多次协商，希望他们承接“二线插花地”改造，因为困难太大，都没有结果。

2016年1月，深圳市委、市政府在光明召开“二线插花地”环境综合整治和危旧房屋改造工作会议，决定吸取光明新区“12·20”特别重大滑坡事故血的教训，彻底消除罗湖“二线插花地”片区安全隐患，强力推进棚户区改造示范项目建设。在2016年深圳的“两会”上，《政府工作报告》把2016年确立为“城市管理治理年”，以罗湖“二线插花地”改造为有力抓手，来推动城市管理与治理等工作的落实。政府希望通过“棚改”，彻底解决这个重大公共安全隐患。

罗湖“二线插花地”棚户区改造的难度极大。其居住人口的规模相当于内地的一个小县城，居住人员大部分为外来租户，多是社会低收入阶层，人口流动性大且彼此陌生，片区人员结构复杂。辖区内建筑物产权状况混乱，内有红本、绿本房屋、“两证一书”房屋，及其他没有任何权利证书的房屋。在二十多年间，“插花地”房屋经过多次非法交易，房屋几经拆分，最小户不到7平方米，也有的大户拥有上万平方米的房产。当事人散布在10多个国家和地区。鉴于此，业界把罗湖棚改称为“中国棚改第一难”。

罗湖棚改成为深圳城市更新的一个“独特样本”。政府决定以“政府主导、政府投资、政府规划”为主线，腾挪的土地资源用于建设回迁房、社会资源公共配套与保障性安居工程。政府“引导”与“主导”，一字之差但有重大区别。罗湖棚改实施的是“政府主导+国企服务+三房建设”的棚改模式，通过公开招标，选定一家深圳市属国有企业作为棚改承接服务商，为棚改拆迁补偿、工程建设、移交运营提供优质的专业服务。通过棚户区改造，解决罗湖发展土地制约瓶颈，提供回迁安置房、保障房和人才房，取得较好的社会效益和经济效益，探索出一条可行的棚改之路。

天健集团得知这一消息，积极响应，寻找机会切入，力争拿下这个项目。领导班子在2016年1月召开了公司内部棚改工作小组第一次会议，明确了工作小组组成，确定了以集团董事长任组长，集团公司分管副总经理任副组长，成员由集团成本管理部、规划设计部、投资管理部、建筑公司、深圳地产公司、商业公司、物业公司等专人组成的天健集团棚改工作小组。在这次会议上，确定了天健集团棚改工作方向、思路和工作重点，即学习掌握国家及地区有关棚改政策，推进棚改实施方案的编制、对接政府相关部门，确保棚改项目落地。

对于罗湖棚改项目，深圳市政府授权罗湖区人民政府、龙岗区人民政府为该项目的实施主体，设立罗湖棚改指挥部具体实施。由深圳市国资委遴选推荐，组织异地专家竞争性谈判，来最终确定哪家国有企业为承接主体。

当时深圳市国资委推选了三家市属国有企业，分别是深业集团、振业集团和天健集团。天健集团决策层认真研判，分析了自身承接棚改项目的优缺点。从竞争对手的角度来看，振业集团的主营业务是开发新型房地产项目，它没做过旧改项目；深业集团是在港交所上市的公司，也是以开发房地产为主，做过罗湖区黄贝岭项目，具有旧改经验。

从业务布局来看，地产开发只是天健集团的其中一个业务板块，施工建设与项目管理是强项。此外，天健集团最突出的优势是运营服务，如酒店、物业及社区的管理等服务。当时整个天健集团员工有6000多人，有一大半的人从事运营服务，这一部分人完全可以充实到棚改一线，参与入户搜集信息、宣传发动、签约谈判、维护治安及后期管理。后来的事实也证明，天健集团的人力资源优势在罗湖“二线插花地”棚户区改造中发挥了很大的作用，在关键的时候，能够派得出人手，控制住局面。如果换作其他的公司，这么多的人力需求，根本无法满足。

编制针对罗湖“二线插花地”棚户区改造的投标方案是工作的重点，由天健建筑公司负责统筹总体方案，集团总部成本管理部负责成本预算，规划设计部负责制定设计方案、图纸出图。在编制方案的过程中，天健集团组织技术团队先后前往中山、北京考察棚改项目，请教专家，并引入第三方顾问。

2016年3月31日，经过了竞争性谈判招标，罗湖区确定天健集团为罗湖棚改项目的承接主体。中标对于企业来说无疑是件大好事，董事长辛杰在事后回忆，接到中标信息，先是喜悦，但转而陷入沉思。面对深圳从来没有过的棚户区改造，这个项目到底有多难，接下来的工作该怎么开展，谁都没有十足的把握。

2016年11月9日，秋风习习，略带凉意。在满是脚手架的围岭公园罗湖棚改指挥部驻地，天健集团400多名员工举行誓师大会，公司领导辛杰、宋扬、童庆火等进行出征前的全体动员，带领现场员工宣读誓词，发出了向总目标进攻的集合号。

2016年12月20日，在光明“12·20”特别重大滑坡事故一周年之际，罗湖棚改项目启动签约，并在同一天，开始对签约房屋进行拆除。当天晚上10点，位于罗湖体育馆的集中签约现场传来首战捷报，有1570户当事人签订了前置协议，第二天、第三天签约人数持续高涨。原本决定在体育馆3天的集中签约期延长，到12月26日，三个片区共签订前置协议4662户，占比52.29%；第一天的房屋拆除也旗开得胜，25栋房屋全面开始拆除。

谈判签约与房屋拆除是罗湖棚改前期难啃的“硬骨头”，用双脚量出远近、用唇舌说出利弊、以耐心融化疙瘩，用真情换取感动，这成为天健集团员工的一种常态。他们挨家挨户上门宣讲、上门服务，动之以情，晓之以理，一对一劝说当事人放下心结，让广大群众明白“早签约、早改造、早受益”的道理。为了让在外地的当事人早签约，他们春节期间辗转3000多千米，驱车前往当事人的所在地，为当事人上门服务签约。

房屋拆除也是难上加难。罗湖棚改建筑物密集，普遍是“握手楼”“亲嘴楼”，并大多处在山坡地形，606栋楼房高度在8层以上，超过国内常用机械可以拆除高度。罗湖棚改拆除因地制宜采用了人工拆除、爆破拆除、高炮臂长范围内的机械拆除、定向倒塌拆除、人工开槽分段牵引与高炮相结合拆除、炮机上楼从上至下逐层拆除等多种拆除方法。其中他们将定向倒塌拆除、炮机上楼从上至下逐层拆除两种方法总结提炼为市级工法，并获得专家评审通过。

此外，罗湖棚改项目会产生约200万吨建筑固体废弃物。如这些固体废弃物全部由可装20立方米沙石、长5.6米的泥头车装运，全部车辆首尾相连可达500千米长。如此大体量的建筑垃圾该如何处理？这是罗湖棚改不得不面对的现实问题。令人警醒的是，“12・20”光明特别重大滑坡事故的主要原因之一，便是渣土受纳场建筑垃圾的严重超量超高而造成的。因此，如何为因城市建设快速推进而不堪重负的渣土受纳场减负，从源头上减少安全隐患风险，成为罗湖棚改项目要考虑的重要问题之一。同时，清运建筑垃圾的泥头车也是城市治理的一大难题。大量的泥头车不仅会为道路交通带来巨大压力，其产生的噪音及扬尘等问题也将严重影响到居民生活。

为了不影响进度，天健集团毅然接下购买服务合同之外的房屋拆除任务，主动承担预计超过1亿元的房屋拆除成本，并迅速组建拆除团队投入工作，提高了工作效率。天健集团投资6000多万元购置工程设备，包括多功能破碎挖掘组合机、移动破碎机等专业设备，依托各类新兴技术手段，将拆迁所得建筑固体废弃物就地加工处理与循环综合利用，探索出了一条独具特色的生态棚改新路子，形成了节约资源和保护环境的新型生产方式。

在这个项目中，天健集团作为承接主体，要全程参与项目前期可研、实地核查、当事人信息采集、制定补偿标准、政策宣讲、谈判签约、房屋拆除、设计报建、建设管理及回迁安置等全过程。2017年12月28日，罗湖“二线插花地”棚户区改造项目举行开工仪式，罗湖棚改进入工程建设阶段。

罗湖棚改在毫无成功经验可借鉴的情况下实行的棚改模式，开创了棚改的先河，这既是重大工程，更是重大创新，为深圳市棚改探索出了路径。这种组合模式从罗湖推广到宝安、福田、光明和国内其他地方，带动作用明显。在第一个“吃螃蟹”的过程中，天健集团已经占领了国企参与深圳棚改事业的制高点，提升了公司品牌和核心竞争力。

为了专门致力于棚户区改造，天健集团成立了深圳市首家棚改公司，以罗湖“二线插花地”棚户区为起点，致力于棚户区改造项目的投融资、运营及谈判签约、房屋拆除、项目策划、建设管理、回迁安置全过程综合管理运营服务和城市建设。天健集团以罗湖棚改为蓝本，与复旦大学联合开展博士后课题研究，在总结罗湖棚改经验的基础上，提高棚改理论水平，努力在改善城市二元结构、构建社会和谐体系等方面，推介深圳罗湖经验。

第三节　参与河北省张北易地搬迁工程

2015年7月，经过85位国际奥委会委员的投票，北京、张家口赢得2022年第二十四届冬季奥林匹克运动会的举办权。张家口这座距离北京180千米的城市名声大噪。

张北县是张家口市下辖的县城之一，位于河北省西北部、内蒙古高原南缘的坝上地区，是河北省和北京周边贫困人口最为集中的县区之一。1994年被确定为国家扶贫开发工作重点县，2011年列入国家扶贫开发燕山—太行山连片特困片区县，2017年被确定为河北省十个深度贫困县之一。

张北县有170多个贫困村，近10万贫困人口。作为深度贫困县，导致张北贫困的原因有多种，包括因病致贫、因残致贫、因灾致贫、因学致贫、因缺劳动力致贫、因缺技术致贫等。

针对以上情况，2016年以来，国务院办公厅对张北县进行定点帮扶，充分发挥自身优势，在光伏产业扶贫、易地扶贫搬迁、农业产业扶贫、健康扶贫、教育扶贫等方面深度发力。2017年1月24日，习近平总书记踏雪来到张北，访贫问苦，算扶贫账、谋脱贫计，为做好脱贫攻坚工作把脉定向。

正是在这样的背景下，天健集团远赴河北承接张北县“万人社区”集中安置点项目。在河北省承接项目，天健集团还是1998年在河北省承接石黄高速公路时，并设立了河北项目部，此后，因为没有后续项目支撑，这个项目部后来就撤销了。

为什么时隔20年之后会再次承接河北项目呢？2017年3月，深圳市委书记、市长许勤到河北省担任省委副书记、省长，加大了河北省与深圳市的交流力度。2017年5月，深圳市国资国企代表团赴河北和张家口市进行了考察，一周之后，张家口市委书记、市长率党政代表团赴深圳考察调研市属国资国企工作。在3天时间里，张家口代表团先后与21家市属国企进行了座谈，实地考察包括天健集团在内的6家企业。随后，张家口市政府、张家口建设发展集团、天健集团与深圳水规院共同签署了战略合作协议，四方一致同意建立战略合作伙伴关系并不断拓展合作领域，未来将在地下综合管廊、水环境治理、水利工程等领域寻求合作，共谋发展。

2018年5月，天健集团作为牵头单位与中建二局一公司和天津喜邦建筑工程设计有限公司，为联合中标张北县2017年易地扶贫搬迁万人社区总承包，项目地点是张北县油篓沟镇膳房堡行政村小东营自然村，涉及15个乡镇，搬迁规模为2566户5974人，全部采取集中安置。新建楼房2127套，建设住房面积149350平方米，并配套建设水、电、路、讯、网等基础设施和联合党支部、村民服务中心及其他村级服务设施等公共服务设施。项目采用EPC的模式进行投资建设，每平方米造价最高不超过2400元，总投资规模为35844万元，资金来源为承接县平台资金及农户自筹。

天健集团中标后，积极承担政治责任与社会责任，发扬天健“铁军”精神，投入大量人力、物力，优化建设方案，精心组织施工，严控质量、安全、进度、资金。2018年底，国务院办公厅建档立卡234户贫困户顺利搬进新家。张北县委县政府领导班子对项目质量、进度和户型给予高度肯定，并于2019年元月向天健集团发来感谢信。

2018年10月12日，国务委员、国务院秘书长肖捷到张北县调研时，对万人社区工程给予高度评价。

此后，天健集团再次以总分排名第一中标张北县“空心村”治理建设项目（义和美新居）EPC总承包项目。该项目建设内容涉及张家口市张北县12个乡镇、80个行政村“空心村”治理，涉及户数约9800户、户籍人口约25000余人。治理方式为易地新建。新建集中安置区楼房约6200套，总建筑面积约52万平方米，其中建设住房建筑面积约46万平方米，包括水、电、路、气、网等基础设施和社区管理中心、小学、商业及其他村级服务设施等公共服务设施。项目采用EPC的模式进行投资建设，每平方米造价最高不超过2400元，总投资规模约12亿元，资金来源为财政资金及农户自筹。

第四节　田间地头的扶贫

我国扶贫开发始于20世纪80年代中期，通过近30年的不懈努力，取得了举世公认的辉煌成就，但是，长期以来贫困居民底数不清、情况不明、针对性不强、扶贫资金和项目指向不准的问题较为突出，粗放扶贫的现象普遍。

精准扶贫的重要思想最早是在2013年11月，中共中央总书记习近平到湖南湘西考察时，首次作出了“实事求是、因地制宜、分类指导、精准扶贫”的重要指示。2014年1月，中共中央办公厅详细规制了精准扶贫工作模式的顶层设计，推动了“精准扶贫”思想落地。2014年3月，习近平参加“两会”代表团审议时强调，要实施精准扶贫，瞄准扶贫对象，进行重点施策，进一步阐释了精准扶贫理念。精准扶贫成为各界热议的关键词。

在此轮精准扶贫的帮扶中，深圳的对口支援和对口合作涉及7个省（自治区、直辖市）34个县，分为省内和省外两大块。省内部分，包括全面对口帮扶河源和汕尾市，对河源、汕尾市323个相对贫困村，开展新时期精准扶贫精准脱贫工作；省外部分，包括援疆、援藏、援川、对口支援巫山县、对口广西扶贫协作、与哈尔滨对口合作工作。

按照部署，2016—2020年，深圳市围绕“三年集中攻坚，基本完成脱贫任务，再用两年时间巩固脱贫成果，到2020年如期完成脱贫攻坚任务”和“建设新农村示范村”的目标任务，投资21.69亿元，精准帮扶河源、汕尾市的323个贫困村（其中河源市214个，汕尾市109个）24117户贫困户85086名贫困人口，确保打赢脱贫攻坚战。

2016年5月，根据深圳市委、市政府和市国资委的统一安排，天健集团帮扶的对象是河源市龙川县四都镇新龙村。新龙村位于四都镇东南部，地处东江河畔，距离龙川县人民政府所在地约16千米，是四都镇的8个行政村之一。

新龙村全村总户数1089户，户籍人口3403人，辖7个自然村，有贫困户61户，贫困人口221人。其中，有劳动能力贫困户为43户193人，无劳动能力贫困户为18户28人。

2016年5月，天健集团派出3名员工组成工作队进驻新龙村。这次扎根基层要持续至少3年，与村民同吃同住同劳动，帮助他们实实在在地解决实际问题。

天健集团驻村工作队到了新龙村后，他们开始穿梭于村头巷尾，走访每家每户，精准识别、产业摸查，在新龙村的脱贫攻坚之路上留下了他们的足迹。

通过走访、召开村民代表大会等方式，驻村工作队很快找到新龙村贫困的原因。除了传统农业耕种观念根深蒂固，思维转变困难，农业产业结构调整艰难之外，还存在劳动能力的不足，重病人、残疾人等占比较高，帮扶对象完全依靠亲人和政府关怀救济生存。此外，贫困人口分布广，基础设施建设、公共服务设施建设投入严重不足，产业发展缺乏系统性和针对性的规划指引，这些都是新龙村致贫的主要原因。

结合新龙村实际情况，天健集团制定了《新时期精准扶贫精准脱贫三年攻坚实施方案》《新时期精准扶贫精准脱贫年度工作计划》，并认真开展实施。集团于2016年9月划拨500万元专项帮扶资金。2018年4月，根据深圳市对口办文件统一要求，追加200万元专项资金，用于支持乡村振兴战略新农村示范村创建工作。

通过几年的努力，天健集团的精准扶贫成效显著。以产业扶贫建立长效脱贫机制，投入50万元入股深圳宝安（龙川）产业转移园，村集体收入增加6万元；实施新龙村“万亩油茶基地”种植计划，三年累计向全村有油茶种植意愿的农户发放油茶苗6.8万株，开荒及补种油茶林约700亩；成立村集体企业——龙川县龙健农业发展有限公司，明确村集体企业经营所得利润将主要用于帮助新龙村的贫困户的脱贫和新龙村的各项公益事业，2018—2019年，拿出22.37万元用于建档立卡贫困人口分红；推出“龙福川”牌山茶油。此外，驻村工作队还利用新龙村优质水和生态资源，发展清水养鱼项目。

在贫困户精准帮扶方面，驻村工作队结合前期调查走访数据，制定了针对性极强的“一户一法”精准帮扶措施，全面启动贫困户帮扶项目，免费发放家禽种苗，开展各类适用劳动技能培训。

天健集团还以民生工程促使村容村貌焕然一新，投入帮扶资金近200万元，完善各类基础设施建设。建成水利灌溉陂头、公厕、村道及机耕道路，完善各个自然村主干道监控安装工程。

为把精准扶贫精准脱贫工作落到实处，确保帮扶实效，天健集团党委从一开始就建立了新时期精准扶贫精准脱贫结对帮扶制度，将61户贫困户分解到集团领导、下属各党委、党总支及各党支部，集团领导各结对帮扶1户贫困户，下属各党委、党总支及各党支部结对帮扶2～4户贫困户，帮扶贫困户家庭发展生产、稳定脱贫。

结束语

天健集团是一支有着悠久历史和优良传统的队伍，她的血源来自于中国人民解放军。他们从枪林弹雨中走来，穿过“三线”建设的烽火，坚守在改革开放的潮头。

在本书中，我们按照时间顺序把天健集团发展演进的历史分为了五个阶段，再按照重大的事件进行了叙述。其实，历史从来就不是孤立的，任何一个历史事件单独拿出来也许都是没意义的。我们不仅要关注这70多年里做过什么，更要关注在什么样的背景下，为什么要这样做？只有以全局的视角、立体的维度，才能认识、把握到很多事情发展的基本规律。

从热河省的承德自卫队到深圳的天健集团，时空发生了巨大的变化，每一步的发展变化都有着特定的时代背景。从总体上来看，分为三个大的时间段。

第一个时间段是从1945年到1949年，这个阶段的主要任务是为新中国的建立浴血奋战，承德自卫队进入东北，编入东北野战军，直接参与了四平战役、辽沈战役、平津战役、渡江战役和解放海南岛的战争。从自卫队到工兵连，在中国共产党的领导下，他们参与了武装夺取政权的光辉战斗。部队打到哪里，工事就修到哪里，为大部队行军打仗提供了坚强保障。

第二个时间段是从1950年到1983年，这个时间段的主要任务是参与国防重大工程的建设，部队主要承担军用机场、地下坑道、地下作战指挥所、战机库、战备油库、雷达阵地、导弹发射台等军用工程抢修抢建，以及航空航天基础设施建设，在艰苦的岁月里淬炼了一支“劳武结合，能工能战，以工为主”的工程劲旅。从建制上讲，这支部队从连、营到团级一步一步升格，兵源从单一来源到五湖四海。在“三线”建设中，扎根湖北荆门，参与宏图机械厂水上飞机地面工程的建设。在1979年的对越自卫反击战期间，开赴前线南宁吴圩军用机场，进行西线紧急战备防护工程任务，并远赴中东约旦承接海外项目，这在50万基建工程兵队伍中都是绝无仅有的经典。

从1983年9月15日至今是这支队伍发展的第三个阶段，整体转业而来的中国人民解放军基建工程兵302团就此在深圳扎根，在书写城市伟大发展的征程中镌刻下了壮丽无悔的奋斗篇章。除市政工程之外，业务范围还逐步拓展到房建、地产、商业、物业和投资等领域。无论是在施工领域，还是其他领域，他们面对困难自强不息，面对挑战创新求索，“干一项工程，树一个牌子，交一方朋友，立一块丰碑”，这个朴素的理念是公司在改革的惊涛骇浪中能够生存下来的精神“传家宝”。

老一辈天健人总是在不停试错的过程中寻找发展壮大的公约数，他们探索过的发展贸易、多种经营、内部银行等制度最后都被叫停，但是这些举措的初衷是正确的，也是符合当时的实情，在客观上解决了大家的温饱问题，让大家有尊严地在深圳留下来了。

历史的发展，总有一些关键的节点、关键的时期、关键的举措来支撑时代的发展。纵观天健集团的发展，进军房地产领域、景田片区垫资开发、股份制改造、深交所上市、申报特级资质、三项制度改革、“四位一体”混改、“一体两翼”战略等让公司一步步迈上新的台阶。

2018年，天健集团营业收入达到102.09亿元，跨入了百亿大关，2019年，营业收入更是达到146.65亿元。这对公司发展具有里程碑意义，反映了天健集团多年以来可持续增长的发展动能。

一座伟大的城市必然会孕育一批批伟大的企业，2019年11月，为推动深圳市属建筑业企业转型升级，充分发挥深圳国企在城市建设运营中的重要作用，深圳市组建特区建工集团，整合天健集团等市属建工板块资源，定位于深圳市建工板块资源的集中整合平台，建工产业链上下游的投资平台，建工板块做优做大的产业经营平台。

天健集团是一个传奇，天健集团是一个缩影。天健集团的历史，是一份宝贵的精神财富。如今，我们把她书写下来，也是记录历史，传给后人。

这十分有意义。

我们相信，新一代的领导班子正带领着天健集团在“双区驱动”的宏伟蓝图下又在创造新的辉煌。若干年后，仍会有后人续写她的这段精彩历史。

天健集团明天会更好。

附录一

大事年表

1945年

8月　承德自卫队奉命从冀热辽抗日根据地前往长春，后被编为东北野战军第六纵队第18师直属工兵连。此后，随大部队参加了四平之战、长春之战、平津战役和渡江战役等。

1948年

东北野战军第六纵队改为中国人民解放军第43军，直属工兵连归属第129师。

1950年

直属工兵连修复武汉王家墩机场，此后改为中南空军第32工程大队，扩编为维修大队，升格为营级单位，后转为工兵营。

1955年

作为独立兵种，工兵改称工程兵，工兵营则改称工程兵营。

1957年

5月　广州军区空军成立，部队从中南军区后勤部工兵营变更为广州军区空军工程兵营。

1963年

2月　在广西柳州组建广州空军工程兵第五团，番号中国人民解放军3890部队，后变更为空字365部队、87438部队。

1964年

广州空军工程兵第五团前往广西修建宁明机场。次年，修建桂林机场。

1967年

广州空军工程兵第五团前往广东修建韶关机场。

1970年

广州空军工程兵第五团前往广西修建全州国防战备油库。

1975年

10月　根据国务院、中央军委国发〔1975〕198号文件，组建基建工程兵31支队，直属于第三机械工业部领导，番号为建字870部队，承担航空工业建设任务。

1976年

3月　广州空军工程兵第五团从各地集结湖南衡阳休整，准备接受改编。

6月　从湖南衡阳开赴湖北荆门，参与宏图机械厂建厂任务。

9月　广州空军工程兵第五团改编为基建工程兵302大队，番号为建字872部队。

1978年

7月　基建工程兵302大队被授予五码部队代号，即00312部队。

基建工程兵302大队参与上海大场机场改扩建任务。

1979年

3月　接到广州军区命令，基建工程兵302大队开赴广西南宁，参与对越自卫反击战吴圩机场扩建工程及修筑战斗机掩体（机窝），以及其他空防设施，历时3年。

1980年

8月　基建工程兵302大队番号改为基建工程兵302团。

10月　经中央有关部门批准，包括基建工程兵302团在内的300多官兵赴约旦承接海外工程。

1982年

10月　国务院、中央军委〔1982〕30号文决定，基建工程兵31支队机关及所属302团、303团、304团调往深圳执行施工任务，并就地改编为深圳市施工企业。

10月　基建工程兵302团派出5名考察组成员首次考察深圳经济特区，选定香蜜湖东侧的猫颈田为团部日后来深圳的生活基地。

12月　基建工程兵302团跟随31支队机关分批乘坐军列南下深圳。

1983年

4月　基建工程兵302团承接了到深圳后第一个大项目——深圳直升机场，在特区一炮打响。

9月15日　基建工程兵302团集体转业，成立深圳市市政工程公司。

1984年

为了发展需要，深圳市市政工程公司确定了“一业为主，多种经营，全面发展”的思路，除了主抓工程施工之外，还大力发展工业、服务业和贸易行业。

1985年

公司为全体员工办理养老保险和工伤保险。

1987年

公司在广深珠高速深圳段合约一期创下了公司招标工作的先例，在30多个单位中脱颖而出，合同价为1500万。

1988年

6月　成立深圳市香蜜工程开发公司，公司跨界进入房地产开发行业。

1990年

4月　公司获建设部颁发施工企业资质等级证书，被评为市政工程建设一级企业。

5月　公司承建的深圳市滨河东路工程获全国市政优质样板工程，是公司获得的首个全国奖牌。

9月　经深圳市政府批准，公司垫资开发景田综合开发区2.73平方千米土地，开创深圳市“企业管理，垫资开发，以地补偿”模式的先河。

1991年

11月　成立深圳市景田物业管理有限公司。

公司机关办公楼搬迁到新落成的市政大厦；开始推行全面质量管理。

1993年

1月　被国务院发展研究中心、建设部、国家统计局评为“中国500家最佳经济效益建筑企业（一级第一名）”。

4月　根据深府办复〔1993〕662号文批复，深圳市市政工程公司更名为深圳市市政股份有限公司。

7月　根据深府办复〔1993〕773号文批复，深圳市市政股份有限公司更名为深圳市天健股份有限公司。

9月　公司完成股份制改组，成立深圳市天健股份有限公司，邹志远任董事长，马恭元任总经理。

10月　深圳莱宝真空技术有限公司开业，市政工程公司出资87万美元，占注册资本的29%，这次成功投资为公司获利数百倍。

11月　《天健》月刊创刊发行。

11月　公司进行了劳动人事制度改革，实行了全员劳动合同制，同时进行了工资制度改革。

1994年

成立市政科研所，开创深圳市建筑企业自办科研机构的先例；公司承接南山区高新技术园“七通一平”工程，历时4年。

1995年

3月　深圳市香蜜工程开发公司更名为深圳市天健房地产开发公司。

5月　由市政门诊部更名的天健职工医院开业。

7月　天健香港公司首批员工开赴香港，投入香港新机场地铁东涌段工程施工。

8月　公司成为全国市政行业第一家获ISO9000认证的市政施工企业，认证范围覆盖市政道路、给排水工程、桥梁工程、房建工程、商品混凝土等建筑施工领域。

1996年

4月　深圳市市政工程公司更名为深圳市市政工程总公司。

5月 公司成立房地产管理本部，采用集中资金、集中开发、集中销售的办法增强竞争能力，促进公司房地产业取得进一步发展。

1997年

4月 经深圳市政府批准，深圳市天健（集团）股份有限公司成立。

8月 公司被列入市政府重点扶持发展的26家大型企业集团，定级为深圳市一类三级企业。

1998年

10月 公司成立投标办公室，作为公司总部的一个独立职能部门，负责组织总公司较大工程的投标及协调内部的投标工作。

1999年

4月 公司荣获全国五一劳动奖状。

7月21日 公司股票在深圳证券交易所上市。

2000年

3月 经国家人事部批准建立天健集团博士后流动工作站。

9月 天健集团承接位于深圳市福田区莲花山公园的邓小平塑像安装工程。

建立天健集团网站和内部办公自动化网络。

2001年

1月 长沙天健房地产开发有限公司挂牌成立。

5月 天健职工医院更名为景田医院，改制为民营医院。

12月 公司承建的深圳公路主枢纽管理控制中心获得鲁班奖。

2002年

6月 深圳市市政工程总公司获得市政公用工程施工特级资质。

2004年

3月 天健集团与深圳市市政工程总公司管理机构分设，独立办公。

4月 天健投资发展公司挂牌成立，注册资本2亿元。

2005年

2月 中标总投资17亿元的深盐二通道项目，这是公司在深圳代建的第一个大型政府投资项目。

完成对投资公司领导班子的调整，组建水务投资公司和代建制项目两个管理团队，积极开展对代建市场的拓展。

2006年

12月　经中国证监会核准，公司以非公开发行股票的方式向包括深圳市国资委在内的9名特定投资者发行7000万股股份。

2007年

5月　深圳市国资委启动天健集团主辅分离改制工作。

2008年

1月　天健地产南宁公司成立。

5月　深圳市市政工程总公司派救援队参与汶川大地震之后的紧急援建工作。

成立深圳市隧道工程有限公司专门承接地铁隧道业务，并斥资1.5亿元购置两台复合式土压平衡盾构机；茂华公司参与建设的首都国际机场扩建工程与3号航站楼装修工程获得鲁班奖。

2009年

6月1日　深圳市市政工程总公司承建地铁2号线2222标香梅北站举行“深圳Ⅰ号”盾构始发仪式，市属国企首次挺进地铁施工高端市场。

天健集团剥离天健物业、茂华装饰、天健涂料、劳务公司4家公司股权，保留市政施工和房地产业务，完成主辅分离改制。

2010年

10月　公司全面实行劳动、人事、分配三项制度改革。

关闭新力源、百利年两家亏损混凝土公司；天健商业有限公司成立，公司形成建筑施工、地块开发和商业运营三大产业格局。

12月　公司整合科研所、博士后科研工作站和工程检测公司，成立了技术中心。技术中心通过了深圳市科工贸信委组织的市级企业技术中心认定评审。

2011年

3月　广州天健兴业房地产开发有限公司成立，公司房地产业务首次进入广州。

6月　公司启动卓越绩效管理模式。

关闭天健涂料公司；实行扁平化改革，对所属施工企业进行专业化整合，形成房建、路桥、沥青、安装、隧道5大专业公司。

2012年

2月　深圳市市政工程总公司市政承包特级资质重新获得住建部审批通过。

8月　公司深化三项制度改革，实现机构扁平化，将深圳、广州、南宁、长沙4家下属地产公司改为集团直属二级公司，缩短管理链条，提高工作效率。

已经改制的天健物业公司重新回归天健集团。

2013年

1月　由深圳市市政工程总公司参与承建的惠大疏港高速公路工程进入全面施工阶段。

3月　由深圳市市政工程总公司参与承建的深圳市城市轨道交通9号线BT项目9102/9702标动工。

12月　公司取得天健萃园住宅项目，进入上海房地产领域。并于次年2月成立天健置业（上海）有限公司。

深圳市政工程总公司承建的布吉污水处理厂主体及附属工程荣获鲁班奖、詹天佑奖、金杯奖、全国建设工程优秀项目管理成果一等奖4个国家级奖励。

2014年

2月　天健惠州宝山房地产投资开发有限公司挂牌运作。

2015年

7月　广东省委副书记、深圳市委书记马兴瑞到公司调研，详细了解天健的经营发展情况，并听取相关意见和建议。他表示，支持天健集团参与深圳市重大基础设施建设，努力将国企做大做强。

9月　中国证监会发行审核委员会审核通过了天健非公开发行A股股票申请。

12月　公司组织应急抢险队伍参与光明“12·20”山体滑坡事故救援工作。

2016年

4月　公司承接被誉为中国棚改第一难的罗湖区“二线插花地”棚户区改造项目。

5月　公司组建扶贫工作队，对河源市龙川县四都镇新龙村开展精准扶贫。

5月　公司获得深圳市市长质量奖（提名奖）。

9月　深圳市投资控股有限公司与天健集团签署《深圳市粤通建设工程有限公司股权转让合同》，深投控将其持有的粤通公司100%股权转让给天健集团。

10月　天健·天骄项目破土动工。

2017年

1月　深圳市市政工程总公司获得国家级高新技术企业证书。

4月　公司参建的深圳地铁2号线工程荣获詹天佑奖。

9月　天健地产首次进入苏州，这是天健集团开发的第一个别墅项目。

12月　天健投资公司组建的联合体中标海滨大道机场段填海工程设计采购施工总承包（EPC），中标金额25.78亿元。

2018年

2月　天健集团提出实施“一体两翼”发展战略，将2018年确定为“能力提升年”，并推出能力提升十大举措。

4月　根据市国资委部署，全面展开经营班子整体市场化选聘改革试点工作。

7月 天健集团与深圳职业技术学院共同成立深职院天健建工学院。

11月 天健集团在全市率先启动建筑业产业工人建设试点。

12月 天健集团面向合格投资者公开成功发行18亿元可续期公司债券，票面利率5.96%，远低于市场平均水平。

12月 深圳市市政工程总公司中标江苏省如东县“三河六岸”河道整治及景观绿化工程PPP项目，这是公司首个PPP项目。

天健集团2018年度营业收入首次突破100亿元大关。

2019年

1月 深圳市市政工程总公司中标深圳河流域消除黑臭及河流水质保障工程，中标价为36.1亿元。

10月 公司房地产业务首次进入东莞。此后，又竞得苏州市吴江区太湖新城及前海住宅用地。

12月 深圳市国资委将其所持有的天健集团全部股权转让至特区建工集团，组建深圳市特区建工集团有限公司。

12月 深圳首家工程医院——坝道工程医院深圳分院在天健集团揭牌。

继2018年营业收入突破100亿之后，历史性地实现了两个“100亿”：市政总工程产值过100亿、房地产销售过100亿。

2020年

2月 面对新冠疫情，公司参与了被誉为深圳版“小汤山”医院——深圳市第三人民医院二期工程紧急援建任务。

6月 深圳市国资委与深圳市特区建工集团签署国有产权无偿划转协议，深圳市国资委将其所持有的天健集团438637781股股份无偿划转至特区建工集团，并于7月16日完成证券过户登记手续。

公司承接了茅洲河碧道试点段建设项目（光明段）工程。

附录二

领导班子主要成员名录

部队阶段

广州空军工程兵第五团时期

（一）第一任（1963.6—1970.4）

团长：王勇

政委：王道清、王福三

副政委：周福本

副团长：马俊江

司令部参谋长：梁国安

政治处主任：易光明

后勤处处长：刘德胜

（二）第二任（1970.4—1971.2）

团长：孙宝祥

政委：王福三

副团长：马俊江、李觉民

司令部参谋长：梁国安

政治处主任：肖慕华

后勤处处长：陈明祥

（三）第三任（1971.2—1976.6）

团长：赵羡孔

政委：刘更申

副团长：张玉文、翟万才

副政委：檀林西、孙焕武

司令部参谋长：梁国安、夏新发

政治处主任：肖慕华

后勤处处长：陈明祥

基建工程兵302大队（团）时期

（一）第一任（1976.6—1980.7）

团长：赵羡孔

政委：刘更申、刘德胜

副团长：马俊江、熊煦超、朱世国、司徒国威

副政委：司徒国威、檀林西、何希华

司令部参谋长：谢良树

政治处主任：毕从俊、黄凤州

后勤处处长：杨永先

（二）第二任（1980.7—1983.6）

团长：印象震

政委：刘德胜、霍云震

副团长：徐祖鑫、田守臣

副政委：檀林西

司令部参谋长：刘浩荣

政治处主任：黄凤州、汪家玉

后勤处处长：杨永先、陈德伦

（三）第三任（1983.6—1983.9）

团长：田守臣

政委：霍云震

副政委：檀林西

司令部参谋长：刘浩荣

政治处主任：汪家玉

后勤处处长：陈德伦

企业阶段

（一）第一任（1983.9—1990.4）

党委书记：霍云震

党委副书记、经理：田守臣（后兼任党委书记）

党委副书记：汪家玉、刘玉芝

副经理：陈德伦、邹志远

工会主席：姚振球

总工程师：李国良、刘广圣

（二）第二任（1990.5—1993.10）

党委书记：陈德伦

党委副书记、经理：邹志远

党委副书记：蒋俊有

副总经理：马恭元、胡元虞、盛玉忠、史图明、何头国

工会主席：史图明、李为民

总工程师：刘广圣

（三）第三任（1993.10—2002.11）

董事长：邹志远（2000.9后兼任党委书记）

总经理：马恭元（1993.4—2000.7兼任党委书记）、郭宽成

党委副书记：蒋俊有

副总经理：蒋俊有、盛玉忠、胡元虞、何头国、姚成龙、史图明、付雄

义、付道贵、孙世和、邵志和

总经理助理：颜继佩

工会主席：陈英星、姚成龙

监事会主席：姚成龙

总经济师：冉启华

总会计师：邓光寿

总工程师：于海学

（四）第四任（2002.11—2006.9）

党委书记、董事长：高振怀

监事会主席：邹志远

总经理：郭宽成、赵平、姜永贵

党委副书记：郭宽成、赵平、姜永贵、蒋俊有、付俊芳、张延冬

副总经理：蒋俊有、付俊芳、付雄义、颜继佩、孙世和、魏志、滕显友

总经理助理：姜桂启、雷霆

总经济师：冉启华

总会计师：邓光寿

财务总监：孙静亮

工会主席：颜继佩

（五）第五任（2006.9—2009.11）

党委书记、董事长：陈潮

党委副书记、总经理：姜永贵

党委副书记：张延冬、梁键

副总经理：付雄义、孙世和、滕显友、高建柏

总经理助理：姜桂启

监事会主席：赵宁

财务总监：孙静亮

工会主席：颜继佩

（六）第六任（2009.11—2010.5）

党委书记、董事长：姚玉伦

党委副书记、总经理：辛杰

党委副书记：梁键

副总经理：高建柏、刘德树、宋扬

监事会主席：赵宁

财务总监：孙静亮

工会主席：梁键

（七）第七任（2010.8—2011.4）

党委书记、董事长：高雷

党委副书记、总经理：辛杰

党委副书记：童庆火

副总经理：高建柏、刘德树、宋扬

监事会主席：赵宁

财务总监：胡皓华

工会主席：童庆火

（八）第八任（2011.4—2017.10）

党委书记、董事长：辛杰

总经理：辛杰、宋扬

党委副书记：宋扬、童庆火

副总经理：高建柏、刘德树、刘声向、何云武、尹剑辉、张斌、陈强

监事会主席：赵宁、刘明伟、肖杰安

财务总监：胡皓华

工会主席：童庆火

（九）第九任（2017.10—2020.4）

党委书记、董事长：韩德宏

党委副书记、总裁：宋扬

监事会主席、纪委书记：王培先

党委副书记：童庆火、林婵波

副总裁：高建柏、方东红、何云武、尹剑辉、陈强

财务总监：张心亮

总工程师：江建

工会主席：童庆火、林婵波

（十）第十任（组建深圳市特区建工集团之后，2020.4—）

党委书记、董事长：韩德宏

党委副书记、总裁：何云武

监事会主席、纪委书记：王培先

党委副书记：林婵波

副总裁：方东红、陈强、陈惠劼、袁立群、张明哨

财务总监：张心亮、王超

总工程师：江建

工会主席：林婵波

附录三

天健集团英模名录

英模名录

一、先进集体

1. 省部级以上荣誉

1990年12月　被广东省政府评为省级先进企业。

1991年9月　被建设部评为全国先进施工企业。

1991年　被国家统计局、国务院发展研究中心评为“中国500家最大建筑企业”。

1992年　被国家统计局、建设部评为“中国建筑施工综合实力百强企业第一名”。

1992年　被建设部评为精神文明先进单位。

1993年1月　被国家统计局、国务院发展研究中心、建设部评为“中国500家最佳经济效益建筑企业（一级第一名）”。

1994年12月　被国务院发展研究中心、建设部评为“中国500家最佳经济效益建筑企业一级资质第3位”“中国500家最大经济规模建筑企业第121位”“中国房屋建筑最佳经济效益建筑业第2位”和“中国房屋建筑业最大经营规模建筑业第72位”。

1994年　与港资合作的协力宠物公司被海关总署授予信得过企业称号。

1994年　被中华全国总工会、国家经贸委评为全国安康杯竞赛优秀企业。

1995年　被中国市政工程协会评为全国市政施工经济效益十佳企业第一名。

1995年　被建设部评为全国工程质量优秀企业。

1995年9月　荣获广东省首届产权知识系列竞赛电视决赛冠军。

1996年3月　被建设部评为质量管理优秀企业。

1996年6月　被评为全国市政工程设备管理先进单位。

1996年　被建设部评为全国工程建设优秀质量管理小组（QC小组）。

1996年　被中国施工企业管理协会评为全国优秀施工企业。

1996年　被中国市政工程协会评为全国市政工程设备管理优秀单位、全国市政工程优秀企业。

1996、1997年　被广东省建委和省人事厅评为广东省先进集体。

1997年　被建设部评为全国工程质量优秀企业。

1998年　被评为全国市政工程优秀企业。

1999年4月　荣获全国五一劳动奖状。

1999年　被中华全国总工会、国家经贸委评为全国安康杯竞赛优胜企业。

2000年5月　荣获“广东省五四红旗团委”称号。

2000年　被建设部评为全国建设技术创新工作先进单位及全国质量效益型施工企业。

2001年　被建设部评为全国质量效益型施工企业及全国先进建筑施工企业。

2002年　被中国建筑业协会评为施工优秀企业。

2003年　被评为全国施工企业设备管理优秀单位。

2005年4月　深圳市市政工程总公司被评为全国优秀施工企业。

2005年9月　天健地产公司被评为中国房地产诚信企业。

2005年10月　首次跨入深圳百强企业，列68名。此后多次获得该项荣誉。

2006年9月　深圳市市政工程总公司被评为广东最具竞争力建筑企业。

2007年　天健地产公司被评为中国房地产百强企业。

2008年　天健地产公司被评为中国房地产百强企业百强之星。

2010年4月　荣获全国模范职工之家称号。

2010年5月　被评为深板指数最佳媒体形象上市公司。

2012年7月　深圳市市政工程总公司沥青路面施工作业队、梅观高速公路南段改造工程项目部被中华全国总工会授予“工人先锋号”。

2013年3月　深圳市市政工程总公司被中国建筑业协会评为全国工程建设质量管理优秀企业。

2013年10月　天健物业公司被评为中国物业管理品牌影响力企业。

2015年　“天健”商标被广东省著名商标评审委员会评为广东省著名商标。

2015年　荣获广东省企业管理现代化创新成果一等奖。

2015年3月　深圳市市政工程总公司被评为全国优秀施工企业。

2016年3月　深圳市市政工程总公司被评为广东省市政行业协会工程先进单位。

2017年1月　深圳市市政工程总公司通过国家级高新技术企业认定。

2017年4月　深圳市市政工程总公司被评为全国优秀施工企业。

2017年8月　深圳市市政工程总公司被评为广东省5A诚信企业。

2017年8月　《天健》月刊被评为中国施工企业“金页”期刊。

2017年11月　深圳市市政工程总公司被评为科技创新先进企业（国家级）。

2019年5月　深圳市市政工程总公司被评为广东省工程建设质量管理小组活动优秀企业。

2020年11月　天健商务大厦物业服务中心、深圳市市政工程总公司深圳市高新区交通改造工程项目部、天健集团建筑公司工程技术部被命名为广东省青年文明号。

2. 其他重大荣誉

1993年2月　被深圳市政府评为“建设工作先进单位”。

1996年　被西班牙工商企业协会评为国际工商企业最佳企业形奖。

2016年5月　荣获深圳市市长质量奖（提名奖）。

2016年11月　深圳市市政工程总公司被评为深圳市高新技术企业。

二、工程（项目）荣誉

1. 国家级

1989年　滨河路工程被建设部评为中南片区唯一的市政道路优良项目，获得全国市政优质工程。

1990年　滨河东路道路工程被评为全国市政工程检查优良工程。

1994年　深南路拓宽工程被建设部评为优质样板工程。

1994年　金田立交2号桥被评为全国市政工程检查优良工程。

1995年　新洲路北段工程被中国市政工程协会评为市政工程金杯奖。

1997年11月　香蜜二村被评为全国城市物业管理优秀示范小区。

2000年　深圳市福荣西路和上海浦东世纪大道（2标段）被评为全国市政工程金杯奖。

2001年12月　深圳公路主枢纽管理控制中心获得鲁班奖。

2001年　滨海大道被评为全国金杯示范工程。

2001年　天然居被评为全国十大品牌楼盘。

2004年　滨海大道工程被评为“全国用户满意建筑工程”。

2005年1月　中山南头大道改造一、二期工程荣获全国市政工程金杯奖。

2005年4月　杭州绕城公路东段下沙大桥荣获国家优质工程银质奖。

2005年　天然居被评为全国物业管理示范小区。

2006年　广州南部地区（仑头至龙穴岛）快速路（SD14标）工程荣获全国市政工程金杯奖。

2008年　由天健集团下属茂华公司参与建设的首都国际机场扩建工程与3号航站楼装修工程荣获鲁班奖。

2009年4月　广东韶关大道二期土建标和深圳市深港西部通道深圳侧接线工程荣获全国市政金杯示范工程奖。

2009年　深圳市深云村经济适用房住宅区第二标段被评为AAA级安全文明标准化诚信工地。

2012年4月　深圳市大厂工业区水厂建设工程被评为全国金杯示范工程。

2013年10月　天健世纪花园被评为中国物业管理幸福社区典范项目。

2013年　布吉污水处理厂主体及附属工程荣获鲁班奖、詹天佑奖、金杯奖、全国建设工程优秀项目管理成果一等奖等4个国家级奖励。

2014年　南宁天健世纪花园B标被评为国家AAA级安全文明标准化项目。

2017年4月　深圳地铁2号线工程荣获第十四届中国土木工程詹天佑奖。

2017年12月　天健西班牙小镇工程被评为中国工程建设安全质量标准化示范单位。

2018年5月　天健科技大厦项目被评为全国建筑业绿色绿化施工示范工程。

2020年12月　由深圳市市政工程总公司等单位参建的深圳市城市轨道交通9号线工程被评为国家优质工程金奖。

2. 省级

1992年　梅林工业区一号路第二段道路被评为广东省优质市政工程。

1992年　新洲河北段排洪被评为广东省优质样板工程。

1993年　深南大道拓宽被评为广东省优质市政工程。

1994年　莲花路、新洲路被评为广东省优质市政工程。

1994年　北环泥岗银湖立交给水工程被评为广东省优良市政工程。

1994年　海南东线高速公路二期工程和牛岭大跨度拱桥荣获海南省金光大道奖。

1995年　梅林水厂至大冲转输泵站DN2400架空输水管道被评为广东省优质市政工程。

1995年　北环路香环立交桥被评为广东省优质市政工程。

1996年　景蜜村多层车库被评为广东省优良市政工程。

1997年　梅林水厂二期清水池被评为广东省优良市政工程。

1997年　滨河水质净化厂三期氧化沟池被评为广东省优质市政工程。

1997年　香蜜三村3号楼被评为广东省优质样板工程。

1998年11月　龙珠大道中段道路被评为广东省优质市政工程。

1998年11月　彩田路拓宽工程被评为广东省优质市政工程。

1999年12月　福荣西路西段工程被评为广东省优质市政工程。

2004年12月　深圳市丽水路工程被评为广东省市政优良样板工程。

2009年12月　韶关大道二期土建工程第2标被评为广东省市政优良样板工程。

2011年2月　松福大道（福永码头至公明北环道路工程）土建工程被评为广东省建设工程安全生产文明施工优良样板工地。

2012年11月　深圳地铁2号线东延线工程土建2222标段被评为广东省市政优良样板工程。

2015年7月　天健领航城领翔华府B区工程被评为广东省AA级安全文明标准化工地与广东省房屋市政工程安全文明施工示范工地。

2015年7月　深圳市深华快速路工程第三标段被评为广东省房屋市政工程安全生产文明施工示范工地与广东省AA级安全文明标准工地。

2016年10月　深圳机场航站区扩建交通市政工程第一合同段被评为广东省市政优良样板工程。

2017年1月　天健科技大厦项目荣获广东省建设工程优质结构奖和广东省AA级安全文明标准化工地。

2017年1月　融悦山居项目被评为广东省房屋市政工程安全生产文明施工示范工地和广东省AA级安全文明标准化工地。

2017年10月　惠大疏港高速公路路面工程施工（F-01合同段）被评为广东省市政优良样板工程。

2017年12月　天健科技大厦项目被评为广东省建筑业绿色施工示范工程。

2018年　下坪固体废弃物填埋场新建渗滤液处理二厂施工总承包项目被评为广东省市政工程安全文明施工示范工地和广东省建筑业新技术应用示范工程。

2018年5月　天健科技大厦项目被评为广东省建筑业新技术应用示范工程。

2018年5月　天健城一期项目被评为广西壮族自治区建筑业绿色施工示范工程、广西壮族自治区建设工程施工安全文明标准化工地。

2018年6月　融悦山居项目荣获广东省建设工程优质奖。

2018年10月　金湾航空城市政道路二期工程金河大道桥梁工程被评为广东省市政优良样板工程。

2019年1月　天健公馆项目荣获广东省建设工程优质结构奖。

2019年8月　天健·天骄项目融获广东省建设工程优质结构奖。

2019年10月　天健公馆项目被评为广东省新技术应用示范项目。

2019年12月　杭州文一路地下通道（保俶北路—紫金港路）工程评为上海市市政工程金奖。

2020年5月　南宁天健城一期1—7号商住楼及地下室工程被评为广西壮族自治区建筑业绿色施工示范工程。

2020年6月　深圳光侨路（光明大街—新公常路）市政工程2标段工程被评为广东省建设工程优质奖。

3. 其他重要奖项

1987年　承接的深圳市公共汽车站黄贝岭综合楼为公司获得的第一个深圳市质量优质工程。

1995、1996年　香港新机场东涌地铁站（516合约工程）荣获香港机场核心工程安全纪录大型合约组金奖及安全管理奖金奖。

2005年9月　天健芙蓉盛世和天健现代城分别获得“全球人居环境社区奖”“全球人居环境特别奖”。

2005年10月　由公司安装的邓小平铜像入选深圳改革开放十大历史性建筑。

2020年6月　天健·天骄项目被评为2020年粤港澳大湾区十大明星楼盘。

三、科技成果（国家级）

1. 国家级奖项

2012年　布吉污水处理厂项目管理成果荣获全国建设工程优秀项目管理成果一等奖。

2015年　《复杂地质条件下土压平衡盾构综合施工技术》荣获全国市政工程科技奖重大工程类一等奖。

2015年　《深厚填石层ф800mm、超深预应力管桩综合施工技术》荣获全国市政工程科技奖技术开发类二等奖。

2016年　《给排水管道非开挖垫衬法再生修复施工新技术》荣获全国市政工程科技奖技术开发类二等奖。

2016年　《惠大疏港高速东江特大桥复杂施工技术》荣获全国市政工程科技奖技术开发类二等奖。

2016年　《地铁深基坑中格构柱、抗拔桩兼作降水井三合一施工技术》荣获全国市政工程科技奖技术开发类三等奖。

2016年　《地下全埋式污水处理厂综合复杂施工技术》荣获中国施工企管协会科学技术奖科技创新成果二等奖。

2018年　天健花园海绵化改造关键技术示范项目列入国家重点研发计划项目，被评为科技示范工程。

2018年　《钢箱梁桥面高强高韧轻集料复合型铺装成套技术研究》荣获中国交通运输协会科技进步二等奖。

2019年　《建筑废弃物在道路工程应用成套技术研究》荣获全国市政行业市政工程科学技术奖技术开发类一等奖。

2019年　《大跨度悬臂钢结构高空悬臂散拼施工技术》荣获全国市政行业市政工程科学技术奖技术开发类三等奖。

2. 国家级工法

2004年　沥青马蹄脂碎石混合料（SMA）路面面层施工工法（工法编

号：YJGF38−2004）

2008年　多联体筒仓快速滑模施工工法（工法编号：GJYJGF094−2008）

2008年　薄壁带孔、壁根铰接及分阶段张拉无粘结预应力圆形池体施工工法（工法编号：GJYJGF019−2008）

2008年　复合止水帷幕沉井施工工法（工法编号：GJEJGF182−2008）

四、先进个人

1980年　刘广圣作为特邀代表参加首届基建工程兵党代会。

1988年5月　何头国被评为深圳市劳动模范。

1989年　田守臣被广东省建委和深圳市政府评为优秀经理。

1990—1992年　邹志远连续三年被深圳市政府评为优秀经理，并连续两届当选为福田区人大代表。

1990年7月　郭宽成被建设部评为劳动模范。

1994年10月1日　应全国总工会邀请，何头国、郭宽成、邵志和参加北京国庆庆祝活动。

1995年　马恭元被评为深圳市十大杰出青年企业家。

1996年6月　徐建辛被评为全国市政工程设备优秀维修工人。

1996年6月　谭真南被评为全国市政工程优秀机械操作手。

1996年　李为民被评为广东省优秀工会劳动保护监督检查员。此后1997、1998、2004年多次获得此项荣誉。

1998年4月　傅志辉、陈德泉被评为深圳市百名优秀外来工。

1998年12月　夏建云被评为深圳市第七届十大杰出青年。

1998年7月　左国荣被评为深圳市优秀共产党员。

2001年7月　刘声向被评为深圳市优秀共产党员。

2001年　郭宽成当选为中国市政工程协会副会长。

2002年　刘铁军被评为全国优秀项目经理，2008年荣获广东省优秀项目经理。

2003年5月　高振怀当选为福田区人大代表。

2004年2月　任文庭被人事部、建设部评为全国建设系统劳动模范。

2004年　刘德树被评为全国优秀项目经理及广东省优秀项目经理。

2005年1月　赵闽青被评为中国饭店优秀职业经理人。

2006年9月　姜永贵当选为福田区人大代表。

2007年12月　高俊合被评为深圳市第十一届十大杰出青年。

2009年　刘声向、彭迎祥被评为全国优秀市政工程项目经理。

2010、2011、2012年　高建柏被《证券时报》评为“百佳董秘”。

2011年5月　王耿、龚颖荣获深圳市五一劳动奖章。

2011年7月　何云武被评为深圳市优秀共产党员。

2012年4月　潘小兵被评为广东省劳动模范。

2012年4月　周保生被评为深圳市劳动模范。

2012年11月　胡正东被评为广东省市政优秀项目经理。

2013年4月　朱兴龙荣获深圳市五一劳动奖章。

2013年3月　尹剑辉被评为全国工程建设质量管理先进工作者，并多次被评为全国优秀施工企业家。

2013年　邓亚军被评为全国优秀市政工程项目经理、全国建筑业企业优秀项目经理。

2014年4月　彭智荣获深圳市五一劳动奖章。

2014年4月　周志明被评为全国优秀工会积极分子。

2015年4月　陈士朴荣获深圳市五一劳动奖章。

2015年5月　辛杰、彭智当选为深圳市第六次党代会代表。

2016年6月　黄东湖被评为深圳市委优秀党务工作者。

2016年9月　李锋当选为深圳市福田区人大代表。

2016年10月　钱文莺当选为深圳市福田区政协委员。

2016年10月　罗诚当选为深圳市罗湖区政协委员。

2016年11月　揭选松当选为长沙市开福区人大代表。

2017年3月　辛杰荣获深圳市质量强市金质奖章。

2017年3月　任勇被评为全国工程建设优秀项目经理。

2017年11月　宋扬被评为深圳百名行业领军人物。

2017年8月　马明被中国施工企业管理协会评为“十佳期刊主编”。

2018年4月　叶建辉荣获深圳市五一劳动奖章。

2018年3月　范璐璐被评为广东省市政工程优秀项目经理。

2018年4月　梁志峰、王宇嵩被评为广东省建筑业企业优秀项目经理。

2019年3月　于芳被评为广东省市政行业优秀总工程师。

2019年3月　陈明辉、陈学水、刘亮、王林被评为广东省市政行业优秀项目经理。

2019年3月　张建同被评为广东省市政行业优秀技术工作者。

2019年4月　张学苑荣获深圳市五一劳动奖章。

2019年6月　陈德泉、李建华、李孝军、刘明芳、朱建彬被评为广东省建筑业企业优秀项目经理。

2019年6月　韩德宏、袁立群被评为广东省市政行业领军人物。

2019年9月　离休职工游水兹荣获中共中央、国务院、中央军委颁发的庆祝中华人民共和国成立70周年纪念章。

2020年8月　江建被评为“特区发展40年·行业领军40人”深圳市装配式建筑高质量发展领军人物。

2020年10月　离休职工游水兹荣获中共中央、国务院、中央军委颁发的“中国人民志愿军抗美援朝出国作战70周年”纪念章。

2020年12月　何云武被评为深圳百名行业领军人物。

附录四

天健集团经济指标列表
（Ⅰ）

（上市前，1983—1998年）

年份	总产值（万元）	总营业额									外驻施工（万元）	外包联营（万元）
		总计（万元）	施工		工业		商业		房地产			
			金额（万元）	占总营业额比例%	金额（万元）	占总营业额比例%	金额（万元）	占总营业额比例%	金额（万元）	占总营业额比例%		
1983	826	829	812	98	14	2	3					71
1984	1659	2894	1389	48	270	9	1235	43				345
1985	2460	4507	2396	53	634	14	1477	33				517
1986	2021	3039	1400	46	621	20	1018	33				312
1987	3837	4905	2811	57	1026	21	1068	22				312
1988	7748	8978	5671	63	2076	23	1231	14			547	2911
1989	14126	15976	9865	62	4261	27	1850	12			798	6358
1990	16613	18490	9522	51	7091	38	521	3	1356	7	841	4190

（续上表）

年份	总产值（万元）	总营业额									外驻施工（万元）	外包联营（万元）
		总计（万元）	施工		工业		商业		房地产			
			金额（万元）	占总营业额比例%	金额（万元）	占总营业额比例%	金额（万元）	占总营业额比例%	金额（万元）	占总营业额比例%		
1991	28514	30960	18912	61	9823	32	786	3	1439	5	906	10649
1992	40218	43679	27641	63	12577	29	975	2	2486	6	1152	15441
1993	59002	74033	45476	61	13526	18	3008	4	11672	16	935	26902
1994	67641	80596	53442	66	14199	18	3001	4	9130	11	5938	32713
1995	82647	94410	64545	68	18102	19	4201	4	6323	7	3252	40386
1996	93249	107479	78838	73	14408	13	4483	4	7671	7	14637	38202
1997	101000	118415	83751	71	17249	15	6138	5	8598	7	10218	48151
1998	113251	163275	97698	60	15553	10	5555	3	40991	25	7899	59165
合计	634812	772465	504169	65	131430	17	36550	5	89666	12	47123	286625

天健集团经济指标列表（Ⅱ）

（上市后，1999年至今）

年份	总资产（亿元）	净资产（亿元）	营业收入（亿元）				净利润（亿元）
			城市建设	综合开发	城市服务	集团合并数	
1999年	24.39	9.12	9.87	2.50	1.17	13.54	1.04
2000年	30.12	9.76	13.26	0.53	1.63	15.42	0.97
2001年	31.11	10.24	8.12	5.06	1.42	14.60	0.93
2002年	27.45	11.07	7.76	6.66	1.04	15.46	0.69
2003年	25.11	11.38	12.36	5.03	1.32	16.12	0.54
2004年	27.13	11.62	14.58	3.96	1.48	16.67	0.43
2005年	30.8	12.27	13.39	4.31	1.61	18.25	0.69
2006年	39.94	18.38	13.66	4.45	3.95	19.72	1.22
2007年	67.64	31.61	20.67	8.83	3.56	28.35	1.73
2008年	53.92	20.83	24.88	5.87	5.49	28.47	–1.15
2009年	58.9	26.37	22.28	7.62	3.47	26.67	0.58

（续上表）

年份	总资产（亿元）	净资产（亿元）	营业收入（亿元）				净利润（亿元）
			城市建设	综合开发	城市服务	集团合并数	
2010年	101.6	46.77	26.87	10.58	1.89	35.46	1.11
2011年	75	30.7	23.51	11.98	1.65	35.47	2.03
2012年	85.78	32.21	22.16	9.77	2.65	30.81	2.5
2013年	97.92	33.71	31.33	15.65	3.75	45.14	3.78
2014年	110.27	36.97	32.24	21.24	4.58	52.99	4.22
2015年	165.54	61.98	34.92	28.89	4.74	63.18	3.92
2016年	192.91	63.36	40.70	23.27	5.32	62.09	4.46
2017年	257.93	65.89	46.76	22.69	15.37	67.50	5.98
2018年	317.41	87.38	67.35	43.76	13.59	102.09	7.75
2019年	403.13	96.61	97.19	65.61	10.27	146.65	12.34

附录五

主要文件汇编

第3卷16号

0?1

深圳市人民政府文件

深府函〔1982〕154号

关于拟从基建工程兵部队接收二万名
基建工程兵改编为我市基建队伍的
请　示　报　告

省人民政府并全国同志：

关于拟从北京基建工程兵部队接收二万名基建工程兵改编为我市基建队伍的问题我市曾派丁学保同志前往联系。该部朱光付主任同志讲：要请广东省人民政府来函商调，并报国务院和中央军委，才能调动。为此，我们代省府起草了一份给该部和国务院、中央军委的报告。当否？请批示。

深圳市人民政府
一九八二年七月九日

抄送：市委常委，市委、市府正付秘书长。

深圳市人民政府办公厅　　　　一九八二年七月十日印发
（印20份）

1982年7月，深圳市政府向省政府请示接受二万基建工程兵的报告

深圳市人民政府文件

深府〔1983〕168号

关于基建工程兵二万人集体转业改编为我市施工企业的通知

市府直属各委、办、局、公司，宝安县人民政府，各区办事处：

根据国务院、中央军委〔1982〕30号文件决定调基建工程兵部队二万人到深圳，并在条件成熟时，集体转业改编为我市施工企业，这对加强特区基建力量，加快特区建设步伐，有着重要意义。目前调遣工作已基本完成，将于本月十九日正式改编为特区建设公司所属施工企业，为使改编工作顺利进行，现将有关事项通知如下：

一、调入我市的基建工程兵冶金指挥部深圳临时指挥所（〇〇四九部队），三十一支队（〇〇三一九部队）及所属七个团和

—1—

1983年9月，深圳市政府对二万工程兵集体转业的文件（一）

~~076~~　095

一个医院，改编为如下单位：

冶金指挥部深圳临时指挥所、三十一支队机关，合并到特区建设公司；

一团（〇〇〇一九部队）改编为深圳市第一建筑工程公司（驻地罗坊路口，属罗湖区）；

十六团（〇〇〇二六部队）改编为深圳市第二建筑工程公司（驻地鹅地山塘，属上埗区）；

十九团（〇〇〇二四部队）改编为深圳市第三建筑工程公司（驻地竹子林，属南头区）；

三〇三团（〇〇三一三部队）改编为深圳市第四建筑工程公司（驻地竹子林，属南头区）；

三〇四团（〇〇三一四部队）改编为深圳市第五建筑工程公司（驻地竹子林，属南头区）；

三〇二团（〇〇三一二部队）改编为深圳市市政工程公司（驻地猫颈田，属上埗区）；

八〇二团（〇〇八一二部队）改编为深圳市机电设备安装公司（驻地皇岗山，属上埗区）；

冶金指挥部深圳临时指挥所医院、三十一支队门诊部合并改编为深圳市基建职工医院（驻地笔架山下，属上埗区）。

以上改编企业挂牌、公章启用时间为十月一日。

二、基建工程兵二万人集体转业到我市的落户手续，以师、团、

—2—

1983年9月，深圳市政府对二万工程兵集体转业的文件（二）

096

医院为单位，集体办理。分别填写《军队干部转业审批报告表》、《战士集体转业审批表》、《在编职工调转审批表》和《军队集体转业干部花名册》、《战士集体转业落户花名册》、《随调在编职工花名册》报市政府批转市复退办公室、人事局、劳动局、公安局办理落户手续。转业时间，统一从一九八三年九月十五日算起。部队供应关系接转时间为十月三十一日。

三、集体转业干部和技术骨干随调随迁家属，(由三个部门组织一个办公室统一办理）报市政府批转市人事局、公安局、劳动局办理调动入户手续。未随军的干部和技术骨干的家属调迁落户问题，由特区建设公司做出规划，报市政府审批，连同已随军家属在内，五年内分期分批共解决六千户。

四、集体转业人员的工资待遇，按国务院、中央军委国发〔1983〕69号文件规定执行。

五、九月底前做好部队财务、设备、物资的交接工作。特区建设公司、市财政局、建设银行，应帮助改编单位切实做好财务、物资的清查和处理。应报废的设备物资，应处理的债权债务，均按财务制度和部队改编的统一规定办理。冶金指挥部深圳临时指挥所、三十一支队机关的财产物资，清点造册移交特区建设公司；各团的财务、设备、物资，自交自接。要加强对交接工作的领导，严禁乱摊乱支，化公为私等违法乱纪行为发生。建设公司要指定专人，组成专门小组负责整个交接工作。

—3—

1983年9月，深圳市政府对二万工程兵集体转业的文件（三）

六、市属各有关部门对这次部队改编工作要大力支持，主动配合、积极为改编工作提供各种便利。对部队改编为市属施工企业后的粮油、副食品、劳保用品、燃料、油料、建筑材料、机电设备等的生产、生活资料供应；基地建设，家属子女的入学、就业，以及机动车辆换发牌照等工作，各有关部门都要采取有效措施，做好接供工作，确保部队改编后就能立即开展正常工作和进行施工生产。

七、复员、转业、离休、伤病人员的安置等工作，由部队善后工作领导小组继续负责处理。

八、有关改编人员的审批表、名册等，均于九月十五日前送有关部门审定，要求在九月底前把改编人员的转业、户口、粮食供应等手续办理完毕。

基建工程兵部队二万人集体转业改编为我市建筑安装施工企业，任务艰巨，工作量大，各有关部门要加强领导，通力协作，紧密配合，认真做好改编动员和思想教育工作，以保证园满完成这次改编任务。

深　圳　市　人　民　政　府

一九八三年九月十三日

—4—

1983 年 9 月，深圳市政府对二万工程兵集体转业的文件（四）

098

（此页无正文）

抄报：基建工程兵撤销工作领导小组、国务院特区办公室、国家劳动人事部、财政部、建设银行，广东省人民政府、省计委、经委、建委、人事局、劳动局、粮食局、财政局、公安厅、民政厅、商业厅、建设银行、省石油公司、基建工程兵总部、冶金指挥部、石油化工指挥部、三机兵办、冶金指挥部深圳临时指挥所、三十一支队及所属各团、医院。

抄送：市委常委，副市长；市委各部、委、办。

深圳市人民政府办公厅　　　　一九八三年九月十三日印发

（印300份）

—5—

1983年9月，深圳市政府对二万工程兵集体转业的文件（五）

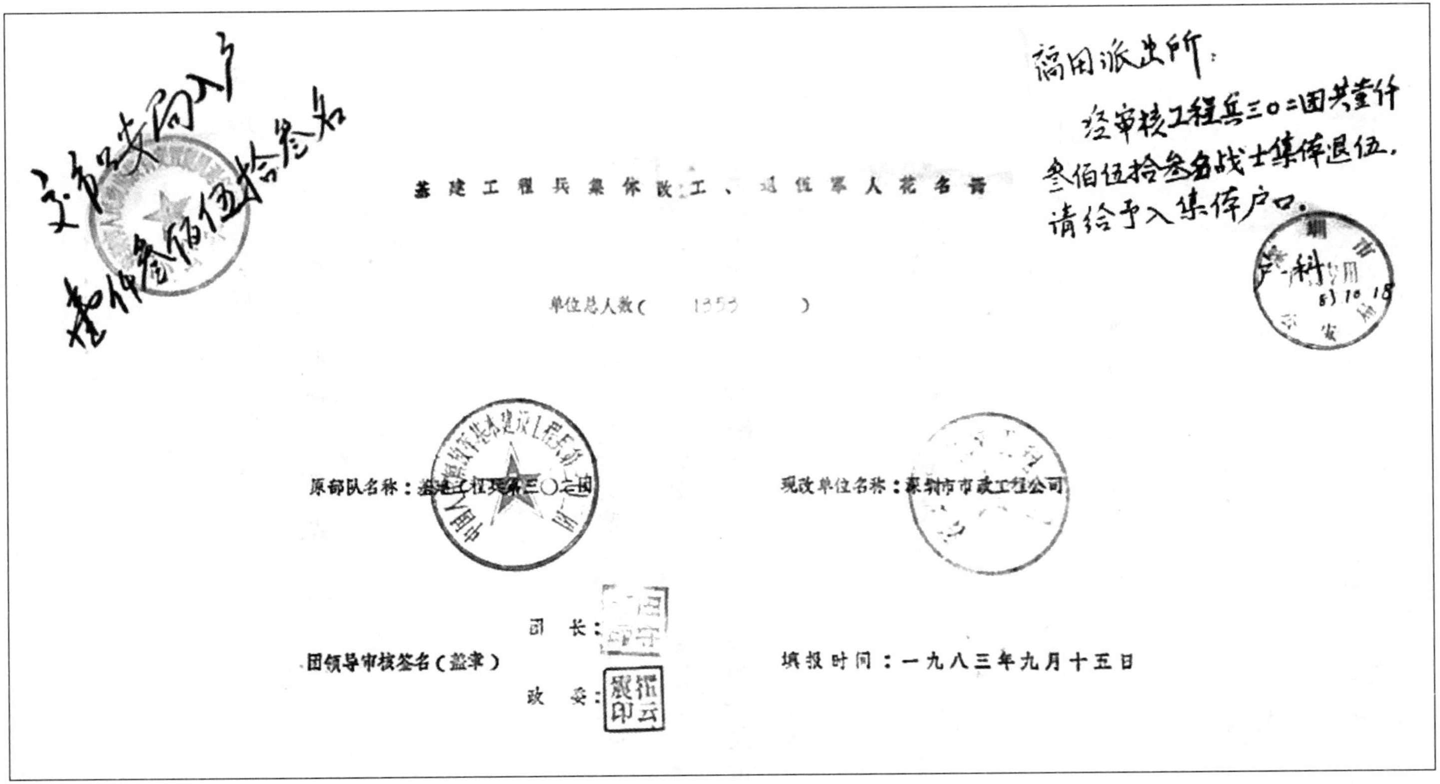
福田派出所：

经审核工程兵三〇二团共壹仟叁佰伍拾叁名战士集体退伍，请给予入集体户口。

深圳市公安局 户口科 专用 83.10.18

已办好入户壹仟叁佰伍拾叁名

基建工程兵集体改工、退伍军人花名册

单位总人数（ 1353 ）

原部队名称：基建工程兵第三〇二团

现改单位名称：深圳市市政工程公司

团领导审核签名（盖章）　团　长：　政　委：

填报时间：一九八三年九月十五日

部队集体转业花名册封面

深圳市人民政府
办公厅文件

深府办复〔1984〕448号

关于同意成立香梅服装厂的批复

市政工程公司：

报来深市政〔84〕19号“关于成立香梅服装厂事的报告”收悉。经研究，现同意你公司自筹资金成立“香梅服装厂”。可迳向市工商局、人行办理开业及银行开户等手续。

深圳市人民政府办公厅

一九八四年六月十四日

深圳市政府对于市政工程公司成立首个三来一补企业——香梅服装厂的批复

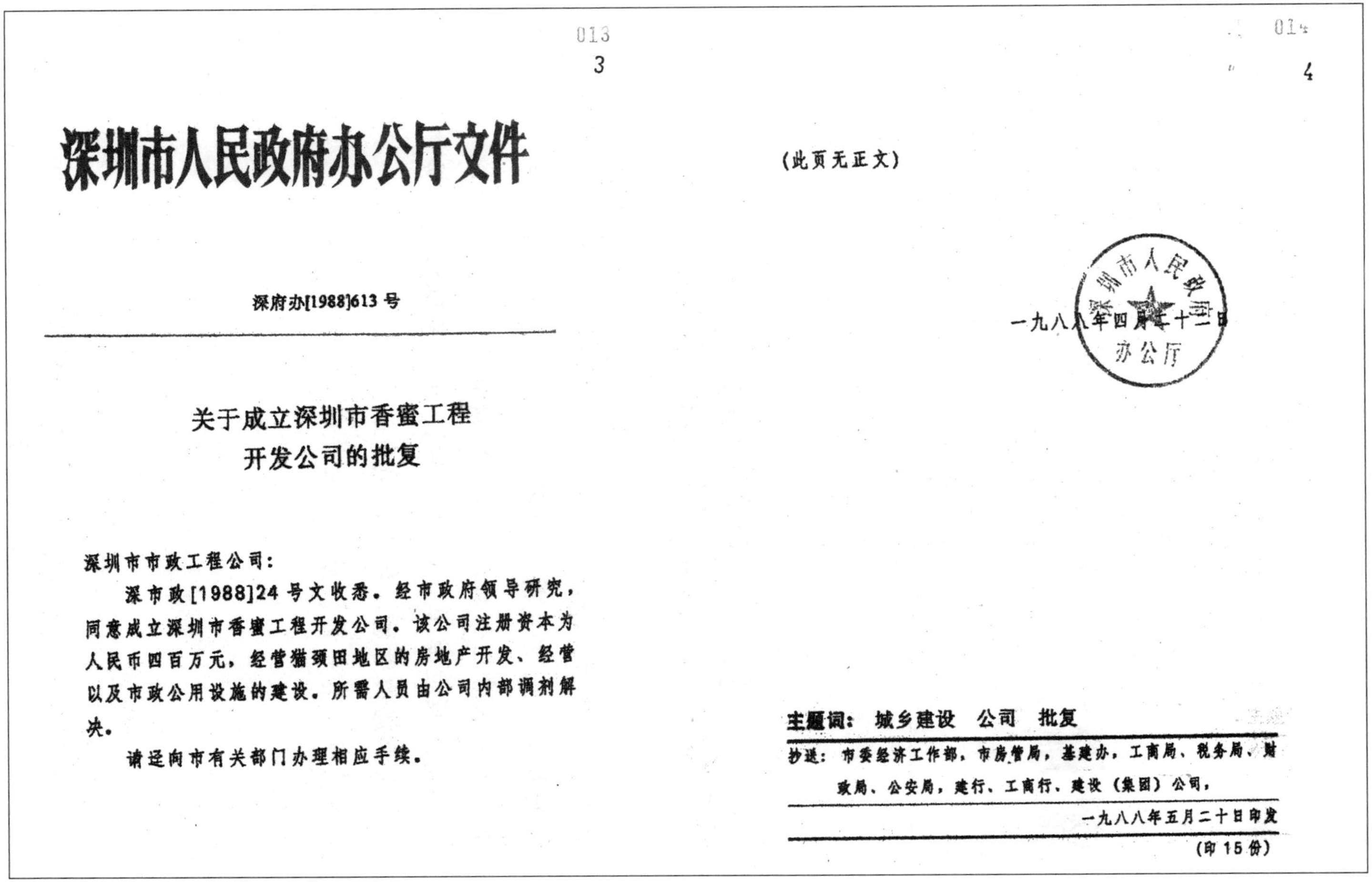

013

3

深圳市人民政府办公厅文件

深府办[1988]613号

关于成立深圳市香蜜工程开发公司的批复

深圳市市政工程公司：

深市政[1988]24号文收悉。经市政府领导研究，同意成立深圳市香蜜工程开发公司。该公司注册资本为人民币四百万元，经营猫颈田地区的房地产开发、经营以及市政公用设施的建设。所需人员由公司内部调剂解决。

请迳向市有关部门办理相应手续。

014

4

（此页无正文）

深圳市人民政府办公厅

一九八八年四月二十一日

主题词：城乡建设　公司　批复

抄送：市委经济工作部，市房管局，基建办，工商局、税务局、财政局、公安局，建行、工商行、建设（集团）公司，

一九八八年五月二十日印发

（印15份）

1988年4月，深圳市政府对于市政工程公司成立地产公司的批复

85

033

深圳市人民政府办公厅

深府办复[1991]744 号

关于成立深圳市景田物业管理公司的批复

深圳市建设(集团)公司:

五月七日来文收悉。经研究，同意你公司成立深圳市景田物业管理公司。该公司注册资金为人民币一百五十万元，独立核算，自负盈亏，经营景田综合区楼宇、公共设施的管理、维修、服务。

请迳向市有关部门办理相应手续。

1991 年 9 月，深圳市人民政府关于成立景田物业公司的批复（一）

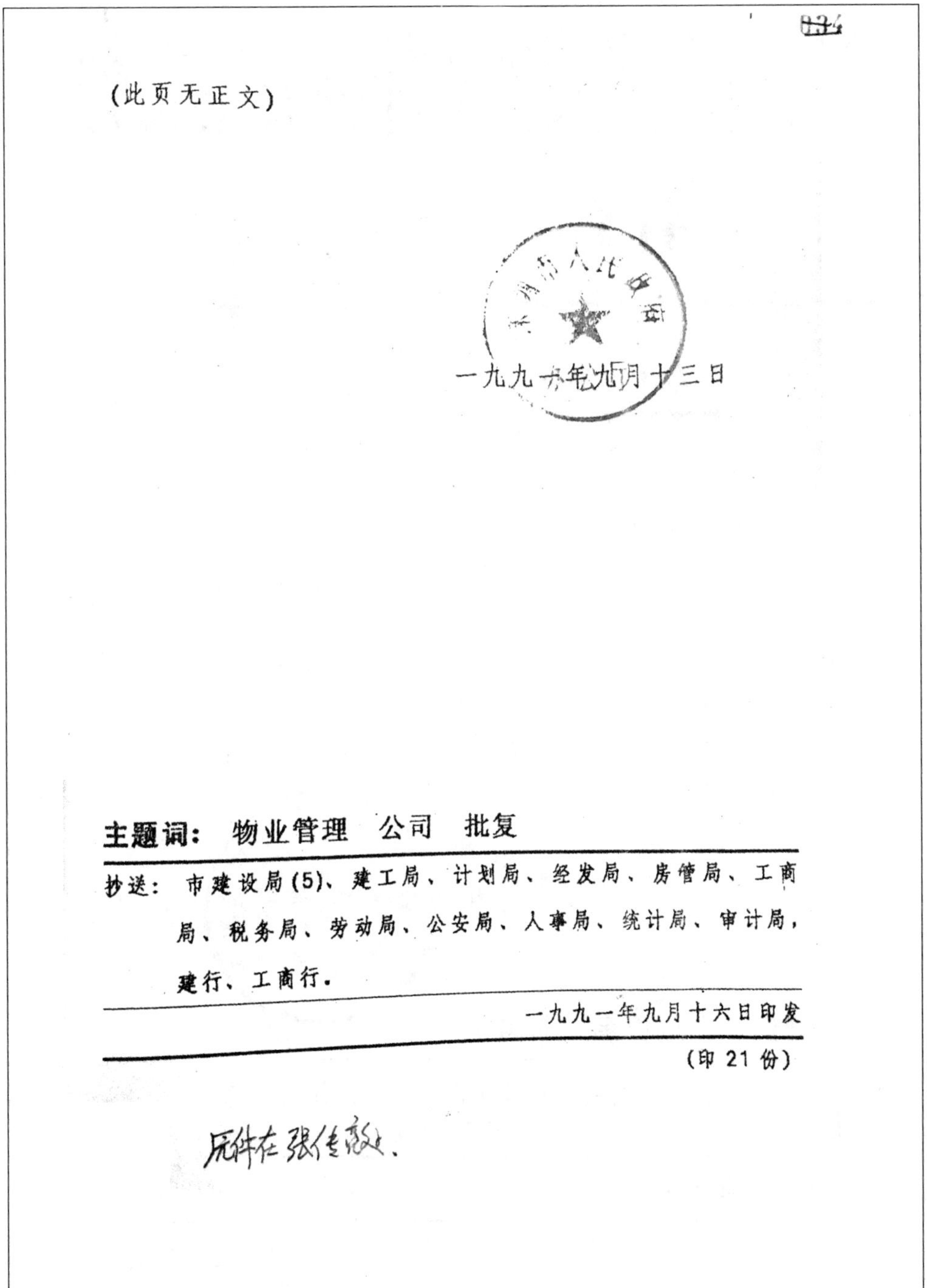

（此页无正文）

一九九一年九月十三日

主题词： 物业管理　公司　批复

抄送：市建设局(5)、建工局、计划局、经发局、房管局、工商局、税务局、劳动局、公安局、人事局、统计局、审计局，建行、工商行。

一九九一年九月十六日印发

（印21份）

原件在张传敬。

1991 年 9 月，深圳市人民政府关于成立景田物业公司的批复（二）

深圳市国有资产管理办公室文件

深国资办[1997]89号

关于同意市天健实业股份有限公司更名的批复

市天健实业股份有限公司：

报来深天健字[1997]025 号关于申报《深圳市天健（集团）股份有限公司》的请示收悉。根据《深圳经济特区企业集团暂行规定》，经审查，你公司符合组建企业集团标准，同意你公司更名为“深圳市天健（集团）股份有限公司”。请迳向有关部门办理手续。

此复。

深圳市国有资产管理办公室

一九九七年四月十七日

主题词：企业更名　批复

抄报：子彬市长，德成常务副市长，荣俊、捷思、通扬副市长

抄送：市工商局、市建设投资控股公司

深圳市国资办秘书处　　**1997年4月21日印发**

（共印12份）

1997 年 4 月，深圳市国资办同意成立天健集团的批复

123

中华人民共和国建设部

建法函[1998]167 号

关于对深圳市天健（集团）股份有限公司申请公开发行股票评价意见的函

中国证监会：

根据你会来函要求，对深圳市天健（集团）股份有限公司申请公开发行股票的有关情况提出评价意见如下：

一、深圳市天健（集团）股份有限公司（筹）(以下简称公司）具有比较强的经济实力和技术实力。该公司是由原深圳市天健（集团）股份有限公司（以下简称天健公司）和深圳市机电设备安装股份公司（以下简称安装公司）两家定向募集公司的全部资产合并重组后，拟设立的股份公司。两个组成企业都是深圳市的建筑业骨干企业。天健公司的核心企业深圳市政公司1992年被建设部和国家统计局评为中国建筑施工综合效益百强企业之一；1993年被建设部和国务院研究发展中心评为中国500 家最佳经济

- 1 -

1998 年 5 月，建设部关于天健集团上市的评价意见（一）

124

效益建筑企业一级第一名及中国最佳经济效益建筑企业建设部系统第一名，同年被评为深圳市50家综合实力最强的建筑施工企业第一名，1995年被评为全国市政施工经济效益十佳企业第一名；1996年被建设部授予“工程优秀企业”称号。安装公司1993年被评为深圳市50家综合实力最强的建筑施工企业第二名；1995年被建设部评为建设部系统最佳经济效益建筑企业第22名；据中国安装协会1996年度统计，公司总资产、净资产、利润总额、人均创利等指标均名列全国安装企业前列。该公司的两个组成企业都有较强的经济实力。天健公司具有市政工程施工一级、装饰施工一级、公路施工一级资质；安装公司具有机电设备安装施工一级、工业与民用建筑施工一级、市政工程施工一级、机械施工一级的资质。两个企业合并重组，实现了强强联合、优势互补，有利于资源的优化配置，扩大企业的经营规模，建立独立完整的建筑产品生产体系，实现公司的同行业一体化发展目标。

二、该公司拟利用募集资金收购深圳市清水河实业公司，既可以使清水公司这个亏损企业走出困境，又可以增进公司总体效益，为深化改革积累经验。

三、通过合并、收购、上市，该公司将可能成为深圳

- 2 -

1998年5月，建设部关于天健集团上市的评价意见（二）

125

市乃至全国建筑行业中经营规模较大、技术水平较高、建筑业务较齐全、发展前景广阔的龙头企业之一。

以上意见，供参考。

中华人民共和国建设部

建设部办公厅秘书处　　　　1998年5 月22日印发

打字：贾丽春　　校对：杨家友　　共印：20份

- 3 -

1998 年 5 月，建设部关于天健集团上市的评价意见（三）

126

财政部文件

财评字[1999]25号

对深圳市天健（集团）股份有限公司发行A种上市股票资产评估项目审查确认的批复

深圳市国有资产管理办公室：

你办《关于深圳市天健（集团）股份有限公司资产评估结果确认的请示》（深国资办（1998）242号）和深圳市资产评估事务所出具的深圳市天健（集团）股份有限公司资产评估报告书（深资综评报字[1998]第049号）及送审专用材料收悉。经审查，深圳市天健（集团）股份有限公司发行A种上市股票的评估立项已经我部批准，承担本项目评估的深圳市资产评估事务所具有国家有关部门正式颁发的从事证券业务资产评估资格证书，在资产评估报告书中签字的有关评估人员具有资产评估执业资格，评估操作中所选用的评估方法适当。该评估报告的评估基准日为1998年9月30日，所揭示的评估结论仅对被评估资产及深圳市天健（集

－1－

财政部关于天健集团上市的批复（一）

127

团）股份有限公司发行A种上市股票项目有效，自1999年9月30日起失效。

附件：深圳市资产评估事务所出具的深圳市天健（集团）股份有限公司资产评估结果汇总表

中华人民共和国财政部

一九九九年一月二十日

1999.1.22.

主题词：公司　上市　资产　评估　确认　批复

抄　送：深圳市建设投资控股公司，深圳市天健（集团）股份有限公司

－2－

财政部关于天健集团上市的批复（二）

128

附件：

深圳市资产评估事务所出具的深圳市天健（集团）股份有限公司资产评估结果汇总表

评估基准日：1998 年 9 月 30 日　　　　金额单位：万元人民币

项目	帐面原值	帐面净值	调整后净值	重置价值	评估值	增加值	增值率(%)
流动资产	-	106200.51	106200.51	-	122302.40	16101.89	15.16
长期投资	-	10249.17	10249.17	-	11377.76	1128.59	11.01
在建工程	-	3346.97	3346.97	-	2639.67		
建筑物	28186.97	24176.21	24176.21	27275.08	24903.81	727.60	3.01
机器设备	14613.09	6427.74	6427.74	15141.64	8387.38	1959.64	30.49
土地使用权	-	-	-	-	9904.00	-	-
无形资产	-	850.80	850.80	-	850.80	0.00	0.00
其他资产	-	927.26	927.26	-	927.26	0.00	0.00
资产总计	-	152178.66	152178.66	-	181293.08	29114.42	19.13
流动负债	-	101718.25	101718.25	-	101718.25	0.00	0.00
长期负债	-	5129.27	5129.27	-	5129.27	0.00	0.00
负债总计	-	106847.52	106847.52	-	106847.52	0.00	0.00
净资产	-	45331.14	45331.14	-	74445.56	29114.42	64.23

财政部关于天健集团上市的批复（三）

收文时间	年　月　日
收文编号	号
备　注	
天健集团公司办公室	

天健(集团)公司办公室
文件复印件章
2004年11月12日

深圳市人民政府国有资产监督管理委员会文件

深国资委〔2004〕254号

关于市创新投资集团有限公司等企业划归市国资委直接监管的通知

各直管企业:

根据9月29日市委常委会议精神，决定将下列市属企业中由原市投资管理公司、市建设投资控股公司持有的国有产权划归市国资委持有，由市国资委直接监管，履行出资人职责:

1、深圳市创新投资集团有限公司;

2、深圳市赛格集团有限公司;

3、深圳市国有免税商品（集团）有限公司;

4、深圳市长城地产（集团）股份有限公司;

5、深圳市天健（集团）股份有限公司;

6、深圳市振业（集团）股份有限公司;

7、深圳市沙河实业（集团）有限公司;

8、深圳市运发实业总公司;

天健集团划归市国资委监管的文件（一）

9、深圳科技工业园总公司；

10、深圳市深超科技投资有限公司。

深圳国际控股有限公司由原市投资管理公司持有的国有股权暂由市投资控股有限公司持有，但由市国资委直接监管，履行出资人职责。

请上述企业注意做好以下工作：

1、国有股权划转给市国资委的企业，要抓紧按有关规定履行公司股东变更登记的必要程序，办理相关法律手续。

2、各企业国有产权代表向上级产权单位请示报告的事项，从即日起由市国资委直接受理。

3、认真做好相关工作的交接，确保正常经营和稳定。

特此通知。

深圳市人民政府国有资产监督管理委员会

二〇〇四年十月二十六日

主题词：国有资产　直管企业　通知

抄送：市委市政府国有资产管理和国有企业改革领导小组成员，市委有关部、委、办，市政府办公厅，市工商局，市发改局，市财政局，市劳动局，市交通局，市国土局，市建设局，市投资控股有限公司直属企业。

深圳市国资委办公室　　2004年10月26日印发

（印30份）

—2—

天健集团划归市国资委监管的文件（二）

附录六

参考文献

内部资料

1. 天健集团档案
2. 天健集团公司建筑业专志（1999）
3. 恒大集团档案
4. 广州空军后勤部档案
5. 《宏图机械厂厂志》
6. 《深圳市城市建设志》（1989）
7. 《深圳特区报》过刊阅览室
8. 杨洪祥主编，《深圳特区的拓荒者》
9. 《空军工程兵五团修理连文集》
10. 《两万人和一座城市的故事——张淑运回忆实录》
11. 苏志德主编，《光荣与回想》
12. 《天健月刊》合订本（1993—2020）
13. 天健集团上市公告（1999—2020）
14. 基建工程兵00312部队后勤处处长陈德伦工作笔记（1979—1983）
15. 基建工程兵00312部队三营八连林少华日记（1979—1983）
16. 《难忘的岁月——原3890部队赣籍战友入伍50周年纪念册》

公开出版物

1. 《中国人民解放军基本建设工程兵史》，军事科学出版社2015年版
2. 《改革开放实录》，深圳报业集团出版社2019年版
3. 段亚兵著，《深圳拓荒人》，人民出版社2014年版

4. 段亚兵著，《深圳拓荒纪实》，人民出版社2018年版

5. 董建中主编，《深圳经济变革大事》，海天出版社2008年版

6. 斯培森著，《我们深圳四十年》，江苏人民出版社2018年版

7. 段亚兵主编，《转战南北　扎根深圳》，海南出版社2013年版

8. 廖成林主编，《两万人的20年》，新世纪出版社2003年版

9. 周顺斌著，《这支队伍——两万基建工程兵部队建设深圳记事》，深圳报业集团出版社2013年版

10. 《基建工程兵》（报纸）

11. 王穗明主编，《深圳口述史》，海天出版社2015年版

12. 《深圳报告》，人民文学出版社2018年版

13. 《深圳市交通运输志》，方志出版社2001年版

14. 《深圳市自来水（集团）有限公司志》，海天出版社2000年版

15. 《深圳市水务志》，海天出版社2001年版

16. 《深圳统计年鉴2017》，中国统计出版社2017年版

后 记

编撰《天健志》是一项浩大而繁重的任务，这项工作从2018年初夏启动，在两年多的时间里，我们收集整理了海量的历史文献资料，并前往全国各地采访了150余名历史见证者，精心组织，开展撰写，于2020年2月形成初稿，多次征求老领导、老同事的意见，反复修改、不断推敲，在此基础上最后修订文稿。

这是第一次系统记述天健集团70余年艰难曲折的发展历程，让那段若即若离的往事活灵活现地跃然纸上。既挖掘了这家国企的前身在革命战争年代的红色基因，又讲述了在市场经济的滚滚洪流中，她从普通市政施工企业发展到资产数百亿的综合上市企业集团背后的历程。天健集团在艰难的环境中生存下来，她的发展轨迹恰恰也是新中国发展、深圳特区建设的一个侧面，这是研究深圳历史、国企改革的现实标本。天健集团，及其前身中国人民解放军基建工程兵302团所承建的国防工程、涵洞道路、高楼大厦，随着时间的推移，将成为时代的重大见证，其实，这首建设者之歌本身就是文化印迹，值得永远传唱。

我们谨遵史学大师刘知己提出的“三长论”：才、学、识。做历史研究，首先熟悉它，进而理解它，最后表达它。治当代史，困难重重，难就难在对“度”的把握，此类文章犹如烹酒煮茶，稍不留神，就失去了醇酽的韵致。我们在采访中，常遇“罗生门”现象，对于同一重大事件，每名当事人都言之凿凿，而弥合起来又相互“打架”，这给我们取舍与求证造成了难度，也极大增加了工作量。我们把整理的100多份文稿反复比对，有冲突的地方，力求查询书面档案或反复求证，以形成定论，对于确实存疑的重要信息，在成文时，我们也做了说明和技术存疑的处理。

天健集团是一部传奇，她发端于革命战争年代的热河省，走过了白山黑水、荆楚大地，最后落根于南海之滨。我们在探寻部队之根时，有一个很明显的感触，这支部队几经改编，从四野18师直属工兵连到广州空军，到基建工程兵，再到深圳集体转业成为地方企业。时间在流逝，但是部队的“军魂”尚存。不少在外地转业的同志得知我们的来访，有的驱车几百公里，就是为了和我们见一面，和他们认定的“娘家人”聊聊过去，他们的淳朴与率真，给我们留下深刻印象。还有驻地宏图机械厂的老人，至今仍清晰地记得仅用过一年的“建字872”部队的番号，而这已距今46年了。

山河为证、岁月为名。天健集团能够取得今天的发展成就，得益于天时、地利与人和。没有建立新中国、改革开放、裁撤基建工程兵、兴建经济特区的宏大历史背景，也就没有一代代天健人薪火相传到今天。

我们要心怀感恩，感恩这个伟大的时代，感恩为天健集团发展添砖加瓦的一代一代的人们，他们付出过智慧与汗水，有的还付出了生命的代价。这其中有的人受过委屈、甚至受过处分，但是他们所做过的工作与成绩，不应该被抹去，这也是做历史研究要秉持的客观严谨、实事求是的态度。

在采访与整理《天健志》的过程中，我们有一个很惊喜的发现，就是对于部队的这段历史，有很多民间记述者，他们写了不少回忆文章。在这次搜集历史资料的过程中，我们顺藤摸瓜，把这一个个的人、一条条的线索机缘巧合地串在了一起，为本书的撰写起到了很好的参考作用，并对他们表示由衷的感谢。他们是聂进良、周顺斌、杨洪祥、林少华、赵闽青等。

此外还要感谢90多岁高龄的王勇、澹思敏，80多岁高龄的刘更申、张广业，这些“老首长”们为早年的历史提供了第一手宝贵的资料。还要感谢荆门市人大常委会主任张尚贵、原宏图机械厂的胡长生、原沈阳军区某部的张锡仁、粤通公司的麦满林、深圳市建设集团的宗德纯与石宏伟等，他们为本书的撰写提供了便利与帮助。

部队初入深圳前后的历史档案资料奇缺，而曾经担任过公司领导班子成员的汪家玉、陈德伦、邹志远、盛玉忠等本着对历史负责的精神，为我们的采写提供了大力帮助。我们不会忘记在安徽池州对汪家玉连续三天的高强度采访，不会忘记陈德伦对我们历史存疑问诊把脉，不会忘记邹志远对我们的稿件逐字推敲与修改，也不会忘记大年初四与盛玉忠的历史畅谈。还有胡元虞、敖炳根、李秀言、姜桂启等，他们是一个时期的亲历者，为我们提供了翔实的史料。

对于天健集团历史的研究与总结是一项持续的过程与事业。早在1999年，李为民牵头撰写了《天健集团公司建筑业专志》。2012年杨绍新、龙江涛应深圳市拓荒史研究会的要求，整理了基建工程兵302团的大量军史资料。新一届领导班子到任后，十分重视公司志的编撰工作，加强了编撰力量，王克星、柴明华为公司史志撰写做了大量前期工作。

本书的策划、采访、创作是集体智慧的结晶。在集团党政班子的领导下，由党委办公室周志明主持，对公司志的撰写工作进行统筹安排、协调落实。期间，得到了许多领导、员工和社会各界的支持与帮助。深圳市委宣传部原副部长段亚兵开启了我们的研究思路，因工作调动离开天健集团的领导童庆火提出了指导性意见。著名作家、深圳报业集团原副总编辑杨黎光老师为天健集团的故事所感染，倾力领衔创作。万红金、林露露为主要撰稿人，孙建梅、陆炜弘、陈德贵、朱兴龙、秦卫平等先后参与采访和资料的收集，赖德明、郭永平、李春雷、向辉、周倩、殷茜等对本书的写作提供了帮助。还有党委办公室的马明、潘伟安、孙建彬、张潇潇，在创作过程中，每遇到难题，大家群策群力。这本《天健志》的付梓要感谢本书的责任编辑梁茵和廖志芬，她们精益求精、认真执着的态度与作风让我们受益良多。感谢广东人民出版社的领导，是他们的慧眼和鼎力相助，使得这本书得以顺利出版。

还有许多的同志们，限于篇幅，无法一一具名，他们为本书的创作作出了贡献，在此一并致谢。

修当代史，总会有挂一漏万，总会有遗珠之憾。我们怀着诚惶诚恐的心情奉献此稿，不足之处，恳请大家批评指正，以期再版时修订完善。

2021年1月